일본소설, 행간으로 읽다

저자 약력

▌김용안▐

한양여자대학교 실무일본어과 교수
일본 쇼와여자대학(昭和女子大学) 객원교수 역임(2014.7~2015.6)
저서 : 『키워드로 여는 일본의 향(響)』 제이앤씨, (2009.3)
『日本 小說 名人 名作 散策』 제이앤씨, (2011.8) 외 5권
번역 : 『라쇼몽(羅生門)』 지만지, (2017.12)외 3편

일본소설, 행간으로 읽다

초판인쇄 2020년 09월 16일
초판발행 2020년 09월 23일

저 자 김용안
발 행 인 윤석현
발 행 처 박문사
책임편집 최인노
등록번호 제2009-11호

우편주소 서울시 도봉구 우이천로 353
대표전화 02) 992 / 3253
전 송 02) 991 / 1285
홈페이지 http://jncbms.co.kr
전자우편 bakmunsa@hanmail.net

ISBN 979-11-89292-70-6 93830 정가 23,000원

일본소설, 행간으로 읽다

김용안 저

박문사

ㅣ머리말ㅣ

흔히들 일본을 이야기 대국이라고 말한다. 1,000여년 전의 헤이안 시대에 『콘자쿠 모노가타리슈今昔物語集』에는 1,000여개의 설화가 집대성되어 있고 그 후 전국 시대에도 무용담, 민담, 전설, 야담, 야사 등 수많은 이야기들이 만들어지고 전문 이야기꾼이 생겨나는가 하면 에도 시대에는 식자층이 늘고 출판기술이 늘어나면서 이야기는 폭발적으로 증가한다. 그것은 각종 전쟁이야기에서 시작하여 시시콜콜한 일상 잡담, 각종 풍류담, 만담, 골계, 해학, 사건 패러디, 괴담에 이르는데다가 그림까지 곁들여져 대량생산과 대량소비라는 엔터테인먼트 양상으로 발전한다. 지금도 일본만화가 세계에서 선전하는 것도 이런 역사적 전통에 기인한다. 그러나 그것들은 한결같이 문학성을 거의 찾아볼 수 없는 저급한 것들이 대부분이었다.

이 이야기 생성과 소비의 역사가 일본이 근대화되면서부터 커다란 전환점을 맞이하게 된다. 서양문학의 유입으로 자신들의 이야기들에 대한 객관적인 조명이 가능해졌기 때문이다.

한때 일본 문학계에서 “천재天才는 바로 천재天災이다”라는 말이 유행했다. 그것은 일본의 근대화 과정에서 많은 천재들이 문학에 뛰어들었고 그들 대다수가 개인적인 재앙을 만났다는 말이다. 그들은 보통 사람들과는 달리, 흔치 않은 출생, 시대를 앞지르는 이상과 뒤처져있는 현실과의 괴리, 자신 내부의 깊은 고뇌, 각종 질병 등으로 요절하거나 비참한 최후를 맞이하는 경우가 많았다. 하지만 그들이 뛰어듦으로써 이야기의 문학화, 문예화가 이루어지고 그런 와중에서 발휘된 천재성은 세계를 꿰뚫는 혜안이나 냉철한 지성, 통렬한 풍자, 번득이는 재치 등으로 장착된 면도날 같은 예리함으로 세계를 해부하고 있다. 그리고 그들의 재앙과의 치열한 고투의 흔적은 원류가 되고 그것에 대한 문학적, 혹은 철학적 성찰은 질풍노도와 같이 흘러 문학으로 형상화 되었다.

물론 모두가 그런 긍정적인 결과를 만들어 낸 것이 아니라 우스꽝스러운 오류나 엉뚱한 오해가 빚은 촌극이 비일비재했고 작가의 내밀한 프라이버시를 고백하는 '사소설' 유행에 원인을 제공한 것도 대표적인 실패사례이자 부負의 유산이다.

모든 사람들은 광기를 갖고 태어난다고 한다. 하지만 대부분의 정상인은 그 광기가 곳간 속에 갇혀 자물쇠로 굳게 채워져 있으며 간혹 천재성이 발휘되는 사람들에게는 그 광기가 풀려 해일 같이 밀려오는 재난을 만나거나 정상인이 밟지 못했던 미답의 땅을 방황하기도 한다고 한다. 그리고 그들은 그곳에서 경험한 것을 피맺힌 절규로 토해낸다.

일본도 그런 부류의 사람들이 문학에서 많았다. 그들의 절박하게 풀어내는 혼의 넋두리는 그대로 일본문학의 유산이 되었고 일본 특유 서사문화를 만들었다.

천재성과 기인적 기질로 수많은 파문을 던지며 회오리바람처럼 살다간 미사마 유키오三島由紀夫는 "모두가 황량한 장소에 공허함으로 지쳐 있다. 이런 시대야말로 풍류의 마음 깊숙한 곳에 치열하고 청아하게 흐르고 있는 것을 발굴해낼 수가 있는 것은 아닐까? 우리들이 옛날 가인들의 마음을 매몰된 서적에서 찾아내는 것은 그런 마음가짐일 것이다"라고 말했는데 그런 심정으로 그들이 만들어간 울림響을 찾아 나선 필자 나름의 여정이 이 책의 집필의 배경이다.

루카치에 의하면 "소설은 숨겨진 삶의 총체성을 형상화하며 찾아내고 구축하려는 시도, 즉 자신을 알아보기 위해 길을 나서는 영혼의 이야기이자, 모험을 통해 자신을 시험하고 또 견디어 내면서 자신의 고유한 본질을 발견하려는 영혼의 이야기이다"라고 말했다. 아마 이 말은 현대의 각종 엔터테인먼트에 모두 해당되는 것인지도 모른다. 그렇지만 소설만큼 이 말에 완벽하게 기여하는 형식은 없다.

소설이 매력을 상실해가고 있는 것은 사실이지만, 구체성보다는 추상성에, 즉물적인 사고보다는 깊이 있는 철학적 사고에, 제한된 스펙터클보다는 문체가 호소하는 무한대의 주파수를 갖는 상상력과 마력 등 소설의 매력은 아직도 오롯이 남아있다.

이 책은 일본 소설에 대하여 그동안 필자가 이슈화시켜왔던 비교문학적 관점, 일본문화와의 연루 측면, 관념을 탈피한 새로움의 추구, 실험적이면서도 정통성을 견지하려했던 흔적들을 조명한 것들이다. 주로 소설들의 <행간읽기>라는 방법을 사용하여 평면적인 독서보다는 입체적인 독서를 통해 소설이 내장하고 있는 숨겨진 메시지를 읽어내려 노력하였다.

그리고 여기에 곁들여서 디아스포라 재일 한국인의 일본어 잡지『계간 삼천리』의 독서를 통해서 그들의 투철하고 숭고한 고투정신을 조명해보았다.

이 책을 통해서 그동안 등한시해오기 일쑤였던 세계문학 속에서의 일본문학과 재일 한국인과 그들이 남긴 치열한 전흔에 대한 관심의 싹이 조금이라도 생겼으면 하는 바람이다.

<일러두기>

1. 일본어 한글 번역은 모두 필자의 졸역이며 일본어 고유명사의 발음은 기존의 맞춤법이 원음과 많이 달라서 가능한 한 원음에 가깝도록 표기하였다.
2. 재일 한국인의 여론을 담은『계간 삼천리季刊三千里』분석 원고를 <부록>으로 담았다.
   일본어 전공자에게 재일 한국인의 잡지는 반드시 돌아봐야할 영토이기 때문이다.

| 목차 |

제3부 실험소설의 문학성과 정통성

제4부 신소설 추구와 판타지적 고뇌

부록 디아스포라 『계간 삼천리(季刊 三千里)』 조명

제1부

비교문학의 관점

제1장

하루키와 바나나 소설의 트렌드

무라카미 하루키村上春樹의 『토니 타키타니』(1990)와 요시모토 바나나의 『키친』(1988)은 잔잔하게 쓰여 있어 두 작품 공히 가벼운 마음으로 읽힐 수 있는 소설임에도 불구하고 현대사회에서 소외된 인간들이 겪고 있는 고독과 그에 수반되는 근원적인 아픔이 묘사되어 있어 만만찮은 무게를 갖고 있다.

양 작가는 현대 일본 소설계의 대표 주자 군에 속하면서 정열적인 글쓰기와 대중적인 인기, 해외소개를 통한 외국 독자확보, 현대인의 고독을 내용으로 다루는 제재의 유사성은 물론, 읽기 쉬운 문체의 소프트함과 군더더기 없는 내용의 쿨함을 통해서 소설의 소비패턴 마저 바꾸는 등의 많은 공통점을 갖고 있다. 하지만 완성된 작품의 성격은 완전히 판이하다. 이런 공통성과 판이함으로 인해 두 작가의 비교 논의가 절실함에도 그동안 두 작가를 비교한 논문은 발견되지 않았다.

유사한 제재를 가지고 성격이 판이한 작품을 주조해내는 두 작가의 성향의 대비파악은 두 작가의 작품에 대한 독해에 유효한 단서를 줄 수 있다는 점에서 매우 중요한 작업이라고 할 수 있다.

흔히 두 작가의 소설에 대해서 작중인물들의 사회성과 이데올로기의 결여, 무사상, 무철학 등이 지적되곤 하는데 그것은 나름대로 치명적인 단점이 되기도 하지만 인간의 내면의 원천적인 문제를 파고드는 데는 그만큼 스토리 전개에 있어서 자유로울 수 있다는 반증도 된다.

상기의 두 작품이 비교대상이 된 것은 그것들이 각각 작가의 특질에서 일탈되지 않은 두 작가의 전형적 작품인 점과 현대인의 고독을 작품의 제재로 했다는 유사성이 우선의 고려 대상이었다. 그리고 작품의 수나 인기도 등에 있어서도 두 작가는 어깨를 나란히 하고 있으나 나타난 작품성과 받고 있는 평가에 있어서는 완전히 판이하다는 점도 선고選考의 대상이 되었다. 전자는 비교문학의 충분조건일 수 있고 후자는 이 작업의 필요조건일 수 있을 것이다.

1. 고독한 군상들

현대사회의 가장 두드러진 특징 중의 하나가 고독인데 그 고독은 소통의 부재에서 비롯되는 경우가 많다. 양 작품의 작중인물들의 가장 두드러진 특징은 진정한 소통의 부재로 인해 고독을 운명처럼 지고 살아가는 데 있다. 작중인물들이 마음을 나누는 대화 회로는 굳게 닫혀 있으며 모두들 외딴 섬 같은 형태로 존재하는 가운데 진정한 소통이 없다. 모두가 한결같이 힘겹게 부과된 고독이라는 현실 속에서 서성이는 실루엣들이다.

두 작가는 공히 현대는 물론, 미래사회에서도 고독이 인간사회와 더욱 더 불가분의 관계를 가지게 될 것이라는 사실을 잘 알고 있다.

키하라 부이치木原武一는

> 미래는 혼자서 사는 것이 요구되는 시대이다. 통계는 혼자서 사는 사람들의 증가를 나타낸다. 혼자 사는 것을 단독세대라고 하지

> 만 현재 일본에서는 총 세대 중 약 20%가 단독세대이고 전 인구 가운데서 15명 중의 한사람은 독신 생활을 하고 있다. (중략) 친한 친구와 교제 중에 있어도, 즐거운 가족 속의 단란한 생활 가운데에서도 고독은 존재한다.
>
> 모든 인간에게 있어서 고독은 피할 수 없는 현실이다. 사람이란 혼자라는 것이다. 혼자이기 때문에 사람(히토)이다. 혼자서 살 수가 있을 때 비로소 사람(히토)이 된다[1]

라며 이제 고독은 극소수에게 국한된 문제라기보다는 인간 대다수의 문제이며, 앞으로도 그 문제가 개선되기는커녕, 더욱 심화될 것이라는 우울한 전망을 하고 있다.

그는 이어

> 개個라는 것은 고독이라는 것이고 그 자체는 딱히 나쁜 것도 좋은 것도 아니다. 고독이라는 것은 인간이라는 사실과 함께 하는 피치 못할 또 하나의 현실이다. 인간은 누구나 고독하다. 고독을 모르는 사람은 없다. 한사람의 당당한 성인이라는 사실은 고독을 알고 있다는 뜻이다. 문득 생각해보면 모두 자신이 고독하다는 사실을 알 수 있다. 그러나 우리들은 고독을 두려워하고 있지는 않을까? 고독을 가능하다면 피하고 싶은 재난쯤으로 생각하고 있지는 않을까?[2]

라면서 현대인 누구에게나 피치못할 운명처럼 닥쳐오는 고독과 그것을 회피하려는 경향을 지적하고 있다. 물론 인간에게는 자신의 고독을 회피해보려는 측면도 있지만 한편으로는 타인과의 교류를 번잡하다고

---

1 木原武一,『孤独の研究』, PHP研究所, 1993, p.8

2 전게서, p.9

느끼며 스스로 고독을 자초하기도 하고 관음취미처럼 타인의 고독에 집요한 관심을 갖기도 한다. 이것도 인간의 고독에 대한 이율배반적인 양상일 것이다.

인간의 그런 속성을 모를 리 없는 두 작가는 고독이 있는 인간풍경을 소설의 바탕 그림으로 즐겨 그린다. 그 속에서는 주로 인간이 고독을 회피해가는 양상이 아니라, 고독과 정면으로 맞서는 상황을 묘사한다.

두 작품은 그런 현상이 두드러진다.

하루키의 『토니 타키타니』의 작중인물들은 한결같이 모두가 고독한 존재이다. 우선, 타키타니 쇼오자부로滝谷省三郎는 2차대전 중에 중국으로 갔다가 죽을 고비를 넘기고 구사일생, 일본으로 귀환하게 된다. 그의 집은 동경의 대공습으로 불타고 그때 그의 부모는 죽었으며 유일한 형마저 미얀마 전투에 끌려갔다가 전선에서 행방불명된다. 즉 타키타니 쇼오자부로는 완전한 천애고독의 신세가 되고 만다. 그러나 그는 그 사실을 그다지 슬프다거나 숨 막히게 괴롭다고 느끼지 않으며 심지어는 쇼크조차 받지 않는다. 물론 상실감 같은 것은 엄습해온다. 그러면서 인간이 살아간다고 하는 것 자체가 다소의 차이는 있지만 상실의 연속이며 결국 인간은 언젠가는 혼자가 되는 법이라는 것이라고 체념한다.

미야와키 토시부미宮脇俊文는 하루키 소설의 상실감에 대해서

> 무라키미의 글은 상실감을 묘사 할 때가 가장 아름답다. 우리들을 순간적으로 그 세계에 몰입시키고 유미唯美적 세계에 젖어들게 해준다. 그 장면만을 오려내서 한 장의 그림으로 만들고 싶을 정도이다. 물론 그것은 슬픈 체험이다. 그러나 그곳에 몸을 맡기고 함께 무너져가는 자신을 상상하는 것은 너무나도 감미롭다. 다만 다음 순간, 우리들 안에 깊은 고독감이 남아 있다는 사실을 감

> 지시켜준다. 그리고 그것이 현실이라는 사실도 아울러 인식시켜 준다[3]

라고 지적하고 있다. 그의 말대로 본 소설에서는 고독과 상실이 주선율이고 그것들이 감미로운 것처럼 느껴질 정도로 자연스럽고 투명하기까지 하다. 그것은 하루키의 소설 속에서 상실이 얼마나 친근한 주제인가를 대변하는 것이기도 하며 동시에 고독이 작중인물의 실존과 항상 연루되어 있다는 사실에 대한 지적이기도하다.

고독의 양상에 대해서 키하라는

> 무슨 일이든지 상반된 두 개의 얼굴이 있다. 혼자 있고 싶은 때가 있는 가하면 모두 함께 떠들고 싶을 때도 있다. 고독으로 고독감을 느끼는 사람이 있는가 하면 고독으로 쾌적하다고 느끼는 사람도 있다. 다른 사람에게 말참견이나 쓸데없는 참견을 당하고 번잡하다고 느끼는 경우가 있는가 하면 어느 누구도 신경 쓰지 않고 상대해주지 않으면 버림받았다고 느끼는 사람도 있다[4]

며 고독의 모순된 두 얼굴과 애증의 변증법으로 묶인 인간과의 묘한 관계를 지적하고 있다. 하루키의 본 소설도 고독을 당연한 것으로 받아들이며 개별적인 사건으로는 쾌적하게 느낄만한 작중인물들이 속속 등장하지만 그것들이 모인 소설 전체는 우수에 잠기는 것도 바로 이 고독의 상반된 얼굴의 작용 탓이다.

타키타니는 고독을 잊기 위해서 재즈를 결성하고 연주를 하며 살아간다. 어느 날 길에서 우연히 마주친 먼 친척 벌 되는 여인과 차를 마시는 것이 계기가 되어 그녀와 결혼을 하게 된다. 결혼 한 다음 해에는 아

3 宮脇俊文,『ユリイカ総特集 村上春樹を読む』Vol.32-4, 青土社, 2000, p.76
4 전게서, p.9

들이 태어나고 아들이 태어난 지 3일 만에 그 부인은 죽고 만다.

> 순식간에 죽고 순식간에 화장되었다. 매우 조용한 죽음이었다. 사르르 꺼져가는 듯이 죽어갔다. 마치 누군가가 뒤에서 살짝 스위치를 끈 것처럼.[5]

비극이다. 그것도 아들을 낳은 부인의 급사가 야기한 처절한 비극이다. 하지만 적어도 위 소설 속에서는 비극이 아니다. 이 시대의 진정한 비극은 비극이 사라졌다는 데 있다고 작가가 말하고 있는 듯하다. 남편이 자신의 부인의 죽음에 대한 감정에 한탄이나 절규가 전혀 없다. 더구나 마치 죽음을 스위치를 끄는 일상생활의 비일비재한 일처럼 묘사하고 있으며 죽음을 목격한 남편의 상실감과 고독이 군더더기 없이 스캔되어 있다. 죽음이 삶의 끝이며 완전한 파탄인데다가 더 없는 충격의 대사건이라는 상식을 이 소설은 완전히 말소한다. 아내의 죽음이라는 사건을 감정이 완전히 배제된 투명한 시선으로 조명하는 것이 이 소설의 세계이다. 가족의 죽음이 충격이나 인식의 전환을 가져다주지 않은 채 그대로 무화되어 버리는 세계, 폐쇄적인 개인의 생활공간 속에서 유대와 의사소통의 가능성은 완전히 배제되고 극심한 소외, 일탈, 무관심만이 지배하는 세계—바로 이런 풍경이 이 작품을 관류하고 있다.

죽음마저도 평온과 권태 속에 무의미한 도시적인 일상으로 치부되어버리는 이 소설에, 죽음이 더 이상의 충격이나 파탄의 대사건이라는 개념은 폐기되어야 할 것이라는 작가의 섬뜩한 메시지가 담겨있다.

소프트한 문체로 장착된 소설의 부드럽고 간결한 이미지 뒤에 이런 전율스러운 작가의 메시지가 잠복되어 있는 것이다. 이것이 하루키 문학의 한 특질이다.

5 村上春樹,『レキシントンの幽霊』, 文芸春秋社, 1999, p.45, 텍스트, 이하 페이지만 표기.

당연한 귀결로 타키타니 쇼오자부로는 그 뒤로 죽을 때까지 재혼을 하지 않고 혼자 살아간다. 그건 운명이다. 그리고 그 고독은 대물림된다. 아들이자 주인공인 토니 타키타니 즉, 타키타니 Jr.는 집에 항상 홀로 남겨져서 혼자 생활 해간다. 그리고 그가 만나서 결혼하게 되는 여인도 혼자이긴 마찬가지이다.

바나나의 『키친』의 경우도 작중인물군의 가장 두드러진 특징의 하나가 운명처럼 고독을 짊어지고 살아가는 데 있다. 그들은 외견으로는 서로 일상적인 대화도 나누고 관능처럼 평범한 생활을 영위해간다. 하지만 그들 상호 간에 마음의 고통을 나누는 대화 회로는 굳게 닫혀 있으며 모두들 고도孤島와 같은 형태로 존재하고 진정한 소통이 없다. 주인공인 미카게가 대하는 유우이치는 부드러운 남자이지만 그도 역시 냉정하면서도 혼자라는 느낌을 지울 수 없는 사람이다.

> 그는 긴 손발을 가진 수려한 얼굴의 청년이었다. 성격은 전혀 몰랐지만 굉장히 열심히 꽃집에서 일하고 있는 것을 봤던 느낌이 든다. 조금 알게 된 다음에도 그의 그 냉정한 인상은 변함없었다. 행동이나 말투가 아무리 상냥해도 그는 혼자서 살아가는 느낌이 들었다. 즉 그는 그 정도의 아는 사람에 불과한 완전한 타인이었다.[6]

주인공 미카게가 유일한 가족이었던 할머니의 갑작스런 죽음으로 홀로 되었을 때 그녀를 자기 집으로 거두어준 착한 청년 유우이치에 대한 미카게의 인상이다. 그는 일상생활은 열심히 하지만 내부에는 고독의 그림자가 짙게 드리워져 있다. 미카게는 그의 집에 와있고 그의 상냥함이 마음에 들었으며 그의 쿨함이 신뢰를 주었음에도 불구하고 그와의 진정한 커뮤니케이션이 존재하지 않을 것이라는 우울한 예감을

6 吉本ばなな, 『キッチン』, 角川書店, 1998, p.12, 텍스트, 이하 페이지만 표기.

갖고 있다. 혼자 살아가는 느낌이 있는 청년이기에 그는 마음을 열지 않을 것이고 따라서 그는 언제나 나와는 완전한 타인으로 존재할지 모른다는 그런 어두운 예감이 드는 것이다.

미카게 자신도 고독하기는 마찬가지이다. 미카게는 자신과 단둘이 사는 유일한 가족인 할머니가 죽기 전, 그녀가 죽는 것을 두려워하면서 살고 있었다.

> 나는 언제나 언제라도 「할머니가 죽는 것이」 무서웠다. 내가 귀가하면 텔레비전이 있는 일본식 방에서 할머니가 나와서는 어서 오라고 한다. 늦을 때는 언제나 케이크를 사왔다. 외박이든지 뭐든지 밝히면 화내지 않는 너그러운 할머니였다. 때로는 커피로, 때로는 일본차로 우리들은 텔레비전을 보면서 케이크를 먹고 자기 전의 한때를 보냈다. (중략) 어떤 사랑에 미쳐 있어도 아무리 많이 술을 마시고 즐겨 취해 있어도 내 마음속에서는 언제나 오직 한 분의 가족을 걱정하고 있었다.
>
> 방구석에서 숨 쉬며 밀려오는 오싹한 적막감, 아이와 노인이 아무리 활기차게 지내도 채워질 수 없는 공간이 있다는 사실을 나는 누구에게 배우지 않아도 일찌감치 느끼고 있었다.(p.30)

할머니와 다정하게 일상생활을 하며 지내고 있는 미카게의 모습이 묘사되고 있다. 하지만 할머니가 곧 죽을 수 있다는 예감과 할머니와는 진정으로 소통을 이룰 수 없다는 점이 그녀를 고독으로 내몰고 있다. 할머니와 아무리 다정하게 지낸다 하더라도 그녀와의 채울 수 없는 세대차의 갭은 오싹하게 느껴질 정도의 적막으로 다가 선다. 할머니나 나나 절대 고독 속에 있다는 사실을 나타내고 있다. 이런 사실은 허무사상이나 무상감으로 전이되어, 자신 앞에 있는 청년 유우이치마저도 언젠가는 어둠속으로 산산이 부서져 갈 것이라고 생각한다.

> 유우이치도 그렇다고 생각한다.
> 언젠가 누구나 어둠속으로 산산이 부서져 갈 것이다. 그 사실을 몸에 배게 한 시선으로 걷고 있다. 나에게 유우이치가 반응한 것은 당연한 일일지도 모른다.(p.30)

부모의 사랑을 받지 못한 채, 언젠가 가까운 시일 안에 죽을지도 모르는 할머니와 살면서 이르게 된 생각은 시간의 연속이나 지속이 아니라, 곧 허무하게 스러져버릴 운명을 예감하는 무의식으로 수렴된다. 이런 허무나 무상감의 감상들은 타인과의 진정한 소통을 방해 한다.

> 거의 첫 번째 집으로 지금까지 그다지 만난 적이 없는 사람과 마주보고 있으면 왠지 천애고독의 기분이 든다.(p.30)

고독감은 고독을 낳고 또 고독은 고독감을 낳는 악순환의 고리 속에서 고독은 점점 심화 될 수밖에 없다. 고독한 삶의 경험이 가져다 준 짐이 얼마나 큰 것인가를 알 수 있는 대목이다.

그러나 그런 완전한 고독 속에서도 미카게는 변화를 모색한다.

> 조금씩 마음에 빛이나 바램이 들어오는 것이 매우 기쁘다.(p.31)

그 변화를 통해 아주 조금씩 긍정과 치유의 세계로 한걸음, 한걸음 나아가지만 미카게가 스스로 생각하는 것 이상으로 가족상실이 가져온 영향은 크다. 그녀의 간절한 염원이나 안간힘과는 별도로 고독의 어두운 그림자는 미카게가 모르는 사이에 미카게의 모든 것을 지배하고 있다.

> 마지막 짐이 나의 두 다리 옆에 있다. 나는 이번에야말로 혈혈단신이 될 것 같은 나를 생각하자, 울래야 울 수 없는 묘하게 들 뜬

> 기분이 되어 버렸다.(p.47)

결국 미카게가 그렇게 몸부림 쳤음에도 불구하고 스스로가 확인한 자신은 절대 고독 속에서 한걸음도 빠져 나오지 못하고 있는 자신의 몽타주이며 상실에서 비롯된 허무의 현장에 유기되어버린 자신의 몰골이다.

이 소설의 기타의 등장인물들도 모두 고독 속에서 지친 삶을 영위하고 있다. 에리코는 자신의 고독을 성전환과 자식을 위하여 바치면서 즉흥적 기분으로 살아가고 있고 미카게의 과거 애인이었던 쇼오타로도 헤어진 과거의 여인에게 미련을 버리지 못하고 홀로 살아가고 있다. 모두들 한결 같이 각자에게 힘겹게 부과된 고독이라는 자장 속에서 서성이는 실루엣들이다.

2. 집착의 양상

완전한 상실감은 무엇인가에 대한 강한 집착으로 나타난다.
야마사키 시게루山崎森는 이 점을 다음과 같이 지적하고 있다.

> 사람은 심리적 존재이고 사회적 존재이고 타자에게 빼앗기거나 상실의 체험을 강요당할 때 빼앗기거나 상실한 것을 그 사람 나름의 수단 방법에 의해서 되돌리려고 하거나 원래의 상태로 복원시키려하는 기능이 있다. (중략) 인간의 심리작용 가운데에는 고통을 당했던 것, 혐오하는 것 등을 마음의 심층에 가두어두거나 발산, 전가함으로써 심리적 고통을 경감시키거나 망각하려고 하는 기능이 있다.[7]

---

7 山崎森,『喪失と攻撃』, 立花書房, 1973, pp.3-5

상실한 경험으로 인해 고독을 느끼는 사람은 그 심리적 고통을 경감시키거나 망각하려고 하는 기능이 있다고 했는데 여기서 다루는 두 소설은 그 경향이 두드러지게 나타난다. 타자가 배제된 상태가 고독인 점을 감안한다면 고독한 사람에게 필연적으로 따르는 것은 역시 자아와의 만남일 것이다.

키하라 부이치는 이 점에 대해서

> 중요한 것은 타인과 어떻게 별 탈 없이 교제할 것인가가 아니라, 자기 자신과 어떻게 교제할 것인가이다. 타인과의 교제방식은 사회가 집단생활을 통해서 어쩔 수 없이 가르쳐 줄 것이다. 그러나 자기 자신과 어떻게 교제 할 것인가? 고독이라는 피치 못할 사실에 어떻게 대처할 것인가에 대해서는 누구도 가르쳐주지 않는다.
>
> 그것은 스스로 혼자서 체험하고 배우지 않으면 안 된다[8]

며 고독은 자신과의 교제의 문제로 수렴된다는 것을 역설하고 있다.고독을 극복하는 방법의 하나가 자신과의 교제이고 그 방편이 양 소설에서는 작중인물들의 집착이나 탐닉으로 나타난다.

『토니 타키타니』의 경우에서 아버지는 재즈음악에 빠지고 타키타니 Jr.는 일러스트레이션에 몰두한다. 다행히도 타키타니 Jr.의 경우는 그 몰두하는 취미가 직업이 되고 상당한 재산가가 된다. 그리고 마치 고독한 자신의 존재에 대한 보상이라도 받으려는 듯이 고독을 잊은 채 오로지 일에만 몰두하게 된다. 그러다가 그는 자신의 사무실에 원고를 가지러오는 여인과 사랑에 빠져 결혼에 골인 하게 된다. 그 여인도 예외 없이 집착이 강하고 옷을 사는 일에 탐닉한다. 그녀는 유럽으로 신

8 전게서, p.10

혼여행을 가서도 그 흔한 박물관 하나 들르지 않고 명품 부티크만을 섭렵하며 쇼핑하는데 시간을 다 쓰고 만다. 급기야는 그녀를 위해서 방 하나를 몽땅 드레스 룸으로 개조해야했고 하루에 두 번을 갈아입는다고 해도 전부 갈아입는데 2년을 족히 걸릴 엄청난 옷을 사고 만다.

이렇듯 고독을 운명처럼 안고 가는 작중인물들에게서 공통적으로 나타나는 현상이 집착이다.

『키친』의 미카게는 상실할 것도 별로 없지만 마지막으로 부여잡고 있던 할머니마저 죽자, 모든 것을 상실한 것처럼 느낀다.

> 부엌의 창, 친구의 미소 띤 얼굴, 쇼오타로의 옆얼굴 너머 보이는 대학 정원의 선명한 녹색이나 밤늦게 걸려오는 할머니의 목소리, 추운 아침의 이불, 복도에 울려 퍼지는 할머니의 슬리퍼 소리, 커튼 색…타타미… 벽시계.
>
> 그 모두. 이미 그곳에 있을 수 없게 된 것 모두.(p.47)

미카게는 자신과의 회로역할을 하던 모든 것이 끊어지고 말았다고 생각한다. 그야말로 절대 고독상태에 있는 것이다. 미카게에게서도 상실한 것에 대한 보상심리가 부엌이나 소파에 대한 집착으로 나타난다.

부엌은 최소한의 삶을 위해서 창조적이든 반복적이든 무언가를 만들어내는 곳이며 인간의 본능을 채워줄 수 있는 역동의 공간이다. 적어도 인간이 목숨을 부지하고 있는 한 그곳과는 불가분의 관계를 맺어야한다. 그리고 그곳은 적어도 할머니처럼 상실할 위험성이 극히 적은 공간이다. 그곳은 일종의 해방구이다. 하지만 그곳은 음악을 듣거나 차를 마시거나 우아한 커뮤니케이션이 이루어지는 꾸밈의 공간이 아니다. 그곳은 연극무대의 이면 같은 투박한 공간으로 꾸밈없고 다듬어지지 않은 인간의 모습이 여과 없이 반영되는 장소이다.

> 나와 부엌만 남는다. 나밖에 없다고 생각하는 것 보다는 조금은 더 나은 생각이라고 본다. 완전히 녹초가 되었을 때 나는 황홀경에 빠진다. 언젠가 죽을 때가 오면 부엌에서 마지막 숨을 거두고 싶다. 나 홀로 추운 곳이든 누군가가 있어 따스한 곳이든 나는 두려움에 떨지 않고 똑바로 응시하고 싶다. 부엌이라면 괜찮다고 생각한다.(p.7)

미카게가 막다른 골목으로 몰리거나 치유 불능 상태에 빠졌을 경우, 그녀에게 부엌은 응급처치의 공간이며 부활과 치유와 삶을 확인하는 공간이다. 그곳만이 자신을 안락함과 쾌락으로 안내해주는 자궁역할의 포용의 공간이다. 따라서 고독에 지친 주인공이 녹초가 되어 그곳을 찾아도 이내 황홀경에 빠져들 수 있는 곳이다. 미카게는 마지막 숨마저 그곳에서 거두고 싶어 한다. 그곳은 피곤하고 지친 삶을 받아줄 수 있는 장소뿐만 아니라, 자신의 영혼을 거두어 줄 수 있는 장소로까지 생각하고 있는 것이다.

> 나는 담요를 휘감고 오늘밤도 부엌 옆에서 잔다는 것이 신기해서 웃었다. 그러나 고독은 없었다. 나는 기다리고 있었는지 모른다. 지금까지도, 앞으로도 잠시 동안 잊을 수 있는 잠자리만을 원하고 있었는지도 모른다. 옆에 사람이 있어서는 고독이 가중되니까 안 된다. 하지만 부엌이 있고 식물이 있고 같은 지붕아래 사람이 있고 조용하고 베스트였다. 안심하고 잤다.(pp.24-25)

옆에 사람이 있으면 고독이 가중된다는 미카게의 생각은 부엌에서 안락한 잠을 청하는 자신의 정신 상태와 불가피하게 연루되지 않을 수 없다. 시공을 초월하며 존재하는 부엌은 미카게에게 있어서 최면의 바다이기도 하다.

마틴부버는 인간의 이런 속성을 다음과 같이 지적했다.

> 사물들의 세계에서 살아가며 사물들을 경험하고 사용하는 것으로 만족해하는 많은 사람들이 자신을 위해 이념이라고 하는 별채나 누각을 짓고 그 안에 들어가 밀려오는 허무를 피하며 위안을 찾는다. 그들은 이 별채의 현관에서 일상의 추한 옷을 벗어버리고 새하얀 세마포로 몸을 두르고 자신의 삶과는 아무 관계도 없는 근원적인 존재나 마땅히 있어야한다고 생각되는 존재를 생각함으로써 기운을 차린다. 또한 그러한 존재가 있다는 것을 사람들에게 알려주는 일도 그들에게는 기분 좋은 일일 것이다.[9]

미카게에게 있어서 허무를 피하고 위안을 찾기 위한 별채나 누각이 바로 부엌인 셈이다. 그런 그녀가 바람막이 공간인 부엌내부를 전시관처럼 즐기는 것은 당연한 일인지도 모른다. 흔히 우리가 간과하기 쉬운 부엌 내부의 실루엣을 심미적인 표정 있는 공간으로 읽어내고 있다.

> 작은 형광등의 빛을 받아 차분하게 자기 차례를 기다리는 식기류, 찬찬히 보니 완전히 제각각이어도 묘하게 질이 좋은 제품뿐이었다. 특별요리를 위한, 예컨대 덮밥용 사발이나, 그라탱 접시, 혹은 거대한 디쉬, 손잡이 달린 맥주잔 등이 있는 것도 왠지 기분이 좋았다. 작은 냉장고도 유우이치가 괜찮다고 해서 열어보았더니 잘 정돈되어 있고 쑤셔 넣은 것은 없었다. 끄덕끄덕 긍정하면서 둘러보았다. 좋은 부엌이었다.(p.15)

마치 배우처럼 자신의 출연을 기다리는 식기류, 특별 출연을 기다리

9 마틴 부버 저, 박문재 옮김, 『나와 너』, 도서출판 인간사, 1992, p.38

는 식기류, 심지어는 냉장고 속의 풍경까지 긍정적인 표정으로 미카게에게 읽혀지고 있다. 미카게는 부엌을 속성으로만 사랑하는 것이 아니라 표정까지도 사랑하고 있는 것이다. 미카게의 사랑으로 넘치는 너그러운 시선과 풍요로운 심상풍경이 보이는 대목이다.

사물은 그것을 보는 사람에게만 소유된다는 말처럼 온갖 부엌의 다양한 표정을 읽어내는 미카게에게 부엌은 온갖 다양한 모습으로 소유되고 있는 모습이다.

> 어떤 사람들은 말한다. 현실은 추하다고, 그러나 어떤 이들은 그렇게 생각하지 않는다. 아무리 추한 현실이라도 그 인식은 아름답다는 것을…… 도대체 그 자체가 아름다움인 것이 존재할까? 인식하는 자의 행복은 아름다움을 배가시키고 존재하는 모든 것을 밝은 빛 속에 둔다. 인식은 그 아름다움을 단지 사물의 주변에 둘 뿐만이 아니고 그 아름다움을 오랫동안 사물 속에 넣어둔다.…… 미래의 인류가 그 주장에 대해 증명을 해주도록!(曙光 550번)[10]

절망의 현실 속에서 굳게 봉인되어진 아름다움을 찾아내는 것은 바로 인식이다. 그녀의 인식은 집착에서 온 것이고 집착은 자신과의 교제에서 온 것이며 자신과의 교제는 고독에서 온 것이다. 결국은 고독이 인식을 낳았으며 인식이 그것을 가능하게 했던 것이다. 고독하지 않았다면 현실에서 그런 아름다움을 읽어내지 못했을 것이다.

그와 더불어 그녀는 소파에 대한 집착도 나타나는데 이것은 그녀가 상실감과 고독으로 심신이 지칠 대로 지쳐있다는 방증이다.

> 그 부엌과 마찬가지로 타나베 네의 소파를 나는 사랑했다. 거기

10 三島憲一, 남이숙 옮김, 『니체의 생애와 사상』, 한국학술정보주, 2002, pp.136-137

> 서는 졸음을 음미할 수 있었다. 꽃들의 호흡을 듣고 커튼 건너편의 야경을 느끼면서 항상 푹 잘 수 있었다. 그것보다 갖고 싶은 것은 지금은 생각나지 않기 때문에 나는 행복했다.(p.31)

그녀는 소파에 앉을 수 있는 것만으로 행복을 느끼고 있다. 소파라는 곳이 마음 편히 앉거나 일상의 잡일과 결별하여 자신만의 자유를 만끽하는 공간이기도 하지만 가족들이 모이고 소통을 나누며 친밀감을 확인하는 공간이기도 하다. 따라서 주인공 미카게가 그곳을 집착한다는 것은 잃어버린 가족에 대한 염원이기도 하다.

> 부엌으로 이어지는 거실에 떡 버티고 있는 거대한 소파가 시선을 사로잡았다. 그 넓은 부엌의 식기장을 배경으로 하고 테이블도 놓지 않고 융단도 깔지 않은 채 그것은 거기에 있었다. 베이지색 천으로 된 소파로 광고에나 나올듯한, 가족 모두가 앉아서 텔레비전을 볼법한, 옆에는 일본에서는 키울 수 없는 커다란 개가 있을 법한 정말 멋진 소파였다.(pp.13-14)

삶을 지탱하기 위한 필수불가결한 공간으로서의 부엌이 주인공의 삶에 대한 열정을 부여해주는 공간이라면 삶의 무거운 짐을 잠시나마 내려놓고 휴식을 취할 수 있는 공간으로서의 소파는 가족애를 연상케 하는 소통의 공간이다.

> 소파는 너무 기분 좋았다. 한번 앉으면 두 번 다시 일어나고 싶지 않을 정도로 부드럽고 깊고 넓었다.(p.23)

어머니의 품을 상실하고 살아가는 미카게가 자신을 품어줄 수 있는 공간에 대한 간절한 염원을 대리만족시켜줄 수 있는 곳이 바로 소파인 것이다. 일어나고 싶지 않은 부드럽고 넓고 깊은 품은 바로 어머니의 품이자 가족의 품인 것이다.

미카게에게 있어 또 하나 간과할 수 없는 것이 빛에 대한 집착이다. 미카게는 아름다움을 그 자체보다 훨씬 상회하는 아름다움으로 완상할 수 있는 정서를 가지고 있다.

> 그 남자의 그와 같이 결코 도를 넘쳐 따스하지도, 차갑지도 않은 태도가 지금 나를 매우 따스하게 하는 것처럼 느껴졌다. 왠지 울음을 터뜨릴 것 같은 마음으로 스며드는 것이 있었다. (중략) 이 사람이 엄마? 라는 놀라움 이상으로 나는 눈을 뗄 수가 없었다. 어깨까지 치렁치렁한 머릿결 가늘게 치켜 올라간 눈동자의 깊은 휘황찬란함, 잘생긴 입술, 오뚝한 콧날 그리고 전체에서 배어나오는 생명력의 흔들림 같은 선명한 빛, 인간 같지 않았다. 그런 사람을 본 적이 없다.(pp.16-17)

위 장면은 미카게가 유우이치의 엄마역할을 하는 사람에게서 생명력으로 상징되는 빛을 읽어내는 모습이다. 아름다운 사람을 보는 시선이 예사롭지가 않다. 따스한 사람을 보면서 울음을 터뜨릴 것 같은 감성의 풍요로움이 충일한다. 미카게는 천성적으로 넘치는 감수성을 갖고 태어났다. 따라서 그녀는 사람에게서 생명력의 흔들림 같은 선명한 빛까지 읽어낼 수 있는 것이다. 여기서 생명력의 흔들림은 선명한 빛과 동의어의 세계이다. 빛은 역동적인 것이다.

미카게는 자신에게 밀려오는 온갖 우수와 고독을 빛으로 상쇄해가고 있다. 그것은 또한 미카게가 그만큼 어둡다는 반증이다.

> 자세히 보니 나이에 어울리는 주름이라든가 치열이 약간 고르지 못한 점이라든가 확실히 인간다운 부분을 느꼈다. 그렇다손 치더라

> 도 그녀는 압도적이었다. 다시 한 번 만나고 싶었다. 마음속에 따스한 빛이 잔상처럼 빛나고 바로 이런 것이 매력이라는 것이구나. 나는 느꼈다. 처음으로 물을 접했던 헬렌처럼 말이 살아있는 모습으로 눈앞에 신선하게 터졌다. 과장이 아니라 그만큼 놀라운 만남이었다.(p.18)

햇살 아래서 좀 더 분명하고 확실하게 유우이치의 엄마 역을 하는 사람과의 첫 대면인데 그 사람을 명품 감상하듯 넋을 잃고 보고 있는 모습이다. 여기서는 그녀의 모습을 빛으로 변환시켜서 관찰하고 있다. 앞의 빛이 역동적인 빛이었다면 여기서의 마음속의 따스한 빛은 잔상처럼 빛나는 정적인 빛이다. 그 빛이 말로 변주되고 말이 햇살처럼 터졌다는 표현은 미카게가 그만큼 아름다움을 완상할 수 있는 심미안을 가졌다는 방증이며 그것은 또한 고독의 반증으로 나타나는 아름다움에 대한 집착이다.

3. 현상의 방관과 치유의 모색

현대사회가 휘황찬란한 불빛을 발하면 할수록 그 불빛아래에서 사는 많은 사람들의 내면의 어둠은 상대적으로 깊어 간다. 이 사회는 많은 인간들에게 꿈과 환희를 안겨주지만 같은 크기로 절망과 환멸과 고독감을 안겨준다. 욕망의 크기가 크면 클수록 그 종말은 더욱 황폐하고 쓸쓸한 것이라는 사실자체가 이른바 현대사회가 안고 있는 아이러니인 것이다.

이런 현상에서 소설가의 글쓰기 전략은 묵시록적 상황의 드러냄으로 일관하든가, 아니면 극도의 결핍의 상황 속에서도 한 줄기의 생명의 빛을 찾아내려는 간절하고 눈물겨운 노력의 양상으로 시종하든가의 둘 중의 하나로 집약될 수 있다. 이런 글쓰기 양상은 두 소설에서 두드러지게 나타나는 대비현상이다. 바로 전자가 하루키의 소설 『토니 타키타니』라면 후자는 바나나의 『키친』이다.

『토니 타키타니』에서는 부인이 엄청난 양의 옷 중 일부를 가게에서 물리고 오다가 교통사고로 죽고 아버지도 암으로 죽어서 그들이 남기고 간 엄청난 양의 옷과 재즈 앨범을 처리하는 주인공의 장면으로 마지막을 장식한다.

> 레코드는 곰팡이 냄새가 났기 때문에 환기를 위하여 가끔 창문을 열 필요가 있었다. 그러나 그것을 제외하고는 그는 좀처럼 그 방에 발을 들여놓지 않게 되었다. 1년쯤 지나자 그런 것을 집에 부둥켜안고 있는 것이 거추장스러워져서 그는 중고 레코드 상인을 불러 전부 처분했다. 귀중한 레코드가 많았던 탓인지 상당한 가격이 매겨졌다. 소형자동차를 살 정도의 금액이었지만 그것조차 그에게 있어서는 아무래도 상관없었다. 그 레코드의 산더미가 완전히 치워지자 토니 타키타니는 이번에야말로 정말 외톨이가 되었다.(p.49)

주인공이 완전히 외톨이가 된 모습만을 클로즈업시키고 있다. 무한질주가 자행되는 고속도로 한켠에 버려진 사고차량의 처참한 몰골을 연상케 한다. 문명의 최첨단과 그 문명의 일부의 잔해가 내동댕이쳐져 있는 풍경이 하루키가 그리고 있는 마지막 신scene이다. 그곳에는 절대 고독만 존재할 뿐 고독 이후의 어떤 기록조차 없다. 고독이 있는 풍경만 있을 뿐 고독에 대한 그 어떤 진단도 그 이후의 어떤 전망도 내리고 있지 않다. 어쩌면 이 시대의 독자들이 간절히 원하고 있을 지도 모를 희망의 메시지나 그럴싸한 복음이나 어떤 신화적인 갈구를 하루키는 매몰차게 외면한다.

그 모든 것을 독자의 몫으로 남겨두는 하루키가 남긴 메시지는 강렬할 수밖에 없다.

이에 비해 요시모토 바나나는 절망적인 고독에서 감히 희망을 캐려는 시도를 감행하고 있다. 그것은 미카게의 행동으로 나타난다.

절대적인 고독에 견인되어 피해망상적인 삶을 꾸려가는 미카게에게서도 고독을 새롭게 볼 수 있는 전향적인 자세가 여기저기 나타난다. 미카게는 고독을 꿰뚫어 볼 수 있는 혜안을 가지려고 안간힘을 쓴다.

> 세상에 이 나에 가까운 피를 나눈 사람은 없고 어디에 가서 무엇을 하든지 가능하다는 것은 호쾌한 일이었다. 이 세상은 상당히 넓고 어둠은 이렇듯 깊은데 그 끝없는 흥미로움과 고독을 나는 처음으로 이 손으로 이 눈으로 접하게 된 것이다. 지금까지 나는 한 눈을 감고 세상을 본 것이다.(p.16)

고독의 이면의 세계에서 자유가 있다는 사실을 그녀는 얼핏 본 것이다. 그녀에게 이것마저 없으면 삶을 지탱해나갈 수 없다. 자신 앞에 어두움은 널려있지만 그걸 꼭 부정적으로 볼 필요가 없으며 경우에 따라서는 흥미로움의 세계일 수도 있고 그 결과로 고독이 세상을 잘 이해하는데 도움을 줄지도 모른다. 거의 폐쇄적인 삶을 살아가는 사람에게 있어 이런 깨달음은 놀라운 변화이다. 금방이라도 파멸해버리고 말 것 같은 극도의 절망의 순간과 당장 질식해버릴 것 같은 숨 막히는 상황과 빛이라고는 전혀 없는 캄캄한 어둠 속에서도 바나나의 소설은 치유와 화해와 구원의 메시지를 건져내는 노력을 게을리 하지 않는다.

> 문득 정신을 차리자, 머리위에 보이는 밝은 창에서 흰 김이 나오고 있는 것이 어둠에 떠 있었다. 귀를 기울이자, 안에서는 부산하게 일하는 목소리와 냄비소리 식기소리가 들려왔다. 부엌이다. 나는 어쩔 수 없이 음울하고 그리고 밝은 기분이 되어 머리를 감싸고 웃었다. 그리고 벌떡 서서는 스커트를 털고 오늘 돌아갈 예

> 정으로 있던 타나베 집으로 향했다. (중략) 실컷 울었더니 상당히 가벼워져서 기분 좋은 졸음이 찾아왔다. (중략) 유리케이스 안에 들어있는 고요함이었다.(pp.51-53)

이미 언급한 바와 같이 미카게는 극도의 절망 속에서 부엌을 갈구하고 있다. 그녀에게서 부엌의 이미지인 밝은 창과 하얀 김, 식기소리와 유리케이스 안의 고요함 등은 구원과 치유의 메시지이다. 그것들은 미카게와 진정으로 소통할 수 있는 존재들이다. 인간과의 소통불능상태에 빠져있는 미카게이지만 부엌과는 진정으로 소통할 수 있다는 점이 작가의 주선율이다. 따라서 인간과의 유대관계는 없어도 부엌과의 유대관계는 돈독하다. 실컷 울음을 통해 찾아오는 카타르시스에서 부엌은 빠질 수 없는 공간인 것이다. 이 소설 전편의 마지막에도 주인공은 부엌과 동행할 것임을 선언하고 있다.

> 나는 몇 개나 몇 개나 그것을 가질 것이다. 마음속에서 혹은 실제로 혹은 여행지에서 혼자서 여럿이서 둘만이 내가 사는 모든 장소에서 틀림없이 많이 가질 것이다.(p.62)

인간과의 관계는 집착하지 않더라도 부엌과의 관계는 이렇듯 집요하다. 이로써 부엌은 미카게에게 있어서 무한대의 동행관계이며 불멸의 관계이며 완성의 관계인 것이다.

> 방전체가 선룸처럼 빛으로 가득 차 있었다. 달콤한 색깔의 푸른 하늘이 끝없이 보이고 눈이 부셨다.(p.26)

하룻밤을 보내고 난 다음에 광휘로 가득한 방에서 달콤한 색깔의 푸른 하늘을 주인공은 만끽하고 있다. 방 전체에 넘치는 빛이 미카게의 우수를 말끔히 털어내고 있다.

> 나는 문득 그녀를 보았다. 폭풍 같은 데자뷰가 엄습해온다.
> 빛, 내려 쏟아지는 아침 햇살 속에서 나무 냄새가 난다. 이 먼지 쌓인 방의 마룻바닥에 쿠션을 깔고 뒹굴면서 텔레비전을 보는 그녀가 무척이나 정겨웠다. (중략) 대낮, 봄다운 날씨로 밖에서부터는 아파트의 정원으로 떠드는 아이들의 웃음소리가 들린다. 창가의 초목은 부드러운 햇살에 쌓여서 선명한 녹색으로 빛나고 멀리 맑은 하늘에 엷은 구름이 천천히 흐른다. 느긋하고 따뜻한 낮이었다.(p.26)

내려 쏟아지는 아침 햇살의 은총을 받아 유우이치의 어머니가 뒹굴고 있고 떠드는 아이들의 웃음소리가 나고 초목이 부드러운 녹색을 드리운다. 이것은 아주 자연스럽고 흔하게 주변에서 얼마든지 연출될 수 있는 장면이다. 그저 평화로운 광경이다. 하지만 주인공은 그런 모습을 아주 절실하게 바라보고 있다. 주인공 미카게가 이런 안락함에 얼마나 목말라 하고 있는지를 나타내는 방증이다. 항상 찾아드는 빛에 눈길을 주고 그 빛을 음유할 줄 아는 대단한 정서는 외로움과 원천적인 고독 속에서 길러진 병적인 갈망이자 집착이기도 하다. 이 여인의 눈길은 찰나적인 햇살도 간과하지 않고 있다.

> 컵이 햇살에 비쳐서 차가운 일본차의 녹색이 바닥에 아름답게 흔들렸다.(p.27)

물에 탄 차가운 질감의 일본차의 녹색 이미지라는 필터를 통해서 흔들리는 햇살을 감각으로 느껴내는 주인공의 섬세함이 찰나적이기에 더욱 예리해 보인다. 그런 여인이 사랑에 빠진다면 그것은 얼마나 심연일까를 상상하게 하는 대목이다. 무사상이나 무철학 등의 이유로 바나나 작품의 중량감이 다소 떨어진다는 지적도 있지만 바나나의 아버지이자 평론가인 요시모토 타카아키吉本隆明는 이 점을 다음과 같이 지적하고 있다.

> 너의 소설 독법이라 할까, 어째서 그렇게 많은 사람에게 읽혀지고 있는가 하면 요컨대, 네 작품 속에는 부드러움이라 할까, 치유라고 해도 좋을지 모르겠는데. 그런 것이 있어. 이것이 객관적으로 존재하고 있으니까, 어쩔 수 없다고나 할까, 그것마저 없으면 그다지 많은 독자가 읽지 않겠지만 그것이 있어.[11]

현대인의 고독과 아픔을 날카롭게 파헤쳐내고 부드럽게 치유를 모색하는 모습은 그녀의 아버지가 지적하고 있듯이 현대인의 신화적인 갈구나 복음에 대한 목마름을 촉촉이 적셔주려는 바나나의 문학적인 봉사이다.

4. 마무리

현대인의 욕망의 무한적인 확장과 그에 따라 필연적으로 수반되는 종말의 황폐하고 쓸쓸함으로 귀결되는 현상에서 소설가의 글쓰기 전략은 묵시록적 상황의 드러냄으로 일관하든가, 아니면 극도의 결핍의 상황 속에서도 한 줄기의 생명의 빛을 찾아내려는 간절하고 눈물겨운 노력의 양상으로 시종하든가의 둘 중의 하나로 집약될 수 있다. 이런 글쓰기 양상은 두 소설에서 두드러지게 나타나는 대비현상이다. 바로 전자가 하루키의 소설 『토니 타키타니』라면 후자는 바나나의 『키친』이다.

제재와 쓰인 시기의 유사성으로 선택된 두 작품인 무라카미 하루키의 『토니 타키타니』와 요시모토 바나나의 『키친』은 그 유사성에서도

11 吉本隆明·吉本ばなな, 『吉本隆明×吉本ばなな』, ロッキング·オン, 1977, p.119

불구하고 작품성에서는 판이하게 나타났다.

양 작품의 작중인물들은 모두들 각자에게 힘겹게 부과된 절대 고독 속에서 서성이는 실루엣들이다. 이들은 모두 자신이 처한 절대 고독을 순응하며 살아간다. 그러면서 그 고독을 견디어내기 위하여 작중인물 모두가 한결 같이 자살이나 비상수단을 강구하지 않고 대신에 무언가에 집착하는 모습을 보이며 그것이 그들의 힘겨운 삶을 지탱해주는 요소이다.

『토니 타키타니』의 작중인물들은 고독을 운명처럼 받아들이며 그 고독의 굴레 속에서 물 흐르듯 살아가고 그러다가 죽어간다. 그리고 이 소설에서는 가족의 죽음마저도 평온과 권태 속에서 무의미한 도시적인 일상으로 치부되어버린다. 소설의 소프트한 외관과는 달리, 죽음이 더 이상 충격이나 파멸적인 대사건이 아닌 시대, 비극이 사라진 시대의 비극이 바로 현대라는 작가의 섬뜩한 메시지가 담겨 있었다.

『키친』에서는 주인공 미카게가 고독의 외로움에 휘둘리면서도 부단히 고독의 이면에 숨어 있을 희망을 캐려는 노력을 멈추지 않는다. 금방이라도 파멸해버리고 말 것 같은 극도의 절망의 순간과 당장 질식해버릴 것 같은 절체절명의 상황 속에서도 이 소설은 치유와 화해와 구원의 메시지를 건져내려는 눈물겨운 노력을 멈추지 않는다. 이 소설은 현대인의 신화적인 갈구나 복음에 대한 목마름을 촉촉이 적셔주려는 바나나의 문학적인 봉사의 결정結晶이다.

요컨대 같은 제제가 다루어진 양 작품 속에서의 절대고독의 순간에서도 『키친』에는 바나나적인 치유의 모색과 긍정적인 메시지가 있는 반면, 하루키의 『토니 타키타니』에서는 다만 그곳에 고독이 존재하는 풍경에서 종지부를 찍고 고독에 대한 어떤 전망이나 메시지를 주고 있지 않다.

바나나의 따스함과 하루키의 냉철함이 좋은 대조를 이룸을 알 수 있다.

제2장

한 · 일 소설의 피안(彼岸) 이미지

'피안彼岸'이란 협의의 의미로는 현세를 뜻하는 '차안此岸'의 상대어 개념으로 죽어서나 갈 수 있는 저승을 지칭하지만 현세에서는 존재할 수 없거나 도달하기 어려운 경지로도 쓰이며 일본에서는 세시풍습[12]으로도 남아 있다. 그러나 일본『국어 대사전』에는 '절대의 완전한 경지', 혹은 '깨달음의 경지,' 그리고 '이쪽의 인간의 세계에 대해서 그것을 초월하는 세계'[13]라고 규정하고 있으며 문학이나 철학 등의 분야에서도 도달할 수 없는 '이상향'이나 '동경에 대한 환상'까지 확장된 의미로 쓰인다.

이 장에서는 황순원(1915~2000)의『소나기』(1952)와 카와바타 야스나리川端康成(1899~1972)의『이즈의 소녀무희伊豆の踊り子』(1926)의 두 작품 속에서 각각의 남자 주인공 소년이 우연히 만난 소녀와 사랑에 빠져들었다가 이내 사라져버린 환상적인 사랑이 만들어낸 꿈같은 세계를 〈피안의 세계〉로 보고 그 세계의 이미지가 각 소설 속에 어떻게 형상화되

12 히강에彼岸会; 춘분과 추분을 가운데 날로 해서 앞뒤 3일을 포함한 7일간으로 이 기간은 이승에서의 시간도 저승의 시간으로 간주하여 가무를 삼가며 조상에게 감사하고 깨달음의 경지로 안내하는 각종 불교행사를 개최한다.

13『國語大辭典』, 11卷, 小学館, p.166

고 주인공에게 어떻게 영향을 끼쳤으며 그것은 소설에서 어떤 의미인가를 중심으로 살펴보고자 한다.

이것을 통해서 공통점과 상이점이 드러날 수 있는데 전자는 순수한 사랑의 실체에 대한 폭 넓고 심도 있는 접근을 도울 것이며 후자는 양 작가의 이질성, 나아가서는 양국문화의 차이까지도 증언해 줄 것이다.

두 작품은 공히 양국의 중·고교 교과서에 실려서[14] 급변하는 시대변화 속에서 인간 삶의 가공할만한 변화에도 불구하고 전혀 빛바래거나 풍화되지 않고 시대의 때가 묻지 않은 인간의 순수함이 빚어낸 사랑의 풋풋함을 증언하거나 인간 사랑의 원초적인 순수함을 파수하고 있다.

변화의 해일 속을 살아가는 현대인은 한편으로는 많은 것을 얻고 누리게 되었지만 다른 한편으로는 많은 것을 잃거나 버려야했다. 그 과정에서 드러난 가장 두드러진 점은 인간의 교류형태의 변화이고 그중 남녀의 사랑의 양상의 변이는 으뜸일 것이다. 이제 플라토닉 러브 같은 것은 이미 화석화되거나 형해화形骸化되고 말았으며 그런 류의 사랑은 이제 일부의 미담쯤으로나 회자되는 시대가 되었으며 앞으로는 전설이나 설화의 수준 정도로 그 명맥을 이어가게 될지도 모른다. 남녀의 사랑이 효용가치를 따지거나 편의성에 좌우됨에 따라 그것이 가지고 있어야할 신비성이나 순수성은 송두리째 증발되고 말았다. 도회지에 묻혀 살다보면 그만큼 때 묻지 않는 전원 그대로의 산하가 그리워지듯이 사랑 형태의 변화가 가속화되면서 상실해버린 사랑의 신비성이나 순수성에 대한 강한 향수가 그대로 현대인의 마음 한편에 고향으로 자리 잡게 되었다.

무구無垢의 멋과 아련한 시골의 정취를 정지된 시간 속에 오롯이 담고 있는 토속의 고향 같은 존재가 바로 『소나기』이다. 바로 이 소설 덕

14 일본에서는 『이즈의 소녀무희』에 나타난 작가의 차별적인 시선의 영향으로 게재한 교과서가 많이 줄었지만 한국에서는 여전히 30년 이상 변치 않고 단골로 게재되고 있다.

분에 한국인은 언제나 그곳을 드나들며 귀향의 기쁨과 사랑의 순수함을 맛볼 수 있고 그것이 변함없이 교과서에 게재되는 이유일 것이다. 한국인은 바로 이 『소나기』에서 현실을 훌훌 벗어던지고 누구나 풋풋한 첫사랑의 소년소녀가 된다.

> 소나기의 가장 큰 미덕은 정서의 환기력에 있다. 이 텍스트가 세대를 넘어 공감을 이룰 수 있었던 이유도 여기에 있는데 즉 뚜렷한 캐릭터의 분명한 갈등해소과정으로 서사를 이끈다기 보다는 첫사랑의 보편적인 소재에 공감할 수 있는 정서적 소도구가 가장 두드러지고 있는 것이다. 단순화하는 것이 허락된다면 『소나기』를 향유할 때마다 우리는 첫사랑의 소녀이거나 소년일 뿐이다.[15]

같은 이유로 일본인은 『이즈의 소녀무희』를 통해 언제나 소년소녀가 되어 가슴 설레는 이즈로의 여행[16]을 떠날 수가 있는 것이다.

> 이 소설이 만인에게 사랑받는 청춘소설로 성공한 것은 여기에 등장하는 〈나〉가 추상화된 한 사람의 청년이고 누구든 그의 감성의 움직임에 자신을 적용시킬 수 있고 그를 대신하여 여행을 떠나는 듯한 기분에 젖어들 수 있기 때문이다.[17]

또한 이 두 작품은 그것들이 공히 갖고 있는 성장소설의 특징으로 인해 이 작품에 대한 섭렵은 한국과 일본의 젊은이들에게 부여된 성장

---

15 박기수, 「소나기와 에니메이션」 『황순원 소나기 마을의 OSMU&스토리 텔링』, 렌덤하우스, p.203

16 현재도 소녀무희의 이름을 딴 '사휘르 오도리코サフィール踊り子'라는 특급열차가 운행 중이다. 여기서 '사휘르'는 '푸르고 아름다운 이즈의 바다와 하늘을 이미지화'한 것이다.

17 中村光夫, 「川端康成」 『中村光夫作家論集』, 講談社, pp.163-164

을 위한 통과의례인 셈이다. 이 작품들은 흔히 소설의 이름을 빌린 시로 농축된 사랑의 서사시라고 한다. 한일 양국의 소년 소녀는 이 소설의 이미지가 마음속에 고향으로 자리매김하게 되는 과정을 수반한다.

우선 두 작가를 살펴보기로 한다.

1. 작가의 서정성

피안의 이미지는 서정성을 주선율로 한다. 본장에서 대상으로 하는 두 작가의 작품을 관류하는 가장 큰 특질 중의 하나가 서정성이며 비교 대상의 두 소설에서도 공히 작가특유의 서정적 기질이 피안의 이미지를 빚어내고 있다. 우선 두 작가가 걸었던 서정성의 궤적을 살펴보기로 한다.

소설가 황순원은 1931년 「나의 꿈」이란 시를 『동광』지에 발표하며 시인으로 등단하였다. 그는 곧 소설가로 전향하였는데 소설로의 전향의 변으로 "나는 소설 속에 더 넉넉한 시를 담을 수 있다는 생각을 하고 소설을 써왔다"[18]라고 밝히고 있다. 흔히 이 작가에 대해 꿈, 이미지, 문체, 시점, 결말장치 등을 언급하곤 한다. 이것들은 이 작가를 여는 키워드인 셈이며 이것들은 예외 없이 시적인 것, 서정적인 것과 결부된다.

천이두는 황순원 소설에서 세부묘사의 대담한 생략을 통한 이미지의 전달에 주목하며 "그의 작품에 한결같이 감도는 아련한 시적 무드가 이런 데서 빚어진다"[19]고 설명하고 있으며 이재선은 "리리시즘과 서술 사이에 근거하는 서정적 소설로 특이한 색채를 발산한다[20]"고 주

18 송하춘, 「문을 열고자 두드리는 사람에게 왜 노크하냐고 묻는 어리석음에 대하여」 『작가 세계』, p.53
19 천이두, 「시와 산문」 『일지사』, p.130
20 이재선, 「한국현대소설사」 『홍성사』, pp.404-405

장하고 있고 이남호는 "문학적 사유의 출발점은 존재의 아름다움과 외로움의 섬세한 자각이라"[21]고 설명하고 있으며 김동선은 "황순원의 소설의 짙은 서정성과 인간미 넘치는 주인공들의 모습은 모두 아름다움으로 통하는 것[22]"임을 강조한다.

위의 언설들을 종합해보면 황순원이 그려낸 소설은 〈시적 이미지를 빌어 결정結晶된 아름다운 서정이며 그것은 존재의 아름다움과 외로움의 섬세한 자각에 근원을 두고 있는 것〉으로 요약할 수 있을 것이다.

카와바타 야스나리는 본격적인 문학의 출발은 소설이었지만 그는 장편소설掌篇小說[23]이라는 특이한 소설 장르를 통해서 끊임없이 시적 역량을 키워왔다. 거기서 양성된 것은 카와바타 특유의 서정이다.

나카무라 미츠오中村光夫는 이 점에 대해

> 카와바타씨는 하나의 반역을 끝낸 다음, 같은 냉정함으로 다음 반역을 준비한다. 아마 그는 이 삭막한 마음의 밑바닥에서 고작 자신의 생명의 따스함을 재고 있음에 불과할지도 모른다. 서정이란 이러한 그의 마음에 있어 단지 보기 드문 성총聖寵으로 주어진 것일 것이다. 당연히 그의 서정은 예리한 빛을 발하지 않을 수가 없다. (중략) 카와바타씨는 현대문학계에 보기 드문 천성의 시인이다.(중략) 어쩌면 카와바타씨는 소설을 자신의 시의 표현이라고 믿을 수 있는 마지막 사람인지도 모른다[24]

라며 카와바타의 시인적 기질과 작가적 고투의 산물로서의 서정성의

21 이남호, 「물 한 모금의 의미」 『문학의 위족僞足』 제2권, p.337
22 김동선, 「황고집의 미학, 황순원의 가문」, 『문학과 지성사』 오생근 편, p.264
23 카와바타가 선호했던 소설 양식. 400자원고지 2매에서 10매 분량으로 단편소설보다 짧다. 그는 "많은 문학자가 젊은 시절에 시를 쓰지만 나는 시 대신에 장편掌篇소설을 썼다"(『川端康成全集 33』, 新潮社, p.430)고 밝히고 있다.
24 中村光夫, 『中村光夫作家論集』, pp.139-148

양상을 예리하게 해부해서 들춰내고 있다. 그는 이어 "자연이란 온갖 장려한 그림으로 가득 찬 박물관 같은 존재이지만 장막으로 가려져 있어 보통사람은 잘 들여다 볼 수 없으나 시인은 그 장막을 찢는다"는 텐느의 이야기를 인용하면서 카와바타의 서정성의 예리함이 인간생명에 대한 동경에서 기인함을 밝히고 있다.

> 그리고 사람들은 특히 그(카와바타)의 초기단편의 모두 부분의 필치에 자연의 막을 찢는 것처럼 보이는 메스의 예리함을 느낄 수 있다. 그는 어떤 점에 있어서도 이 감각의 예리함을 믿었다. 그리고 이것을 믿어 의심치 않을 때의 그의 감각은 독자적인 서정마저 탄생시키게 하는 힘을 갖고 있었다. 자연에 관해서 개성적인 표상을 갖는다는 것은 그 최고의 수수께끼인 인간의 생명에 대해 자신만의 동경을 갖는 것이다.[25]

흔히 카와바타의 작품을 비정의 아름다움, 혹은 허무의 슬픔으로 이야기하곤 한다. 하지만 그런 외형에 대한 평가의 이면에는 자연에 드리워진 장막을 거두어내고 그 속에서 미와 조화를 발견해내는 것은 물론 개성적인 표상으로 인간의 생명에 대해 동경을 갖게 하는 것이 카와바타의 서정의 실체인 것이다.

하토리 테츠야羽鳥徹哉는

> 전통과 전위라는 요소가 카와바타川端문학에서 융합되었다. 괴롭고 절망적인 현실을 응시하면서도 그러한 현실 속에 확실히 존재하는 아름다운 것, 순수한 것을 예민하게 포착해서 섬세하게 표현했다[26]

25 전게서, p.140
26 羽鳥徹哉,『新研究資料現代日本文学』, 明治書院, p.202

면서 카와바타의 서정의 근본도 역시 현실 속에서 존재하는 아름다움을 발굴해서 그것을 섬세한 이미지로 재생하는 것으로 요약할 수가 있다.

2. 피안의 세계

두 작품에서는 모두 소년이 우연하게 소녀를 마주치게 되면서 피안의 세계가 자연스럽게 형성된다.

『소나기』에서 가장 인상적인 것은 천진한 소년의 눈에 비치기 시작한 깜찍 발랄한 소녀의 모습과 행동, 그리고 그것을 감싸고 있는 훼손되지 않은 토속적인 자연이 그대로 순수하게 그려져 있으며 그것 모두는 별개의 형태로 존재하는 것이 아니라 자연스럽고 조화로우며 통일된 피안의 이미지로 결정되어가는 데에 있다.

> 분홍스웨터 소매를 걷어 올린 팔과 목덜미가 마냥 희었다. (중략) 저쪽 갈밭머리 갈꽃이 한 옴큼 움직였다. 소녀가 갈꽃을 안고 있었다. 그리고 이제는 천천한 걸음이었다. 유난히 맑은 가을 햇살이 소녀의 갈꽃머리에서 반짝거렸다. 소녀 아닌 갈꽃이 들길을 걸어가는 것만 같았다.[27]

징검다리 개울건너 소녀가 사라진 세계는 갈꽃으로 흐드러진 천지이다.

소녀의 등장으로 소년의 머릿속에서는 잠자고 있던 시선들이 일제히 홰를 치며 비상을 한다. 소년과 개울건너의 세계에 스파크가 일어나

27황순원, 『학원한국문학전집』, 학원출판사, pp.367~368, 텍스트, 이하 페이지만 표기.

듯 의미의 회로가 개통되고 소년에게는 그저 무의미하기만 했던 개울 건너편의 세계가 환희의 세계로 탈바꿈하게 된다. 더구나 팔과 목덜미가 마냥 흰데다가 분홍스웨터를 입은 소녀의 모습은 시골의 소년으로서는 처음으로 접하게 되는 이국적이고 이색적인 장면이다. 그래서 쏟아지는 가을 햇살 속에서 개울건너 갈꽃을 한 움큼 쥔 채로 움직이는 소녀가 꽃무더기가 걸어가는 것처럼 보이는 광경은 소녀가 나타나기 전에는 도래할 수 없었을 '피안의 세계'였으며 그것이 형상화된 한 폭의 그림인 것이다.

『소나기』에서 소박하고 향토색 넘치는 꾸밈없는 자연그대로의 세계 속에서 소녀의 화사하고 튀는 행동거지는 하나의 선명한 자국들처럼 독특한 리얼리티를 확보한다. 이런 이미지들은 그대로 하나로 수렴되어 소녀의 이미지를 환영화시키고 소년은 이내 그 이미지에 취하고 만다. 이것은 소나기처럼 불현듯 소년에게 찾아든 피안의 세계인 것이다.

현대인이 상실했던 자연은 소녀가 있음으로 해서, 소녀는 그 자연을 배경으로 함으로써 더욱더 선명한 이미지로 정착하며 소녀의 이미지는 소년에게 물처럼 스며든다. ① 소년에게 길을 비켜주지 않고 한가운데 앉아서 계속 물을 움켜낸다. ② 소년이 말을 걸자 '이 바보'하고 조약돌을 던진다. ③ 어느 날 그들이 개울가에서 마주쳤을 때 소녀가 먼저 말을 건넸으나 못들은 체 하자 다시 소년에게 조개의 이름을 묻는다. ④ 소년에게 산 너머에 가보자고 제안한다. ⑤ 소나기가 그친 후 도랑물이 엄청나게 불어나자 소년이 등을 돌려대며 업히라고 말했을 때 순순히 업혀서 도랑을 건넌다. ⑥ 소녀는 개울가에서 소년을 만나 분홍스웨터 앞자락에 옮은 검붉은 진흙물에 대해 이야기하면서 붉어지는 소년의 얼굴을 바라본다.

소녀의 행동은 한결같이 거침없고 투명하며 거리낌이나 그림자 하나 없고 청명한 가을 하늘처럼 맑고 깨끗하다. 이것이 픽션이 갖는 가장 감동적인 부분일 것이다. 여기서 소녀마저 소년처럼 소극적이고 수줍음을 타는 캐릭터였다면 이 소설은 독자에게 감흥을 주지 못했을 것이다. 이 소설에서 소녀는 항상 소극적이고 수줍음이 많다는 고정관념을 단번에 전복시켜버리면서도 그것이 어색하기는커녕 작품 전체에 산뜻하고 생동감이 강한 리얼리티가 도처에서 역동적으로 꿈틀댄다.

이 소설에서 소년과 시골의 전원 풍경이 그대로 인위적인 때가 묻지 않은 채 묘사되어 있으며 그것이 하나의 축을 이루고 있다면 소녀의 화사하고 발랄한 이미지가 또 하나의 축으로 둘은 팽팽하고 탄탄한 균형을 유지하며 작품을 지탱하고 있는 셈이다.

이런 소녀 앞에서 소년은 인간적인 본능을 그대로 들키고 만다. 어느 날 갑자기 들이닥친 화사한 소녀에 의해서 소년은 사정없이 발가벗겨지고 내부의 마음속까지 맑은 냇물 속처럼 드러난다. 발가벗겨진 소년의 행동들이 여기에 줄줄이 엮이고 만다.

① 징검다리 한가운데 앉아 길을 막고 물장난하는 소녀에게 비켜 달라는 말을 못하고 개울둑에 앉아서 비킬 때까지 기다린다. ② 징검다리 한가운데 앉아 소녀가 하던 물장난 흉내 내는 것을 소녀에게 들키자, 황급히 달리다가 디딤돌을 헛디뎌 물속에 빠진다. ③ 소녀 앞에서 송아지를 올라타고 자랑스러워한다. ④ 소녀를 생각하며 흰 조약돌을 만지작거린다. ⑤ 오랜만에 소녀를 보자, 가슴부터 두근거린다. ⑥ 소녀가 주는 대추를 선뜻 받지 못하고 주춤한다. ⑦ 소녀가 이사하는 것을 가볼까 말까 망설인다. ⑧ 조개, 들꽃, 원두막 등을 묻는 소녀의 말에 우쭐하며 대답한다. ⑨ 소녀가 꽃을 꺾다 비탈진 곳에서 미끄러지자, 상처의 핏방울을 빨고 송진을 바르고 꽃을 꺾어준다. ⑩ 소녀 앞에서 송아지를 타고 내리기 싫어한다. ⑪ 소나기가 그친 후 소녀를 등에 업어서 도랑을 건넌다. ⑫ 소녀에게 주기위해 몰래 딴 호두를 옴이 오르기 쉽다는 사실도 잊은 채 맨손으로 깐다. ⑬ 윤초시네 제사상에 놓을 닭을 가져가는 아버지께 큰 얼룩수탉을 가져다주라고 한다.

소년의 심상풍경의 형상화가 이미지로 거의 완벽하게 재현되어 있다. 소녀의 모습이 일상에서 많이 일탈하고 있는 것과는 대조적으로 소년의 모습은 시골소년에게서 흔히 발견할 수 있는 보편성을 가지고 있다. 그러면서 소녀의 실루엣은 역설적이게 소년의 전통적이고 인습적인 호환성에 의해 뒷받침되고 있다.

생전 겪어보지도 못하고 심지어는 팔자에마저 없을지도 모를 서울에서 내려온 소녀라는 이성과의 만남 앞에서 허둥대거나 두근거리거나 우쭐대는 모습, 이런 것들은 어쩌면 마음한구석에 방치되거나 봉인되어 잠들고 있는 잃어버린 우리들의 자화상 같은 존재이며, 소녀라는 인물로 인해 하나씩 벗겨지거나 복원되어가는 모습은 어쩌면 남성의 가공되지 않은 본원적 자태인지도 모른다. 이것들은 모두가 다 피안의 이미지와 연루된 소년의 행동거지들이다.

『이즈의 소녀무희』에서도 주인공 소년[28]이 이즈로 떠난 여행길에서 우연히 소녀를 마주치게 된다.

"나는 하나의 기대로 가슴을 설레며 길을 서두르고 있었다"[29]라는 문장에서 알 수 있듯이 홀로 떠난 여행 속에서 유랑극단 일행 중 소녀무희를 발견하고는 곧바로 그녀에게 사로잡힌 채 가슴을 설레면서 그 일행을 쫓는다.

> 멍하니 서있는 나를 본 소녀무희가 즉시 자신이 앉았던 방석을 빼서는 뒤집어서 옆에 놓았다. (중략) 처음 내가 유가섬湯ヶ島으로 오는 도중 슈젠사修善寺로 가는 그녀들과 유가와湯河다리 근처에서 우연히 마주쳤던 때는 젊은 여인이 3명이었는데 소녀무희는

28 작품에는〈나〉가 20세의 청년으로 등장하지만 주인공을〈청년〉보다는〈소년〉으로 파악하는 경우가 많다. 나카무라의 앞의 책에는 이 작품의 주인공을 소년소녀의 사랑이야기(p.141)나 소년의 등장(p.145, p.176)이라고 표현하는 등 소년으로 보고 있다.

29 川端康成, 『日本近代文学大系 42』, 角川書店, p.86, 텍스트 ,이하 페이지만 표기.

큰 북을 들고 있었다. 나는 몇 번이고 뒤돌아보며 여정이 몸에 배어있다고 느꼈다. (중략) 유가섬의 이틀째 밤에 숙소로 흘러 들어왔다. 소녀무희가 현관의 마룻바닥에서 춤추는 것을 나는 계단 중간에 걸터앉아서 넋을 잃고 바라보고 있었다. 그날이 슈젠사였고 오늘밤이 유가섬이라면, 내일은 아마기天城고원을 남쪽으로 넘어가 유가노湯ヶ野온천으로 가겠지. 아마기 30킬로의 산길에서 틀림없이 따라 잡을 수 있을 것이다. 그렇게 상상하면서 길을 서둘러 왔지만 비를 긋는 찻집에서 딱 마주쳤던 만큼 나는 허둥대고 말았던 것이다.(p.87)

소녀와의 첫 만남부터 큐피드의 화살이 꽂힌 주인공인 〈나〉는 오로지 그 소녀를 만날 생각으로 가슴이 주체하기 어려울 정도로 팔딱거렸고 그녀를 따라 정신없이 달려왔다가 찻집에서 그녀와 딱 마주치며 추적해왔다는 사실이 들켜버렸다고 느끼며 당황하는 모습이다.

이 소설에서는 소녀의 행동묘사가 극히 디테일한 양상을 보이는 것과는 달리, 소년의 소녀에 대한 감정의 파노라마나 심리의 변화가 격렬했을 터이지만 의외로 평면적이고 단순화된 묘사 탓으로 엉거주춤하다. 하지만 첫 인상에 반한 소녀와, 여정이 몸에 밴 그녀의 춤사위를 앉아서 감상하게 된 소년의 모습이 등장하는 장면은, 소년의 마음에 홀연히 흘러 들어와 소년을 사로잡아버린 『소나기』에서 한 컷과 그대로 오버랩 된다. 주인공인 소년에게 수줍음 많으며 티 없이 맑고 순수한 소녀의 춤사위와 단아한 자태의 이미지는 곧 피안의 개막[30]이다.

『소나기』와는 분위기가 사뭇 다르기는 하지만 『이즈의 소녀무희』도 예외 없이 소년과 소녀가 사랑으로 흔들리는 모습이 가감 없이 묘사

---

30 "예술이란 의지의 힘으로 복원된 유년 시대의 다름 아니다"라는 보들레르의 말을 인용하며 나카무라는 이 소설을 작가의 유년 시대의 저서라고 밝히고 있는데(앞의 책, p.132) 바로 이 증언이 피안의 시작을 증언하고 있는 셈이다.

되고 있다.

> 한 시간 정도 경과하자, 유랑극단 패거리가 출발하는 듯한 소리가 들려왔다. 나는 안절부절 못했지만 가슴만 분탕질 칠뿐 일어설 용기가 나지 않았다. 여행에 익숙하다고는 해도 여자의 발걸음인 만큼 1킬로 내지 2킬로 정도 뒤에 따라가면 단숨에 따라잡을 수 있을 거라고 생각하면서 화롯가 주변을 서성대고 있었다. 하지만 그 일행이 옆에서 사라지자, 오히려 나의 공상은 고삐 풀린 듯 생생하게 난무하기 시작했다.(p.89)

옆에 있던 그들의 모습이 떠나자, 소녀를 만나고자 하는 나의 공상은 걷잡을 수 없이 춤추며 거의 패닉상태가 된다. 길거리에서 우연히 만난 상대이므로 길이 엇갈리면 영원히 못 만날 수 있다고 우려하는 초조함이 잘 나타나 있으며 이미 소년에게 소녀는 그냥 지나 칠 수 없는 존재가 되고 만 것이다. 『소나기』의 소년처럼 여기서도 소년의 그런 모습이 사정없이 발가벗겨지고 있다.

> 소녀무희가 아래층에서 차를 날라 왔다. 내 앞에 앉자, 새빨개지면서 손을 바들바들 떨기 때문에 찻잔이 찻상에서 떨어지려는 찰나, 떨어뜨리지 않게 하려고 타타미 바닥에 놓으려하는 순간 차를 엎지르고 말았다. 너무나도 수줍음이 심했기에 나는 얼떨떨했다. 〈어머, 망측해라, 얘가 사랑에 눈떴나봐. 어머어머!〉라는 40대 여인이 어처구니없는 듯이 눈살을 찌푸리며 손수건을 던졌다. 소녀무희는 그것을 집어 들고 허겁지겁 타타미를 닦았다.(p.92.)

성에 눈뜨기 시작한 소녀가 수줍음으로 당황한 나머지 행동으로 툭 삐져나온 자신의 모습이 간파되지 않도록 온 신경을 집중시키다가 오히려 실수를 연발하는 모습이 적나라하게 나타나며 동병상련으로 그것을 남김없이 관찰하는 주인공 〈나〉의 모습이 얽히고설키면서 서로에 대한 성적性的 개안은 피안의 이미지로 점점 선명하게 형상화된다.

미시마 유키오三島由紀夫(1925~1970)는 카와바타 초기문학의 이런 에로티시즘에 대하여 다음과 같이 밝히고 있다.

> 그분의 에로티시즘은 그분 자신의 관능의 발로라기보다는 관능의 본체 즉, 생명에 대한 영원히 논리적 귀결을 거치지 않은 끊임없는 접촉, 혹은 접촉의 시도라고 하는 편이 어울릴 것이다. 그것이 진정한 의미에서 에로틱한 것은 대상, 다시 말해서 생명이 영원히 범할 수 없는 매커니즘에 있고 그분이 기꺼이 처녀를 묘사하는 것은 처녀에 머무르는 한, 영원히 범할 수 없지만 범하게 되면 이미 처녀가 아니라는 처녀 특유의 매커니즘에 대한 흥미라고 생각된다.[31]

카와바타의 에로티시즘이 주로 처녀를 대상으로 하고 있는 이유로 미시마는 생명과 처녀가 동시에 갖고 있는 아이러니(범하지 않으면 존재하지만 범하면 그자체가 상실되어 버리는 존재의 매커니즘)에 대한 작가의 지칠 줄 모르는 흥미에서 기인한다고 분석하고 있다. 결국에는 이것이 처녀와 생명력의 신비와 연결되고 이 신비는 피안의 이미지와 결부된다. 그러나 두 작품이 소년 소녀의 첫 사랑의 풋풋한 모습을 스케치하고 있으면서도 『이즈의 소녀무희』보다는 『소나기』에서의 장면이 훨씬 선명한 것은 작중인물에 대한 고정관념을 그대로 답습한 전자[32]보다는 그 관

31 三島由紀夫,「永遠の旅人」『文芸読本 川端康成』, 河出書房新社, p.42

32 가부장적이고 차별적 편견에 사로잡힌 카와바타와 일본의 풍토가 반영된 문학. 두 작품 사이에 26년의 시차가 나는 점을 감안하면 작품의 풍토가 되었던 사회환경상, 일본보다는 한국이 관념에서 좀 더 자유로웠거나 진취적이었음을 방증한다.

념의 허를 찌른 후자의 캐릭터의 성공에 기인한다고 볼 수 있다. 이런 피안의 이미지는 기다림으로 더욱 애틋하게 형상화되는데 특히 『소나기』에서 소년의 기다림과 기대와 그 과정에서 자신을 들여다보는 과정은 작품 곳곳에서 나타나고 있다.

> 소녀의 그림자가 뵈지 않는 날이 계속 될수록 소년의 한구석에는 어딘가 허전함이 자리 잡는 것이었다. 주머니 속 조약돌을 주무르는 버릇이 생겼다. 그러한 어떤 날 소년은 전에 소녀가 앉아 물장난을 하던 징검다리 한가운데 앉아 보았다. 물속에 손을 잠갔다. 세수를 하였다. 물속을 들여다보았다. 검게 탄 얼굴이 그대로 비쳤다. 싫었다. 소년은 두 손으로 물속의 얼굴을 움켜쥐었다. 몇 번이고 움켜쥐었다.(p.368)

며칠 동안 소녀를 보지 못하고 있는 소년의 허전함과 소녀에 대한 애틋한 그리움이 형상화되어 있는 장면이다. 어느새 소년의 뇌리 속에는 소녀로 가득 차 있다. 그리고 소녀의 모습을 통해서 자신의 모습을 보게 된다. 평소에 쳐다보지도 않던 자신의 모습이 소녀의 모습(피안의 형상)과의 비교를 통해 부각되는 것은 검게 탄 자신의 초라함이다. 끝내는 그 모습이 혐오스러워 몇 번이고 물에 비친 자신의 얼굴을 움켜쥐고 만다. 보이지 않는 피안의 모습이 더욱 애틋하게 소년의 가슴을 저미게 만들고 있는 것이다. 지극히 절제된 표현이긴 하지만 소년의 본능이 소년의 행동과 모습으로 그대로 리얼하게 드러나 있다.

> 그러다가 깜짝 놀라 일어나고 말았다. 소녀가 이리로 걸어오고 있지 않느냐. 숨어서 내하는 꼴을 엿보고 있었구나. 소년은 달리기 시작했다. 디딤돌을 헛짚었다. 한발이 물속에 빠졌다. 더 달렸다. 몸을 가릴 데가 있어줬으면 좋겠다. 이쪽 길에는 갈밭도 없다.

> 메밀밭이다. 전에 없이 메밀 꽃 내가 짜릿하니 코를 찌른다고 생각 됐다. 미간이 아찔했다. 찝찔한 액체가 입술에 흘러들었다. 코피였다. 어디선가 바보, 바보 하는 소리가 자꾸 뒤 따라 오는 것 같았다.(p.368)

밀려드는 열등감에 사로잡힌 소년에게 최악의 상황이 벌어지고 만다. 소녀가 자신의 일거수일투족을 숨어서 본 것이다. 마음속을 간파당한 소년이 도주하는 모습과 소녀의 걸어오는 모습이 극적으로 대칭을 이루면서 소설도 새로운 서정을 향해 질주한다. 메밀밭 정경과 꽃내음과 달리는 소년과 그에게 들리는 환상의 소리, 소녀의 당돌함이 함께 빚어내는 파노라마가 만들어내는 극적인 서정인 것이다. 그런 와중에서 몸 안에서 흐르고 있어야 할 피마저 코 밖으로 터져 나오고 말았다. 그 붉은 색 코피야말로 소년의 정열을 나타내는 색이며 그것이 흘러들었다는 것은 소년의 정열이 노출되고 말았다는 것이고 그 노출로 인해 유발되었을 소녀의 냉소가 한층 선명하다. 더구나 발랄한 소녀의 모습을 글속에 숨김으로써 소년의 질주는 더욱 극적이고 소녀의 행위는 열린 해석을 통해서 색다른 리얼리티를 확보하게 된다. 이 장면에서 소녀마저 달려왔다든가, 쫓아왔다든가 하는 행위로 드러나면 소년의 질주의 긴박감이 반감되고 소설의 긴장도 위축된다. 소녀의 행위를 독자의 상상의 공간 속으로 묻어둠으로써 장면의 효과를 극대화시키는 황순원의 탁월한 재능이 빛나는 순간이다. 그리고 여기서 간과할 수 없는 것은 앞에서도 언급했지만 남녀의 역할의 뒤집기를 통해서 얻어내는 픽션의 효과이다.

> 황순원의 작품 속에서 여성은 문명, 지식, 성숙, 건강, 상식 그리고 때로는 이러한 특성인 가식성, 부패와 냉소 따위를 대표한다. 이에 비해 남성은 자주, 결백, 순수, 허약, 무력, 소심과 우유부단 등의 성질을

갖는다.[33]

황순원의 단편소설은 전격적인 역할 역전을 통해서 드라마성과 독자의 흥미 유발을 담보한다. 소설 『소나기』도 예외가 아니다. 이것을 통해서 소년의 내부에 비친 소녀의 모습은 훨씬 신선하고 아련하다. 소년 내부에 결정結晶된 소녀의 이미지는 그래서 더욱 피안의 이미지일 수밖에 없다.

『이즈의 소녀무희』에서도 기다림의 텍스트는 작품의 박진감을 더하며 소년의 소녀에 대한 기다림은 아련한 피안의 이미지를 더해가고 있다.

> 소녀무희의 오늘밤이 더럽혀지는 것이 아닐까하고 가슴이 쓰렸다. 비덧문을 닫고 잠자리에 들어서도 가슴은 괴로웠다. 또 탕 속으로 들어갔다. 뜨거운 물을 거칠게 저었다. 비가 그치고 달이 떴다. 빗물에 씻긴 가을밤이 시리도록 맑고 밝았다. 맨발로 욕실에서 빠져나가봤댔자 뾰족한 수가 없었다. 두시가 지나고 있었다.(pp.94-95)

존재의 아이러니의 대상인 소녀무희가 더럽혀지고 그 결과로 자신의 꿈이 산산조각이 나는 것은 아닐까하며 아슬아슬한 상상을 한다. 아름다움을 그 자체로 순수하게 보는 것이 아니라 이미 고아 근성으로 왜곡되어 있는 자신의 심성으로 해석하고 있는 모습이다. 결국 그는 그날 밤 소녀가 더럽혀지는 것이라는 의심을 하며 소년은 지옥 같은 질곡의 밤을 보낸다. 다음 날은 그 오해가 풀리며 다시 소녀무희를 열렬히 사랑하게 된다.

---

33 부르스 풀튼, 「황순원의 단편소설 연구」, 서울대 논문. p.16

> 자욱한 탕 속에서 갑자기 발가벗은 여자가 뛰어나오는가 했더니 탈의장 끝에서 개울가로 뛰어내릴듯한 모습으로 서서는 양손을 쭉 펴서 무언가 외치고 있다. 수건조차 없는 완전한 나체였다. 그것은 소녀무희였다. 어린 동백나무처럼 시원하고 늘씬하게 뻗은 다리의 하얀 나체를 바라보며 나는 마음속으로 맑은 샘을 맛보고 휴 하고 안심하며 너털웃음을 웃었다. 어린아이였어. 우리들을 발견해 기쁜 나머지 발가벗은 채 햇살 속으로 뛰어나와 있는 힘껏 발돋움할 정도로 어린아이였다. 나는 쾌활하고 환하게 웃어댔다. 머리가 씻겨진듯 맑아져왔다. 미소가 언제까지고 멈추지 않았다. 소녀무희의 머릿결이 너무나 치렁치렁 했기에 17,8세로 보였던 것이다. 게다가 한창때의 여성처럼 치장을 했기 때문에 엉뚱한 오해를 했던 것이다.(pp.95-96)

소녀무희의 나체를 개울건너 목욕탕을 통해서 바라보며 간밤의 자신의 오해를 말끔히 버리고 새롭게 거듭나는 소년의 모습이 묘사된 장면이다. 그동안 온갖 치장을 했던 소녀의 모습처럼 자신도 소녀를 바라보는 시선이 여러 가지 치장[34]이 많아서 한때는 이 소녀와 동침하려했던 자신을 성찰해보기도 한다.[35] 하지만 소녀의 실오라기 하나 걸치지 않은 진실한 모습처럼 자신도 소녀를 바라보는 시선에서 모든 치장을 걷어내자 진실이 보이기 시작하는 것이다. 그리고 이것은 소녀를 보는 시선에만 국한되는 것이 아니라 세상을 보는 시선으로 확장된다. 그와 동시에 그동안 마음구석에 봉인되어 있던 아름다움을 느끼는 능력이 터진 봇물처럼 쏟아져 나온다. 소녀를 꽃처럼 아름답게 느끼기 시작하

34 자신도 한 때는 이 소녀와 동침해야겠다고 생각한 적도 있다. "이 의외의 말로 나는 자신을 돌아보았다. 고갯마루 찻집의 할머니의 말에 휩쓸렸던 공상이 툭하고 끊어지는 것을 느꼈다."(p.92)

35 역시 『소나기』의 소년처럼 소녀를 통해서 자신을 들여다보는 것이다.

는 것이다.

> 내가 책을 읽어주자, 그녀는 내 어깨에 닿을 정도로 얼굴을 가까이 하고 진지한 표정으로 눈을 반짝거리며 열심히 내 이마를 주시하고 눈도 꿈쩍 하지 않았다. 이것은 그녀에게 책을 읽어줄 때 그녀의 습관인 것 같았다. 이 아름답게 빛나는 검은 눈동자의 큰 눈은 소녀무희가 갖고 있는 가장 훌륭한 소유물이었다. 쌍꺼풀 선이 더없이 아름다웠다. 그리고 그녀는 꽃처럼 웃었다. 꽃처럼 웃는다는 말이 이 소녀에게는 사실이었다.(pp.102-103)

소녀의 마음속에서 오랫동안 잠자고 있던 순수한 마음들이 복원되는 모습이다. 소녀를 통하여 아름다움을 진정으로 느낄 수 있는 존재로 바뀌어 가고 있는 소년에게 있어서 소녀는 피안의 세계였던 것이다.

3. 시각과 청각의 이미지

이 피안의 이미지가 주로 『소나기』에서는 시각적인 효과가 거의 주를 이룬다. 남색 스커트와 조화를 이루는 분홍 스웨터와 마냥 흰 소녀의 목덜미를 비롯하여 그와 대비되는 검게 탄 소년의 얼굴, 꽃과 함께 범벅이 되는 가을 들판과 소나기가 내리기 시작하자 삽시간에 물드는 주위의 보랏빛, 그리고 언제 그랬는가 싶게 구름 한 점 없이 개어있는 쪽빛 가을 하늘, 파랗게 변한 소녀의 입술 등등의 장면은 그 강렬한 색감의 다채로움으로 다가서는 비주얼한 세계이며 이것은 그대로 실상을 가진 세계이지만 소녀의 죽음과 함께 그대로 피안의 이미지로 전이되어 영원성을 띠게 되고 독자들에게 여운으로 남게 된다. 이런 짙은 색감은 작품의 마지막까지도 장식하게 된다. 소년이 갑자기 불어난 물 때문에 소녀를 업고 건너다가 분홍 스웨터 앞자락에 검붉은 진흙물이 묻었는데 그것을 묻어달라고 한다.

『이즈의 소녀무희』에서도 물론 시각적인 효과는 신감각파의 대표작가 답게 밀림에 가을비가 내리는 첫 장면이나 비 개인 뒤의 청징한 가을달밤 등이 소년의 심상풍경과 맞물려 묘사되어 있는 등 곳곳에 인상적인 장면이 산재하지만 그것을 훨씬 뛰어 넘는 것은 음향 효과이다.

> 둥둥둥둥 격렬한 빗소리 멀리 큰 북 울리는 소리가 어렴풋이 생겨났다. 나는 때려 부수듯이 비덧문을 홱 열어젖히고 몸을 내밀었다. 북소리가 가까이 오는 듯했다. 비바람이 내 머리를 때렸다. 나는 눈을 감고 귀를 기울이면서 큰북이 어디를 어떻게 걸어서 이곳으로 다가오는가를 알려고 했다. 이윽고 샤미센三味線 소리가 들렸다. 여자의 기나긴 외마디소리가 들렸다. 떠들썩한 웃음소리가 들렸다. 그리고 유랑극단패가 하숙과 마주보고 있는 요리 집에 불려간 것을 알았다. 2, 3명의 여자목소리와 3, 4명의 남자목소리가 들렸다. 그것이 끝나면 이곳으로 흘러들어올 것이라고 기다리고 있었다. 나는 신경을 곤두세우며 언제까지고 문을 연 채로 잠자코 그곳에 앉아 있었다. 북소리가 들릴 때마다 가슴이 밝아져 왔다. 북소리가 멈추면 견딜 수 없었다. (중략) 소녀무희는 요리집 2층에서 단정히 앉아 북을 치고 있었다. 그 뒷모습이 옆방처럼 보였다. 큰 북소리는 나의 마음을 마냥 두근거리게 했다. (중략) 멀리서 끊임없이 큰북소리가 들려오는 듯한 느낌이 들었다. 까닭 없이 눈물이 뚝뚝 떨어졌다.(pp.94-111)

북소리는 소년에게 소녀무희의 메타포이다. 첫 만남부터 소녀무희가 북을 들고 있는 모습이 소년에게는 각인되어 있었으며 소녀무희의 춤사위와 북은 직선회로로 연결되어 있다. 따라서 뇌리 속에 소녀로 꽉

들어찬 소년이 소녀가 시선에서 벗어나 있을 때에는 북소리를 통해서 그녀의 행방이나 존재를 추적하고 있다. 또한 북소리는 소년 자신의 정열과도 코드가 통하며 소년에게는 영혼을 맑게 해주는 존재다. 북소리가 소년의 가슴속으로 공명하면서 수없이 많은 설렘의 두근거림으로 전이되기도 하고 헤어지고 난 다음에 소년이 소녀를 추억하는 장면인 위 인용에서도 마찬가지로 소녀의 모습보다도 북의 울림이 대신하고 있다. 북이 갖고 있는 울림과 여운, 공명이 소녀의 춤추는 자태와 함께 아름다운 파동이나 파문으로 기억되고 있다.

이 북소리는 소년에게 있어서는 소녀의 아름다움을 몽땅 담고 있는 피안의 세계인 것이다. 그리고 소년에게 기억되는 소녀의 아름다운 이미지는 비주얼의 이미지 이상으로 소녀의 말소리의 여운으로 각인된다. 다음은 주인공 소년이 앞서가는 길을 소녀무희가 동행에게 하는 말을 듣고 감동하는 장면이다.

> "좋은 사람이야."
> "그건 그래, 좋은 사람 같아."
> "정말로 좋은 사람이야. 좋은 사람은 좋아."
> 이 말은 단순하면서도 탁 트인 여운을 갖고 있다. 감정이 기우는 대로 툭하고 내던진 목소리였다. 〈나〉 자신도 스스로가 괜찮은 사람이라고 순수하게 느낄 수가 있었다. 상쾌하게 눈을 들어 밝은 산들을 바라보았다. 눈꺼풀 속이 살짝 아파왔다.

소녀무희의 그 한마디가 일파만파로 소년에게 메아리치며 소년을 정화시키고 있다. 소녀의 칭송이 청각 이미지의 여운으로 남아 소년의 마음을 정제하는 것이다. 그것을 통해서 소년은 진정한 자아를 복원시킬 수 있게 된다.

4. 환희와 영원의 이미지

이 두 소설을 관류하는 간과할 수 없는 것은 소녀가 갖고 있는 환상 이미지이다. 그것은 바로 소녀가 구체적으로 존재하다가 현실에서 사라지거나 멀어지는 존재이기 때문에 더욱 그러하다. 하지만 두 소설 공히 소녀의 이미지는 피안의 이미지로 순간에서 영원으로 거듭나게 된다.

『소나기』에서 소년은 소녀 네가 이사해오기 전에 벌써 어른들의 이야기를 들어서, 윤 초시 손자가 서울서 사업에 실패해서 고향에 돌아오지 않을 수 없게 되었다는 것을 알고 있었다. 게다가 이번에는 고향집마저 남의 손에 넘기게 된 모양이었다.

소녀를 둘러싼 가정의 이미지가 몰락과 단절이다. 이 작품에서 서울은 문명에 의해 훼손된 데다가 소녀를 병들게 한 장소이고 초시라는 이름도 성공과는 거리가 있으며 소녀가 단하나 남은 증손녀로 자칫 완전히 대가 끊긴다는 사실 등이 모두 가냘픈 소녀의 이미지 하나로 수렴되어 있다가 소녀의 죽음으로 완결된다. 마치 불현듯 왔다가는 흔적도 없이 사라지는 한 줄기의 소나기처럼, 한 송이의 가을꽃처럼 깡그리 무화無化되는 소녀의 존재가 거의 환영에 가깝다. 이 소설 군데군데에서 소녀가 없어지리라는 사실이 예견되고는 있다. 핏자국처럼 선명한 소녀의 발랄한 모습의 끝자락에는 소멸이 기다리고 있는 것이다. 처절하고 완전하게 사라지기 때문에 역설적으로 소녀가 남긴 흔적들은 그만큼 선열하고 예리한 흔적으로 영원히 남는다. 이것은 곧 피안의 이미지로 결정되는 가장 결정적인 이유인 것이다.

소나기에서 시작된 꽃의 시듦, 파랗게 변색된 소녀의 입술 모습, 원두막의 폐허, 소녀의 카랑한 소리를 담고 있는 조약돌 등이 하나의 환상이라는 구조로 이어지는 저변의 소도구들인데 그중에서 가장 몽환적이게 하는 것은 〈자기가 죽거든 자기가 입던 옷을 꼭 그대로 묻어달라〉는 소녀의 유언이다. 소년이 업어서 흙물이 들었던 그 옷을 그대로 묻어달라는 말은 소멸의 이미지에서 순간에서 영원으로 가는 이미지를 재생시켜 낸다. 소설 형식상으로는 닫고 있지만 내용상으로는 영원으로 열어가는 것이다. 이 소설이 영원할 수 있는 이유이며 소년 속에 만들어진 소녀의 피안은 그대로 영원성을 띠게 되는 것이다.

『이즈의 소녀무희』의 경우는 그녀의 일행이 유랑극단으로 더없이 천대받고 멸시받는 존재이기 때문에 더욱 처연하다. 그들은 더없이 불쌍한 사람들이었고 슬픔을 운명처럼 짊어진 일행이었다. 소녀무희도 그 슬픔의 한 자락이었다. 유랑극단은 말 그대로 정처없이 떠돌아야 하는데 마을 입구에 간혹 가슴을 철렁이게 하는 팻말이 박혀있다. 〈마을 입구. 여기저기 비렁뱅이 유랑극단사람 입촌 금지〉라는 팻말이 주인공인 〈나〉의 가슴을 찌르는 말이었다. 그러나 세상으로부터 그렇게 버림받은 존재이지만 정작 그들은 한없이 아름다운 마음씨를 갖고 있다.

> 20살의 나는 자신의 성격이 고아근성으로 왜곡되어 있다는 치열한 반성을 거듭하다가 그 고통스런 우울을 견디지 못하고 이즈로 여행을 떠나 왔던 것이다. 하지만 세상 사람들의 보통시선으로 자신이 좋은 사람으로 보이는 것은 더없이 고마운 일이었다.(pp.108-109)

〈좋은 사람〉이라는 한마디로 인해 위의 인용과 같이 진정한 자아를 복원시킬 수 있게 되었다는 소년의 고백은 이 소설의 가장 결정적인 장면이다. 그러나 북소리가 순간의 울림인 것처럼 소녀의 그 아름다운 말소리도 한 때의 울림으로 끝나지 않으면 안 되는 하나의 환상이기도 하지만 그것도 소년의 뇌리 속에서 영원히 여운으로 남게 된다. 결국은 여행의 끝인 동경으로 귀환하지 않으면 안 되는 날이 왔다. 하지만 이별의 현장에 그녀의 모습이 없어서 소년이 마냥 허전해 하지만 이미 그녀는 나머지 여인들이 모두 잠든 사이에 어느새 배타는 곳으로 나와 있었다.

> 승선장에 가까이 가자 바닷가에 웅크리고 있는 소녀무희의 모습이 내 가슴 속으로 뛰어들었다. 곁으로 갈 때까지 그녀는 꼼짝않고 있었다. 잠자코 머리를 숙이고 있었다. 어제 그대로의 화장한 모습이 나를 더 감정에 복받치게 했다. 눈가의 붉은 색이 화난듯한 표정에 발랄함을 주었다. (중략) 소녀무희는 강어귀를 잠자코 내려다보기만 할 뿐 아무런 말도 하지 않았다. 내말이 끝나기 전에 그저 고개를 끄덕일 뿐이었다. (중략) 거룻배가 심하게 흔들렸다. 소녀무희는 역시 입을 굳게 다문 채 한쪽만을 바라보았다. 한참을 멀리 가고 나서 소녀무희가 하얀 것을 흔들기 시작했다. (중략) 소녀무희와 작별한 것이 머나먼 옛날처럼 느껴졌다. 머리가 텅 비어 시간이라는 것을 느끼지 못했다. 눈물이 가방으로 흘렀다.(pp112~113.)

소년에게는 그녀가 나타났다는 사실만으로도 그녀의 모습이 가슴 속을 파고들 정도로 벅찬 일이었지만 소녀무희는 작은 강이 바다로 들어가는 모습을 들여다보고 있을 뿐, 마지막 이별장면에서도 한마디의 말도 하지 않는다. 그녀는 다만 행동으로 보여줄 뿐이다. 이것이 더욱 소년을 애처롭게 하고 있다. 마치 이별의식[36]이라도 행하는 것 같은

36 일본에서는 우리의 추석과 같은 오봉이라는 행사에서 유계幽界에서 혼을 맞아들여 함께 어울린 다음 그 신을 다시 유계로 돌려보낼 때 등롱을 냇물로 띄워 보내서 바다로 향하게 하는 <쇼오료 나가시精霊流>라는 이별의식이 있다. 이별을 정화하는 풍습인 것이다. 특히 이즈 7도는 고대사회로부터 죄와 죽음이 있고 또 그것에 대한 속죄의 공간이 있었던 곳이었다. 이 공간은 종교적인 의미에서 거의 궁정 직할지로서 갖가지 죄를 국토의 끝단인 이즈반도 아래의 대해원으로 가지고 나와 그대로 바다 밑의 죽음의 나라根の國로 하나도 남김없이 깨끗이 흘려보내는 정화의 공간으로 의례의 현장이었다. 이른바 쇼오료 나가시의 현장이었던 것이다.(谷川健一, 「日本の地名」, 岩波書店, p.56)

그리고 카와바타 자신도 "나는 일본의 산하를 영혼으로써 자네의 뒤를 이어서 살아간다"라는 〈요코미츠 리이치를 애도하는 조사〉의 마지막 한구를 이어가면서 그 후 충실하게 실행했다고 한다.(近藤 裕子, 「川端康成の女」 『鑑賞日本現代文学 15』, 角川書店, p.101)

모습이다. 소녀가 자신이 마음에 두고 있었던 사람과의 이별의식을 마음속으로 그리고 있음에 틀림없다.

콘도오 히로코近藤 裕子는

> 이와 같은 자기회복이 이즈 여행이라는, 공간적으로도 시간적으로도 주인공의 일상생활이라는 시공과는 차단된 〈장〉을 그 성립의 조건으로 하고 있는 것이다. 작자는 〈나〉와 〈소녀무희〉라는 관계를 동경까지 연장하는 것을 허용하지 않고 그녀를 항구에 방치된 상태로 남겨둔 채, 〈나〉만을 승선시켜버린다. 이 픽션의 행위를 통해 〈나〉의 의식 속에 〈소녀무희〉는 영원히 성장을 멈추고 시간을 상실한 채 도려내어진 공간 속에 상감象嵌되어 버리는 것이다.[37]

〈나〉가 소녀무희를 동행하지 않음으로써 소녀무희는 도려내진 공간 속에 상감된 무늬처럼 시간이 정지된 채로 영원히 존재한다고 밝히고 있다.

그리고 마지막 이별장면에서 소녀는 끝내 한마디도 하지 않았다. 현실을 지우는 장면에서 구체적인 소녀무희의 말은 오히려 긴장감을 훼손하는 일이 될 수 있다. 역시 소녀무희의 이미지 환상화 과정에서 이루어진 작가의 배려라고 볼 수 있다.

이 점을 미시마 유키오는 카와바타 소설을 〈서정적 로마네스크〉로 규정하며

> 카와바타의 문학이 서정의 로마네스크인 것은 통념으로 되어 있다. 그것은 대립하는 인간관계나 사상에 중점을 두지 않고 오히려 인간 개개인의 육체의 윤곽마저 흐릿하게 하여 죽은 이와 소통

37 전게서, p.303

> 할 수 있는 영혼의 매개자의 몸에서 나오는 물질(혼령이 형체를 가질 수 있게 해준다는)처럼 원형인 채로의 정념이 떠돌기 시작하고 그것이 어떤 경우에는 몇 세대를 통해서 같은 형태로 뒤얽히면서 반복되어 마침내는 선악의 2원론도 지양되고, 적도 내편도, 죽은 자도 산 자도, 한 색깔로 살아가는 슬픔 속으로 녹아들어가 버리는 로마네스크이다. 그곳에는 악덕도 마침내는 슬픔으로, 미덕도 마침내는 슬픔으로 섞여 들어가 살아가는 존재의 모두는 슬픔으로 사이좋게 지냄으로써 일종의 환희에 도달한다. 이런 종류의 로마네스크는 카와바타 문학에 집요하게 반복되고 있고 이 〈아름다움과 슬픔〉 등에서는 이것이 전형적으로 제시되어 있다[38]

고 지적하며 그 소설 속에서는 살아가는 모든 존재가 슬픔으로 화해하고 지냄으로써 일종의 환희에 도달한다는 역설을 주장하고 있다. 소설 『이즈의 소녀무희』도 이 〈서정적 로마네스크〉에서 예외가 아니며, 바로 그 속에서 하얀 것을 흔들고 있는 소녀무희의 모습과 그에 화답하여 눈물을 흘리고 있는 소년의 모습은 두 사람의 이별에 슬픔과 아름다움이 뒤섞여 환희로 맺음 하는 변증법인 것이다. 그것은 『소나기』에서의 소녀의 유언만큼이나 여운을 남기며 영원한 이미지로 승화될 것이며 소녀에게는 소년이, 소년에게는 소녀가 피안의 이미지로 남게 될 것이다.

5. 마무리

서정시인적 기질로 평가받는 양국의 소설가 황순원과 카와바타 야스나리의 소년 소녀의 풋풋한 사랑 이야기를 담은 소설 『소나기』와 『이

38 三島由紀夫, 『作家論』, 中央公論社, p.102

즈의 소녀무희』속에 담겨진 피안의 이미지에 대해서 살펴보았다.

『소나기』는 시골의 한 소년에게 소나기처럼 난데없이 들이닥쳤다가 죽음으로 사라져간 발랄한 소녀의 애틋하고 환상적인 이미지가 훼손되지 않은 자연과 향토 속에서 시각적인 서정의 피안의 이미지로 자리 잡고 있다. 이 피안의 이미지가 잠자고 있던 소년의 감성을 흔들어 깨웠고 소년은 그런 자각을 통해 아름다움을 보고 느낄 수 있는 감각은 물론, 사랑의 감정과 자기의 내면을 들여다 볼 수 있는 심미안을 얻었고 남을 배려하는 인간으로 어느새 훌쩍 성장하게 되었다.

『이즈의 소녀무희』에서는 소녀무희의 맑고 티 없이 정결하고 청아한 모습이 피안의 이미지로 소년의 정체성을 찾아주고 그의 심성을 정제하여 그의 마음속에 봉인되어 있던 아름다움이나 호의를 그자체로 느낄 수 있는 능력으로 환원시켜주었으며 주로 청각적인 이미지로 이루어지고 있었다.

『소나기』덕분에 한국인은 언제나 유유자적의 멋과 아련한 시골의 정취를 정지된 시간 속에 오롯이 담고 있는 토속의 고향을 드나들 수 있는 귀향의 기쁨을 누릴 수 있고『이즈의 소녀무희』덕분에 일본인은 언제나 설레는 마음으로 소녀무희를 만날 부푼 기대로 이즈로의 가을 여행을 떠날 수가 있는 것이다. 그것은 순전히 양 작품에 영원히 정착된 피안의 이미지 덕분이다.

제3장

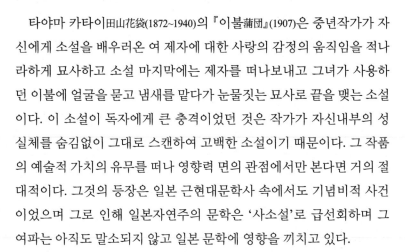

사소설에 나타난 작가 내면의 성(性) 풍경

타야마 카타이田山花袋(1872~1940)의 『이불蒲団』(1907)은 중년작가가 자신에게 소설을 배우러온 여 제자에 대한 사랑의 감정의 움직임을 적나라하게 묘사하고 소설 마지막에는 제자를 떠나보내고 그녀가 사용하던 이불에 얼굴을 묻고 냄새를 맡다가 눈물짓는 묘사로 끝을 맺는 소설이다. 이 소설이 독자에게 큰 충격이었던 것은 작가가 자신내부의 성 실체를 숨김없이 그대로 스캔하여 고백한 소설이기 때문이다. 그 작품의 예술적 가치의 유무를 떠나 영향력 면의 관점에서만 본다면 거의 절대적이다. 그것의 등장은 일본 근현대문학사 속에서도 기념비적 사건이었으며 그로 인해 일본자연주의 문학은 '사소설'로 급선회하며 그 여파는 아직도 말소되지 않고 일본 문학에 영향을 끼치고 있다.

『신생新生』(1918~1919)은 시마자키 토오송島崎藤村(1872~1943)의 4번째 장편소설로 『동경 아사히신문東京朝日新聞』에 작가 나이 46세에서 47세까지인 1918년 5월 1일부터 같은 해, 10월 5일까지 제 1부, 이듬해인 1919년 4월 27일부터 10월 23일까지 제2부가 연재되었던 신문소설이다. 작품 성격 면에서는 그 전의 일련의 장편들이 담고 있는 제요소를 집대성한 성격이 강하다. 1906년에 발표된 그의 첫 번째 장편인 『파계破戒』(1906)로부터는 「고백」 및 「참회懺悔」의 요소가, 1908년에 간행된 젊음의 고뇌를 그린 자전적 성장소설 두번째 장편 『봄春』(1908)으로부터는 현실도피를 위한 「여행」이, 세번째 장편인 『집家』(1911)으로부터는 「가족사의 질곡」의 요소가 이 작품으로 흘러들었다.

"제 모습, 삼촌께서는 이미 잘 아시겠지요?"[39]라는 조카딸로부터의 임신통보로 본격적인 상황이 전개되는 이 소설은 작은 아버지와 조카딸의 근친상간이라는 충격적인 작가의 실화를 소설화한 것으로 주인공의 프랑스 도피, 그리고 참회의 성격을 띤 고민과 번뇌, 그 과정에서 이루어지는 자아 찾기와 귀국 후에도 되풀이 되는 근친상간, 이어 고백과 신생으로 이어지는 매우 이색적인 소설이다.

작가는 이미 소설 『파계』의 성공으로 거대하고 탄탄한 허구소설 세계를 구축하였음에도 불구하고 그쪽의 영토를 과감하게 버리고 타야마 카타이가 개간한 자신의 치부가 얽힌 에고이즘에 대한 고백을 주류로 하는 '사소설' 흐름으로 갈아타는 도박을 하게 된다. 그 첫 시도로 소설 『봄』을 집필했지만 이 소설은 내용면이나 소재면이나 구성면에서 타야마 카타이의 『이불』만큼은 주목을 받지 못했던 것도 사실이다. 작가는 어쩌면 이런 패착을 일거에 만회할 수 있는 임팩트가 큰 소설로 오랜 기간에 걸쳐서 준비하고 있었을지도 모른다. 아무튼 이런 배경 하에 등장하게 된 것이 바로 『신생新生』이다. 작가와 작품소재 관계가 의도적이었는지 결과론적이었는지는 분명하지 않지만 근친상간이라는 소설 소재가 작가의 당시의 의도와 부합되는 가히 메가톤급의 폭발력을 지닌 것은 사실이었다. 더구나 사소설의 문법대로 그것이 작가의 실생활을 거의 그대로 반영한 점에서, 작품 그 자체에 대한 비평도 많고 평가도 각양각색이지만, 그에 못지않게 당연한 귀결로 작가를 윤리적, 혹은 종교적으로 혹독하게 비판하는 현상까지 생겨나 소설내용만큼이나 기묘한 평론까지 양산하는 결과를 초래했다. 이른바 이색적인 소설

39 島崎藤村, 『島崎藤村 全集 6』, 筑摩書房, 1981, p.26, 텍스트, 이하 페이지만 표기.

이 이색적인 평론을 낳는 결과가 되고 만 것이다.

자연주의와 사소설 속에서 『이불』과 『신생』은 어떤 색깔을 갖고 있는지 이 작품의 의의는 무엇인지를 살펴보고자 한다. 이는 다른 작품과 비교와 동시에 소설의 내용을 서사만을 중심으로 분석[40]하려고 하는데 이를 통해 보다 작품을 객관적인 시선에서 볼 수 있는 단서를 줄 수 있을 것이라고 생각한다.

1. 사소설과 그 변주

일본의 자연주의는 러일전쟁의 전후문학으로 생겨났다. 전쟁이 야기한 자본주의체제의 강화와 근대국가 기구의 정비에 의한 일본근대화의 완성과 이 와중에 일어난 대역사건에 의한 천황제의 강화가 이 시대의 특징이라고 할 수 있다. 이에 따라 일본어가 질적인 전환기를 맞이하면서 기성의 언어적 질서의 해체에 직면한 작가들은 하는 수 없이 자신의 문학 방법이나 문체를 모색하지 않을 수 없었다. 이것이 자연주의문학 탄생의 배경이다. 당시의 분위기는 전쟁승리에 따른 기대감과는 달리, 데모가 빈발하고 동경은 계엄령 하에 놓여졌다. 개운치 않은 승전에, 결과의 허무함이 초래한 허탈감과 어둡고 혼탁한 분위기가 넘쳐나던 시기였다. 그러한 분위기 속에서 인생, 사회의 모든 면에서 환상, 허식이 벗겨지고 현실이 폭로되는 것이 당시의 문학의 기조였다. 타야마 카타이의 종군기자로서의 참전에 근원이 있는 일본 자연주의문학은 시마무라 호오게츠島村抱月, 하세가와 텡케에長谷川天渓가 가세하면서 이론적, 감각적, 학문적인 형태를 갖추게 된다. 그것은 요컨대 개인의 해방을 목적으로 〈진〉을 추구하되, 인간의 있는 그대로의 현실

40 소설『신생新生』에 나타난 문학적 분장, 변주, 윤색의 흔적을 찾는 작업을 통해서 이루어질 것이다.

을 작가의 주관을 개입시키지 않고 심리학, 생리학, 진화론 등의 과학적 방법으로 묘사하는 무이상, 무해결의 문학이었던 것이다.

토오송의 일부의 작품이 자연주의의 경향을 띠고 있고 그 영향을 수수한 것도 확실하지만 토오송은 소위 그 주의에 얽매어서 규범을 따르지 않고 일종의 변주를 한 셈이다. 즉 자연주의는 토오송에게 소설 발표를 가능케 하는 풍토 역할도 하고 소설 내용에도 영향을 끼친 것이 사실이지만 그는 자연주의 모범생은 되지 않고 그 나름의 독자 영토를 갖고 자신의 색깔을 갖고 있었던 것이다. 마치 노오能가면과 그것을 사용하는 배우의 줄다리기[41]처럼 『신생』은 그런 배경에서 태어났다고 할 수 있다. 자연주의가 없었다면 『신생』은 등장하지 않았겠지만 『신생』이 없었다면 일본 자연주의는 어딘가 개성이 부족하고 특징이 없었을지도 모른다.

자연주의가 분만한 사소설은 일본근대문학 역사상 가장 주목할 만한 사건 중의 하나일 것이다. 세계역사상 이런 흐름은 일본에서만 유일했기에 어떻게 보면 이는 가장 일본적 산물임에 틀림없다[42].

작자의 자신의 사생활이나 신체적 욕구나 상상의 세계는 원천적으로 보호받아야할 내밀한 영역인데 그것을 그대로 스캔하여 독자들에게 보여주고 독자의 심판을 받는다는 행위가 사소설의 요체이다. 도대체 그것은 환각이나 광기가 저지르는 엽기적 자해행위나 마찬가지로 어처구니가 없다. 하지만 타야마 카타이가 『이불』이라는 소설로 한마당 벌인 일종의 저주의 굿판에 독자들은 열광했고 이를 지켜본 작가들

41 고혈을 짜낸다는 말이 있다. 노오의 탈은 글자 그대로 노오 연기자의 땀과 기름과 피와 마음을 빨아먹고 살아간다. 뛰어난 노오 가면은 연기자를 항복시키려하고 연기자는 노오 가면을 완전히 길들여 쓰려한다. 배우와 갈등의 누적으로 노오 가면은 변화한다.

42 성을 다루는 일본문학은 어떤 면에서 가장 일본적일지도 모른다. 아버지의 후처인 후지츠보를 임신시키는 『겐지 모노가타리』라든가, 부인 양도 사건으로 세상을 떠들썩하게 했던 타니자키 중이치로와 사토 하루오도 그렇고 근친상간의 문제에 대해 관대한 점도 일본적인 특징일 것이다.

이 앞 다투어 이 굿판에 부나방처럼 뛰어 들었다. 이것이 일본 '사소설'의 탄생 배경이다. 자연주의의 돌연변이의 말예末裔이기도 한 사소설의의 풍조는 작용과 반작용을 거치면서 그 내용은 에스컬레이트되어 마침내는 『신생』과 같은 작품이 탄생된다.

소설 『신생』 속에서는 참회를 전제로 한 고백으로 서사의 흐름이 결정되며 이른바 사소설로의 방향이 정해지자 주인공은 그것이 몰고 올 엄청난 파장에 대해 절체절명의 위기상황까지 생각하며 고민한 흔적이 엿보인다.

> 그렇게 생각하자, 그는 주저하지 않을 수 없었다. 자기파괴와도 같은 참회——그는 참회라고 하는 말의 의미가 과연 이런 경우에 맞는지 어떤지 생각했지만 그 결과가 자신에게 미치는 영향의 무서움을 생각하니 더욱 주저하지 않을 수가 없었다.(p.256)

고민에 고민을 거듭하다가 결국에는 참회의 고백 쪽으로 방향을 잡으면서 그것이 몰고 올 파장에 떨며 주저하는 행위가 극명하게 드러나고 있다.

> 그는 도처에서 자신의 몸으로 쏟아져오는 비웃음을 예상했다. 경우에 따라서는 사회적으로 매장될 것이라는 것도 예기했다. 그 결과로 그가 오랫동안 관여해왔던 학예의 세계로부터 쫓겨나지 않으면 안 되는 경우까지도.....(p.275)

자신의 고백을 통한 사소설 방향으로의 선회가 결국 지금까지 자신의 모든 생애를 걸만한 생사의 기로에 서는 모험이자 일대의 도박임을 예견하는 대목이다. 이와 함께 주인공 특유의 주저하고 망설이는 모습은 작품 곳곳에서 지루하게 이어지고 있다.

이 점을 히라노 켕平野謙은 다음과 같이 밝히고 있다.

> 정말로 『신생』은 필사적인 기백으로 쓰였다. 그러나 그 결의는 어떤 의미로도 〈자살〉을 연상 시키는 것은 아니었다. 반대로 어떻게든 살아남으려 하는 인간의 집요한 동물력에 의해서 이룩된 결의에 다름 아니다. 여기에 『신생』 한편이 갖는 제작 요인이 있다.[43]

하지만 이런 일생일대의 결단에 의한 글쓰기인데도 불구하고 막상 독자들이 궁금해 하는 부분인 두 사람의 근친상간의 발단과 전개과정은 모호하게 처리하거나 생략하기 일쑤이고 정작 그다지 중요하지 않은 작가 내부의 모순이나 번민은 질릴 정도로 빈번하고 디테일하게 묘사되어 있다. 이 점을 요시다 세이이치吉田精一는 다음과 같이 밝히고 있다.

> 『신생』은 고백 참회의 문학으로 당시에 받아들여져, 로오카의 『새봄』, 카타이의 『잔설』 등과 같이 취급되었는데 예술로서의 밀도는 3작품 중 이 작품이 가장 높다. (중략) 자기의 적나라한 고백을 목적으로 하는 고백문학으로서는 자기의 나체라든가 치부를 필요이하로 가리려고 한 느낌마저 든다. (중략) 구성상으로 말하면 프랑스에서의 생활묘사는 기사회생의 모티브가 되는 중요한 장소이긴 해도 필요이상 장황하게 묘사되고 있는 느낌이 있고 독자를 권태에 빠지게 하는 결점도 있다. 그래도 전체로서의 중량감과 주제의 특이성과 묘사의 박진성은 이 작품을 명작의 하나로 만들고 있다.[44]

43 平野謙, 『島崎藤村戦後文芸評論』, 東京富山房百科文庫, 1979, p.55
44 吉田精一, 『島崎藤村』, 桜楓社, 1981, p.123

사소설 문법에 따라 폭로는 하겠지만 그에 따르는 희생은 최소화하겠다는 토오송 나름의 글쓰기 전략이라고 볼 수 있는 대목이다.

이에 비해 사소설의 효시가 되었던 타야마 카타이의 『이불』은 비교적 명료하고 솔직한 심상풍경의 묘사로 일관하고 있다. 『이불』에 나타난 내용은 어디까지나 성적인 치부가 상상 속에서만 이루어지고 행동으로는 옮기지 못한 미수로 끝난 것이기에 〈~라면〉의 가정의 세계에서 수없이 회자되는 상상의 서사이다.

> 아니 정원수의 숲, 빗소리, 꽃의 개화 등의 자연의 상태마저 평범한 생활을 더욱 평범하게 하는 느낌이 들어 몸을 둘 곳이 없을 정도로 쓸쓸했다. 길을 걸으며 늘 만나는 젊은 여인, 가능하다면 새로운 사랑을 하고 싶다고 뼈저리게 느꼈다. (중략) 출근하는 길에 매일 아침 우연히 마주치는 여교사가 있었다. 그는 그 여자와 마주치는 것을 그날그날의 유일한 낙으로 삼으며 그녀에 대해서 여러 공상을 했다. 그녀와의 사랑이 결실을 맺어 카구라 자카神楽坂의 연예장에 가서 즐기면 어떨까? 부인에게 들키지 않고 두 사람이 근교에서 산책을 즐기면 어떨까? 그 때 부인은 임신을 하고 있었으니 갑자기 난산을 하다가 죽고 그 뒤에 그녀를 받아들이면 어떨까? 별일 없이 후처로 받아들일 수 있을까? 아닐까 등을 생각하면서 걸었다.(p.128)

임신한 부인이 죽고 길거리에서 우연히 만난 여교사를 후처로 받아들일 주인공의 천인공노할 상상이 거침없이 묘사되고 있다. 과연 사소설의 효시다운 용감하고 과감한 서사가 생생하게 꿈틀대고 있으며 독자들을 충격에 빠뜨리고 있다.

소설 『신생』이 얽히고설킨 실타래 같다면 『이불』은 쾌도난마처럼 쿨하고 화끈하다. 하지만 이 과정에서 정공법을 쓴 『이불』 이 약간은 통속적으로 비치거나 게사쿠戲作[45]같은 느낌이 들어 문학성을 일부 손상시키는 데 일조하고 있는 반면, 명료함과 모호함을 교묘히 섞으며 극도의 절제로 일관하는 소설 『신생』은 문학성을 담보 받는 역설이 개재介在되어있는 것도 사실이다.

소설 『신생』의 경우, 주인공이 윤리적인 공격이나 지탄의 대상이 되는 것은 피해갈 수 없으며 주인공의 반성은 피맺힌 절규에 버금간다. 소설의 서두는 치밀어 오르는 자신에 대한 분노와 주위의 시선에 대한 부담에 따른 맹렬한 자기혐오, 그리고 쫓기는 신세의 도피가 주류를 이루고 있다. 그 도피는 자기학대와 같은 것이고 스스로가 스스로를 처벌하는 유형을 방불케 하는듯한 프랑스로의 도피여행의 형태를 띠고 있다. 처음에 임하는 여행은 이것저것 가리지 않고 오로지 은신을 위한 줄행랑의 형태였다.

> 어떻게 해서든 세츠코의 몸이 타인의 눈에 띄지 않을 때 준비를 서두르고 싶었다. (중략) 키시모토 스테키치는 이 여행에 대한 결심이 얼마나 형을 속이고 세상을 기만하는 슬픈 행위인가를 생각하지 않을 수가 없었다.(pp.46-47)

조카의 임신이라는 충격적인 사실이 알려지기 전에 그 현장을 피하고 보자는 키시모토의 무책임하고 교활하며 기회주의적인 모습과 자신의 행위에 대한 치열한 반성이 함께 적나라하게 묘사되어 있다.

> 실로 자신은 친척에게도 친구에게도 상담할 수 없는 깊은 죄를 저지르고 무구한 처녀의 생애를 망치고 그 때문에 자신도 일찌감치 경험하지 못했던 심각한 사랑을 경험했다고 썼다.(p.69)

---

45 에도시대 후기에 유행하던 통속소설의 통칭.

앞뒤 돌볼 겨를 없이 도망치는 자신과 반성하는 자신을 교묘히 섞어 가며 묘사하고 있다.

자기모순적이며 자가당착적인 키시모토의 실루엣이 선명하게 드러나 있는 대목이다. 한편 프랑스로의 도피 직전에 그는 거처를 옮기고 모교 방문을 한다. 여행은 더럽혀진 장소와 더럽혀진 자신으로부터 벗어나는 쇼오료 나가시[46]와 같은 의미도 포함된 듯한 느낌이 든다. 이 과정에서 나타나고 있는 것은 소위 과오를 범한 자신을 버림으로써 스스로를 구제하는 역설에 기대를 거는 행동이다.

> 그는 모든 것으로부터 격리되려고 고국을 떠난 것이다. 하지만 그가 세츠코로부터 멀어지려면 멀어질수록 불행한 조카의 마음은 그를 좇아 왔다. 어디까지나 그는 이러한 세츠코의 편지를 읽을 때마다 자신의 상처가 터져서는 피가 흐른다고 생각했다.

끊임없이 전달되는 세츠코의 편지 공세로 키시모토의 죄의식은 거의 절정에 달한다. 그러면서도 프랑스 도피 중에는 절망 상태를 헤매다가 나름의 안정을 얻어가면서 자신을 응시하기 시작한다. 결국 프랑스 여행은 주인공의 남에게 보이는 자아에서 스스로를 응시하는 자아로의 변화의 과정이다. 과거의 자신을 포함한 모든 것과의 결별은 자신과의 재회로까지 이어진다. 액 쫓기와 같이 더럽혀진 자신에서 멀어지고 싶은 원망願望이 여행지에서는 스스로를 응시하는 모습으로 바뀌는 것이다.

하지만 당연한 귀결로 주인공은 그 패덕함을 모조리 자신의 탓으로 부담하기에는 너무나도 상처가 크고 위험 또한 부담하기 어려울 정도이다. 결국 이미 저질러진 일에 대한 끝없는 자기변호와 자기변명으로 일관하고 있다. 이 과정에서 등장하는 것이 유전이다.

---

46 우리의 씻김굿처럼 부정을 털어내는 종교의식의 일종으로 주로 몸의 병이나 더러움을 인형에 실어 바다로 흘려보낸다.

> 타미스케에 의하면 그토록 도덕을 귀 따갑게 외쳐대던 아버지도 유혹은 부리치지 못했던 숨겨진 행위가 있었고 그것이 친척과의 사이에 일어났던 일이었다고 한다. 나는 지금까지 이일을 입에 담은 적이 없다고 타미스케는 동생을 앞에 두고 이미 고인이 된 아버지의 도덕상의 결함이 막내인 키시모토에게까지 유전되고 있는 것을 슬퍼하기라도 하는 듯한 말투로 이야기했다.(p.306)

외면상으로는 근엄한 국수주의적 우국지사가 내면 상으로는 친척과 근친상간을 한 추악한 비밀을 갖고 있는 것이 아버지의 존재이다. 따라서 주인공의 패덕함도 연원을 따지고 보면 피로 물려받은 유산이라는 것이다. 여기서 <유전>은 주인공의 과중한 윤리적 부담에 대한 책임을 분담하는 차원에서는 매우 유효한 수단이다.

> 그때부터 그는 한층 더 아버지에 대해서 호기심을 갖게 되었다. 아버지에 관한 것이라면 아무리 작은 이야기라도 마음에 담아두려고 했다. 기회 있을 때마다 친척이나 아버지에 관해서 알고 있는 사람에게 물었다. (중략) 의외로 그는 다른 사람으로부터 들은 이야기보다도 자신의 내부에서 더욱 선명하게 아버지를 발견해 나갔다. 그는 자신의 내부로부터 치솟듯이 불거져 나오는 생명의 싹이 모든 것의 색채를 바꾸어 보이게 하는 우울한 세계 쪽으로 자신을 데려갈 때마다 그것을 느끼곤 했다. 그는 나이가 들면 들수록 자신의 성질이 아버지를 닮아가는 것에 한편으로는 놀라고 한편으로는 무서웠다.(p.137)

아버지를 빼닮아가는 자신의 모습에서 도덕적인 부채도 함께 유전되고 있다는 사실이 주인공을 아연실색케 하는 장면이다. 또한 이 소설이 참회보다는 탄식의 묘사가 많은데 마루야마 마사오丸山真男의 〈이다〉와 〈하다〉라는 논에 의하면 참회는 소위 자발적으로 행하는 〈하다〉라는 행동에 대해서 탄식은 운명으로 강요되어진 것을 분하게 생각하는 소위 〈이다〉의 행동인 것이다. 즉 참회는 자신의 과오를 후회하거나 속죄까지 이어지는 것인데 탄식은 자신의 잘못에 대해서 어쩔 수 없이 그렇게 할 수밖에 없었던 운명에 대한 억울함을 호소하고 있는 〈이다〉의 입장인 것이다. 이러한 논리로 보면 현재의 궁지까지 몰린 자신은 가해자가 아니고 피해자라고까지 생각되어 오히려 여성인 세츠코라는 존재와 유전이라는 요소가 어떤 점에서는 가해자라는 점으로까지 생각할 수가 있는 것이다. 이것도 작가의 윤리적인 부담에 의한 소설쓰기인 점을 부인할 수 없다.

이토록 작가는 자신의 과오에 대해서는 모호함이나 과감한 생략으로 일관하지만 환경이나 주변으로부터의 영향에 관해서는 명확한 묘사로 일관한다. 모호함과 명확함의 절묘한 조화의 글쓰기인 것이다.

한편 소설 『이불』의 서두에는 매너리즘에 빠져 뭔가 돌파구를 찾고 싶어 하는 중년 작가가 온갖 파렴치한 상상을 하고 있다. 이런 그에게 절호의 기회가 찾아온다. 한 송이의 꽃처럼 아름다운 처녀가 그에게 소설을 배우겠다고 상경하여 자신의 집에 머물게 된 것이다. 나중에는 주인공 자신의 누나 집으로 그녀의 거처를 옮겨주긴 했지만 이른바 제자인 그녀에게 사랑을 느끼고 그녀의 사랑의 상대에게 질투마저 느끼는 치졸함이 작가를 지배한다. 급기야는 그녀가 다른 청년과 사랑에 빠지자, 처녀의 고향으로 고자질을 하여 그녀의 아버지가 상경하도록 해서는 '사랑의 경쟁자를 여자에게서 빼앗아 아버지에게 돌려줄 때의 느낌을(p.188)' '쾌감'이라고 까지 표현한다. 또한 편지글을 통해 상대방이 육체적으로 관계를 맺은 사이임을 알아차렸을 때 "두 사람은 아주 신성한 사랑을 했군." 하면서 비아냥거리기(p.188)까지 한다.

그리고는 예의 그 가정법에 의한 상상이 시작된다. 그녀와의 이상적인 결혼을 상상으로 즐기기도 한다.

> 부인이 없다면 물론 자신은 요시코를 틀림없이 부인으로 맞이했을 것이다. 요시코도 또한 기쁜 마음으로 자신의 부인이 되었을 것이다. 이상적인 생활, 문학적인 생활, 견디기 어려운 창작의 번민을 위로해 주었을 것이다.(p.192)

이 작품에서는 마음의 치부를 거리낌 없이 몽땅 털어놓으며 완전한 자기고백의 전형을 드러내며 심지어는 극단적인 속내까지도 서슴없이 활자화하고 있다.

> 그 청년에게 몸을 맡길 거였다면 뭐 그 처녀의 정조를 귀하게 여길 건 없었다. 자신도 대담하게 성욕을 채우면 될 걸 그랬다. 그 몸은 말할 것도 없고 아름다운 태도며 표정도 천박한 느낌이 들었다. (중략) 그런 어두운 상상에 저항할 힘이 다른 한편으로 생겨서 그와 열심히 다투었다. 그리고 번민에 번민, 오뇌에 오뇌, 수없이 잠자리를 뒤척이다가 2, 3시 시계소리를 들었다.(p.185)

제자라는 사실까지 망각한 채 육욕을 채우지 못한 자신을 후회하면서도 다른 한편으로는 이성적인 힘이 고개를 들어 내부에서 심한 갈등으로 이어지고 그 갈등은 번민과 오뇌의 원인이 되어 잠을 이루지 못하는 토키오의 모습이 선명하다. 이 작품에서는 앞뒤의 눈치를 살피거나 작가 자신을 변호하거나 윤색하는 모습을 좀처럼 찾아 볼 수가 없다.

이에 대해 작가는 다음과 같이 소회를 밝히고 있다.

> 나의 『이불』은 작자로서는 아무런 생각도 없다. 참회도 아니고 일부러 그런 추잡한 일을 골라서 쓴 것도 아니다. 다만 자신이 인

> 생 속에서 발견한 어떤 사실, 그것을 독자의 시선 앞에 펼쳐 보인 것뿐이다. 독자가 읽고 혐오스런 느낌이 들든, 불쾌한 느낌이 들든 또한 그곳에서 귀중한 작자의 마음을 찾든 교훈을 얻든 작자로서는 아무래도 좋다. 또한 독자가 그것을 작자의 경험에 호기심으로 꿰맞춰보고 인격이 어떻다는 둥 책임이 있다는 둥 사상이 어떻다는 둥 그런 것들은 무의미하다. 작자는 그저 그 발견한 사실을 어느 정도까지 묘사할 수 있을까? 어느 점까지 사실에 입각해서 쓸 수 있는가 다만 그것만을 고려할 뿐이다.(p.432)

글의 소재는 하나의 발견이고 그것을 어떻게 독자에게 전할 것인가 만을 염두에 두고 글을 썼다는 점을 밝히고 있다. 이것은 작가의 역할을 적확하게 꿰뚫고 있는 명쾌한 증언이다. 작가는 인생에서 발견한 사실만을 쓰고 작품의 출현 이후의 모든 해석의 여지는 열려있으며 그것은 독자의 몫으로 남겨 두겠다는 각오의 표현이다. 이에 비해 토오송의 『신생』은 적극적이거나 지나친 작자의 개입에 의한 자기변호 혐의가 짙다.

소설 『신생』에서는 윤리적 책임을 일정부분 분담하고 있는 유전적 요소에 이어 자신의 내부에 도사리고 있는 모순의 발견을 언급한다. 이 모순은 자신의 패덕행위를 변호해줄 또 하나의 유효한 보호막인 것이다.[47]

> 겨우 8세에 이미 치열한 첫 사랑을 느꼈을 만큼의 성격으로 태어났으면서도 이성이라는 존재를 믿을 수 없게 되어버린 반생의 모순을 생각해 보았다.(p.149)

---

47 물론 『이불』은 불온한 생각이나 상상이 마음속에서 진행되고 있는 상태이고 『신생』은 이미 저질러진 과오가 과거의 행동을 대상으로 하고 있기에 비교가 원천적으로 무리일 수도 있다.

키시모토는 겨우 8살에 열렬한 첫사랑을 느끼는 조숙한 존재로 태어났으면서도 실생활에서 쓰라린 경험으로 여성에 대한 불신감이 증폭된 채 살아왔다. 그것이 여행지에서 자아와 마주봄으로써 스스로의 모순을 발견할 수 있었다고 했다.

여성이라는 존재가 주인공에게 뜨거운 피를 흐르게 하는 육욕의 대상임과 동시에 자신에게 상처와 불신감을 안겨주고 그로 인해 싸늘한 피가 흐르게 하는 절망의 대상이라는 사실을 깨닫게 된다. 결국은 그 모순으로 인해 파국이 생겨나고 스스로가 궁지에 몰리게 되었다고 자신을 파악하고 있는 것이다. 그 중 전자는 유전에서 기인된 것이고 후자는 실생활의 경험에서 온 것이다.

사소설 형태로 철저하게 폭로는 하겠지만 주인공이 입을 상처에 대해 어느 정도의 여과장치와 보호막은 치겠다는 심산이 작용하고 있는 것이다. 이것은 순수한 사소설의 문법으로 본다면 비겁하거나 소극적으로 비추어질지는 모르겠지만 이른바 사소설적 변주라는 점에서 또 하나의 사소설의 모델을 제시했다는 의의는 있다.

토오송의 글쓰기의 자신만의 스펙트럼이 여기서도 선명하게 나타나는 것이다.

2. 신생과 염원

사소설 견본의 기세에 투항하지 않고 토오송 나름대로의 문학적인 자리를 굳건히 지킨 것은 제목부터도 알 수 있다. 소설과 그것이 갖고 있는 외양과 내부의 속성은 언제나 부합되는 것은 아니다.[48]

---

48 소설의 진실이라고도 할 수 있다 소설의 외형과 완전히 일치하는 것이 있는가 하면 양쪽이 부합은커녕 대극의 위치에 존재하는 것도 있다고 생각한다. 소설『신생』은 후자에 속한다고 본다. 그것은 작자가 그것을 원하든 원하지 않든 관계없고 소

『신생』은 무이상과 무해결을 소설쓰기의 방법으로까지 인식되고 있는 자연주의 소설의 제목으로는 어울리지 않는다. 왜냐하면 『집』이나 『이불』과 같은 정적인 제목은 상관없는데 『봄』이나 『신생』 등의 제목은 미래 지향의지가 담겨있어 그 방법과 상충되기 때문이다.

그리고 이 소설의 제목인 〈신생〉은 주인공의 삶을 새롭게 하는데 까지는 이르지 못하고 어디까지나 주인공의 자기암시에 머물고 만 듯한 느낌이 있다. 적어도 소설에서는 주인공의 행동이나 사고방식의 변화가 자연스런 결과가 아니라 작가의 인위적인 염원을 담은 문학적인 가공이라는 느낌이 강하다. 그것은 주인공이 프랑스에서 귀국해도 같은 과오를 되풀이 하는 것으로 증명된다. 과거 과오의 삶으로의 단순한 복귀가 어째서 〈신생〉이라는 의미를 담보하는지도 모호하다. 즉 작품은 외형으로서는 신생까지 도달했다고 할지라도 내부의 속성에서는 확실한 변화는 보이지 않고 과거의 자신으로의 회귀이다.

> 눈에 보이지 않는 두려움은 끊임없이 그를 쫓아 왔다.(p.64)

> 키시모토가 기다리던 새벽은 그렇게 먼 곳부터 밝아오는 것이 아니고 바로 자신의 발밑에서 밝아 오는 것처럼 보였다. 피로부터 해방되고 육체로부터 해방되어 가는 것을 느낄 때마다 어두웠던 그의 마음 점차 밝은 쪽으로 밝은 쪽으로 나아가는 것을 느꼈다.(p.295)

소설 서두에 위쪽의 인용으로 시작되는 주인공의 모습은 소설 말미의 아래 인용의 모습으로 변화해가고 있다. 자기도피로나 자기혐오로부터 시작된 이 소설은 희망에 찬 〈밝은 자아〉로 귀결하고 있는 것이

설의 좋고 나쁨과도 관계없다.

다. 과오를 범한 자신을 버리듯 했던 도피여행의 마지막 도달점은 아이러니컬하게도 자기 자신이었던 것이다. 자신을 질곡으로 빠뜨렸던 자기모순이나 유전적 악습이라는 심각한 짐을 내려놓지도 않은 채 긍정 자기로의 귀환인 셈이다

이 〈있는 그대로의 모습〉에서 〈있어야할 모습으로의 전향〉은 진정한 구원이기보다는 문학을 보는 작가의 변함없는 시선에 기인하는 결과인지도 모른다. 이것도 자연주의와 그것과 상충하는 작가의 문학적인 타성과의 기묘한 타협의 소산인 것이다. 이 타성은 작가로서 토오송이 익힌 솜씨에 다름 아니다. 작가가 스스로를 하나의 타자로서 조명하고 성찰하는 행동이고 예술작품을 창조하듯 스스로와 스스로의 삶을 교정하고 창조해가려는 태도인 것이다.

자연주의 소설을 쓰면서도 토오송이 '신생'이라는 말에 집착하는 것도 이것과 맥을 같이 한다. 그것은 이 소설의 문학적인 결실인 『신생』과 같은 존재가 토오송에게 있어서 소설을 쓰는 이유이기도 함과 동시에 독자에 대한 토오송 나름의 문학적인 배려이기도 한 것이다.

예컨대 〈왜 소설을 쓰고 왜 소설을 읽는가〉에 대한 근원적인 질문에 대한 토오송 나름의 대답인 것이다. 이것이 바로 토오송 소설이 갖고 있는 2중구조이며 신생이라는 염원은 이 작품을 떠받치고 있는 외형적 구조와 내용적 실체임과 동시에 작가와 주의와의 기묘한 절충에서 나온 것이라고 할 수 있다.

이렇듯 소설의 말미에서 『신생』은 죄의식에서 벗어나 새로운 삶을 꿈꾸지만 『이불』은 그저 성적 욕망에 사로잡힌 한 개인의 추악한 심상풍경이 서사로 드러나 있을 뿐 미래에 대한 개선의 여지나 전향적인 방향성은 전혀 없다. 이런 점을 종합해볼 때 문학성은 차치하고서라도 독자들이 진정한 사소설의 맛을 만끽할 수 있는 것은 『신생』보다는 『이불』이 가깝다고 사료된다.

> 쓸쓸한 생활, 황량한 생활이 다시 토키오의 집에 찾아들었다. 아이들을 주체 못해 시끄럽게 꾸짖는 부인의 목소리가 귀에 거슬려 불쾌한 느낌을 토키오에게 주었다. (중략) 성욕과 비애와 절망이 순식간에 토키오의 가슴 속으로 엄습해왔다. 토키오는 그(요시코가 사용했던)요를 깔고 잠옷을 들어 싸늘하고 땀내 나는 우단 깃에 얼굴을 묻고 오열했다. 어두컴컴한 실내 창밖에는 모진 바람이 휘몰아치고 있었다.(pp.193-194)

마지막 장면도 거의 자연주의의 전형적인 모습인 무해결, 무대책의 콘셉트로 일관하며 상황 개선에 대한 문학적 혹은 작가적 배려가 전혀 없다. 그저 육욕이 엄습하는 철저한 인간의 에고이즘이 있을 뿐이다. 그래서 어두컴컴한 실내와 휘몰아치는 모진 바람이 토키오의 을씨년스럽고 삭막한 심상풍경을 그대로 비유적으로 전하고 있을 뿐이다.

『신생』이 작품의 말미에서 구가하고 있는 새벽이나 해방 따위는 『이불』에서는 상상조차 할 수 없는 것이다.

이에 대해 소오마 츠네오相馬庸郎는 다음과 같은 증언을 하고 있다.

> 『이불』에서 채택된 독자의 소설구조의 그 첫째는 주인공의 외면세계와 내면세계의 균열에 서술의 중심을 둔 점에 있다. 젊은 연인들의 온정 넘치는 보호자, 분별 있는 스승, 신뢰할 수 있는 감독자라는 자세를 마지막까지 흐트러뜨리지 않는 것이 주인공의 외면의 세계인데 독자는 그 외면 세계의 움직임을 더듬어가는 동시에 주인공 이외의 등장인물이 꿈조차 꾸지 못하는 내면세계의 움직임에 상세하게 입회해간다. 그리고 그곳에는 외면의 훌륭함과는 동떨어진 추악한 에고이즘이나 성적인 관심이 전개되고 있는 셈이다. 이 구조는 주인공이 신세대에도 구세대에도 속하지 않는, 게다가 양쪽에 다리를 걸치고 있는 소위 골짜기 세대에 속

하는 중년지식인 설정으로 되어 있는 점에서 단순한 개인극을 넘은 과도기적 시대의 저류의 문제에 언급해가는 것이 가능해졌다. (pp.432-433)

이른바 위 소설이 중간세대의 과도기적 저류의 문제를 언급하고 있다고 했는데 일견 수긍이 가는 이야기이긴 하지만 그것도 작가의 언설에 의하면 열려있는 수많은 해석의 하나일 뿐 거기에 어떤 전망을 주거나 메시지로 해석하는 데는 무리가 따를 뿐이다. 『이불』은 어디까지나 작가가 발견한 이불 그 자체일 뿐일지도 모른다.

3. 실생활과 문학적 변용

『신생』의 서두 부분은 근친상간을 다루고 있으면서도 오로지 주인공만 등장한다. 상간 상대인 세츠코는 그저 서사 속에서만 등장하거나 행동의 주체로서는 거의 존재가 미미하다. 하지만 세츠코는 이 소설에서 키시모토의 변화무쌍함과는 달리 거의 일관되게 지순한 사랑으로 임하고 있으며 마치 사랑의 전형이란 이런 것이라며 실천해 보여주기라도 하려는 듯 묘사되어 있다. 그녀의 그런 태도는 터부시되는 근친상간이라는 개념을 초월하고 있다. 그녀는 자기감정을 쉽게 언어화하거나 흥분하지 않는다. 이를 두고 히라노 켕은 소설 『신생』에서 작가 토오송이 자신의 모델인 키시모토로 하여금 예리한 문체를 피해가게 하거나 퇴폐적인 면이나 이기적인 면을 약화시키거나 은폐할 목적으로 키시모토를 매우 둔감한 사람으로 묘사하고 있고, 그와 함께 세츠코도 몽롱한 괴뢰성을 갖고 있다고 주장하고 있다.

그리고 그와 같은 인간적인 둔감성은 반대로 몽롱한 괴뢰성을

> 동반하지 않으면 안 된다. 키시모토의 일방적인 둔감성에 굴복된 채 조금의 거역도 허용되지 않는 괴뢰성을 거기에 동반하지 않으면 안 된다.(p.67)

세츠코가 주인공 키시모토에 의해 조종되는 허수아비라 했는데 물론 그런 측면이 없는 것도 아니다.

하지만 정반대로 세츠코의 집요하고 끈질긴 외골수로 인해 주인공이 고백에 이를 수밖에 없었던 것은 아닐까? 그녀의 침묵의 시위와 끊임없이 보내오는 서신은 변치 않는 사랑의 힘으로 지탱되고 있다. 그녀는 아무런 힘없이 허수아비처럼 키시모토에 견인되어 가는 것처럼 보이지만 승화된 사랑의 모습을 체현해 보이는 진정한 사랑의 마돈나이며 심지어는 연가까지 헌사하고 있다. 그녀는 처음에는 작중에서 거의 매몰되거나 잊힌 존재에 불과하지만 은연중에 그 모습이 부각된다.

키시모토는 늘 아벨라르와 에로이즈의 사랑을 이상적인 사랑으로 여기며 부러워했는데 자신은 그들에게 결코 뒤지지 않는 세츠코의 사랑을 받고 있음을 정녕 모르고 있다.

> 아벨라르와 에로이즈의 사랑, 얼마나 청년시절의 키시모토는 그 분방한 정열을 젊은 마음으로 상상하여 보았는지 모른다. 그 학문이 있는 수녀를 위해서는 남자도 버리고 승직도 내팽개쳤다는 이벨라르라는 이름은 얼마나 젊은 날에 그의 화두에 올랐는지 모른다.(p.94)

세츠코는 조급하지도 않고 사랑이 없어 보이는 상대방을 조금도 다그치지 않는다. 그저 자신이 사랑하고 있는 상대방에 대한 무한한 신뢰와 사랑만이 존재 할 뿐이다. 그녀의 사랑 앞에 근친상간이나 불륜은 전혀 장애가 되지 않는다.

이에 대해 소오마 츠네오는 "『신생』에 묘사된 세츠코의 모습을 보고 상당한 예술적인 감동을 받았다[49]"고 술회하고 있다.

수목과 새를 사랑하는 그녀는 지극히 자연스럽고 평범한 여인이다. 삼촌과의 근친상간에 대해서도 일말의 죄의식이나 주저함이 없다. 일견 도덕불감증으로 비춰질지도 모르지만 삼촌에 대한 일관되고 순수한 태도는 지고지순한 사랑의 모습이다.

삼촌의 모습이 다소 본능적이고 자기중심적이며 기회주의인데 반하여 그녀는 한없이 인내하고 헌신적이며 포용적이다. 그녀는 삼촌이 자신을 버리고 떠나는 날부터 삼촌이 사라져간 시나가品川와 쪽을 한없이 물끄러미 쳐다보며 그리움을 달래고 있다.

> 삼촌이 심바시新橋를 떠나는 날 아침 자신은 타카나와高輪의 정원 끝에서 시나가와 쪽에서 들려오는 기차소리를 듣고 그 소리가 멀어져 들리지 않을 때까지 같은 곳에 물끄러미 서 있었다.(p.61)

> 삼촌의 여행소식이 신문에 실릴 때마다 자신은 그것을 읽는 것을 최상의 마음의 위안으로 삼고 있다고 써 보냈다.(p.83)

수없이 보내는 편지에 답장 하나 없는 삼촌에게 속절없이 당하면서도 그녀의 변함없는 행위는 독자를 뭉클하게 만든다. 진실이 느껴지기 때문일 것이다.

그녀는 마음 속의 온갖 감정들을 그대로 편지글로 쓰거나 침묵으로 시위하기도 한다. 그녀는 강변보다 침묵의 무게에 의존하지 않을 수 없다.

---

49 相馬庸郎,『島崎藤村全集 別巻』, 筑摩書房, 1981, p.354

> 평소부터 세츠코는 말수도 적은 처녀이지만 그 세츠코의 과묵하고 침울한 모습은 그녀의 무언의 공포와 비애를, 어쩌면 그녀의 숙부에 대한 증오마저 말했다.(p.35)

세츠코의 존재가 서서히 부각되며 작품의 후반부에서는 거의 절대적인 존재로 의미가 부각된다.

> 세츠코 때문에 키시모토는 그만큼 애련을 느끼는 것이다. 쥣값도 여행도 그리고 또 서로 일생을 맡기는 듯한 비애도 일체 모든 것이 세츠코 그 사람을 대상으로 일어난 것이다.(p.278)

마침내는 주인공이 자신으로 귀환한 뒤 가장 절실하게 느끼는 대상은 세츠코였고 세츠코에게 용서받는 것이 자기구원이라고 인식하게 된다.

> 가령 누구에게는 용서받지 못해도 키시모토는 저 불행한 조카에게만은 용서받는 것을 자각하게 되었다. 그는 세츠코에 대한 자신의 노력을 의식하면 할수록 기나긴 동안의 죄과의 고통에서 벗어날 수 있을 뿐만 아니라 그만큼 수치스런 일생의 실패도 나와 나의 몸을 죽이려고 한 부도덕도 아무튼 그것과 별도의 의미로 바꿀 수 있을 것 같은 그런 인생의 불가사의함과 맞닥뜨렸다.(pp.2-55)

주인공은 혼신의 힘을 다해 세츠코에게 용서받으려 하고 있다. 이를 이와미 테루요岩見照代는 결정적인 실생활의 예술화로 간주하며 높이 평가하고 있다.

> 신생이란 이와 같이 우선 명석한 자기인식을 위해서가 아니라

> 무엇보다도 그러한 자기를 〈외부〉로부터 승인받는 것으로 표현하는 것이었다. 또한 그는 각종 비애도 평생 동안 바닥에서 그를 괴롭히던 고통도 씻을 수 없는 치욕도 타락도 숨겨진 천한 행위도 죄악도, 그리고 몸으로 겪어야하는 형벌까지도 즉시 그것을 영적인 의미 있는 것으로 만들기 위해 노력했다. 그의 신생이란 인생이라는 재료로 예술의 형식을 만드는데 있었다는 인생과 예술의 이원적 대립을 지양하려는 메시지도 여기에 포함되어 있는 것이다.[50]

이 소설에서 조연에 불과했던 세츠코라는 캐릭터는 소설의 뒷부분을 주연 이상으로 탄탄하게 지탱하고 있으며 결국에는 그녀의 출현만으로도 토오송의 실생활의 문학적인 변용은 성공을 거두고 있는 셈이다. 그를 괴롭혔던 온갖 치욕과 타락, 형벌까지도 영적인 의미를 띠고 신생으로 향하게 만든 것도 소설에 정물처럼 내재되어 있는 세츠코의 모습이다.

세츠코는 소설 말미에서 다음과 같이 토로하고 있는 것이 이를 뒷받침하고 있다.

> 요즘 나는 다른 사람이 모르는 만족과 숨겨진 긍지로 가득 찬 나날을 보내고 있어요. 우리들은 이미 승리자의 위치에 있는 것을 느낍니다.(p.299)

고백으로 인하여 둘째형이자 세츠코의 아버지인 요시오와는 의절하고 대만에 살고 있는 큰형 집으로 세츠코는 가게 되는데 그러면서도 세츠코는 주인공과 영원히 함께 있다는 생각으로 떠나면서 다음과 같은 말을 남기고 있다.

---

50 岩見照代,「『新生』論のために」『島崎藤村研究』, 双文社出版, 1992, p.30

이별이라니 뭔가 이상하군요. 언제까지 함께 있잖아요?(p.312)

소설 서두에서는 주인공에 견인당하는 모습으로 세츠코가 묘사되어 있지만 소설 후반부에서는 이렇듯 세츠코가 초월적인 사랑으로 주인공을 이끌고 있다. 이 세츠코는 진실성은 그나마 주인공의 변용의 취약한 부분을 상쇄하고 남음이 있어 소설의 문학성을 담보하고 있는 것이다.

4. 마무리

시마자키 토오송의 『신생』이 자연주의와 사소설 속에서 어떤 색깔을 갖고 있는지 이 작품의 의의는 무엇인지를 살펴보았다.

이 작품의 색깔을 규명하기 위해서 사소설의 원조였던 타야마 카타이의 『이불』을 비교대상으로 했는데 한마디로 『신생』이 얽히고설킨 실타래 같다면 『이불』은 쾌도난마와 같았다. 이 과정에서도 변함없이 그 주의에 얽매어서 규범대로 연주하지 않고 일종의 변주를 하는 토오송의 모습과 주형鑄型처럼 굳어진 그의 문학관과 소설 『신생』도 그것의 소산임을 확인했다.

작가가 자신의 과오를 모델로 쓴 글이므로 이 소설은 주인공의 윤리적 부담이 만만치 않았는데 작가는 모호함과 명료함과 교묘하게 섞어 쓰며 결별과 재회의 과정을 통해 주인공의 그 부담을 경감시켜가며 실생활의 예술화를 꾀하고 있었다. 다만 작품 제목인 주인공의 신생까지의 도달 과정은 서사에서 파악하지 못하고 다만 신생이 작가의 염원을 담은 경지라는 것 정도였다.

그래도 실생활의 예술성 확보라는 관점, 즉 작품의 문학성을 탄탄하게 확보해주는 것은 세츠코라는 캐릭터의 성공적 주조에 기인함을 확인했다.

바로 이런 대비에서 사소설의 원조 작품인 『이불』이 사소설 문법에는 충실한 전형적인 『이불』 사소설이기는 하지만 예술성은 담보 받지 못한데 반해 『신생』은 나름의 예술성을 확보하면서도 『이불』과는 사뭇 다른 형태의 사소설의 변주형식을 제시했다는 점으로 요약 될 수 있을 것이다.

제2부

일본문화적 이슈와 소설의 진수

제4장

시마자키 토오송(島崎藤村)의 『동 트기 전(夜明け前)』

1. 머리말

소설 『동 트기 전夜明け前 』1929년 제1부가 년 4회(1월, 4월, 7월, 11월)에 걸쳐서 『츄오코론中央公論』에 게재되기 시작하고 2부는 1932년부터 동 잡지에 같은 방법으로 발표되고 1935년에 마침내 완성된 시마자키 토오송島崎藤村의 장편소설이다. 준비기간이 대략 9년 남짓 걸리고 집필 기간만 7년이 소요된 대작이다. 주된 내용은 에도시대 쇄국이 종말로 접어드는 1853년 6월 미국 페리제독의 우라가浦賀내항으로 시작되어 주인공 아오야마 한조青山半蔵의 죽음에 의해서 막을 내리는 1886년까지의 34년간의 일본 근대화 초기를 다룬 역사소설이다. 유신 직후 질풍노도의 시기에 숱하게 자행되는 미증유의 역사와 그것을 응시하며 주인공이 마음속으로 그리는 이상적인 역사상, 그리고 그것으로부터 괴리되어가는 개인 파멸의 비극적 역사이다.

지금까지 이 작품에 대한 연구 흐름 중 가장 주목할 만한 내용을 분석해보면 다음과 같다.

시모야마下山는 주인공 한조의 성격에 주목하면서 "궁극적으로 일본의 근대란 무엇인가의 근본적인 질문을 던지는 것이 이 소설의 요체[51]"라고 규명한다.

미요시三好는 "「동 트기 전」의 역사 시간을 좇는 거시적인 안목과 한 조의 삶에 눌어붙은 미시의 안목의 왕래가 매우 선명하다" 면서 "마지막 장에 떠도는 애절함이 그대로 근대의 황급한 급류에 삼켜진 일본인의 진혼곡으로 바뀔 수 있었던 것이다[52]"라며 진행된 역사와 토오송이 파악하는 역사관의 관계를 명확하게 두 개로 분리하여 보고 있다.

히라 바야시平林는 "토오송이 「에도=전근대」라는 도식을 초월한 역사관을 갖고 있으며 봉건시대는 근대를 준비하는 시대, 근대의 역량을 비축하는 계절"이고 "근대를 '외발적인 개화'에서 '내발적인 개화'로 회귀시키는 내부의 탐구는 '국수國粹 건설'의 추구와 겹치는데 이것이 소설의 기본입장이며 토오송의 근대 일본에 대한 시좌視座는 현재도 역시 그 유효성을 잃지 않고 있다고 생각한다[53]"며 본 소설에 토오송의 역사관이 정확하게 각인되어 있음을 밝히고 있다.

시노다篠田는 소설 속 히라타 파의 기술에 대한 작가의 오류에 대해 비판[54]하면서도 "어떤 방대한 말을 사용해도 무수한 인물이나 사건이 자아내는 복잡하기 짝이 없는 이야기가 고안되어도 그 궁극이 시적詩的인 것이라는 사실은 『동트기 전』에게만 허용된 명예이고 그것 이외의 아무것도 아니다[55]"라며 "이 소설의 포에지적인 부분에 감동이 있다"고 상찬하고 있다.

---

51 下山孃子, 「『夜明け前』」『日本作家100人々と文学島崎藤村』, 勉誠出版, 2004, pp.155- 174

52 三好行雄, 「『夜明け前』の半近代」『三好行雄著作集』『島崎藤村論』, 筑摩書房, 1993, p.299

53 平林一, 「フランス体験(二)」『島崎藤村·文明論的考察』, 双文社出版, 2000, pp.42-49

54 "소설이기에 작중인물이 어떻게 시국을 해석하든 그것은 자유이다. 하지만 작가라는 사람에게 시국 그 자체를 창작할 자유는 주어져 있지 않다."(高橋昌子, 「歴史と時間『夜明け前』論」『島崎藤村』, 和泉書院, 1994, p.103)

55 篠田一士 「『夜明け前』再説」『文芸読本 島崎藤村』, 河出書房新社, 1979, p.109

타카하시高橋는 "한조의 국학사상은 이지적인 견식으로서가 아니고 성실한 순정으로써 형상되고 있다"면서 "존양尊攘(천황을 받들고 외세를 배척하자는 국수사상. 필자 주. 이하 동)과 국학을 연결시키는 것도 각각 추궁해 보면 사실에 입각한 역사과학적 평가를 제치고 주정적 혹은 형이상학적 차원으로 끌어 올려 사건이나 인물을 평가하는 경향을 보이고 있으며 이와 같은 주정적인 평가가 『동 트기 전』의 사관의 일익을 담당하고 있다고 우선 말할 수 있을 것이다[56]"라면서 본 소설의 작중인물 창출이 토오송의 독특한 감성적 역사관점의 산물임을 밝히고 있다.

호소카와細川는 이 소설의 "진정한 주안점은 그 역사를 「배경」으로 해서 격동 속을 혼신의 힘으로 살아낸 아버지와 같은 「하층」의 서민의 입장에서 시대의 격변을 정면으로 받아들여서 싸워온 사람들의 삶의 모습의 「진실」을 응시하고 그리려는 점에 있다는 것을 읽어낼 수 있을 것"이라며 "근대화의 역사 자체보다는 하층민과 함께 공생의 길을 모색한 한조의 진실을 읽어야한다[57]"고 역설한다.

요컨대 전반적인 연구의 흐름은 『동 트기 전』이 근대화를 다룬 단순한 역사소설이기보다는 토오송의 감성적이고 주정적인 역사관이 주입된 소설이며 과학적, 이지적이라기보다는 관념적이고 성실한 순정을 가진 주인공이 근대화의 급류에 삼켜진 비극이지만 치열한 삶의 궤적을 통해 역사를 재조명하는 성격의 소설이라는 점에는 대체로 맥을 같이 하는 것으로 요약할 수 있다.

본 장에서는 이 소설이 감성적, 주정적인 역사관이 각인된 역사서라는 점은 견해를 같이하면서도 동시에 리얼리티와 객관성을 담보하는 서사의 기본은 장착되어 있어 일반적인 역사 소설의 특징도 아우르고 있다는 점을 이 소설의 중요한 제재인 가도의 양상과 주인공의 관계를 통해 집중 조명하고자 한다.

---

56 高橋昌子, 前掲書, p.260

57 細川正義, 「島崎藤村『夜明け前論』」『島崎藤村文芸研究』, 双文出版, 2013, p.18

지금까지 가도의 본격적인 분석을 통해 결론을 도출한 논문은 없었으며 이 작업이 이 소설 특유의 역사소설로서의 위상과 주인공의 내면세계를 심층적으로 파헤치고 나아가 작가의 의도까지 파헤치는 결정적인 단서를 제공할 것이라고 확신하기 때문이다.

2. 가도의 생태계와 민생

본 소설은 가도를 열면서 시작된다.

> 키소지木曾路라는 길은 모두 두메산골이다. 어떤 곳은 깎아지른 벼랑길로 통하는 절벽길이고, 어떤 곳은 수십여 미터의 깊은 키소강을 바라보는 언덕이고 어떤 곳은 산 끝자락을 어우르는 계곡입구이다. 한줄기의 가도는 이 깊은 삼림지대를 관통하고 있었다.[58]

소설의 내레이터는 한줄기의 가도의 흐름 속에서 키소지를 오버랩 시키고 그것이 이 깊은 두메산골을 관통하고 있음을 묘사하고 있다. 마치 요코미쓰 리이치横光利一의 초기 소설『머리 그리고 배頭ならびに腹』(1924)의 서두 부분에서 급행열차에게 묵살당하는 시골 역을 연상케 하는 장면인데 너무 벽촌이어서 그냥 간과해도 이상할 것이 없는 한촌閑村이다. 이처럼 소설 속의 많은 부분의 서사가 깊은 산속 가도와 가도 연변을 중심의 한촌을 배경으로 하고 있다.

하지만

> 이 길은 동쪽으로는 이타바시板橋를 거쳐서 에도江戸로 이어지

58 島崎藤村,『島崎藤村全集 8巻』, 筑摩書房, 1981, 序の章 p.5, 텍스트, 이하 페이지만 표기.

> 고 서쪽으로는 오츠大津를 거쳐서 교토京都까지 이어져 있다. 토카이도東海道방면으로 돌아가지 않는 여행자는 좋든 싫든 이 길을 밟지 않으면 안 된다. 4㎞마다 둔덕을 쌓아 올리고 팽나무를 심어서 이정표로 만든 옛날에 나그네는 누구나 여행안내 기록을 품속에 넣고 숙소에서 숙소로 이 가도를 왕래했다(p.6)

며 이 가도는 에도와 교토를 이어주는 대동맥 중의 하나이며 토카이도 방면을 제외하고는 이곳을 거치지 않을 수 없는 요새라는 점도 강조하는 등 절대적인 존재감을 나타내고 있다. 보잘 것 없는 산촌과 지정학적 존재우위의 두 얼굴이 바로 이 소설의 무대[59]인 것이다. 따라서 소설의 내용도 키소 가도와 연변의 마고메馬籠숙소를 중심으로 하는 주변의 여관촌의 삶이 중심인데 가도에서 일어나는 다양한 루틴 활동이 생생하게 묘사되고 있다.

> 매년 음력 3월에 에나산恵那山 산맥의 눈이 녹기 시작하면 갑자기 사람의 왕래도 많아지며 나카츠가와中津川 상인은 모든 대금지불을 할 겸해서 꾸역꾸역 올라오고 이나伊那계곡 방향에서는 이이다飯田에 살고 있는 사람이 제례의 의상을 빌리러 오고 타이카구라太神楽도 들어오거나 이세伊勢로, 츠시마津島로, 콤피라金毘羅로, 혹은 젱코사善光寺로의 참배도 그 무렵부터 시작되어 그들 단체를 이루어 통행하는 나그네의 무리의 움직임이 이 가도에 활기를 불어 넣는 것이다.(p.6)

59 노마 히로시野間宏는 "작자는 이 대작에 걸맞게 작품 무대를 선택함에 있어 연극의 회전 무대 이상으로 훨씬 압도적인 특별한 장치를 가지고 있다고도 할 수 있는 장소로 마고메 여관촌을 활용한 것이다. 기막히게 절묘한 작가의 기법이라 할만하다"고 밝히고 있다.(野間宏,「『島崎藤村の『夜明け前』」『島崎藤村全集』, 筑摩書房, 1983, p.378)

동면에서 깨어나 봄에 기지개를 켜는 가도의 다양한 양상을 파노라마처럼 담아내고 있다. 그러나 가도 임무의 기본중의 기본은 참근교대參勤交代행렬의 원활한 흐름에 일조하는 것이다.

> 서쪽의 영지로부터 참근교대의 크고 작은 여러 다이묘大名, 닛코日光 레이헤이시例幣使, 오오사카大阪의 부교오奉行나 오카반슈우お加番衆 등이 이곳을 통과했다.(p.6)

에도시대 특유의 정치적 산물인 '참근 교대'의 원활한 흐름과 연결이 가도 태생의 원초적인 이유이자 양상이라는 점을 부각한 것이다.

> 이 가도의 변천은 수세기에 걸친 봉건사회의 발달도 그 제도의 용의주도함도 웅변하고 있었다. 철포를 검사하고 여성을 조사할 정도로 여행자를 엄중히 단속하던 시절에 이만큼 훌륭한 요새는 없기 때문이다. 이 계곡의 가장 깊은 곳에는 키소 후쿠시마의 세키쇼關所도 감추어져 있다. 토산도東山道라고도 하고 키소카이도 로쿠주쿠지木曾街道六十九次라고도 불렸던 역로의 일부가 여기다.(p.5)

제도에 따라 합목적적으로 변화되고 정착되어 온 가도의 양상인데 내레이터는 이것을 봉건사회 제도의 용의주도함을 가도의 변천이 웅변하고 있다며 그것이 자연스럽게 만들어졌다기보다는 인위적이고 주도면밀한 산물이라는 것을 부각시키고 있다. 그래서 소설에 가장 많이 등장하는 것이 정치 행렬이다.

가도가 정치적 산물이며 가도연변의 사람들의 생태계도 그에 좌우되기는 하지만 소설의 서사는 그와 함께 가도 변 숙박 촌 서민들의 애환과 생생한 삶을 담아내는 야성으로 넘쳐난다. 이른바 이 소설의 한축인 리얼리티인 것이다. "조심성 많은 사슴이 오리사카下坂 강을 따라

물을 마시러 온다"거나 "이따금씩 난폭한 멧돼지가 인가가 늘어선 가도에까지 뛰쳐나온다(p.8)"는 등의 산촌의 특유의 자연 기술이 있는가 하면 "오와리尾張, 미노美濃에서 마고메馬込 언덕을 거쳐 이나伊那, 스와諏訪를 거쳐 간 옛날 사람들의 발자국으로 그곳을 상상할 수가 있다. 그곳에는 또한 몇 세기나 길게 건넜을까 생각될 듯한 침묵과 적료가 지배하는 원시림의 큰 못을 지나가기 전에 발견할 수도 있다(p.281)"며 조용히 침묵하는 연못이나 옛사람들의 발자국을 통해 이곳의 긴 역사를 상상할 수 있다는 등의 시적 해석이 가도를 재발견케 한다. 이와 같이 토오송의 여타 소설에서도 산견되는 시화詩化된 자연 묘사가 이 소설에서도 보석처럼 빛을 발한다. 이 점을 카츠모토는 "토오송은 리얼리스트이며 동시에 로맨티스트의 성격을 함께 갖고 있는데서 기인한다[60]"고 밝히고 있다.

그리고 이곳이 수많은 사람과 문물이 흐르고 있는 위치[61]임에도 불구하고 역설적이게도 이 가도변의 가장 두드러진 양상은 낙후성과 미개성이다.

예를 들어 '이세목伊勢木'이라는 신목神木으로 멀리 이세신궁伊勢神宮까지 기원이 도달한다는 신사에 모여 기우제를 지내거나 각종 밀교적 불교행사가 열리는 등, 가도 연변 사람 생각의 기본 콘셉트는 비과학적이고 미신적 성향이 강하다. 이것은 시대에 뒤처진 가도연변의 낙후성과 궤를 함께 한다.

토카이도의 우라가浦賀쪽에 흑선黒船이 도착했다는 소문을 들

60 勝本勝一郎,「島崎藤村論」『島崎藤村全集 別巻』, 筑摩書房, 1981, p.165

61 노마는 "전국의 신분의 상하를 막론하고 모든 사람이 왕래하고 숙박하는 곳이며 전국의 이야기, 각 지방의 움직임, 시세의 추세, 연달아 일어나는 사건, 사변의 양상 그리고 시대의 표리가 아무리 산속의 벽촌이라도 차례차례 들어와서 분명하게 되는 곳이다"라며 가도의 특징을 설명한다.(野間宏「『島崎藤村の『夜明け前』」『島崎藤村全集』, 筑摩書房, 1983, pp.377-378)

> 었을 때 키치자에몽이나 킴베이는 처음에는 대수롭지 않게 여겼다. 에도에서는 큰일이 났다고 할지라도 에도에서 330여㎞나 떨어진 키소 산속에 살면서 쇄국아래 기나긴 겨울잠에 빠져 있는 사람에게는 미국이라는 이국적인 존재를 처음으로 알게 되었던 것이다. (중략) "이세伊勢에서 카미카제神風가 한번 불어 대면 그깟 당나라 배쯤이야 단번에 어딘가로 날려 버릴 걸세, 두려워말게나. (중략) 토쿠가와德川폐하의 위광으로 4, 5척의 당나라 배쯤은 아무것도 아니지.(pp.15-32)

에도가 흑선 소동으로 발칵 뒤집어진 것과는 달리, 미국 배를 당나라 배라는 둥 사태파악도 제대로 못하며 토쿠가와를 맹신하는 무지하고 황당한 키소사람들의 미개적 행태가 선명하게 부각된다. 게다가 "이 가도를 타고 오는 소문의 대부분은 속담과도 비슷해서 구를 때마다 크나큰 덩어리가 되는 눈사람과도 닮았다(p.15)"라는 표현에서 보듯 소문이 확대재생산 되기 쉬운 가도의 체질을 잘 나타내고 있다.

한편 지진이 일어나 아츠타熱田신사의 부적을 붙이기 위해 혼비백산한다든가, 9월이 다가오면 쿄겡狂言에 몰두하거나 각종 풍습이나 제례가 전래되고 계승되는 등 여타 마을처럼 이 시대를 공유하는 모습도 산견된다.

전반적으로 가도가 젖줄의 역할을 해나가는 모습이 서사의 근간이지만 산촌의 척박한 삶과 가렴주구의 가혹함도 빈출되는 스토리이다. "옛날에는 이 키소산의 나무 한 그루를 벌채하면 목 하나도 없는 것이다(p.8)"라는 진영의 관리의 위협구에 대해 "아뢰옵기 황공하옵니다만 키소는 아시는 바와 같이 산속으로 이처럼 논밭도 적은 토지 아닙니까? 이 숲이라도 의지 않고서는 우리들은 설 땅이 없습니다(p.9)"라며 탄원하는 서민들의 간절한 읍소가 생생하다.

하지만 신시대의 도래와 함께 산촌의 변화도 이 가도의 큰 이슈이다.

"킴베이씨, 당신은 이 개혁을 어떻게 생각합니까? 지금까지 에도 쪽에서는 인질처럼 되어있던 모든 영주들의 부인이나 자식들이 고향으로 돌아간다고 합니다. (중략) "고향으로, 고향으로"이 소리는-해방된 모든 다이묘의 가족들이 내는 그 환호는-과거 3세기 간의 위력을 뽐내던 토쇼궁東照宮이 제패하던 위업도 내부에서 붕괴되어 갈 때가 왔는가 하고 생각하게 만든다.(p.170)

시대의 상징이자 정치공학의 산물이었던 참근교대와 그를 위해서 설치되었던 가도[62], 그것이 서서히 막을 내리면서 서민들의 의식도 많이 바뀌고 숙박 촌에 가장 고통을 주며 서민들의 원성의 대상이었던 〈징발 제도〉에도 변화의 바람은 가속화되며 가도에 휘몰아치고 있다.

"징발 건은 이제부터가 문제야. 지금까지와 같이 몸 바쳐 공직에 봉사하라면 농민들이 가만히 있지 않을 거야."라며 키치자에몽은 코타츠火燵에 손을 얹으며 한조에게 말해 보여줬다.(p.148)

착취의 대명사였던 역참, 전마伝馬, 징발조차도 농민의 동의 없이는 어려워졌다는 것은 가도 생태계의 혁명적 변화를 웅변하는 것이다. 이렇듯 가도도 변화하는 역사와 연계되어 살아있는 생물처럼 진화해 간다.

이런 일련의 가도 양상은 전형적인 역사소설의 객관적 리얼리티의 성격을 대변한다.

62 가도가 연변마을의 존재이유이지만 한편으로 그것은 가혹한 수탈의 온상이기도 했다. 따라서 이 제도의 폐지는 서민들의 해방을 의미하지만 곧 가도의 쇠퇴를 상징하기도 하니 둘은 애증愛憎으로 연결된 것이다.

3. 역사의 현장과 역설

가도가 그 본연의 생태인 연결과 흐름이 비교적 원활하게 이루어지는 앞장의 양상을 평면적 묘사라 한다면 역사가 자행되는 현장으로서의 생생한 임장감과 역동성이 충일한 사건이 묘사되는 장면은 가도의 입체적인 양상이라 할 수 있다.

주인공 한조의 아버지로서 키치자에몽의 50여년 생애 가운데 가장 기억에 남는 대 행렬은 오와리 영주의 운구행렬이었으며 이때 통행한 인원수는 자그마치 1,600여명에 달했다고 한다.

> "키치자에몽 씨도 아시겠지만 우리들이 기억하는 바로는 큰 통행은 3번 있었지요. 한번은 카즈노미야和宮 공주님이 시집가실 때, 또 한 번은 오슈尾州의 전 영주님께서 에도에서 돌아가시고 그 유해가 이 가도를 통과할 때, 그리고 마지막은 예의 그 흑선소동으로 교역을 허용할 것인가, 말 것인가를 두고 대평결이 열려 오슈의 영주님께서 막부로 가셨을 때, 그 전 영주님 때는 키소 계곡에서 온 730명의 인부도 부족하여 이나에서 인부 추가 징발이 1,000여명이나 되었지요. 도처에서 온 말이 240필이었어요."(p.145)

이렇듯 가도의 흐름으로써의 역사는 주로 정치적 수요에 따른 대이동의 양상을 띠는데 상경하거나 하향하는 다이묘들의 행렬이나 오와리 영주의 운구행렬이나 당시 막부에 힘깨나 쓰는 히코네彦根번주의 키소지 통행 모습은 그 크기와 권위에서 여타의 통과 양상을 압도한다.

에도로부터의 소식통은 나카센도中山道를 거쳐 이 산속에 도착할 때까지 파발마라도 상당히 시간이 걸리는데 이 파발마가 12대 쇼궁將軍 토쿠가와 이에요시德川家慶의 흉거를 전하고 페리제독의 출현도 전했다. 산촌의 벽지이면서도 가도를 흐르는 각종 정보는 넘쳐나는데 이 가도의 흐름 속의 압권은 카즈노미야 공주가 신분을 낮춰서 하게 된 쇼궁 가문으로의 출가의 행렬이다.

> 10월 20일은 카즈노미야 공주가 동쪽으로 신분격하[63]의 장도에 들어서는 날이다. (중략) 카즈노미야 공주님이 출발하시는 날에는 천황도 몰래 카츠라桂궁전을 나와서 공주님의 여정을 친히 구경하셨다고 한다. (중략) 각종 짐의 이동이 이미 열하루 째나 계속 되고 있는 것도, 키소의 오오타키王滝, 니시노西野, 스에가와末川의 초라한 벽촌들 맞은 편 군의 츠케치附知마을에서도 일손을 앞당겨서 역참의 곤란을 이겨내고 있다는 사실도 고했다.(p.143)

역사적인 비중이 전대미문이었던 이 사건이 자행되는 역참은 일손을 충당하느라 정신없이 동분서주하는 것은 기본이고 소모되는 날짜나 규모나 단속의 심각함은 상상을 초월하는 것이다.

> 도로의 개축도 다음날부터 시작되었다. 한조의 집 앞쪽도 60여㎝ 거리의 돌담을 안쪽으로 옮기라는 검사역의 하달이 있었다. 도로 폭은 모두 3.7m정도로 탁 트이도록 하라고 개선명령을 받았다. 돌담은 집집마다 허물어졌다. 이 혼잡한 가운데에서도 통행 당일의 큰 가마솥 준비라든가 밥의 준비라든가가 계속 되었다. (중략) 25일이나 되는 키소의 기나긴 여정은 토쿠가와 가문을 위하여 계략을 짜낸 로주老中 안도 츠시마安藤対馬등의 정략을 도와주었다기보다는 오히려 황실을 선전하는데 공이 컸다. 기나긴 동안 무가에게 압박을 받아온 황실은 기운이 쇠진해가면서도 끊어지지 않고 다시 회복의 기운을 북돋아 왔다.(pp.143-147)

63천황가의 공주가 쇼궁 가문으로 시집을 가게 되어 신분의 격이 낮아졌다는 의미.

상식을 뒤엎은 초유의 이 역사적 사건이 가지고 온 파장은 처음에는 흔치 않는 운명의 장난이라는 등 슬퍼하는 사람도 많았지만 아이러니컬하게도 황실의 기운회복과 선전이라는 의외의 결과로 나타났다. 피폐일변도의 귀족과 황실의 미세한 부활의 조짐이 역설적이게도 공주의 신분강등 결혼으로 나타났다는 것은 역사의 아이러니인 것이다.

"이만큼 황실이 다시 회복의 기운을 얻게 된 것은 한조에게 있어서 실로 의미심장한 일이었다(p.147)"라는 국수파 주인공의 생각은 '아무리 변수가 많아도 천황을 중심으로 하는 역사는 도도히 흐른다'는 그의 인식의 반증인 것이다. 가도에 흐르는 수많은 역사 행위 가운데에서 소상히 기록된 이 사건도 남의 일처럼 수수방관하거나 주마간산 격으로 흘리는 것이 아니라 주인공에 의해서 치밀하게 해석된다는 점이다. 가도가 주인공 한조에 의해서 단순히 인적, 물적 유통의 장에서 역사분석의 장으로 응시되는 것이다.

이에 더해 가도가 순식간에 아비규환의 전쟁터로 변하며 가도 서민들은 절체절명의 생사의 기로에 던져지고 도탄에 빠져든다. 이것은 키소 가도의 또 하나의 얼굴이다. 바로 미토파水戸派의 낭인무사들이 서쪽을 향하여 진군하는 사건이 그것이다.

역사적으로 서쪽의 초슈長州와 동쪽의 미토는 존양尊攘(천황을 받들고 외국을 배척하는 국수사상)이라는 점에 의기가 투합하여 제휴가 몇 번인가 시도되었지만 결과적으로 존양파의 운동은 서쪽으로는 초슈의 패퇴라는 결과가 되고 동쪽으로는 미토 무사의 악전고투로 이어졌다. 미토 내부에서는 존양파 지사와 사바쿠佐幕(막부편에 선 일파)지사가 교전하게 되는데[64] 막부의 원조를 받는 사바쿠 파의 우세 속에서 존양파의

64 미토의 고민은 한편으로는 성당誠堂이라 칭하는 근왕파의 사람들을 낳고 다른 한편으로는 간당奸堂이라 불리는 사바쿠파의 사람들을 낳았다. 하나의 번藩은 분열되어 싸웠다. 당시 여러 번에는 당파싸움은 있어도 미토와 같이 잔혹하기 짝이 없는 곳은 없었다. (중략) 이른바 성당은 텡구렝天狗連이라고도 부르고 소위 간당은 쇼세이토諸生党라고도 불렀다. 당시의 미토 번에 있는 재능이 넘치는 지사로 성 아

무사들은 힘에 부쳐 막부군 쪽으로 투항해가는 일이 속출했다. 이에 존양파인 츠쿠바筑波 세勢는 타테산館山을 근거지로 하고 있던 아군의 군세와 합류하여 한줄기의 혈로를 서쪽으로 찾기 위해서 포위를 뚫고 서쪽으로 진군에 나섰던 것이다.

> 900여명이나 되는 한 개의 무리에서 미토水戶의 정예를 모았다는 츠쿠바 조는 300여명이고 나머지 600여명은 히타치常陸 시모츠케下野지방의 농민이었다. 개중에는 교토 방면에서 응원하러온 무사들도 섞여 있고 여러 명의 부인도 가세하고 있었다. 이것은 단순히 패잔병의 무리가 아니다. 그 행동은 존양의 의지의 표시이다. (pp.254-255)

미토 낭인 무사들은 존양의 결연한 의지로 본거지를 박차고 서남쪽을 향해서 진군하고 있었다. 그들의 행선지가 교토일 것이라거나 초슈까지 멀리 달아날 것이라는 소문이 파다했다. 이들 낭인 무사 일행은 치쿠마千曲강을 건너 모치즈키望月 숙박 촌까지 움직이고 있었는데 막부 쪽에서도 "츠쿠바 방면에 주둔했던 역적의 무리들 가운데 코슈甲州나 나카센도 방면으로 탈주자가 도망쳤다는 정보를 듣고 있으니 신속하게 계획을 세워서 발견하는 대로 참살하고 만일 놓쳤다면 다른 영지까지도 들어가서 토벌하되 등한시 하면 반드시 혹독한 대가를 치를 것(p.256)"이라는 엄한 분부가 가도의 연변에 내려졌다.

느닷없이 가도가 전쟁터화 한 것이다. 그와 동시에 막부는 초슈 정벌에 매진하면서 거대한 망을 지방에 구축해놓고 미토 번 무사를 섬멸하려 벼르고 있었다. 평온한 가도가 한순간에 생사가 혼재하는 일촉즉발의 장이 된 것이다.

니면 간, 간 아니면 성 양파가 서로 갈려 서로 싸우고 그 중간에 있는 것을 야나기(버드나무)로 불렀다.(p.253)

> 미토병사의 서쪽으로의 남하가 전해자자 연도의 주민사이에도 매우 혼란이 일어났다. (중략) 상대방은 이제까지 곳곳에서 수십 번의 실전에 임하고 출전의 횟수를 늘려온 무사들이다. 만일 패하면 어떻게 될 것인가? 이 일이 연도주민에게 공포를 안기게 되었다. 온갖 소문이 사람들의 입을 통해 일파만파로 퍼졌다. (중략) 주민들은 연이어서 토광도 남김없이 부수고 집 전체도 모조리 불태워서 무사들이 발 디딜 틈도 없도록 해놓아야 한다는 풍문이 전해졌다. 그것을 들은 자는 모두 크게 놀라고 다시 한 번 토광에 넣어두었던 소중한 물건을 꺼내서 구멍을 파고 땅속에 묻는 자가 있는가 하면 밭으로 가지고 가는 사람도 있었다.(p.259)

질곡의 역사에 휘말려 가도가 전장화 되고 생사의 극단적인 갈림길에서 삶을 찾아 연도의 서민들이 좌고우면하고 우왕좌왕한다.

> '이런 난세도 있는 것일까'라는 서로의 시선이 그것을 말했다. 부근의 남녀노소는 그 날 밤에 산으로 도망가고 그렇지 않은 자는 밭으로 가서 그곳에 숨었다. (중략) 모두 주먹밥 가다랭이 등을 갖고 산으로 숲으로 도망 다녔다.(p.259)

한편 막부의 격퇴부대는 지형지물을 이용한 각종 방어벽을 긴급하게 설치하기 위해 거목과 거석을 운반하는 등 부산을 떨며 긴급하게 일손을 징발하는 과정에서 연도의 주민들은 격심한 이중고를 겪게 된다.[65]

> 그곳의 성채, 이곳의 성벽의 남은 자리에는 내버려진 투구나 소

65 미토 무사들이 모치즈키까지 도착했다는 알림이 있었는데 대포 15문, 기마무사 150명, 보병 700여명이다. 군기에서 군수품에 짐 싣는 말까지가 그것에 필적한다는 풍문에는 모두가 안색이 창백해졌다.(p.259)

> 총이나 창이나 작은 칼 그리고, 책상, 짐바오리(진중에서 입던 비단 나사 따위로 만든 소매가 없는 옷)등 사이로 차마 눈뜨고 볼 수 없는 적과 아군의 전사자가 나뒹굴고 있었다. 피비린내는 바싹 다가오는 밤공기에 섞여서 일동의 코를 찔렀다. 코운사이耕雲齋는 한 무리의 대장에게 명령하여 아군의 시체를 검사하게 해서 그 목을 쳐서 각각 다른 곳에 땅을 깊게 파고 안치하게 했다.(p.261)

우려했던 대로 미토무사가 지나는 가도 곳곳에서 전쟁의 참화가 차례로 발생하며 가도는 피로 얼룩진 아수라장이 되었고 연변의 주민들은 전전긍긍한다.

하지만 한편으로는 이 전쟁을 슬기롭게 극복하거나 지혜롭게 벗어나려는 움직임도 가도 연변에서 일어났다. 낭인무사들을 가도가 아닌 샛길로 안내하여 전쟁의 참화를 벗어나려거나 츠쿠바 탈주자를 부랑자 무리라고만 믿던 가도 연변 주민 가운데에는 그 무사 일행이 숙박비와 일인당 도시락 비용까지 정찰인 250문씩 또박또박 지불하고 지나는 것을 의외로 여기며 그 행렬이 3,4십 만석의 다이묘가 통행 할 때의 모습과 흡사하다고 말하는 자까지 등장하게 되었다. 미토 낭인 무사들의 서쪽 진군에 대한 각종 소문이 난무하는 가운데 그들의 진정이 이해되거나 참 모습의 재발견이 가도 곳곳에서 이루어지고 있는 것이다.

마고메 쪽에서는 다음과 같은 상황이 벌어지고 있었다.

> "암튼 낭인 무사는 세이나이지清内路에서 아라라기蘭를 거쳐 하시바橋場로 나올 것입니다. 그곳에서 우리 집을 향해 올 것이라 생각됩니다. 혹시 온다면 나는 여행객으로 맞이할 생각입니다."라는 말까지 했다. (중략) "대장부는 마땅히 웅비해야한다. 어찌 가만히 기회만을 가다리고 있겠는가? 후지타 노보루藤田信"라는 그들이 머물다가 남기고 간 글귀에서 "마치 검을 뽑아 적 왕의 옷을 꿰뚫

> 었다는 중국의 요조를 상상케 하는 격렬한 미토 사람의 성격이 그 종이 위에 춤추고 있었다. 게다가 23, 4세의 청년이라고는 생각되지 않는 노숙한 필적으로." 케이조景蔵는 격한 감동을 느꼈다.(pp.273-276)

공포와 전율의 대상인 미토 낭인 무사의 존재가 가도연변의 상대나 그들의 조치에 따라서 이렇듯 진한 감동을 선사하거나 여행객의 처우를 받게 되기도 하는 것이다. 심지어 미토 낭인 무사 중에는 한조에게 7수의 와카를 남기고 간 사람도 있었다. 가도가 주어진 결정된 역사가 아니라 가도 숙박촌 사람들의 성향에 따라서 낭인무사의 진군 행렬은 전쟁 상대만이 아닌 다채로운 대상이 되는 것이다.

가도가 천편일률의 수동적인 역사에서 자신의 색깔을 드러낼 정도로 변화되고 있음이 낭인무사의 행렬로 드러나게 된 것도 또한 역사의 불가사의이다. 요컨대 서쪽으로 진군하는 미토 낭인무사는 가도의 상대에 따라 살생을 마다않는 처절한 전쟁 상대가 되기도 하고 잠시 숙박시설을 이용하는 다이묘 행렬의 취급을 받기도 하며 나아가 감동을 선사하는 대상이 되기도 하고 심지어는 감성을 나누는 문우文友가 될 수도 있다. 이 양상을 통해서는 이 소설의 감성적인 측면이 읽혀지는 것이다.

4. 은유로서의 마음의 가도

앞장에서의 가도양상은 지정학적 위치와 가도 연변의 독특한 생태와 정치 역학에 따른 변모로 자행되는 역사까지 진솔하게 묘사되고 있는데 이 부분은 진정하고 리얼한 역사서의 면모가 드러난 장으로 볼 수 있다. 그러나 이 양상은 파란만장한 볼거리에도 불구하고 이것만 가지고는 작가의 감성적, 주정적인 역사를 도저히 담아낼 수 없다. 별도의 가도가 존재하지 않으면 안 되는 것이다. 그래서 본장에서는 주인공 한조의 마음속에 가도가 부설되어 있다는 가설 하에 그것을 논증하고자 한다. 소설에는 그 가도가 확실하게 이름을 얻어 등장하는 것은 아니지만 행간으로, 혹은 은유로 그 실체를 확인 할 수 있다.

이점을 다카하시는 다음과 같이 지적한다.

> 당사자의 제도적 시간의식의 내부에 작자는 넌지시 상식의 틀을 넘는 순간을 몰래 잠입시켜 다른 시간 층을 당돌하지 않은 형태로 게시해간다. (중략) 이 소설은 현실에서 출발한 후 현실로 충족되지 않는 혼이 만드는 시공을 묘사하면서 그것을 도달점으로 하고 있지는 않다. 현실과 정신세계는 끊임없이 상호 씻어내고 서로 섞임으로써 활성화 되는 것이라는 점이 이 소설의 인식과 같은 것이다. (중략) 이 소설에는 현실에서 몽상으로, 그리고 현실로, 라는 상호침투적인 사유의 왕래가 있고 그 왕래에서 당사자의 현실인식이 야기하는 제도적 시간의식은 항상 사유와 행동의 기점이며 귀결이고 버려서는 안 되는 존재인 것이다. (중략) 기술된 것이 전부가 아니고 기술되지 않은 층이 여러 개 존재하는 것이 시사되고 표현된 세계의 완결성은 작자에 의해 붕괴됨과 동시에 작자 또한 그 층에 편성되고 마는 것이다.[66]

즉 이 소설이 기술된 것이 전부가 아니며 기술되지 않은 여러 층이 존재하고 상식의 틀을 넘는 순간을 잠입시키거나 다른 시간 층을 튀지 않는 형태로 삽입시킨다거나 현실과 몽상을 넘나드는 사유의 왕래와 궁극적으로는 작자 또한 그 층에 편성되고 만다는 언설은 모두 「마음

66 高橋晶子, 前掲書, pp.257-273

속의 가도」로 수렴된다고 볼 수 있다.

작가는 이 가도를 통해 맘껏 자신의 역사철학을 펼치며 서사에도 자신의 이상을 투영하거나 정치 이데아의 세계를 모색하고 궁극적으로는 자신만의 독특한 역사관을 작품에 수혈해 넣는 것이다.

이가리는 "토오송의 『동트기 전』 필법을 실제에 가까운 과거를 추구한 것이 아니고 자기 나름의 과거를 만들어내는 것이라 하지 않을 수 없다[67]"며 다음과 같이 밝혔다.

> 역사소설도 외양이 다양하겠지만 역사와 소설의 타협점을 발견하는 곳에 근본을 두는 것이 역사소설이라면 토오송의 소설은 역사적 소설이긴 해도 역사소설이라고는 할 수 없다. 생각컨대 『동트기 전』은 토오송적 에고이즘의 역사적 형상으로서의 아버지 아오야마 한조를 메이지 유신의 단면 속에 상감한 것이다.[68]

따라서 한조는 운명적으로 부여된 가도 외에 작가에게 특별히 부여된 별도의 자신의 가도를 가지 않으면 안 되는 것이다.

> 산지로서의 마고메는 삼림과 암석과의 사이뿐만 아니라 마을 어린이들의 교육 등에 있어서도 경작되지 않는 땅과 마찬가지였다. 이 산중에 태어나서 주위에는 이름조차 못 쓰는 촌민 사이에 한조는 학문을 즐기는 소년으로서 자신을 발견한 것이다. 마을에는 변변한 서당조차 없고 사람을 호리는 여우, 너구리 외에 각종 미신이 주변에 음울하게 설치고 있었다. (중략) 나이 어린 한조는 자신뿐만 아니라 동시에 무학의 마을 어린이를 가르치는 일부터 시작했다.(p.26)

---

67 伊狩弘, 「『夜明け前』」 『島崎藤村小説研究』, 双文社出版, 2008, p.200
68 伊狩弘, 전게서, p.201

가도의 일을 충실히 하는 것만으로 소임을 다했다고 느끼는 이 마고메의 뿌리 깊은 인습 속에서 한조만은 미신이 음울하게 뒤덮고 있는 이 마을이나 경작되지 않은 암석 같은 아이들을 깨우쳐야겠다고 결심하고 있다. 한조의 각성은 현실의 가도를 넘어 자신의 꿈을 펼쳐갈 수 있는 이상적인 루트의 추구로 이어진다. 이것이 소설내부에 은닉되어 있는 한조의 마음속 가도인데 그것이 놓이기 시작한 것은 한조 스스로의 내적 욕구에도 기인하지만 한조에게 더 배울 것을 권유한 하치야 코조蜂谷香蔵와 첫 스승인 미야가와 칸사이宮川寛斎에 기인한다.

> 마을에는 낚시라든가 바둑, 장기로 시간을 보내는 젊은이가 많은 가운데 한조 혼자만은 그런 쪽에 한눈을 팔지 않고 또한 말상대의 친구도 없어서 독서를 유희로 대신했다. 다행히 한 사람의 학우를 기후岐阜의 나카츠가와中津川쪽에서 찾아낸 것은 그 무렵의 일이다. 하치야 코조라는 사람인데 더 배울 것을 한조에게 권유한 것도 이 코조이다. 두 사람의 청년의 이른 우정이 맺어지기 시작한 다음에는 마고메와 나카츠가와의 30리길은 멀다고 여기지 않았다. 마침 나카츠가와에는 미야가와 칸사이가 있다. 칸사이는 코조의 매부에 해당한다. 의사이긴 하지만 한학에도 통달하고 있었고 국학에도 밝았다. 마고메의 한조, 나카츠가와의 코조 두 조는 서로 경쟁하면서 칸사이의 지도를 받았다.(p.27)

30리의 우정의 길은 마음의 가도의 시발점이 되고 이 길이 동지들과 이어지고 국학으로 뻗어가며 그것을 통해 일본의 고대의 재발견으로 이어지는 기나긴 시간의 가도가 되며 마침내는 국학 거두를 신으로 모시는 신사의 건립이라는 결실까지 이어져 간다.

요컨대 이것은 상징적인 가도[69]로 한조를 끊임없이 각성시키고 이를 통해 작가 특유의 감성적인 역사인식이 작품으로 유입되는 것이다. 호소카와는 "본격적으로 가도라는 존재를 통해서 아버지의 시대로 뛰어들 의사와 방법의 획득이 가능할 수 있었다고 추측된다[70]"고 밝히고 있다.

> "나는 독학인데다가 고루하다. 원래부터 이 산촌에 있어 견문도 적다. 어떻게든 자신과 같은 사람도 더 배우고 싶다"라고 한조는 생각하고 또 생각했다. 구가舊家의 아오야마青山에서 태어난 한조는 이 스승에 이끌려서 국학에 경도되어 갔다. 23살을 맞이할 쯤의 그는 말의 세계에서 발견한 학문의 즐거움을 통해서 카모노 마부치, 모토오리 노리나가本居宣長, 히라타 아츠타네平田篤胤등의 여러 선배가 남기고 간 대사업을 상상하게 된 젊은이였다.(p.27)

한조는 마고메에 몸을 담고 있으면서 마음으로는 여러 선배가 남기고 간 대사업을 상상한다. 그리고 그것의 연원이었던 히라타 학파의 국학과 그것의 재현에 몸을 던진 케이조, 코조에게로 향하고 있었으며 친구들과의 교류라는 가도를 통해서 교토, 에도를 넘나들기도 했다.

> 제수씨 앞입니다만 우리들 세 사람이 모이는 일은 이처럼 거의 없습니다. 한조 씨와 나의 두 사람이 있을 때는 케이조씨는 교토

69 이 마음의 가도는 지리적으로는 격동의 현장이었던 에도江戸와 요코하마横浜를 비롯해 교토와 이세징구伊勢神宮(2부 5장 1, 2, 3, 4절)까지 아우른다. 소외되고 울적한 키소지에서의 도피처를 찾아 떠나는 여행이고 그곳의 정세를 살피며 마음의 위안이나 미래의 서광을 발견하는 해방구적으로 연결되는 형식이다. 시대적으로는 천황과 백성만이 존재했던 상대上代에서 국학자들이 전성기를 구가했던 카모노 마부치賀茂真淵를 중심으로 한 시대를 거쳐 전국에서 활동하고 있는 유신 후까지를 아우르는 거대한 실체이다. 그러나 이것은 한조 개인에게만 열려 있는 1인 통로이며 그자체가 거대한 은유라고 할 수 있다.

70 細川正義, 前掲書, p.35

에 가 있었죠. 케이조 씨와 함께 일 때는 한조 씨는 에도로 나가 있었고 뭐 오늘은 오랜만에 저 칸사이 어르신 집에 셋이서 책상을 나란히 했던 때의 마음으로 돌아갑시다.(p278)

한조는 항상 뜻이 맞는 동지들과 의기투합하면서도 그의 마음속을 자맥질 하던 것은 가도의 한구석에 유리遊離되어 있다는 소외감과 역사의 현장에서 뛰는 동지들에 대한 그리움과 시대의 절박함에 대한 끊임없는 자각이었다.

한동안 한조는 고개 위에 서서 학우인 코조나 케이조가 사는 미노 분지 쪽으로 생각을 달렸다. (중략) 기회 있을 때마다 미노, 오와리 쪽의 하늘이 그리워졌다. (중략) "이런 산속에만 틀어박혀있으면 뭔지 나는 미칠 것만 같다. 모두 한가한 소리를 하지만 그런 시대가 아니다"라고 생각했다. (중략) 자신의 25세라는 나이도 허무하게 저물어가는 것을 생각하고 가도의 한쪽 구석에서 언제까지고 서있는 경우도 허다했다.(pp.37-38)

자각에 의한 번민과 번민에 의한 자각이 끝없이 되풀이되는 현실가도에서의 한조의 이방인적인 삶과 소외감은 그 자체가 현실로부터의 일탈을 위한 가도의 갈급을 절체절명의 과제로 부여한다. 그래서 새로이 부임하는 소운松雲 주지와 그의 행적도 마음의 가도의 한 맥락으로 편입된다.

적어도 그곳에서 수업시대를 보내고 그런 앞서가는 지방의 공기 속에서 승려로서의 영혼을 단련시켜온 쇼운이 한조로서는 부러웠다. 한조가 이 스님을 기다리는 마음은 마침내 서쪽으로부터[71] 오는 사람을 기다리는 심정이었다. (중략) 이번에 귀향하는

> 새로운 주지를 상상하고 그 사람이 존경하여 믿는 종교를 상상하고 남몰래 어떤 예감을 갖지 않을 수 없었다.(pp.37-38)

영혼을 단련시켜온 스님을 통한 새로운 바람은 종소리라는 메타포로 온 마을에 자각처럼 울려 퍼진다.

> 그 때 아침공기의 고요함을 깨고 맑은 대종소리가 홰를 찼다. 쇼운이 힘을 잔뜩 들여 치는 소리다. 그 소리는 계곡에서 계곡을 타고 밭에서 밭을 기어 아직 움직이기 시작하지 않은 마을의 물차 쪽으로도 반쯤은 졸고 있는 듯한 마구간 쪽으로 울려 퍼졌다.(p.40)

대하 역사소설의 외양과 함께 본 소설이 갖고 있는 이 우아한 영상은 이 가도의 마을을 시적 이미지로 환원시킨다.

시노다는 "감동의 면밀한 소설적 수법을 취하는 곳에 이 작품의 고독한 영광이 있고 동시에 그 화려함의 배경에 음화처럼 떠올라오는 일본 근대 소설, 아니 문학의 특이한 양상이 인정되는 것이다[72]"라며 이 소설의 시적 성취 부분에 감동이 있다고 상찬하고 있다. 시대의 경종이기나 한 것처럼 울려 퍼지는 종소리가 가도 연변을 구석구석 흔들어 깨운다. 이런 현실의 가도조차 한조의 마음속에 자리 잡고 있는 염원에 의해 마음의 가도의 이상향으로 흘러 들어오는 것이다.

한조의 한결같은 염원인 에도 행은 마침 비즈니스와도 겹쳐서 에도와 요코하마를 직접 견학하며[73] 마음의 가도를 실제로 누빈다. 그

---

71 천황이 거주하며 새로운 정치의 중심이 되려는 교토의 방향. 일종의 이상향이다.

72 篠田, 前掲書, p.109

73 "집을 나서지 않고 천하를 알 수 있습니까? 아무리 박식하고 다재다능한 명사라도 9년이나 집을 나서지 않으면 교토의 사정에도 어두워지게 마련이지요. 말마따나 상경한지 3개월도 채 안되어서 단번에 살해당하고 말았지 않았습니까? 허참 교토는 무서운 곳입니다. 내가 아는 것만으로도 몇 번 형세가 격변했는지 모릅니다."(p.288) (필자 주, 이케다야池田屋사건에 대한 마사카의 분석)

리고 그 과정에서 정식으로 학파에 입문하며 감격을 느끼게 된다.

> "나는 오랫동안 칩거했던 산촌을 떠나 처음으로 여행길에 오르려 한다." (중략) "자네가 기뻐할만한 좋을 일이 있어. 나는 이 여행에서 오랜 염원인 히라타 입문의 뜻을 이루려고 하고 있어. (중략) 키소 계곡의 외곽에서 332㎞, 왕복 664㎞의 길을 걷지 않으면 안 된다. (중략) 키소 산속에서 상상했던 것과 와서 본 것과는 실로 크게 다르다는 것을 느꼈다.(pp.53-61)

이러한 의미의 편지를 한조는 나카츠가와의 절친 학우인 하치야 코조에게 썼다. 항상 서신이나 인편으로 소식을 주고받거나 가끔은 서로 왕래하는 마음의 가도 속에 뜻을 함께 나누는 친구에게 가슴 벅찬 환희를 전달하는 장면인 것이다.

그리고 이 모든 서사는 국학과 국수주의 건설로 수렴된다.

> 세상은 혼탁하고 에도는 막다른 골목이고 모든 것이 실로 뒤엉켜서 서로 외마디 소리를 내고 있는 소용돌이 속에서 어떻게 국학자의 꿈 등을 이 땅 위에 실현시킬 수 있을까를 생각했다. "나 같은 어리석은 자가 어떻게 살 수 있을까?"거기까지 곰곰이 생각했다.(p.79)

비록 몸은 벽지 산촌의 촌장에 불과하지만 한조는 열혈지사적인 감성과 불굴의 의지로 국가 전체가 가야할 청사진을 국학에서 찾고 있다.

타카사카는 "한조는 히라타 학과 모토오리 학을 배우면서 신분의 제약을 감수하며 서민의 입장에 서서 독자의 국학해석에 근거하여 싸우고 스스로의 이상에 순직했다고 할 수 있다[74]"며 주인공의 이 한결같은

74 高阪薫外, 「『夜明け前』にみる半蔵の狂と国学思想」 『論集 島崎藤村』, 株)おうふう, 1999, pp.58-59

자세를 스스로의 이상에 대한 헌신으로 파악하고 있는데 그것은 모두 상대上代의 재발견으로 귀결 된다.

> 중세이래의 무가시대에 태어나 결국 이국의 소식에 얽매어 인의예양효제충신仁義禮讓孝悌忠信등 시끄러운 이름을 무수히 만들어서 인간을 속박해버린 봉건사회 분위기 속에서 있으면서도 모토오리, 히라타 여러 대가들만이 이 어두운 세계에서 발견해낸 것은 바로 그 상대이다.(p.290)

요컨대 이국의 문물에 얽매어 시끄러운 이름을 무수히 만들어 인간을 속박해버린 봉건사회가 껍질을 벗어던지고 새로 맞이해야할 근대의 가장 귀한 견본은 이 세상에 왕과 백성밖에 없었던 「상대」로 돌아가 그 연원부터 재출발해야 하는 것이 국학의 근본이라는 것이다. 그리고 그 롤 모델을 새롭게 발견한 것이 국학자들의 창조 위업이고 그 실현을 위한 유일한 길은 천황 국가의 회귀로 귀착된다는 것이다. 이것은 별도의 가도인 이나伊那여행을 통해서 터득된 것이다.

> 어느 날도 한조는 에나 산 위의 하늘에 아름다운 겨울속의 아침의 구름을 발견하고 밤마다 몰락했다가는 아침의 붉은 빛으로 변해오는 저 태양의 비할 바를 상상했다. 단 한사람의 천황, 그 위에서 시대를 관류하는 아침햇살의 위세에 범접할만한 것은 발견하지 못했다.(p.148)

질풍노도의 시대를 관류할 수 있는 것은 불사조의 태양과 같은 천황의 절대적인 존재 외에는 아무도 범접할 수 없다는 확신에 찬 한조의 확고한 철학이다. 이것이 곧 이 역사 소설의 내부를 관류하는 정치관이다.

거기에 이상으로 추가되는 것이 있다면 그것은 서민의 존재이다.

> 그의 시선은 위에 선 관리나 권위가 높은 무사 쪽을 향하는 것이 아니라 언제나 이름조차 없는 농민을 향하고 순종적이고 인내심이 강한 사람들에게 향한 것도 어쩌면 계모를 받들어 몸을 사려온 소년시절부터의 마음을 채우기 어려움이 그의 내부에 깊이 잠재하고 있었기 때문이었다. 이 가도에서 짐을 운반하는 마부들과 같은 하층에 있는 사람들의 움직임을 주시하게 된 것도 그의 시선이다.(p.56)

그리고 한조의 원대한 꿈과 염원이 획기적인 결실을 보게 되어 그는 환희에 찬다.

> 새 신사를 세운다. 카다노 아즈마마로荷田春滿, 카모노 마부치, 모토오리 노리나가, 히라타 아츠타네 이 국학 4대 거두의 위패를 놓는다. (중략) 독립된 산위에 세워질 목조 건축에 4명의 어르신을 모시기 위한 새로운 신사 건축. 그것은 히라타의 모든 문하생에게 있어서 향토 후진에게도 전할 만한 훌륭한 기념사업이고 그들이 마음속에서 요구하는 복고와 재생의 꿈의 상징이다. 왜냐하면 보다 밝은 세계에 대한 계시를 그들에게 주고 건전한 국민성의 고대를 발견케 할 수 있는 것을 그들에게 가르치는 것도 그러한 4명의 어르신의 거대한 공적이기 때문이다.(pp.285-286)

이 신사는 4명의 위패를 모시는 단순한 사당에서 일본 국학정신을 담아내는 전당으로서의 상징성을 담보하게 되는 것이다.

그러나 한조의 끊임없는 자기 독려를 통한 이상의 추구와 실현은 여기서 멈추지 않고 질주를 계속하지만 이것을 정점으로 급격하게 내리막길을 걸으며 마음의 가도가 더 이상 현실성을 띄지 못하고 망상으로 이어진다. 끝내는 천황 행렬에 부채를 던지거나 절에 불을 지르는 등의 집안

광에 갇히는 수모를 겪은 끝에 광사狂死라는 비참한 죽음을 맞이한다.

와타나베는 이를 가리켜 "토오송은 한조에게 역사의 흐름을 거스르게 함으로써 역사의 진위를 지켜보게 하는 하나의 시점을 짊어지게 한 것이고 그렇게 함으로써 이번에야말로 진정으로 매장을 할 수가 있었던 것이다[75]"라고 진단하고 있다.

하지만 그것은 불가사의하게도 현실의 가도의 몰락과 궤를 같이 하는 것이었다. 현실의 가도와 마음속의 가도가 기막히게 서로 맞물려있음의 반증이다.

> 그 때가 되고 보니 구 촌장으로서, 또한 구 본진, 도매상으로서의 한조의 생애 모두 뒤로 밀려나게 되었다. 모두, 모두 뒷전으로 밀려났다. 한사람의 생애가 종언을 고한 것뿐만 아니라 유신이후의 메이지라는 무대와 19년의 저변까지를 하나의 과도기로서 지나가고 있었다. 사람들은 진보를 낳은 어제의 보수에 지치고 보수를 낳은 어제의 진보에도 지쳤다. 새로운 일본을 모색하는 마음은 많은 젊은이의 마음에 싹터왔다. 그러나 봉건시대를 묻어버리는 것만 알고 아직 진정한 유신이 성취되는 날을 바랄 수조차 없게 된 불행한 어둠이 주위를 지배하고 있었다.(p.360)

이 기록은 숨 가쁘게 돌아가는 직책에 몸이 휘둘리면서도 끊임없이 이상을 불태웠던 한사람의 투혼의 기록으로 그가 걸었던 가도와 함께 길이길이 여운으로 남아 비운 속에 허무하게 사라져간 꿈 많은 주인공 영혼을 위무하는 것이다.

요컨대 이 은유의 가도를 통해서는 주인공의 불굴의 혼신의 힘을 빚어낸 작가의 주정적인 역사관이 선명하게 엿보인다.

---

75 渡辺広士, 「狂気の意味」 『島崎藤村を読み直す』, 株式会社 創樹社, 1994, p.231

5. 마무리

소설『동 트기 전』이 리얼함과 객관성을 담보하는 서사가 주를 이루는 일반적인 역사소설의 면모를 띠고 있지만 다른 면에서는 역사와 소설의 타협이라는 명제아래, 역사적 소설이라거나 이지적, 과학적 역사소설이기보다는 감성적, 주정적인 역사소설의 면모도 갖추고 있다는 점을 가도의 양상을 통해 규명해본 것이 본 장의 요지이다.

소설 속의 가도의 모습을 세 가지로 분류하여 살펴보았는데 첫째로 에도와 교토를 이어주는 키소 가도의 지정학적 역할 속에서 이동 통로로서의 본연적 생태계의 양상에 가도 변 서민들의 소박하고 가혹한 삶과 애환이 다양하고 디테일하게 묘사되어 있었다. 이 양상에 관한 한 에도가 독특하게 갖고 있던 가도의 실체에 접근하려는 작가의 진솔한 자세가 읽혀지는 역사소설의 면모가 두드러졌다.

둘째로 이 가도가 미묘한 정치역학에 휘둘려 상상을 초월하는 물류이동의 장으로 변하며 파란만장의 역사가 자행되는 현장으로 바뀌는 양상이다. 심지어는 이 가도가 전쟁터로 급변한 탓에 생사의 갈림길에서 우왕좌왕하는 민초들의 극한적인 삶과 그들의 살아남으려는 지혜로 그 역경을 극복하는 등, 미토 낭인무사와 가도연변 사람들의 관계반전은 압권이고 역사의 역설이다. 이것은 흥미진진한 감성적 역사소설의 면모이다.

셋째로 소설에 직접적인 언급이나 이름이 명명된 것은 아니지만 행간으로, 혹은 은유적으로 읽히는 주인공의 내부에 부설되어 있는「마음의 가도」의 양상이 읽혀졌다. 주인공은 시골 두메산골에서 태어나 그곳에서 평생을 보내지만 그곳에 매몰되지 않고 이 마음의 가도를 수시로 드나들며 자신의 정열을 불태워간다. 작가도 이런 주인공을 통해서 소설에 자신의 역사관을 마음껏 주입하고 존재해야할 주인공의 이상적인 이미지를 조형했다. 이 양상으로부터는 작가의 주정적인 역사관이 읽혔다.

요컨대 이 역사 소설이 전형적인 양상과 사소설적인 양상을 두루 갖추게 된 것도 이런 가도의 3양상의 황금분담으로 비로소 완성된 것이다.

제5장

타니자키 중이치로(谷崎潤一郎)의 『슌킹쇼(春琴抄)』

이 소설은 사스케佐助라는 주인공의 절대적인 사랑에 대한 도착적인 집착과 과대망상이 빚어낸 처절한 비극의 외양外樣과 사스케의 의도적인 자해에 의한 엽기적인 실명失明 덕분에 괴리되어왔던 여주인공 슌킹春琴과의 합일의 황홀경에 빠져드는 해피엔딩의 내면풍경을 동시에 갖고 있는 소설이다. 이른바 읽는 각도에 따라서 양극단의 해석이 가능한, 보기 드문 소설인 것이다. 이것은 악마주의·여성숭배·관능주의·변태성욕·고전회귀·탐미주의 등의 다양한 스펙트럼을 섭렵해오고 있던 타니자키의 작가적 완숙함이 꽃피운 결정체라 할 수 있다.

이 작품의 최근의 선행연구는 단골메뉴처럼 으레 회자되곤 하는 「사스케 범행설」·「슌킹 자해설」·「두 사람 묵계설」[76] 등을 반박하는 내용이 주를 이룬다.

오다카 슈야尾高修也는 "그렇게 다양하게 읽을 수 있기는 하다. 하지만 그런 독서는 모두가, 사건을 각각 양의적兩意的으로 말하고 복수의

76 슌킹이 잠든 사이 누군가에 의해 끓는 물이 얼굴에 부어지고 화상을 입게 되는데 그 범인을 놓고 사스케가 했다는 설, 슌킹이 자해했다는 설, 슌킹과 사스케가 묵계했다는 설 등이 바로 그것이다. 주로 역발상으로 추적한 논리들이다.

해석이나 증언을 나열시키는 작자의 집필방식에 기꺼이 말려드는 모습으로 보인다[77]"며 작자의 의도에 휘둘리는 독서를 경계하는 한편, "사스케가 된다는 것은 타니자키로서는 칸사이關西문화에 투항한 남자가 되는 것이기도 하다. 아마 타니자키는 실생활에서 행하는 자신의 마츠코松子 상대역 연기를, 칸사이 문화에 항복했다는 징표로 간주하며 슌킹, 사스케의 이야기를 정성들여 만들었던 것이다[78]"라며 주로 작가의 실생활과 결부시킨 시점에서 이 작품을 투사하고 있다.

마에다 히사노리前田久徳는 "3가지 설 모두가 사정거리射程距離는 「슌킹 사스케 스토리」의 내부에서 끝나고, 「관념의 슌킹」안에서 생긴 전환이라는 화자의 세계에는 미치지 못한다. (중략) 이런 종류의 독서는 마침내 다른 귀부인으로 변모시키는 이야기 구조에 배반당하여 뼈아픈 보복을 받을 수밖에 없다[79]"며 앞에 언급한 3가지설이 내레이터가 주장하는 「관념의 슌킹」 내부의 변모(초월적 이미지로의 변신)를 읽어낼 수 없는 한계를 지적하며 반박하고 있다.

사토 중이치佐藤淳一는 "화상火傷이 슌킹에게 뛰어난 예술인이 되기 위한 필요한 수련이라는 의미부여를 하고 화상 이후의 슌킹을 사스케와 똑같이 예술인의 논리를 살아간 인물로 묘사하는 것이라 말할 수 있을 것이다[80]"라며 슌킹의 화상이 슌킹에게 진정한 예술인으로 거듭날 수 있었던 기회로 보는 관점을 견지하고 있다.

호소에 히카루細江光는 "명작의 경우 작품의 의미 및 작자의 욕망은 확실하게 텍스트의 표층에 명시된 것이 모두가 아니다. 종래의 작품의 해석은 작가의 의식적 혹은 일의적인 메시지만을 작품의 의미로 해석하려는 경향이 강하다고 생각하는데 실제로는 앰비발렌스ambivalence(이율배

---

77 尾高修也, 『壮年期谷崎潤一郎論』, 作品社, p.173
78 전게서, p.170
79 前田久徳, 『谷崎潤一郎物語の生成』, 洋々社, pp.195-196
80 佐藤淳一, 『谷崎潤一郎型と表現』, 青簡舎, p.95

반), 또는 다의적인 작자의 무의식의 모티브라든가 독자의 무의식에 호소하는 레토릭(수사법)이 훨씬 중요하다[81]"며 이 작품의 갖고 있는 심층 의미나 행간을 읽어야 한다고 강조하고 있다.

요컨대 이런 일련의 연구경향에서는 작품에 드러난 내용에 대한 단편적인 유추나 추적보다는 각종 레토릭 속에 다양하게 은폐된 내면의 의미를 밝혀 작가의 진정한 의도를 천착穿鑿하려는 흐름을 읽을 수 있다.

모든 명작이 그러하듯 본 작품의 독해도 평면적으로 읽히는 외양과는 판이하게 서사 이면에서 작가의 숨겨진 작의(의식이든 무의식이든)를 읽어내는 입체적인 독해가 얼마든지 가능하다.

본장에서는 주로 작가가 이 작품에 시도한 기존 관행에 대한 전복이나 은폐된 역발상의 발견을 통해서 작가의 창작의도 및 작품의 진정한 방향성을 살펴보고자 한다. 서사 속에 묘사된 사스케, 슝킹 그리고 둘의 합일양상에 초점을 고정시켜 외형적으로 쉽게 파악할 수 있는 것과 작품의 심연에 용해溶解되어 있는 내용을 선명하게 대비시키는 방법이 구체적으로 사용될 것이다.

1. 절대를 향한 파멸의 유혹과 시적 투혼

이 소설의 서사는 실선으로는 이을 수 없는 아득한 단절의 남녀 두 주인공과 그들의 불가해한 행위가 주선율이다. 한쪽이 금단의 성역을 만들고 그 영토를 신비화하여 오만하게 거주하는 신비스런 미모의 삶이라면 다른 쪽은 그녀를 피안의 세계로, 부나방처럼 끊임없이 파멸적인 유혹을 향해 투혼을 불사르는 성스런 사나이의 시적 투혼의 여정[82]

81 細江光, 『谷崎潤一郎の深層のレトリック』, 和泉書院, p.658
82 작가에게는 흔한, 남자와 여자역할이 뒤바뀐 가부장적 전통에 맞서는 중대한 역발

인 것이다.

> (가) 옛 막부시대의 부유한 서민가정에 태어나 비위생적인 깊은 방에 틀어박혀 자라난 소녀의 투명하게 희고 푸르고 가냘픔은 어느 정도였을까? 촌뜨기인 사스케의 눈에 그것이 얼마만큼 신비스럽고 요염하게 비쳤을까? (중략) 특히 슌킹의 묘한 기품에 감동을 받았다고 한다. (중략) 처음에는 불타는 듯한 숭배의 마음을 가슴깊이 숨긴 채 부지런히 섬겼을 것이다.[83]

> (나) 우리들 선조는 밝은 대지의 위, 아래 사방을 칸으로 막아 우선 박명薄明의 세계를 만들고 그 어둠 속에 여인을 칩거케 하고 그녀를 이 세상에서 가장 하얀 인간이라고 굳게 믿고 있었을 것이다. 하얀 피부가 최고의 여성미에 없어서는 안 될 조건이라면 우리는 그렇게 할 수밖에 없었고 그것으로 문제가 없었던 것이다.[84]

위 인용 (가)는 소설 속의 화자가 사스케의 눈에 비친 슌킹의 미모를 밝힌 것이고 (나)는 타니자키가 상상하는 일본 전통 속의 미녀상을 자신의 수필 「박명 예찬陰翳礼賛」에서 묘사한 것이다[85]. 투명하게 희고 푸른 색감과 신비스러움도 그렇거니와 그 묘한 기품에 사스케는 단번에 영혼이 사로잡혔고 슌킹이 사스케에게 이데아[86]로 현재화顯在化하는

상이다.

83 谷崎潤一郎, 「春琴抄」 『谷崎潤一郎全集13』, 中央公論社, pp.504~505, 텍스트, 이하 페이지만 표기.

84 谷崎潤一郎, 「陰翳礼賛」 『谷崎潤一郎全集20』, 中央公論社, p.549

85 위 두 인용의 미감이 하나로 오버랩되는 것으로 보아 슌킹은 타니자키의 미적 감각이 상감된 여인으로 볼 수 있으며 사토오가 "타니자키는 스스로가 사스케가 되어 몸을 낮추고 옛 오오사카로 들어갈 생각으로 쓰고 있다"(전게서, p.170) 고 밝히고 있듯 소설 속의 사스케는 작가 자신의 분신이라 할 만하지만 내용은 단순구도가 아니며 훨씬 복잡하다.

86 "우리의 혼은 과거에 천상에서 이데아만을 보고 살았는데 잘못으로 지상으로 추

순간을 묘사한 과정이다. 그녀를 향해서라면 기꺼이 자신을 바쳐 소멸할 수 있는 정념의 불꽃이 위험하게 발화된 것이며 동시에 그의 실존적인 투혼이 치열하게 전개되는 것이다.

작품의 서두에서는 사스케가 시각장애인 슌킹의 도우미 몸종으로 발탁되는 과정이 서술된다.

> 어느 날 슌킹이 "사스케군이 했으면 해"라고 해서 사스케로 결정되었다. (중략) 사스케는 더 없는 영광에 감격하면서 슌킹의 작은 손을 자신의 손 안에 넣고 1킬로미터의 길을 하루마츠 켕교의 집으로 가서 사사받는 것이 끝나기를 기다려 다시 돌아온다. (중략) 묵묵하게, 그저 실수가 없도록 신경을 썼다.(pp.505-506)

슌킹의 평생의 반려자로 첫출발하는 사스케의 감격하는 모습과 무언의 속에서 자신의 이데아를 받들며 조심조심 최선을 다하는 모습에서 '슌킹이라는 성채城砦를 순례[87]'하는 사스케의 통과의례의 엄숙함이 행간으로 읽혀진다. 그러면서도 무언無言이 곧 두 사람의 소통부재를 의미하는 것만은 아니다.

> 쓸데없는 말을 삼가니까 방해가 되지 않는다는 것이 과연 슌킹

방되어 각자 육체라는 감옥에 갇혀버리고 말았다. 그리고 지상으로 추락하는 순간에 망각의 강을 건너며 천상에서 보았던 이데아를 거의 망각하고 만다. 그러나 이 세상에서 이데아와 비슷한 개체를 보면 잊혀진 이데아를 어렴풋이 기억해낸다. 이처럼 우리의 시선을 외계가 아니라 혼의 내면에 향하게 하고 과거의 이데아를 상기할 때 개체를 원형에 의해 진실로 인식하게 된다."(ja.wikipedia.org/wiki/イデア) 사스케는 슌킹에게서 이데아의 원형을 발견하게 되는 것이다.

87 일반적으로 종교에서 사용하는 의미의 '순례'보다는 작품 전체에서 사스케가 슌킹이라는 타자를 하나의 이데아의 세계(적어도 사스케에게는 슌킹이 단순한 하나의 개체가 아니라 거대한 세계이다)처럼 느끼며 그곳을 평생을 섬기며 떠나지 않는 의미만을 차용하여 이 용어를 쓰고자 한다. 이것도 심층의 의미에 접근하고자 하는 노력의 일환이다.

> 의 진심이었을까? 사스케의 한결같은 동경의 마음이 어린 슌킹에게도 어렴풋이나마 읽혀, 기뻤던 것은 아니었을까? 10세의 소녀에게는 불가능하다고 생각될 수도 있지만 준민俊敏하고 조숙한데다가 눈이 멀게 된 탓에 제6감의 신경이 예민해진 것을 감안하면 엉뚱한 상상이라고 할 수도 없을 것이다.(p.506)

말로는, 과묵하기에 사스케를 도우미 몸종으로 선택했다는 슌킹의 내면을 꿰며 내레이터가 전하는 말인데 예민한 감각의 맹인인 어린 슌킹에게 한결같은 사스케의 동경의 마음이 읽혔을 것이라는 묘사가 이 작품의 서사에 깊이를 더해주고 있다. 결국 육감적인 선택을 받아 슌킹이라는 동경하는 세계에 투신한 사스케는 소임을 다하며 행복감에 젖는다.

> 볼 일을 시킬 때에도 몸짓으로, 혹은 얼굴을 찡그려 보여주거나 수수께끼를 내듯 혼자 중얼거리거나 이렇게 하라, 저렇게 하라 등의 말은 일체 하지 않은 채 혹시라도 그것을 알아차리지 못하면 기분을 상하므로 끊임없이 긴장하지 않으면 안 되었다. 마치 주의 깊음을 시험당하는 듯이 보였다. (중략) 사스케도 또한 그것이, 고역이기보다는 오히려 기쁨이었으며 그녀의 특별한 심술을 달게 받으며 일종의 은총처럼 생각했던 것이다.(p.506)

'슌킹에게 사스케는 안중에도 없었으며'(p.506) '하나의 손바닥에 불과했다'(p.507)는 본문 내용을 함께 참조하더라도 둘은 동일선상의 인간이 아니다. 슌킹은 하나의 욕망의 기호체계이고 사스케는 그것을 감지하고 해결해주는 도구체계이다. 외견상으로는 주인과 반려견같은 동행의 관계에 불과하다. 설상가상으로 언어부재에서 비롯되는 사스케의 고충이 상상이상이었겠지만 오히려 이것이 기쁨이며 은총인 것은 사스케의 일련의 행위가 「순례」라는 방증이다. 게다가 스스로의 의지가 거세된 채 절대복종과 완전 섬김의 원리로만 작동되는 사스케이지만 그는 자발적인 결단으로 이 운명을 뛰어넘는다. 신비스러운 슝킹의 영토를 기웃거리며 기행을 보이는 것이 그것인데 역발상의 현장인 것이다.

> 물론 채도 없이 등불이 없는 캄캄한 곳에서 더듬거리며 연주하는 연습을 한다. (중략) 스승도 이럴 거라 생각하고 암흑 속에서 하는 것을 즐겨했다. (중략) 나중에 허락을 받았을 때도 눈을 감고 연주하는 것이 습관이 되었다.(p.509)

처음에는 단순한 도우미 머슴으로 출발했던 사스케가 뜬금없이 슝킹이 연주하는 샤미셍을 따라 모방연주를 시작한다. 물론 처음에는 무작정 따라하는 자신의 그 행동을 비밀에 부치기 위해서 벽장 속에 숨어서 시작하지만 차츰 슝킹의 처지와 동화되기 위해서 악보도 없이 눈을 감고 연습하는 버릇이 몸에 배게 된다. 좀 더 슝킹에게 일체감으로 접근하려는 일편단심의 소산이다. "마침내 11세의 소녀 슝킹과 15세의 소년 사스케는 주종의 관계에 사제의 관계를 덧칠하게 된다"(p.512)라는 소설 본문내용은 사스케의 기나긴 순례에서 매우 괄목할만한 상징적인 사건[88]이며 주어진 운명에 순응하면서도 그것을 뛰어넘으려는 실존의 초상이기도 하다. 그것은 도구역할에서 인간으로의 승격뿐만 아니라 사제관계로의 도약을 통해 서로 소통할 수 있는 기틀을 마련한 것이다. 이것은 또한 천방지축의 슝킹의 의사에 철저하게 조종당하는 사스케의 괴뢰같은 양상 속에서 스스로 쟁취한 능동의 쾌거이기도 하다.

88 소설 후반에 사스케의 자해 행위를 예감케 하는 복선의 의미도 갖고 있다.

> 마치 사스케를 골탕 먹이는 것이 목적처럼 생각될 정도였다. 사스케는 도미나 게나 새우에서 살을 발라내는 일이 능숙해지고 은어는 생선 그대로의 자태로 꼬리부터 뼈를 발라내어 하나하나 접시에 담아주었다. (중략) 너무나 몸이 차가우면 사스케가 슌킹의 양발을 가슴으로 감싸고 덥혀주었다. 그래도 쉽게 덥혀지지 않았고 오히려 사스케의 가슴이 싸늘해졌다. (중략) 게다가 물질적인 보상은 턱없이 얄팍했고 급료도 간간이 건네는 수당에 불과했고 담뱃값도 없었던 적이 있었고 옷도 명절 때 하사받는 것이 전부였고 스승 대신 레슨을 해도 특별한 지위가 주어지지 않았다.(p.527)

아무런 보상이나 대가 없이 지성으로 슌킹을 보좌하는 사스케의 모습에서 소외의 시간을 살며 끝없이 소멸해감으로써 존재하는 역설적인 삶과 끊임없이 재생산되고 반복해야만 하는 무위無爲의 삶이지만 그것을 오히려 영광과 달관으로 감내하는 순례자의 모습에서 독자는 서사를 이끌어 가는 화자의 끝 모를 의도를, 그 뒤에 숨겨진 작가의 무의식적인 의식을 읽어내지 않을 수가 없다.

> 측면에 문하생 누쿠이 사스케가 이 무덤을 세웠다고 새겨져 있다. (중략) 절의 사내가 보여준 지금의 작은 묘표 앞에 서자, 돌의 크기는 슌킹의 그것의 절반 정도이다. (중략) 조상대대로 물려온 종파를 버리고 조오도슈浄土宗로 바꾼 것은 묘지가 되어도 슌킹의 곁을 떠나지 않겠다는 순정에서 나온 충정으로 슌킹이 살아 있을 때 이미 사제의 법명, 두 사람의 묘비석의 위치 크기 등을 정해져 놓았다고 한다.(pp.495-497)

슌킹의 사후에도 순례는 종료되지 않고 사토가 밝히는 제2의 시간까지[89] 현재진행형이며 불멸성을 염원하는 사스케의 비원悲願의 사랑이 묘지로 형상화되어 있는 장면이다. 그는 여생을 수절하며 먼저 떠난 슝킹을 그리며 그 추억을 양식으로 순례를 이어간다.

> 사스케는 평생 처첩을 들이지 않고 견습생 이후 83세의 노후까지 슝킹 이외에 단 한사람의 이성도 몰랐으며 다른 사람과 비교할 자격도 없지만 만년 독신생활을 하게 되고 나서 입버릇처럼 슝킹의 피부가 참으로 부드럽고 사지가 유연하다고 주변사람들에게 자랑했으며 그것이 노후의 유일한 위안거리였다. 자주 손을 펴서 스승님의 발이 이 손에 딱 얹힐 정도였고 자신의 뺨을 쓰다듬으며 발뒤꿈치 살결이 자신의 뺨보다 부드러웠다고 자랑했다고 한다.(p.526)

사스케의 행위가 단순히 도착적이라고 치부하기에는 너무 겸허하고 경건하고 올곧다. 사스케는 작품의 서두에서는 견습 점원에서 도우미 머슴으로 발탁되는데 불과하지만 작품의 후반으로 가면서 예술인으로서 완전한 경지에 도달했고[90] 상대의 사후까지도 추억으로 몰입하는 사랑의 화신으로서도 초월적인 경지에 이른다.

이것이 작가의 무의식의 발로이고 작품이 지향하는 바이지만 작가의 의도를 완전하게 연주하는 것은 내레이터이다. 이것도 발상의 전환이 견인한 전복顚覆이다.

---

89 "여기에는 3개의 시간층이 존재한다. 슝킹과 사스케가 공히 살아 있는 시간, 슝킹 사후에 사스케가 홀로 만년을 보내는 시간, 내레이터가 존재하는 현재의 시간이다", 전게서, p.89

90 이점을 사토는 "사스케는 스승인 슝킹을 따라서 가혹한 수업을 쌓아감으로써 예술인으로서 행동하는 자세를 관철하고 있다"며 이에 비해 "딱히 수련을 거치지 않고 스승이 된 슝킹은 따라서 예술인의 본래의 논리와는 일탈하고 있다"(전게서 p.87)고 밝히며 예술가적 측면에서도 사스케가 성공적이라 평가하고 있다.

2. 화자의 슝킹에 대한 의도적 사디즘

본 소설은 슝킹의 사디즘과 사스케의 마조히즘이 기본 선율[91]이다.

따라서 이것들은 작품에 대한 논의의 출발이자 완결의 단골메뉴이다. 하지만 이것은 평면적으로 드러난 현실태現實態의 서사이고 그 이면에는 슝킹에 대한 서사가 극단적으로 양극을 달리고 있다. 이른바 사스케가 집필했다는 「모즈야 슝킨전」은 성녀로 묘사되어 있는 반면, 내레이터의 슝킹에 대한 서사는 치밀하고 집요하게 네거티브로 자행되고 있다.

본 장에서는 내레이터의 이 잠재태潛在態를 '화자의 슝킹에 대한 사디즘'이라 규정하고자 한다. 최근의 연구동향에서도 화자에 대한 집중조명이 작품분석에서 많은 비중을 점하고 있다.

사토는 내레이터인 「나」를 포함한 시야가 있어야 한다면서

> 복수의 화자가 사용되고 또한 그 이야기에 교묘한 속임수가 장치됨으로써 「슝킨쇼」에서는 그 내레이터의 구조에 의해서도 예술인의 논리와 그 희화戱畫적인 전복이 예각으로 대치하고 있다[92]

며 슝킹이란 인물을 두고 예술인의 논리와 그것을 희화적으로 전복시키는 행위가 예각으로 대치할 수 있는 것은 교묘한 속임수 장치에 의한 복수의 화자가 존재하기에 가능하다면서 이 소설에 대한 화자분석의 중요성을 강조하고 있다. 본 소설에서 서사는 전적으로 화자인 「나」가 주도적으로 이끌어 가고 있다.

---

91 이 부분을 호소에는 "정신분석학에 의하면 나르시시즘은 대상애와, 사디즘은 마조히즘과, 노출증은 관음증과 쌍을 이루며 이들은 동일한 욕망의 주체와 대상, 능동성과 수동성이 뒤바뀐 존재로 되어 있다. 타니자키에게서는 어느 쪽인가 하면 대상애 마조히즘 관음증의 경향이 우세하고 슝킹에게는 그들이 거꾸로 투영된 것이라 생각된다"(pp.666~667)라고 분석하고 있다.

92 전게서, p.90

> 이들 기사가 슝킹을 신처럼 여겼던 켕교에게서 나온 이야기라면 어느 정도의 신빙성이 있을지는 모르겠지만 그녀의 태생적 미모가 단려하고 우아했던 점은 여러 사실로 입증되고 있다.(p.498)

본 소설의 서사를 이끌고 있는 화자가 「모즈야 슝킨전」의 내용이 슝킹을 극도로 사모하는 사스케에 의해서 제작되었다는 등의 주석을 달아가며 그 신빙성을 의심하고 있는 장면이다. 평가하는 입장에 선 내레이터 자신을 사스케와 차별화하면서 은근히 스스로가 객관적이고 논리적이라는 뉘앙스[93]가 행간으로 읽혀지며 이 관점은 마지막까지 고수한다.

특히 "언어행동에 애교가 넘치고 하인들에게 인정을 베풀고 형제간에 우애가 넘치며 가족모두에게 사랑받았다는 사스케 켕교의 말에는 근거가 있는 것인지 아니면 사스케 개인의 상상인지는 명료하지 않다"(p.500)고 주석을 달고 있으며 "슝킹이 음악보다는 춤에 천재적 기질이 있었다는 사실도 사스케의 흠모의 수식이 가해졌다거나 그녀를 위대하게 보이기 위해 중대한 의미를 장착한 단점이 있다"며 폄훼貶毁 쪽에 무게를 두고 있다. 그러면서 슝킹과 사스케를 친하게 모셨다는 시기사와鴫沢 노파의 슝킹에 관한 증언[94]도 단순한 전언으로만 전한다.

화자의 상기와 같은 논리를 종합해보면 사스케와 시기사와가 증언하는 슝킹의 내용을 절반은 탕감하고 둘의 주장의 최소공배수만 본다고 하더라도 「사람을 끌어당기는 천품에 탁월한 예능과 발군의 미모,

---

93 논리는 항상 상대적이다. 화자가 「모즈야 슝킨전」을 의심하고 있듯이 화자 자신의 주장도 의심받을 수 있지만 막상 그에 대비한 근거는 아예 묵살하고 있다.

94 하루마츠 켕교에게 사사받을 때도 스승은 엄하기로 소문난 분이지만 슝킹에게는 꾸짖기 보다는 칭찬하는 일이 많았고 항상 손수 지도했으며 친절하고 상냥하게 대해 주었다. 슝킹의 재능을 사랑하고 반했으며 결석이라도 하면 스스로 지팡이를 짚고 달려갔으며 그녀를 제자로 삼은 것을 자랑으로 여겼다고 한다.(p.503)

게다가 인간미를 발산하는 모습은 갖추고 있었던 것」으로 보이지만 내레이터에게서는 이를 애써 외면하거나 평가절하하려는 의지가 읽혀진다. 하지만 그도 어쩔 수 없는지 천품의 능력과 노력, 그리고 기품만은 인정하고 있다.[95]

내레이터가 인정하는 위 세 가지만 있어도 기본적인 인격은 갖추고 있는 셈이다. 하지만 이런 인품의 인간인 슌킹과는 좀처럼 부합되지 않는 세부의 추한 모습들이 속속 묘사되어 슌킹이라는 인간의 동일성, 즉 아이덴티티를 의심케 하는 부분이 빈출된다. 이것 또한 작가의 역발상에 의한 화자의 의도적 비하라고 본다.

> 토쇼마치의 친정에서 보내는 돈은 엄청난 액수이지만 그녀의 낭비와 사치는 그래도 지탱할 수 없었다.(p.502)

내레이터의 묘사이다. 앞선 인용내용처럼 출중한 미모와 기품에서 발산되는 인간적인 향기를 기대했던 독자들은 황당하지 않을 수가 없다. 낭비와 사치로 부모가 보내주는 돈이 감당이 안 된다는 내용은 그들의 예상을 보기 좋게 배반한다. 게다가,

> 뇌물성 사례품 같은 것을 가져오면 그토록 엄중하기로 소문난 그녀가 그날만은 표정을 부드럽게 하며 마음에도 없는 제자의 칭찬의 말을 쏟아내서 듣는 사람이 기분 나빴고 스승의 아첨하는 말은 공포의 존재가 되었다. (중략) 그달 그달의 수입지출도 사스케를 불러들여 주판알을 튕기며 계산을 철저하게 했다.(p.535)

95 그녀의 천품의 재능에 노력을 하는 모습만은 아마 사실일 것이라고 추측(p.502)하고 있으며 사진 속에서 그녀의 기품을 인정할 수 있는 단서(p.498)만은 발견했다고 언급한다.

인간적 천성의 아름다움은커녕 도덕성이 타락한데다가 계산까지 예민한 면모는 천품의 슌킹상을 정면으로 도치倒置시키는 모습이다.
슌킹의 인격적 결함은 여기서 끝나지 않는다. '어느 날 가난한 제자가 월사금을 못내 사정을 해오자, 재능이 뛰어나면 몰라도 가난한 제자가 뻔뻔한데다가 스승을 깔본다며 펄쩍 뛰고는 남에게 폐를 끼치느니 포기하는 편이 낫다며 사정사정해오는 제자와 연을 끊고 말았다'(pp.534-535) 는 장면에서는 아연실색하지 않을 수가 없다. 인품은 고사하고 전형적인 악덕 스승의 표본이며 서두에 묘사된 그녀를 원천 무효시키는 일종의 번복飜覆이기 때문이다. 게다가 '슌킹이 남자 제자를 구타하며 레슨하는 것을 가학성 변태성욕이라는 어떤 이야기'(p.516)를 '예를 들며 자신의 주장처럼 흘리거나 화장실의 용변도 손 하나 까딱하지 않고 했다'(p.525)는 사기사와의 이야기까지 슌킹의 인성적 결함이 사정없이 폭로되고 있다. 이런 내레이터의 집요함이 슌킹에 대한 전형적인 사디즘으로 읽혀지는 이유이다.

슌킹의 타락한 모습에 대한 묘사는 또 다른 데서 발견된다.

> 부모는 두 사람의 결혼문제를 꺼냈으나 쌀쌀맞게 슌킹은 맹렬히 거부했다. 자신은 평생 결혼할 마음이 없으며 특히 사스케와는 당치도 않다며 몹시 불쾌해했다. 그런데 누가 짐작이나 했겠는가? 1년 뒤 슌킹의 몸이 심상치 않은 모습이 보이는 것을 어머니가 눈치챘다.(p.520)

인륜이나 섭리 위에 군림하려는 슌킹의 이중적인 모습이 적나라하게 드러나는 장면이다. 자신이 낳은 자식이 사스케와 꼭 닮았음에도 불구하고 사스케와의 부부연을 신경질적으로 거부하는 것은 하나의 상징적인 사건이다. 슌킹은 자신만의 신분, 미모, 능력으로 이루어진 성채에 안주하며 그곳을 금기의 성역으로 만들어 버렸다. 그리고는 아무도 얼씬못하게 하는 등의 절대적 나르시즘에 사로잡혀 있으면서도 뒤로는 은밀하게 다른 영역을 넘나들며 사스케를 탐닉했던 것이다. 슌킹이 그 자체가 「하나의 자기모순」이며 「견고한 허구」라는 것을 밝히는 대목이다. 화자는 슌킹의 자가당착적인 이런 면모를 묘사함으로써 묘한 쾌감을 느끼는 듯하다.

이것이 다음 장면에서는 더욱 완벽하다.

> 슌킹이 사스케를 보는 눈은 생리적 필수품에 지나지 않았던 것이 아니었을까? 의식적으로 그런 것이라고 생각된다.(p.524)

슌킹이 사스케를 마음껏 농단했지만 남편이 아니라 생활의 필수품 정도로 여겼다는 것은 여전히 사스케를 단순한 일상용품이나 부품처럼 사용했다는 반증이다. 이런 슌킹의 일탈된 인간됨됨이가 사스케의 순수한 사랑과 열정을 완전 무화시키고 덧없는 것으로 만들고 있다. 즉 슌킹의 사디즘과 사스케의 마조히즘의 현장인 것이다. 게다가 다음 사건은 슌킹의 인간성에 치명적인 타격이 된다.

> 사스케가 심한 치통으로 전전긍긍하는데 마침 그곳에 슌킹이 찾아와 발을 따뜻하게 해달라 하기에 황송해하면서 가슴위에 발을 얹었지만 그곳은 너무 차가워서 대신 치통으로 후끈 달아오른 뺨에 발바닥을 대고 간신히 참고 있자, 느닷없이 슌킹이 뭐야! 라며 그 뺨을 걷어차므로 사스케는 엉겁결에 악하고 비명을 지르며 펄쩍 뛰어 오른다. 이때 그녀는 충성을 가장하면서 주인의 몸으로 잇몸을 식히려는 행위는 당치도 않고 뻔뻔스럽다며 호되게 질책한다.[96](이상 본문 요약) (p.528)

96 이 소설 원문에서는 띄어쓰기도 종지부도 상당부분 과감히 생략했고 심지어는 대화부분도 따옴표로 처리하지 않고 있다. 이것도 역발상 글쓰기의 일환이다.

처절하게 몰인정한 슝킹의 악녀다운 모습이 희화적으로 폭로되는 장면이다. 내레이터가 슝킹을 골계화시킴으로써 스스로 사디즘의 쾌락을 느끼고 있음이 서사의 이면에서 느껴진다. 이 모두가 작가의 역발상에 의해서 빚어진 에피소드이지만 이런 일련의 묘사는 하나의 도도한 흐름을 만들고 있다.

이 작품 서사의 지류支流에서 드러난 서사로는 슝킹이 사스케를 마치 자신의 악기를 연주하듯 종처럼 부리며 시종일관 사사건건 철저하게 이용하고 착취하는 모양새가 두드러지지만 서사의 본류本流에서는 오히려 슝킹의 일련의 모든 행동들은 역으로 사스케의 성스럽고 초월적인 인간형성을 돋보이도록 하기 위한 비교대상의 도구로 동원되고 있음을 알 수 있다. 그것은 슝킹의 행위가 내레이터에 의해서 네거티브로 일관하고 있는 반면에 사스케의 지고지순의 '슈퍼에고(초자아)'가 선명하게 드러나 대비되는 콘트라스트 구조 때문이다. 자연스럽게 사스케와의 비교선상에 존재하는 슝킹의 행위는 초라하고 남루한 행색으로 희화화되면서 비교열세를 면치 못한다.

요컨대 소설 전체에서 내레이터는 슝킹의 이미지를 차츰차츰 허물며 와해시켜가고 있는 반면에 사스케의 이미지는 조금씩 경건하고 성스런 모습으로 조형해가고 있는 양상이다.

3. 실명을 통한 개안(開眼)

소설의 서두부터 두 사람이 동거 형태이기는 하지만 둘 사이의 아득한 거리감은 좀처럼 좁혀지지 않고 한사람의 철저한 무관심 내지는 배척과 그 상대의 일방적이고 편집증적인 집착과 무차별의 헌신이 존재할 따름이다. 이런 서사의 지속으로는 두 사람의 진정한 교감을 기대할 수 없다.

하지만 소설에는 이 구도의 근본을 환골탈태시킬 서사가 예비되어 있었다. 우발적인 사고가 그것인데 그것도 가장 치명적으로 발생한다. 슌킹이 잠든 사이에 누군가가 뜨거운 물로 얼굴에 쏟아 붓는 바람에 심각한 화상火傷으로 미모가 완전히 훼손되고 만 것이다. 지금까지 서사를 가장 강력하게 이끌어왔던 원동력, 바로 절대적인 백색의 미가 한순간에 망가진 것이다. 이것은 남겨진 흉측한 몰골이라는 피해로 시작되어 금기의 성역에 안주하는 슌킹의 존재가 근본부터 위협받는 절체절명의 사태인 것이다. 어쩌면 사스케의 열정적인 정열에는 슌킹의 미가 큰 몫을 했을 터이고 그것이 상실되었으니 사스케의 지속적인 열정을 기대하기도 힘든 상황이 되어 두 사람의 현재의 구도가 재편되지 않으면 안 되는 국면에 봉착하게 된 것이다.

> 사스케가 당일 밤 베갯머리로 달려갔을 때 순간적으로 화상으로 짓무른 얼굴을 얼핏 보긴 했지만 차마 똑바로 볼 수 없어서 순간 외면했고 불빛에 흔들리는 바람에 사람답지 않은 괴상한 환상을 본 것 같은 인상이 남아 있는데 불과하고 그 뒤는 항상 붕대 속에서 콧구멍과 입만이 나와 있는 것을 보았을 뿐이라고 말한다. 생각건대 슌킹이 보이는 것을 두려워했던 것처럼 사스케도 보는 것을 두려워했다. (중략) 너는 내 얼굴을 보았겠지?하며 느닷없이 슌킹이 어찌해야 좋을지 모르는 표정으로 물었다. 아니오, 봐서는 안 된다고 말씀하셨는데 어찌 분부를 거스르고 볼 수 있겠습니까? (중략) 사스케도 할 말이 없어져서 오열할 뿐이었다.(p.546)

화상 사건으로 두 사람은 위험천만한 곡예를 하듯 줄다리기를 하고 있다. 이 장면에서도 빛을 발하는 것은 슌킹의 초조함을 포용하려는 사스케의 변함없이 겸허하고 우직한 모습이다. 사스케는 '얼핏'보기는 했지만 곧 외면을 했고 슌킹에게는 보지 않았다고 달랜다. 아니 소설은 '얼핏'

보았다고 표현하고 있지만 그 뒤의 문맥상 보기가 두려워서 실제 안 보았을 가능성도 있고, 보았는지 안 보았는지조차도 모호하거나 어쩌면 환상을 보았을지도 모른다. 여기서 서사는 막다른 골목으로 치달으며 더 이상 돌파구가 없어 보인다. 하지만 소설에서는 기상천외한 역발상으로 이를 돌파, 이제까지 진정한 접점이 없었던 두 사람사이에 벽을 허물고 소통을 트는 역할로 반전시킨다.

바로 이점이 이 소설의 백미이고 독자는 화자의 치밀한 의도에 전율을 느끼는 것이다.

> 안심하십시오. 뭔가 꾸미고 있는 듯이 말했다. (중략[97]) 잠깐 지나 슝킹이 일어나 나왔을 때 손으로 더듬으며 안쪽 방에 가서 스승님 저 맹인이 되었습니다. 이젠 평생 얼굴을 뵈는 일이 없습니다 라며 그녀 앞에 머리를 조아리며 말했다. 사스케, 그거 정말이야? 라며 슝킹은 한마디 던지고 오랫동안 침묵하며 깊은 생각에 빠졌다. 사스케는 이 세상에 태어나서부터 그 뒤로도 이 침묵의 몇 분간만큼 달콤한 시간을 보낸 적이 없었다. (중략) 지금까지 육체의 교섭은 있었으면서도 사제의 차별로 격리되어 있던 마음과 마음이 비로소 하나가 되어 흐르는 것을 느꼈다.(p.548)

마조히즘의 극치인 눈을 찌르는 자해행위를 통하여 서사가 부닥친 막다른 골목을 돌파하는 수법은 역발상이 만든 최고의 묘수이며 신의 한수라 하지 않을 수 없다.

---

97 바로 이 부분에 눈을 바늘로 찌르는 동작이 디테일하게 묘사되어 있다.('검은 눈동자를 노리고 찌르는 것은 어려운 것 같지만 흰 눈동자는 단단해서 바늘이 잘 들어가지 않았고 검은 눈동자는 부드러워서 2, 3번 찌르자 멋지게 2부정도 푹 꽂혔다. 순간적으로 안구가 온통 하얗게 흐리고 시력을 상실해갔지만 출혈도 발열도 없었다. 통증도 거의 느끼지 못했다. 같은 방법으로 오른쪽 눈을 찔렀고, 직후에는 흐릿하게 보이기는 했지만 10일후에는 완전히 보이지 않게 되었다고 한다.')

이 점을 마에다 히사노리는,

> 이들 장면을 관통하는 플롯은 슌킹에게 화상을 입히고 사스케에게 눈을 찌르게 하고「완전 딴판의 귀부인」제시를 향해 무리수라고 할 만한 형태로 전개되어 간다. 그곳에 보이는 에고이스틱하기까지 한 작자의 의지를 이만큼 노골적으로 제시한 소설도 드물다. 그런 의미에서 늙고 추한 슌킹을 두려워하여 사스케의 실명을 원한 것은 사스케나 슌킹 이상으로 작가 자신이다.[98]

라며 난관을 돌파하는 작가의 숨겨진 작의를 진단하고 있다.

이런 사스케의 빛나는 자해행위가 슌킹의 "사스케, 그거 정말이야?"라는 말을 이끌어 냈다. 이것은 단 한마디의 짧은 질문에 불과하지만 엄청난 파급효과를 지닌 메아리響き가 되어 사스케를 감동시키는 것[99]은 물론 슌킹이 자신에게 들려주는 깨달음의 레토릭이 되기도 하는 것이다. 슌킹이 한마디 던지고는 오랫동안 깊은 생각에 빠졌다는 것이 이를 반증한다.[100]

이것은 서사에서도 커다란 전환점이 된다. 작품 서두에서는 사스케가 슌킹을 일방적으로 추종하는 모습으로 일관하지만 이 부분에 이르러서는 오히려 슌킹의 순간적인 놀람과 감동이 동전의 앞뒤이며 이것으로 흠모의 대상이기만 하던 슌킹이 나르시스에서 벗어나 타자를 깨닫거나 생각하게 되는 것이다. 이것은 평면 서사로는 드러나 있지 않지만 그 심층에서는 읽히는 대목이다. 바로 내레이터가 슌킹의 수많은 언

98 전게서, p.196

99 그것이 정말인가라는 짧은 한마디가 사스케의 귀에는 기쁨으로 전율할 정도로 들렸다. p.548

100 화자의 슌킹에 대한 긍정적인 메시지는 과감하게 생략하거나 인색한 것이 여기서도 증명되며 슌킹의 수많은 언어를 이 한마디에 묻어놓았다. 따라서 이 말은 매우 상징적인 음향인 것이며 사스케도 이 행간의 메시지를 간파하고 감동하는 것이다.

어를 서사이면에 은닉해두었기 때문이다. 이것은 애매함으로 읽히기도 한다.

이런 애매함을 오다카는,

> 즉 큰 줄거리는 확실히 해놓으면서도 동시에 세부는 매우 복잡하게 만들어 간다. 세부의 어둠을 만들어 간다. 오오사카인의 전통세계의 「실감」을 만들어내기 위함이다. 사물이라면 「질감」이지만 「슝킨쇼 후담」에 의하면 「실감」이다.(p.172)

라면서 오오사카 전통 정서의 어둠으로 이것을 풀어내고 있다. 결론적으로 이 숨겨진 내용이 사스케의 가슴을 친 것이다. 그러기에 사스케는 다음과 같은 절규 아닌 탄성을 외칠 수 있는 것이다.

> 스승님, 스승님 저에게는 스승님의 변하신 모습이 보이지 않습니다. 지금 보이는 것은 30년 전의 시선 저변에 시리도록 그리운 얼굴뿐입니다.(p.549)

짝사랑하는 사람은 늘 행복하다. 그래서 사스케는 항상 행복을 주체못해왔지만 슝킹에게는 우발적인 사고에 의한 불행의 연속에다가 유아독존의 행보로 행복할 겨를이 없었다. 하지만 위 인용의 사스케의 외마디에는 사스케보다도 슝킹의 모처럼의 행복이 읽혀지며 보이지 않는 합일까지도 연상이 된다. 이것은 입체적인 독서를 통해서 숨겨진 심층의 의미층을 접할 때만 얻어질 수 있는 숨은 그림이다.

> 사스케는 지금에 와서야 비로소 외계의 눈을 상실한 대신에 내계의 눈을 뜬 것을 알고 아아 이것이 정말로 스승께서 살고 계신 세계이구나, 이것으로 드디어 스승님과 같은 세계에 살 수가

> 있게 되었다고 생각했다. 이미 떨어진 그의 시력은 방의 모습도 슝킹의 모습도 분명히 분간할 수 없었지만 붕대로 감은 얼굴의 소재만이 어렴풋이 망막에 비친 그에게는 그것이 붕대라는 생각이 들지 않았다. 문득 2개월 전까지 스승님의 얼굴 가득 미소를 머금은 하얀 얼굴이 희미한 불빛 아래서 열반의 부처님처럼 떠올랐다.(p.548)

참혹하고 엽기적 자해행위로 외부의 눈을 잃었지만 역으로 오히려 내부의 눈을 뜨게 되었다는 기막힌 역설이 리얼리티를 확보함으로써 도탄에 빠진 슝킹은 불멸의 이미지로 환생하고 사스케의 이미지는 화려하게 개화하면서 화룡점정의 대단원을 맞이하는 것이다.

4. 마무리

작가가 역발상을 주로 사용하고 있다는 점에 착안하여 내레이터의 묘사를 통해 소설의 심층에 숨겨진 슝킹과 사스케의 위치와 관계를 살펴보고 이것이 소설 속에서 하나의 흐름으로 관류하고 있음을 알았다.

이 소설은 모노가타리(로망)를 기본서사로 하고 내레이터를 내세워 그가 서사에 주석을 달아가며 이야기를 전개하는 방식을 취하고 있다. 이 내레이터가 구사하는 역발상으로 사스케와 슝킹은 극단적으로 대조된 모습을 갖게 되며 교차되어 나타난다.

우선 슝킹의 모습인데 작품 초기나 「모즈야 슝킹전」에서는 품위 있게 그려져 있으나 서사가 진행됨에 따라 그녀의 아이덴티티가 의심스러울 정도로 인륜을 거스르거나 악행을 일삼으며 신경질과 짜증으로 불행한 인생을 영위하는데다가 도우미 머슴이자 제자이자 부부관계의 사스케를 때로는 인간 이하로 멸시하는데다가 마음껏 부리고 농락하며 사악하게 대한다.

한편 한낱 견습점원에 불과했던 사스케는 복종과 순응으로 일관하지만 스스로의 굳은 의지와 각고면려의 자세로 훌륭한 예능인으로 성장하는 한편 슝킹을 위하여 스스로를 파멸시키는 초자아적인 모습으로 우뚝 선다.

심층적인 내용에서 느껴지는 둘의 콘트라스트를 요약하면 내레이터가 슝킹의 이미지를 천사적인 성녀에서 불운한 악녀로 차츰차츰 와해시켜가고 있는 반면에 사스케는 겸허하며 경건한데다가 변함없는 사랑의 불사신으로 조각해가는 모습이다.

결국 소설의 평면적인 서사로는 슝킹이 사스케를 도구처럼 마구 부리는 형국이지만 이면에 숨겨진 서사는 역으로 사스케의 초월적인 이미지 구축에 슝킹이 무차별적으로 남용되는 모습이다. 같은 선상에서 사스케가 슝킹을 순례하는 모습이 작품 전체를 관류하지만 절정 부분에서는 오히려 슝킹이 사스케에게 감동받아 상념에 빠지는 모습에서 스스로에 대한 성찰과 사스케를 잠시나마 순례하는 자태가 읽혀진다.

그리고 지금까지 지적되어 왔던 슝킹의 사디즘과 사스케의 마조히즘이란 두 개의 축 외에 명품에 흠집 내듯 교묘하게 폄훼하거나 학대하여 그 아이덴티티가 의심받을 정도로 희화화시키는 내레이터의 슝킹에 대한 사디즘도 또 하나의 축으로 내재하고 있는 것도 확인했다.

마지막으로 이 소설의 서사가 막다른 골목에서 발휘된 것도 파손을 통해 봉합을 이루어내는 역발상이었다. 두 사람 관계의 파국 일보 직전에서 사스케가 자신의 눈을 찌르는 엽기적인 자해행위를 통해 슝킹을 포용하고 둘의 합일을 이끌었으며 참혹한 실명이지만 그것으로 열반의 개안의 경지에 도달 했다는 역설이 가능했던 것도 역발상의 덕분이었음을 확인했다.

제6장

카와바타 야스나리(川端康成)의 『이즈의 소녀무희(伊豆の踊り子)』

이 소설은 1926년에 집필되었는데 그 후 영화화된 것만 6편에 달하고 TV드라마 6회, 라디오드라마 1회, 연극무대로도 3차례나 공연되었으며 JR동일본 이즈큐선伊豆急線의 오도리코踊り子호가 특급열차 명칭으로 채용되어 현역으로 활동하는 등 파급효과가 여전히 현재 진행형인 이유는 이 소설의 로망을 지탱하는 독특한 이미지[101]일 것이다.

이 소설은 사르트르의 말처럼 보이지 않는 의식의 흐름을 구체적인 물질의 상으로 파악할 수 있는 장면이 소설 제목에서부터 속속 등장하여 흡사 「이미지의 정원」을 방불케 한다. 특히 그런 이미지화된 로망은 풍화되거나 사위지 않은 채 시·공간을 초월하며 긴 여운을 남긴다. 이 소설이 다양한 매체로 꾸준히 이미지화되고 있는 연유이다.

이 소설에서는 「나」가 내레이터와 작중인물의 역할을 겸하고 있는

101 사르트르는 『상상력의 문제』에서 '이미지는 어떤 대상물을 향한 의식의 형태'라고 쓰고 있다. 어떤 대상물을 향한 의식의 형태가 물질적인 소재 위에 정착되고 그 소재를 의식의 형태로 재생시켰을 때 우리들은 눈에 보이지 않는 의식의 형태를 사물의 형태로 볼 수가 있다. 그것을 이미지의 〈외화外化작용에 의한 물질적 상像〉이라고 부른다. 岡田晋, 「イメージによる問いかけ」『日本人のイメージ構造』, 中公新書, 1972, p.10

데 화자로서 묘사·감상을 표현 수단으로 하는 영역과 작중인물로서 〈나〉의 행동·독백·대화 등을 표현 수단으로 하는 영역이 각각 존재한다. 그중 전자는 훌륭한 이미지로 결부되어 소설을 명작으로 만드는 데 기여하는 반면 후자는 부負의 이미지[102]가 되어 소설의 가치를 훼손시키기도 한다.

본 장에서는 이런 상반된 결과를 야기하는 두 영역을 이미지라는 요소로 조명해봄으로써 드러나는 이미지상의 단층斷層을 규명해보고자 한다. 이런 작업으로 좀 더 선명하게 부각될 대조양상은 본 소설 독해에 또 다른 단서를 제공할 것이며 또한 본 소설이 문제작으로 존재하는 이유까지 일부 밝혀낼 수 있을 것이다.

지금까지 본 소설에 대한 연구는 주로 모델인 「소녀무희」를 실생활에서 직접 만난 1918년, 동성애 의혹까지 있는 키요노 소년과 헤어진 1920년, 치요와 파혼한 1921년, 그 과정을 기록한 『유가시마의 추억湯ヶ島の思いで』의 출판이 1922년, 그리고 4년 후 본 소설이 집필된 1926년까지 관여했던 인물들과 작가와의 관계 등을 실생활로 가늠하거나 분석하는 논조가 거의 대다수를 차지한다. 그 과정에서 「소녀무희」의 캐릭터에 키요노 혹은 치요가 녹아들었다든가, 거기에 작가의 심상까지 합쳐 작중인물이 형성되었다는 등의 분석이 주류이다.

비교적 최근의 연구 경향으로는 종래의 본 작품에 대한 연구가 주로 작가와 결부 짓거나 내레이터인 「나」의 언설에 휘둘린 나머지 주인공의 고아근성의 극복이나 주인공의 성장소설이라는 등의 판박이의 규격화된 독서를 지양하고 작품을 대상화하거나 객관화하여 재고하거나 재발견하려는 방향으로 지향하고 있다.

하라原는 내레이터인 「나」의 여인에 대한 배려부족을 비판한 것을 야유하는 토바鳥羽론에 비판을 가하며 "토바론은 그런 화자의 존재에

102 부負의 이미지, 네거티브 이미지, 반이미지, 비非이미지의 측면도 엿보인다. 본고에서는 정해진 어휘가 없으므로 상황에 맞게 4가지를 혼용하려 한다.

무감각하기 때문에 오직 주인공인 「나」나 작가인 카와바타에 단숨에 감정이입을 함으로써 〈그런 남성의 생각에 자신을 가탁할 수 없다면 이 작품을 즐길 수 없다〉는 등의 주인공을 비호하는 전형적인 말을 쏟아내고 있으며 그럼으로써 독서의 폭을 좁히고 있다. 물론 작품을 즐기는 방법은 다양하겠지만, 본 소설의 경우는 주인공인 「나」를 대상화하고 거리를 둠으로써 그곳에 자신을 가탁하지 않는 주인공인 「나」의 존재를 상대화시켜가는 독서를 통해서만 그 즐거움을 발견할 수 있을 것이다"[103]라며 겉으로 드러난 텍스트의 틀에서 벗어나는 해석의 자유로움의 가치를 부각시키고 있다. 이른바 작가와 텍스트로부터의 자유로운 독서가 이 작품의 심화이해에 도움을 준다는 언설이고 본고의 이미지 연구도 이와 맥을 같이 하고 있다.

이시카와石川는 이른바 본문에 대해 이론적, 비판적 독서를 전제로, 묘사된 것 이상으로 묘사되지 않은 것을 문제로 해서 텍스트를 작품으로서의 완성태가 아니고 미완성 상태로 다루는 지향성을 공유하는 자세가 필요하다는 연구의 방향을 제시하며 그런 전제 하에 독자에게 『이즈의 소녀무희』가 환기하는 압도적인 이미지란 무엇인가 하는 문제제기가 작품의 〈말〉과 독자의 〈말〉의 상관관계에서의 언어행위로 추구되지 않으면 안 된다고 밝히며[104] 독자와 텍스트의 상대화의 중요성을 강조하고 있다.

이미지를 본격적인 논점으로 다룬 것으로는 코모리 요이치小森陽一는 "문자만을 좇는 단선적인 독서에서 정독을 통해 소설 속의 이미지를 발견해나가면 소설이 갖고 있는 공간적인 의미까지도 발견하게 되어 그물망과 같은 신경 촉수들이 만드는 다양한 회로를 넘나들 수 있

---

103 原善, 「『伊豆の踊り子』批判される私」 『川端康成---その遠近法』(『川端康成『伊豆の踊り子』作品論集(2001), 1999, pp.264~293에 재수록. 이하 같은 책은 재수록으로만 표기.

104 石川則夫, 「物語の失速/小説の挫折」 『新しい作品論へ、新教材論へ2』, 1999, pp.383-384(재수록)

다"[105]고 진단한다. 본 장은 코모리가 주장하는 문자와 문자 이면에 함축된 이미지의 추적보다는 서사나 묘사가 내포하고 있는 이미지를 추적한다는 점에서 차별화된다.

1. 풍경 이미지

소설의 제목[106]에서도 연상되듯 본 소설에서 빈출되는 이미지는 주로 작중인물인 「나」가 갖고 있는 시인적 기질이나 심미안으로 포착된다. 더구나 소설내용이 여행 중인 청춘남녀의 청아한 사랑을 다루고 있어 시시각각으로 변모해가는 자연풍경이나 그것과 연동되는 「나」의 마음속에는 영탄적인 이미지가 속속 생성된다. 이 이미지로 지탱되는 첫사랑의 로망은 독자에게 독특한 서정으로 각인된다.

우선 영상적인 이미지에 대해서 언급해보고자 한다.

"진정한 여행이란 새로운 풍경을 발견하는 데 있는 것이 아니라 새로

---

105 "소설로 쓰인 말을 읽는 시간의 흐름을 잠시 멈춤으로써 생기는 공간이나 공백은, 문자화된 말이 문자화되지 않은 말, 기억 속의 말과 서로 결탁하여 집필된 통사기능으로 한정된 규범적 의미의 틀에서 해방되어 말의 이미지 작용을 부추기는 것이 가능하게 된다. 그것은 차례차례 일어나는 순차적인 의미작용을 동시적, 공간적인 이미지 작용으로 변환시켜 한 줄기의 이야기 주위에 여러 줄기를 불러 모아 한 개의 면으로 직조해가는 과정이기도 하다. (중략) 이 작품의 표현에 관해서 말하면 언뜻 이야기와는 관계없이 보이는 〈터널의 출구에서〉 보이는 〈자연묘사〉·〈풍경묘사〉 가운데 주인공의 어둠에서 광명으로의 행적이 이어지고 그 이후의 이야기의 조짐을 나타내는 역할을 한다. 즉 주인공의 이즈여행의 행적, 소녀무희에 대한 성적 욕망으로 인한 인간으로서의 관계변환의 행적, 고아근성으로 묶인 어둠에서 탈출해가는 행적, 금전관계로 얼룩진 인간관계에서 싱그러운 사람들과의 관계로 이어지는 행적이 그것이다." 小森陽一, 「意味としての言葉·イメージとしての言葉」『文体としての物語』, 1988, pp.175-176(재수록)

106 후루야 츠나타케가 "요코미츠씨의 말의 음영은 매우 빈약한 서정밖에는 갖고 있지 않지만 카와바타씨의 말의 서정성은 범람에 가까울 정도로 풍요롭다"(古谷綱武『近代作家研究叢書22』, (株)日本図書センター, 1987, p.7)고 밝히고 있듯 본 소설제목은 단어를 뛰어넘어 풍요롭고 강한 서정성의 이미지를 담보한다.

운 안목을 확보하는 데 있다"고 마르셀 프루스트Marcel·Proust는 말했는데 본 소설 속의 「나」는 시인적인 그윽한 시선과 충만한 감수성으로 여행에서 발견한 자연을 독특한 이미지로 빚어내고 있다.

> 길이 굽이굽이 돌아 이윽고 아마기 고원에 접근했다고 생각할 무렵, 빗줄기가 삼나무 숲을 하얗게 물들이면서 무서운 속도로 산기슭에서 나를 쫓아왔다.[107]

> 굽이치는 산길의 형용이나 밀림을 하얗게 물들이며 나를 쫓아왔다는 빗줄기의 묘사는 아마기 고원의 절경에 「나」의 초조한 심상이 고스란히 녹아들어 독자를 이국적인 낭만으로 흡인하는 한편 소설 줄거리 행방에 강한 호기심을 불러일으키게 한다.
>
> 그것은 어디까지나 「나」의 시선이라는 필터를 통과하여 결정結晶된 이미지 덕분이고 독자는 마침내 그 서정에 그대로 휘말린다.
>
> 첩첩 산중에 원시 밀림과 깊은 계곡의 가을에 넋을 빼앗긴 채, 나는 한 가닥의 기대로 설레면서 길을 서둘렀던 것이다.(p.86)

가을 첩첩 산중의 원시 밀림과 깊은 계곡은 원근법상 일상과 가장 유리된 곳이며 일상을 훌훌 벗어던지고 뭔가 새로움으로 채울 수 있는 공간이다. 가을 절경에 마음을 빼앗기고 있는 「나」는, 지금 따라잡지 않으면 만날 찬스를 영영 잃게 될지도 모르는 소녀무희 일행을 설렘과 절박한 심정으로 쫓고 있다. 아직 소녀의 어떤 모습이 「나」를 미혹케 했는지에 대한 언급은 없지만 행간에 점철된 심상이 이미지[108]로 아련

107 川端康成·横光利一, 「川端康成·横光利一」 『日本近代文学大系』42), 1972, p.86
108 세누마 시게키(瀬沼茂樹)는 "이즈의 자연은 심상 속에 있는 자연이고 순정으로 인해 격리되어 자연도 사람도 시화(詩化)되는 것이다"라고 밝히고 있다.

하게 형성되며 독자 또한 여기에 물들어 시상 넘치는 가을을 추체험하게 된다.

> 비에 씻긴 가을밤은 청명하게 밝았다. (중략) 터널의 출구에서 하얀 칠을 한 나무 철책으로 한쪽이 에둘러진 고갯마루가 번개처럼 흐르고 있었다.(p.90)

N.하르트만은 "미적 흥분은 탈자脫自의 한 형식이다[109]"라고 했는데 일상을 떠난 「나」에게 다가오는 풍경은 그대로 미적 엑스터시가 되어 오롯이 풍경의 재발견으로 이어진다. 비에 씻긴 보통의 가을하늘을 배경으로 흰색 나무철책을 빌린 고갯마루가 번개처럼 흐르는 모습으로 거듭나면서 독특한 이미지로 특화되는 것이다. 이 이미지는 독창적이기에 독자를 선열하게 감동시키고 이색적인 서정으로 길게 남는 것이다.[110]

주지하는 바와 같이 자전적 소설로 일컬어지는 본 작품 속 「나」의 모델인 카와바타는 이즈를 보는 자신의 미학을 다음과 같은 언설로 대신하고 있다.

> 이즈는 시의 고향이라고 세상 사람들은 말한다. (중략) 거기에 이즈는 남국의 모형이라고 나는 덧붙여 말하겠다. 이즈는 바다와 산의 모든 풍경의 화랑畫廊이라고 또한 말할 수 있을 것이다. 이즈

(瀬沼茂樹「『伊豆の踊り子』ーその成立についてー」『国文学解釈と鑑賞』, 1957, pp.7-8(재수록)

109 "대상이 생활 연관 속에서 분리되면 인간은 일상생활의 얽매임과 자질구레한 일들과 허무에서 해탈한 자신을 경험하게 된다. 그에게서는 환경이 사라지고 그는 자기의 대상과 더불어 하나의 황홀한 자기 세계를 형성한다."(N.하르트만, 전원배 옮김, 『미학』, 을유문화사, 1997, p.26)

110 후루야는 이를 "나는 씨가 사용하고 있는 언어만큼 아름다운 언어를 본 적이 없다. 언어 자체가 실로 윤택한 에스프리를 갖고 있는 것이다"(전게서, p.15) 라고 밝히고 있다. 「나」가 소녀에게서 얻은 이미지는 번개처럼 흐르는 고갯마루로 묘사되어 있다.

> 반도 전체가 하나의 큰 공원이다. 하나의 큰 산책로이다. 즉 이즈는 반도 도처에 자연의 혜택이 있고 아름다움의 변화가 있다.[111]

이즈의 빼어난 자연경관이 소녀무희에 대해 강한 호감을 갖고 있는「나」와「나」의 천부적인 시인적 기질[112]을 통해 베일을 벗고 드러난 모습은 모두가 발군의 이미지들이다. 같은 맥락으로 소녀무희 또한「나」에 의해 여지없이 발가벗겨지며 그로 인해 드러난 선명한 그 자태는 그대로 이미저리가 된다.

2. 피사체로서의 소녀무희

1) 소녀무희의 자태

유랑극단의 아리따운 소녀무희는 그녀에게 강하게 끌리고 있는 미학적인 안목의「나」에게는 더없이 매혹적인 피사체이며 이미지의 결정체 같은 존재이다. 그중 압권은 소녀무희의 유려한 자태이다. 나의 시선 속에 뛰어든 소녀무희의 모습은 마치 그림을 접하듯 불가사의한 매력으로 점철된다.

> 기묘한 형태로 크게 머리를 묶고 있었다. 아름답게 조화를 이루고 있었다. 머리를 풍만하도록 과장해서 그린, 패사적인 그림 속의 여인의 모습이라는 느낌이 들었다.(p.87)

111 川端康成,「伊豆序説」『伊豆の旅』, 中央公論社, 1981, p.11
112 오오시마라고 듣자 나는 한층 시를 느끼며 또한 소녀무희의 아름다운 머릿결을 바라보았다.(텍스트 p.103)

「나」는 불가사의한 형태에서 아름다움을 포착하거나 아름다움에서 불가사의함을 느끼는 일종의 기벽을 갖고 있다. 소녀무희가 기묘한 형태로 머리를 묶고 있지만 아름다운 조화를 이루고 있다는 묘사는, 요컨대 「나」의 미적 관념이며 통속과 신비가 어우러진 이채로움일 것이다.

> 소녀무희가 현관의 마룻바닥에서 춤추고 있는 것을 나는 계단의 중간에 걸터앉아 열심히 바라보고 있었다.(p.87)

기묘한 매력과 조화된 아름다움을 겸비한 여자의 춤사위를 넋을 잃고 감상하고 있는 장면이다.

앞의 인용이 용모와 자태의 정적인 이미지라면 위 인용은 춤사위의 연출 효과를 살린 동적 이미지이다. 미를 포착하는 솜씨와 그것을 표현하는 재능 앞에 춤사위의 연출이 삼위일체가 되어 소녀무희가 미의 화신으로 정착되고 있다. 이 묘사가 작가의 분신인 「나」를 통해서 이루어지고 있는 점을 감안하면 작가의 언설은 중대한 의미를 갖는다.

> 뛰어난 무희가 없다면 우리들은 여인의 진정한 아름다움을 알 수가 없다. 여인의 아름다움은 무용이 최상인 것은 물론이거니와 여인은 무용에 의해서만 미를 창조할 수가 있다고 할 수 있을 것이다.[113]

춤은 무희를, 무희는 춤을 통해서 최상의 미를 창출한다는 카와바타의 신념이 이미지화된 것이고 그 압도적인 존재감이 소설에 충일한다.

> 소녀무희가 아래층에서 차를 날라 왔다. 내 앞에 앉자 새빨개진

113 川端康成, 「わが舞姫の記」 『川端康成全集26』, 新潮社, 1983, p.499

> 채 손을 부들부들 떨므로 찻잔이 탁자에서 떨어질 듯 말듯 아슬아슬한 찰나, 떨어뜨리지 말아야지 하는 순간에 그만 차를 흘리고 말았다. 너무나도 수줍어하는 모습에 나는 당황했다.(p.92)

첫사랑에 빠진 소녀무희의 신선함과 순수함을 포착한 정밀한 묘사가 관념을 넘어 영탄의 이미지로 거듭나고 있다.

> 이 아름답게 빛나는 검은 눈동자가 부리부리한 큰 눈은 소녀무희의 가장 아름다운 소유물이다. 쌍꺼풀 선이 더없이 아름답다. 그리고 그녀는 꽃처럼 웃는 것이다. 꽃처럼 웃는다는 말이 그녀에게는 진정이었다.(p.103)

소녀무희의 미소에서 아름다운 꽃의 이미지를 포착한 것이다. 특히 검고 부리부리한 눈매, 형언할 수 없는 쌍꺼풀 선에 번지는 꽃 같은 미소가 「나」를 매료시키고 있다. 꽃이라는 존재가 진화에 진화를 거듭하는 와중에서 나름의 최선의 미를 체현하고 있는 것이 주지의 사실이듯 「나」는 현재 소녀무희의 얼굴의 미소에서 최상의 미를 체험하고 있다.

> 내가 읽자 그녀는 나의 어깨에 닿을 정도로 얼굴을 가까이 들이밀며 진지한 표정으로 눈을 반짝이면서 혼신의 힘을 다해 나의 얼굴을 응시하고 눈 하나 깜짝하지 않았다. 이것은 책을 읽어줄 때의 그녀의 습관인 듯했다.(p.102)

위 인용에서는 소녀무희의 총명함이 부각되고 있다. 진지한 표정으로 눈 하나 깜짝이지 않고 혼신을 다해 집중하고 있는 모습은 그대로 총명함과 오버랩 된다. 아름다운데다가 총명한 이미지가 더하여 소녀무희의 미모가 더 한층 배가된다. 게다가 불우한 그녀는 학교에도 못갔고 글자조차 읽을 수 없는 신세로 연민의 정까지 추가된다.

> 소녀무희는 큰 북을 들고 있었다. 나는 보고 또 보며 여정이 나의 몸에 배었다고 생각했다.(p.103)

여정이 몸에 배었다는 묘사에는 미지의 세계로의 모험이란 여행의 의미도 함유되어 있어 앞으로의 시간의 유추를 주목케 한다. 동시에 여행지가 미지의 세계이듯 나에게 있어서 소녀무희도 미지의 세계이다. 그런 의미에서 여행과 소녀무희는 동의어라고 할 수 있다.[114]

질 들뢰즈의 언설처럼 「나」에게 있어 소녀무희는 미지의, 가능성이 농후한 메타포이다. 마음의 연인인 소녀무희로부터 잇달아 해독해야 할 것들이 용솟음쳐오는데 소녀무희로부터 촉발되어 스스로가 여정을 느끼는 것도 그녀의 미를 한층 더 부각시키는 역할을 한다. 독자를 두 개의 미지의 세계로 이끌고 있는 본 소설에는 로망이 배가되어 있다.

소녀무희의 아름다운 자태와 함께 소설 곳곳에서 산견되어 훌륭한 이미지를 만드는 것이 그녀의 배려의 모습이다.

> 우두커니 서 있는 나를 본 소녀무희가 곧 자신이 앉았던 방석을 뒤집어서 곁에 놓았다.(p.86)

첫 번째 이 배려의 모습은 청순하여 감동적인 이미지였는데 서사의 진행과 함께 그런 장면의 빈번한 등장[115]으로 신선함이 반감되기도 한

114 소녀무희에게 있어서도 「나」의 존재가 미지의 세계일 것이다. 그녀에게도 여행 중인 「나」로 비롯된 여정의 미와 미지의 세계에 대한 동경이 용솟음치고 있을 법하다.

115 재떨이나 게타를 가져다 놓아주거나 하카마의 깃을 털어주는 등의 단순한 배려에서 샘물로 안내하여 목마름을 해소시켜주거나 대나무 지팡이를 가져다주는 행위는 삶의 버팀목이 된다는 의미까지 다양한 배려가 겹겹이 포진되어 있기는 하다.

다. 그 저변에는 가부장적인 의식일 것이다. 「나」 스스로가 소녀무희와는 신분이 다르다는 선민의식을 관행적으로 인식하고 있는 사실의 방증이기 때문이다.[116] 하지만 거듭된 묘사에도 불구하고 그것의 긍정적인 측면은 일본 예절이 몸에 밴 배려, 호감의 대상에 대한 호의, 피차별 계층의 겸손한 자세 등으로 읽힐 수 있다는 점이다. 이것은 소녀의 수려한 자태에 총명함을 입히고 몸에 밴 배려와 예절을 상감象嵌하는 것으로 피사체로서의 그녀의 이미지와 상응하는 것이다.

요컨대 차별적인 시선의 이미지로 저항감이 느껴지는 것도 사실이지만 반복되는 소녀의 배려의 모습도 정갈하게 이미지화 되어 있어 소설의 영상미를 부각시키는데 역시 일조를 하고 있다.

2) 상징적인 이미지

상징화된 이미지는 언어를 훨씬 능가하는 위력을 발휘한다. 다음의 사례가 그것을 반증하는데 「내」가 소녀무희를 의심하는 장면이다. 혹시 소녀무희가 오늘밤 더럽혀지는 것은 아닐까 하는 「나」의 결벽에 가까운 질투가 빚어내는 상상은 괴로움을 넘어 「나」에게 가하는 폭력으로까지 발전하게 되며 급기야는 통한의 하룻밤을 지새우게 된다.

> 어둑한 욕조 속에서 갑자기 여인의 나체가 뛰어 오르는가 싶더니 갑자기 탈의장에서 강가로 뛰어 내릴 듯한 모습으로 서서 양손을 쭉 뻗으며 뭔가 외치고 있었다. 수건조차 없는 벌거벗은 몸이었다. 그게 바로 소녀무희였다. 어린 오동나무처럼 미끈하게 뻗은

116 물론 이것은 「내」가 소녀무희의 행동을 포착해서 단순하게 묘사하고 있을 뿐이지만 어디까지나 소녀무희의 배려를 당연한 것으로 간주하는 「나」의 차별에 대한 둔감함이나 우월감이 타성이 되어 본인이 차별적이라는 사실마저 눈치 채지 못하는 해석까지 가능하기 때문이다.

> 하얀 나체를 바라보며 나는 마음속으로 맑은 샘물을 느끼며 휴우 하며 안도의 한숨을 내쉬고 나서 환하게 웃었다. 어린애였다. 나를 발견한 기쁨으로 나체인 채 햇살 속으로 뛰쳐나와 손끝까지 쭉 펼친 아이였다. 나는 기쁨으로 벅차 연거푸 미소 지었다. 머리가 씻긴 듯 맑아왔다. 미소가 언제까지고 멈추지 않았다. 소녀무희의 머리가 너무나 치렁치렁해서 17,8세로 보였던 것이다. 게다가 한창 때의 여성처럼 치장을 하고 있었기에 나는 어처구니없는 착각을 한 것이었다.(pp.95-96)

다음날 우연히 소녀무희의 천진한 이미지가 내게 뛰어듦으로 인해서 사태는 반전된다. 이 소설 속에 모처럼 등장한 가장 큰 사건이다. 물론 당사자인 소녀무희는 전혀 의식한 행동이 아님에도 결과적으로는 소녀무희의 실오라기 하나 걸치지 않은 나체[117]는 「나」의 불순한 생각을 불식시키고 하야시가 지적한 '소위 코페르니쿠스적 전환이 일어나고 있는 장면[118]'으로 반전된다. 그 해결도 「나」의 필사적인 노력의 축적에 의한 결과가 아니라 우연히 시선에 뛰어든 소녀무희의 상큼한 등장이 동기가 된 것이다. 이 상징적인 장면도 단순한 등장이 아니라 하나의 이미지의 보루이다.[119]

다음 묘사는 소녀무희가 「나」와 일부러 거리를 두는 장면이다. 이것

117 실오라기 하나 걸치지 않았다는 묘사에서 소녀의 가식 없는 진실의 이미지가 읽혀진다.

118 소녀의 등장으로 국면이 완전히 전환되었다는 하야시가 주장한 언설.(林武志, 『川端康成研究』, 桜楓社, 1976, p.97)

119 스스로가 가공한 조각상에 홀딱 빠지는 그리스신화의 「피그말리온」처럼 「나」가 조각해낸 소녀무희의 육체적, 성적 대상의 가공架空의 상은 그와는 완전 딴판인 무구한 소녀의 진면목의 발견으로 표면상으로는 이미지의 손상으로 읽히지만 행간으로는 소녀의 출중하고 순결한 이미지를 오롯이 지켜내고 「나」를 깊은 번민에서 단박에 해방시켜준 요정으로의 부활로 읽힌다. 요컨대 이 사건은 가공의 상에 대한 파기가 아니라 거품이 제거되고 실상으로서의 연착륙을 상징한다. 세누마는 이 사건을 「나」의 스스로의 귀환이며 자각이라고 말한다.(세누마 전게서, p.8)

도 소녀무희의 심상풍경이 계량화된 물리적인 거리로 훌륭하게 이미지화된 예이다.

> 100미터쯤 뒤를 걸으며 그 간격을 줄이려고도 늘이려고도 하지 않았다. 내가 뒤를 돌아보며 말을 걸면 놀란 듯이 미소 지으며 멈춰 서서 대답을 한다. 소녀무희가 말을 걸었을 때에 따라 잡을 수 있도록 기다리고 있노라면 그녀는 역시 발걸음을 멈추고 내가 걷기 시작할 때까지 걷지 않는다. 길이 굽이쳐 한층 위험해진 곳에서 점점 서두르자 소녀무희는 변함없이 100여 미터 뒤를 열심히 올라온다. 산은 조용했다. 다른 사람들은 훨씬 뒤처져서 말소리도 들리지 않게 되었다.(p.105)

100여 미터 후방의 그녀, 이것이 소녀무희와 「나」와의 사이에 유지되고 있는 거리이다. 더욱 좁히거나 가까이 하고 싶은 기분은 굴뚝같을 터이지만 삼가는 거리와 배려하는 마음이 조화를 이루는 절묘한 거리[120]로 상징화된 것이다. 이 이미지 뒤에 소녀무희의 순수함과 청징함이 엿보인다. 이것과 맥을 같이하는 가장 두드러진 이미지는 이별의 장면이다.

> 선착장에 다가가자 바닷가에 웅크리고 앉아 있는 소녀무희의 모습이 내 가슴으로 뛰어들었다. 곁에 갈 때까지 그녀는 꼼짝 않고 있었다. 잠자코 머리를 숙이고 있었다. 어젯밤 그대로의 화장이 나를 한층 감정적으로 만들었다. 붉은 색깔이 분노한 듯한 표정에 어린 데다가 씩씩한 느낌을 주고 있었다. (중략) 나는 여러 가지 말을 걸어보았지만 소녀무희는 강어귀를 물끄러미 내려다 본 채로 말이 없었다. 나의 말이 끝나기 전에 몇 번이고 끄덕거려 보

120 일본적인 아우라도 함께 읽혀진다.

> 일뿐이었다.(p.112)

자신의 감정으로 상대를 읽곤 하는「나」에게 뛰어든 소녀무희의 모습은 화장도 지우지 않은 채로 침묵으로 나를 감정적으로 만들고 있다. 마치 모놀로그 배우처럼 표정이나 끄덕임만을 보여주는 태도에서 이별의 고통을 감내하며 모든 것을 무언 속에 묻어둘 뿐인 상황이 긴 여운을 남기며 인상적인 이미지로 다가온다. 여기서는 무언이 무수한 말보다 효과적이다.

> 거룻배는 매우 흔들렸다. 소녀무희는 역시 입술을 굳게 다문 채 한쪽을 응시하고 있었다. 내가 줄사다리를 잡으려고 뒤돌아 봤을 때 작별 인사를 하려했지만 그것도 생략하고 다시 한 번 끄덕여 보였다. 거룻배가 돌아갔다. 에이키치는 좀 전에 내가 주었던 모자를 반복해서 흔들어 댔다. 한 참을 멀어지고 나서 소녀무희가 하얀 것을 흔들기 시작했다.(pp.113-114)

소녀무희의 현재의 심상을 압축시켜 담은 위의 이미지는 단순 명료하기에 선명성이 훨씬 부각된다. 그것은 단적으로 말해 언어의 아포리즘의 효과처럼 소위 '이미지의 아포리즘'같은 것으로 독자의 가슴에 강렬하게 부각되는 것이다. 한마디의 대사도 없는 이별이 이토록 아련한 것은 순전히 이미지의 압도적인 존재감에 기인한다.

3) 소리의 이미지

영상 이미지와는 달리, 소리 이미지도 또 하나의 축으로 이 소설의 로망을 떠받치고 있다. 이 이미지도 단순하게 소리에 머물지 않고 독특한 서정으로 가슴을 울리는 존재이다.

> 둥둥둥둥, 세찬 빗소리 멀리 큰북의 울림이 가볍게 생겼다. 나는 부숴버릴 듯이 비덧문을 열어 제치고 몸을 밖으로 내밀었다. 큰북 소리가 다가오는 듯했다. 빗줄기가 내 머리를 때렸다. 나는 눈을 감고 귀를 기울이며 큰북이 어디를 어떻게 걸어서 이곳으로 오는가를 알려고 했다.(p.94)

격렬한 빗속에 멀리서 아련하게 들려오는 큰 북소리가 메시지가 되어 「나」의 가슴에 울려 퍼진다. 영상 이미지와는 달리 이번에는 「나」의 청각이 극도로 예민해진다. 소녀무희가 보이지 않을 때에는 소리를 통해 소녀무희를 음미하는 「나」의 모습이다. 그녀가 치는 북소리는 하나의 메시지이고 그것이 청각을 넘어 가슴까지 적시는 것이다.

> 나는 신경을 곤두세우고 언제까지고 문을 활짝 열어젖힌 채 꼼짝 않고 앉아 있었다. 큰 북소리가 들릴 때마다 가슴이 확 뚫리는 듯했다. 북소리가 그치면 견딜 수 없었다. 빗소리 밑바닥으로 가라앉아 버렸다. 주위가 고요해졌다. 나는 눈을 반짝였다. 이 조용함이 뭘까 하고 어둠을 통해서 보려고 했다. 소녀무희의 오늘이 더럽혀지는 것은 아닐까하여 고통스러웠다. (중략) 소녀무희는 요릿집 2층에 단정하게 앉아 북을 치고 있었다. 그 뒤태가 바로 옆 좌석의 객석처럼 보였다. 큰 북소리는 나의 마음을 훤하게 춤추게 했다.(p.94)

북소리 유무에 따라서 일희일비하며 소녀무희의 정조에 대해 안심하거나 의심하거나 한다. 큰북을 치는 소리는 나를 정화시키는 울림이지만 울림이 없을 때의 정적에는 신경이 날카롭게 곤두선다. 의심의 화신인 「나」에게는 그 울림이 소녀무희의 깨끗함을 보증하는 기호임과 동시에, 행위를 판별하는 기호이기도 하다. 이 청각으로 시작되는 이미지는 마침내는 이 소설의 가장 중요한 곳에서 울려 퍼져온다.

> 잠시 나지막한 소리가 계속되고 나서 소녀무희가 말하는 것이 들렸다.
>
> 「좋은 사람이군.」
>
> 「그건 그래, 좋은 사람인 것 같아.」
>
> 「정말 좋은 사람이야. 좋은 사람은 좋아.」
>
> 이 말은 단순하고 탁 트인 울림을 갖고 있었다. 감정의 쏠림을 툭하고 순진하게 내뱉어 보여준 소리였다. 나 스스로도 자신을 좋은 사람이라고 솔직하게 느낄 수가 있었다. 환하게 눈을 치켜 뜨고 밝은 산을 바라보았다. 눈꺼풀 속이 살짝 아파왔다. 20세의 나는 스스로의 성격이 고아근성으로 왜곡되어 있다는 치열한 반성을 거듭하는 동안 그 고통스런 우울을 견뎌낼 수 없어 이즈로 여행을 떠나 온 것이었다. 그러므로 세상의 보통의 의미로 스스로가 좋은 사람으로 보이는 것은 형언할 수 없는 고마운 것이다. 연이은 산이 훤해진 것은 시모다의 바다가 가까워진 탓이었다. 나는 아까의 대나무 지팡이를 휘두르면서 가을 풀의 머리를 베었다.(pp.103-109)

변함없이 우연히 내게 뛰어든 말이다. 말의 형태를 띠고 있지만 그것은 이미지화된 울림이다. 이 이미지도 영상 이미지와 마찬가지로 인과관계도 갖지 않은 채[121] 「내」게 뛰어든 태생의 원리와 기나긴 여운을 남기는 존재의 원리를 그대로 답습하고 있다. 이것도 비주얼 이미지처

---

121 이제까지 「나」가 그 일행으로부터 그렇게 칭찬받을 만큼 「나」의 선행의 축적이 없다. 굳이 열거한다면 「일고생一高生」이란 신분이 유발하는 외경심에 자신들과 같은 유랑극단을 편견을 갖지 않고 보통 사람처럼 대해주는 아량 정도에 불과할 터이지만 그에 대한 보상으로서의 이 말은 너무나도 과분하다.

럼 말 이상의 커다란 파문을 나에게 던지고 있으며 그 영향력은 가히 메가톤급이며 예외 없이 이 울림은 「나」를 정화시킨다. 그 한결같은 방향성[122]은 주목할 만하다. 그것과 반대방향이 부負이미지화되어 지리멸렬하는 것과는 좋은 대조를 보이고 있다.

3. 비(非) 이미지

본 소설 속의 묘사를 통해 정착된 이미지들은 그 압도적인 존재감으로 로망을 이끌고 있다. 하지만 묘사 이외의 표현 수단인 대화나 독백 등은 존재감이 미미하거나 리얼리티를 확보하지 못한 채 지리멸렬하는 경향을 보이고 있다. 이 부분을 비非 이미지라고 규정하고자 한다. 이미지와 비 이미지의 관점에서 보면 본 작품은 현저한 단층을 보이고 있다. 비 이미지화되어 있는 장면을 대비적으로 살펴보기로 한다.

우선 두 사람의 대화가 그러하다

1) 두 사람의 대화

본문 속에서 두 사람의 대화는 간혹 등장하지만 그것마저도 존재의 불가피성을 의심받을 정도로 앞뒤의 내용과 용해되지 못한 채 밸런스가 무너져 있다. 가슴을 뒤흔드는 강한 연애 감정의 호감 속에 두 사람이 처한 상황을 감안하면 그들의 대화는 그에 걸 맞는 밀도는커녕 김빠진 맥주처럼 사랑의 긴장감을 훼손하는 느낌마저 든다. 그것은 두 사람

---

122 여기서 「방향성」이라 함은 항상 외부로부터 우연한 기회에 「내」게 파급되어 훌륭한 이미지로 매듭지어진다는 것이다. 즉 아름다운 로망의 이미지는 외부로부터 우연히 내게 뛰어든 것에서 출발한다. 반대로 나에게서 외부로 나가는 방향은 부負 이미지로 서사에 녹아들어가지 못하고 있다.

의 대화가 긴밀함이 결여되어 있고 다른 서사와 융해되지 못하고 물과 기름처럼 괴리되어 있기 때문이다.

「어 무거운 걸」
「그건 당신이 생각한 것보다 무거워요. 당신의 가방보다 무거워요」라고 소녀무희는 웃었다.(p.80)

단지 가방이 무겁고 소녀무희의 여로가 가혹한 것을 나타내기 위하여 삽입된 대화의 탓으로 이것 때문에 오히려 두 사람의 사랑의 밀도가 희석되어 버린 듯한 느낌을 준다.

「대학생분들이 많이 수영하러 와요.」
「그건 여름이죠?」 라며 돌아보자 소녀무희는 당황하며
「겨울에도---」라며 기어가는 목소리로 대답한 듯이 느껴졌다.
「겨울에도?」 소녀무희는 또 동행의 여인을 보고 웃었다.
「겨울에도 수영을 할 수 있나요?」 라고 내가 또한번 말을 걸자 소녀무희는 얼굴이 빨개져서 매우 진지한 표정을 지으며 가볍게 끄덕였다.
「얘가 멍청하긴」 하며 40대가 웃었다.(p.91)

모처럼의 대화 속에서 사랑에 빠진 소녀무희가 당황한 나머지 저지른 말실수를 「나」가 놀려대며 서늘한 유머駄洒落로 웃음을 자아내게 하는 장면이다. 여기서도 「나」의 응대는 수준 이하로 앞장의 고밀도 이미지들과는 달리 사랑의 밀도를 떨어뜨리고 차라리 없는 것만도 못한 비이미지화의 전형이 되고 있다.

2)「나」의 행동과 독백

이와 함께 소녀무희와 이별한 뒤의「나」의 행동이나 독백도 두 사람의 대화와 마찬가지로 존재감이 현저하게 떨어진다. 그것은 급조된 듯 어색하며 진실을 수혈 받지 못한 조화造花 같은 이질감마저 든다. 여기저기 생기를 발하고 있는 앞의 이미지들과는 사뭇 다르다. 그 원인은 독자를 동반하지 않은 채「나」홀로 속도위반하는 독주이기에 독자들은「나」의 감성에 미처 부응할 수 없어 공감하지 못하고「나」의 고백은 표류하는 데서 기인한다.

작가의 이런 류의 글쓰기를 후루야는 다음과 같이 증언한다.

> 서정가를 읊조리고 싶은 정열에서 출발하여 계속 노래하는 작가는 어딘가에 격렬함이 배어든 막연한 인생에 대한 애정에서 점차로 그 작가적 족적을 개성적 시야 속으로 좁혀서 그 시야 속에 칩거하며 그 한계 속에서 시야를 전개한다. 바로 그 때문에 한 사람의 인간에 의해서 현실을 무시한 현실이 창조된다.[123]

현실을 무시한 현실이 창조되는 상황 하에서 전개되는 서사는 리얼리티를 상실했기에 인상적인 이미지로 결부되지 않고 오히려 비 이미지화되고 마는 것이다. 예컨대 가련한 소녀무희가 하얀 것을 흔들고 있는 아스라한 이별에 대한 무대응이 그것이다. 물론 그런 이별도 애틋한 서사로 나름의 의미가 있을 수 있기는 하나 방치하면 나락으로 전락해 버릴 상황의 작별에서 그녀에 대한 아무런 배려도 없다. 적어도 소녀로부터 항상 베풂을 받는 일방적인 수혜자의 입장인「나」의 소녀무희에 대한 마음의 부채가 누적되어온 상황에서「내」쪽의 마무리가 공란空欄

123 후루야 전게서, p.12

인 채의 이별은 너무나도 불공평하고 허무하다. 「나」에게 있어 소녀 무희는 이별 전까지 절실한 존재[124]였음에도 불구하고 이런 이별방식은 「나」의 소녀무희에 대한 사랑이 일회성 유희에 불과한 것이 아닐까 의심되고 「나」의 도덕성 문제까지 야기될만한 사태이다.

「내」가 그녀를 통해서 새롭게 태어나는 존재가 되었던 것처럼 그녀에게도 「나」의 존재가 자신을 돌아볼 수 있는 계기가 되었을지도 모르며 상호간에 상대가 각각 자신을 응시하는 거울과 같은 존재였을 가능성도 예상할 수 있다. 혹시 그녀가 「나」를 통해서 자신의 세계와는 완전히 다른 세계나 어떤 가능성이 존재함을 간파하고 가까운 시일 내에 운명을 개척해가지 않는다는 보장도 없다. 이런 모든 것을 원천 무효화하는 작별이 그녀에게 마음의 상처가 될 것임은 명약관화하다. 소녀의 절박한 정황과는 반대로 「나」는 마땅히 해야 할 「나」의 이별방식도 누락시킨 채 이번 여행을 통해서 고아근성을 불식할 수 있었다는 사실을 밝히고 싶은 조급한 기분에 사로잡혀 「나」의 서사는 독주[125]를 거듭하고 급기야는 독자와는 따로 겉돌게 되는 것이다. 이것은 지금까지의 그토록 절박했던 서로의 호감에 대한 독자의 기대를 저버리는 행위가 된다. 게다가 「근성」이라는 것은 기나긴 시간의 축적을 거듭한 다음에 정

124 "물론 소녀무희를 아이로 파악하는 순간 두 사람 사이가 질적으로 전환되었고 사랑이라는 특수한 관계에서 일반적인 인간관계로 치환됨으로써 둘의 연인관계는 사라졌다"(하야시 전게서, p103)고 하야시는 주장하지만 역으로 바로 그 시점부터 「나」가 욕심을 버렸으므로 순수하고 풋풋한 연정이 새로 전개된다고 볼 수는 없는 것인가? 첫인상에 반했으면 설사 나이가 어리다고 간단히 포기할 일인가? 게다가 어린이로 파악한 시점을 사랑의 종말로 보면 이 소설은 소녀의 실체를 파악하는 곳에 방점이 찍히는데 과연 그것이 무슨 의미가 있는가? 이런 해석을 하는 순간 사랑의 로망으로서의 본 소설의 존재가치는 송두리째 무화되고 만다.

125 후루야는 "씨는 그 사실을 바라보기보다도 항상 그 사실이 각성시킨 상태를 주시한다. 그 때문에 씨의 글 속의 말과 말과의 유기성은 사실의 토대가 되는 지상에는 없고 감정의 토대가 되는 공간에 놓여 있다"(후루야 전게서, p.12) 라며 사실이 각성시킨 상태를 지나치게 주시하다 보니 말과 말의 유기성이 사실의 토대가 되는 지상이 아니라 감정의 토대에 존재한다고 증언한다. 이 의견은 바로 이 부분에 정확하게 부합한다.

착되는 습관성 질환 같은 것으로 부품 교환하듯 간단하게 교체할 수 있는 것은 아니다. 그 근성을 치유하기 위해서는 그것 나름의 프로세스, 즉 새로운 습관이 정착되기까지의 갱생이나 숙성의 시간이 필요하다.

> 나는 매우 솔직하게 말했다. 울고 있는 것을 보일지라도 신경 쓰지 않았다. 나는 아무것도 생각하지 않았다. 다만 상쾌한 만족 속에 조용히 졸고 있는 듯했다. (중략) 나는 아무리 친절하게 대접해줘도 그것을 매우 자연스럽게 받아들일 듯한 아름다운 공허의 마음이었다.(p.114)

그녀의 이별 메시지를 묵살해버린 「내」가 「상쾌한 만족이라든가 아름다운 공허의 마음」운운하는 것은 약간 당혹감을 동반하는 뜬금없는 독백으로 앞에서의 선명한 이미지들이 갖는 리얼리티와는 크게 괴리된 부負의 이미지이다. 독자들을 동반하지 않는 「나」의 마이웨이적 일탈의 서사가 그런 괴리를 낳은 것이다. 여행 전의 자신과는 달리, 치유되어 새롭게 태어났다는 사실을 밝히고자 하는 충동에서 기인하는 이질감이나 감정의 과잉이 만든 과장된 몸짓 탓이다. 더구나 '상쾌한 만족 속에 졸았다'는 독백은 독자를 설레게 했던 두 사람의 연정의 이미지에 찬물을 끼얹는 행위이다. 보통은 애틋한 사랑의 이별 뒤에 엄습하는 처절한 슬픔이나 아득한 절망이 있어야 할 자리에 상쾌함이란 도대체 어디서 연유된 독백인가? 아마 위 인용은 시인적 기질의 「나」자신의 심상풍경을 그대로 스캔하여 보여준다기보다는 작가의 나르시즘의 독특한 구조[126]가 갖는 왜곡을 드러내 보인 것이라 할 수 있다. 따라서

126 "앞의 인용에서 타자의 귀의를 얻고 나서야 비로소 자기를 정화·순화 할 수 있다는 「에고이즘과 자기숭배」의 태생까지도 「나의 현재의 경우나 어렸을 적부터 육친을 잃은 고독」에 있다고 카와바타는 생각한 것이다"(林武志, 『川端康成研究』, 桜楓社, 1976, p.80)라고 하야시는 카와바타의 에고이즘의 근원을 지적했는데 그의 이 언설로 보면 본 소설의 주인공인 「나」의 납득하기 어려운 에고이즘적인 태

자연스럽게 이미지화될 이 표현이 그것과는 달리 강한 거부감을 동반한 부負 이미지화되는 것이다. 바꿔 말하면 이 장면은「나」가 완전히 장악한 서사에서 나온 것이 아니고 빌려 입은 듯한 서사에서 온 느낌이 강하므로「나」의 독백은 표류하고 있는 것이다. 이 점에 관해서는 작가 스스로의 언설이 매우 설득력 있게 와 닿는다.

> 가령 자신의 어떤 작품에 대해서 그 작가가 이것은 언제 어떤 예술적 의도를 가지고 착수하여 어떤 수법에 의해서 무엇을 표현했는가를 구체적으로 설명해봤댔자, 그 작품을 이해하는 데는 조금 편리할지 몰라도 설명은 어디까지나 작품에 표현된 것만으로 국한된다. 그 작품에 표현되지 않았던 것을 아무리 훌륭한 이론으로 써봤댔자 소용없다. 반대로 아무리 훌륭하게 설명한들 그 작품에 표현된 세계에는 미치지 못할지도 모른다. 작가에게든 독자에게든 천만번의 설명보다도 그 작품의 표현이 중요한 것이다.[127]

앞 인용의「나」의 독백은 그대로 소설 속의 하나의 장면으로 용해되어 있다기 보다는 작가의 작품에 대한 설명으로 읽혀지는 느낌이 강하

도도 '소녀무희의 자신에 대한 귀의의 결과'로 이해할 수 있어 납득이 갈 수도 있다. 하지만 그것은 어디까지나 작가의 여타의 글을 참조하거나 생애를 훤히 꿰뚫고 있지 않으면 파악할 수 없는 음각의 진실이다. 그곳까지 도달해야만 그 실체를 드러내는 카와바타의 나르시즘의 독특한 구조는 카와바타가 밝힌 여러 문헌을 보조 자료를 독파하여 정보를 얻지 못한 상태에서는 도저히 독해가 불가능하고 이 텍스트 자체만으로는 원천적으로 해석이 불가능한 경우이다. 요컨대 이 소설은 독립의 외양을 갖고 있으면서도 실체는 작가의 선행 작품인『치요(1919)』『湯ヶ島での思い出(1922)』에 예속되거나 영향 하에 있는 구성이다. 카와바타의 독특한 나르시즘을 푸는 키워드가 본 소설내부에 존재하는 것이 아니라 소설외부에 존재한다. 따라서「나」의 에고이즘을 파악하기 위해서는 주변 작품을 탐독하거나 실생활 속의 작가를 천착해야하는 것이다. 이것이 이 소설이 갖는 한계이기도 하다. 후루야는 이런 카와바타의 에고이즘을 "문장이 세세한 필연을 거슬러 발전해 가기보다는 직감에서 직감으로 비약해가는 점(하야시 전게서, p.9)"이라 밝히고 있다.

127 川端康成,「第一章」『新文章読本』, 新潮文庫, 1954, p.10

다. 따라서 카와바타가 스스로 밝힌 것처럼 "그 내용과 표현에 완전한 일치가 있는가? 아니면 불일치가 있어 그것이 작품을 손상시키는 것은 아닐까? 라고도 생각하지 않으면 안 된다[128]"라는 언설은 바로 작가가 스스로에게 들려줘야할, 작가 자신이 명심해야 할 덕목으로 본 소설에서의 내용과 표현의 괴리를 진단하는 결정적인 지적이 될 수 있다.

1장에서 확인한 바와 같이 「나」는 묘사에는 탁월한 솜씨를 갖고 있지만 행동이나 독백에는 로망에 걸맞지 않게 존재감이 현저하게 떨어진다. 그리고 나의 이런 고백도 일정한 시간이 경과한 후의 후일담이라면 설득력이 담보되겠지만 귀경하는 배안이라는 배경의 「나」의 모습은 설익은듯 생소하다. 이 장면에서는 「나」의 나르시스적인 결함이나 도덕성 결여 등의 약점이 두드러질 뿐이다. 이른바 과정이 없이 완전한 치유를 밝히는 장면으로 이동했기 때문에 소녀무희에 대해서 뿐만 아니라 독자에 대한 부채도 남기게 되어 소설에는 부담으로 작용한다.

요컨대 이 장면은 소설 속의 「내」가 고아 근성에서 벗어날 수 있었다는 사실로 읽히기보다는 「나」의 그런 소망이 너무나도 강하기 때문에 벗어날 수 있었다는 환각이 행동을 이끄는 형식으로 읽힌다. 소위 허상의 프로세스인 것이다.

> 캄캄함 가운데서 소년의 체온에 몸이 따스해지면서 나는 눈물을 흐르는 대로 내맡기고 있었다. 머리가 맑은 물이 되어 버리고 그것이 뚝뚝 흐르고 그 뒤에는 아무것도 남지 않고 달콤한 쾌감이 몰려왔다.(pp.114-115)

너무나도 안일하고 공감하기 어려운 결말이다. 기쁨의 눈물이라면

128 전게서, p.11

어처구니가 없는 것이고 연민의 눈물이라면 위선인 것이다. 하야시는 "카와바타에게는 무의식중에 자기가 가진 강렬한 심상 때문에 사실을 뛰어 넘거나 혹은 사실을 착각하여 결과로서 픽셔널한 세계로 뛰어드는 성향이 있다고 사료된다"고 밝히고 있고 후루야는 "출연한 주인공도 약간 참을 수 없는 센티멘털리즘이 있다"고 밝히고 있다.

'달콤한 쾌감'이란 독선적인 감상의 과잉이나 착각은 카와바타의 성향에서 비롯된 것이라 할 수 있다. 따라서 이와 같은 마무리는 독서 후에 일종의 위화감을 동반하는 비 이미지로 소설 속의 일종의 환부와 같다.

4. 마무리

이 소설을 명작이게 하는 것은 발군의 주제나 뛰어난 플롯이나 흥미있는 줄거리보다는 낭만성을 떠받치고 있는 아련한 이미지들이다. 이미지화된 제목부터 곳곳에 선열한 이미지들이 이 소설을 견인한다. 하지만 이 소설에는 그와는 사뭇 다른 부 이미지들도 만만치 않게 존재하며 그것들이 소설 상의 단층을 이루고 있다.

우선 소설 속 「나」의 묘사 속에 빼어난 이미지들을 영상적인 것과 음향적인 것으로 분류하여 조명해보았는데 이들은 한결같이 우연히 「나」에게 뛰어들었고 「나」의 인과관계와는 무관한 것을 특징으로 한다. 이들이 낭만적이고 감성적인 애수를 연출하며 소설 특유의 유려한 서정을 만드는 한편 말을 상회하는 긴 여운을 남김으로써 본 소설을 명작으로 만드는 결정적인 역할을 수행하고 있다.

이와는 반대로 대화나 독백과 같은 장면은 존재감이 희박하거나 리얼리티를 확보하지 못하여 지지부진하고 마는 비 이미지가 되어 이것이 소설에는 부담을 주고 가치를 훼손하는 작용을 하고 있다. 이 과정에서 시종일관된 모습을 견지하고 있는 소녀무희의 모습과는 대조적으로,「나」의 아이덴티티에도 확연한 단층이 있고 이별 뒤 돌아오는 배 속에서의「나」의 일련의 처신이나 고백은 지금까지의「나」의 연애감정이 진정한 것이었는지 도덕성 문제까지 의심케 하는 저항감을 야기하고 있다. 독자의 공감을 동반하지 않은「나」의 독주가 표류하고 있기 때문이다. 작중인물로서의 처신이기보다는 작가의 개입이 강하게 의심나는 대목이라고 파악된다.

그러나 이 소설이 '이미지의 정원'이라 불릴 만큼 발군의 이미지의 절대적인 존재감이 그와 같은 부의 이미지를 상쇄하고도 남음이 있다. 본 소설의 제목부터 시작된 이들의 이미지는 시·공간을 초월하여 통용되며 풍화되거나 사위지 않은 채 그 생생함을 견지하고 있다. 따라서 본 소설은 오랫동안 꾸준하게 독자로부터 사랑을 받고 있는 것이다. 이것은 이미지의 발군의 존재감 덕분이다.

제3부

실험소설의 문학성과 정통성

제7장

다자이 오사무(太宰治)의 『인간실격(人間失格)』

다자이 오사무太宰治의 『인간실격人間失格』은 1948년 6월부터 8월에 걸쳐 잡지 『전망展望』에 연재된 소설이다. 소설 연재 중, 작가는 6월 13일 다마玉강 상수원에서 자살하여 충격을 던진다.

패전 후, 실의와 도탄에 빠진 일본 독자들에게 절체절명 정신적 지주[129]였던 다자이의 급작스런 자살과, 그 과정을 소설 속에서 한 가닥이라도 부여잡거나 유서로라도 읽으려는 심정으로 작가 사후에 연재된 7, 8월분 잡지에 독자들이 쇄도했던 것도 역사에 남을 진기록이다.

이 소설은 작가가 자기 생애에서 가장 험난했던 젊은 시절에 겪었던 충격을 원체험으로 하고 있다. 1937년 작가 나이 29세 때 정신병원에 입원, 그 기간 중에 아내 하츠요初代가 다른 남자와 부적절한 관계를 맺은 사실을 알게 된 굴욕적 생지옥이 바탕인 것이다. 당시 작가는 하비날 중독에 빠지고 주사약값을 조달하기 위하여 돈을 빌리러 동분서주하거나 갖가지 불의를 저지르는데다가 약물중독으로 이상한 행동까지

129 "우리들 당시의 문학자에게 있어서 다자이는 특별한 존재였다. 패전의 허탈함과 혼미 속에서 다자이의 작품만은 그대로 마음에 스며들었고 믿을 수가 있었다. 다자이만이 우리들의 마음을 대변해주는 유일한 작가였다. (중략) 우리들의 존재의 근거를, 살아가는 이유를 다자이에게 걸고 있었다고 해도 과언은 아니다."(奥野健男, 「人間失格 解説」太宰治 『人間失格』, 新潮社, p.150)

빈발하자 주변사람들이 서둘러 다자이를 정신병원에 입원시킨다. 이것이 다자이에게는 감내하기 어려운 질곡이었던 것이다.

오쿠노奧野는 이것을

> "4년 전 이 날에 나는 어떤 불길한 병원에서 나오는 것이 허락되었다. 그 무렵의 일은 앞으로 5, 6년이 지나서 좀 차분해지면 열심히, 그리고 천천히 쓰려고 한다. 『인간실격』을 제목으로 할 생각이다." 이것은 다자이 오사무가 1940년 『속 천사俗天使』라는 소설 속에서 『인간실격』이라는 소설쓰기의 복안을 밝힌 것이다. 그는 그 후의 여러 작품에서 반복하여 인간실격의 체험에 대한 쇼크와 회한을 술회하고 있다. 다자이는 그 마음의 상처를 단 한 번도 잊을 수가 없었다. 그는 그런 마음의 상처를 문학, 예술로 승화시키기 위해서, 요컨대 『인간실격』을 쓰기 위해서 살아왔다고 까지 말할 수가 있을 것이다.[130]

라며 본 작품의 탄생 배경을 작가와 관련시켜 밝히고 있다. 말 그대로 작가는 1937년 이른 봄에 하츠요와 자살을 기도하지만 실패, 결국에는 그녀와 헤어지고 소설을 쓰지 않은 채 데카당스 생활에 빠져든다. 작가는 바로 이 시점에서 '인간으로서 자신은 죽었고 여생[131]은 예술가라는 기묘한 동물로서 살아 갈 수밖에는 없다'고 스스로를 진단한다. 그 뒤 실생활의 삶은 거짓말처럼 바뀌었지만[132] 악몽 같았던 과거 젊음의 한 때는 작가에게 문학적인 부채로 남아있던 것이다. 서둘러 가매장假埋葬

130 전게서, p.156

131 이소다는 남은 인생을 '부록과 같은 존재'로 다자이가 자각했을 것으로 추측하고 있다.(礒田光一, 「人間失格 解說」太宰治 『人間失格·桜桃』, 角川書店, p.232)

132 그 뒤 다자이는 전혀 다른 인간이 된 듯 건강을 완전히 회복하고 소박한 소시민의 생활을 영위하면서 전쟁의 소용돌이 속에서도 예술성 높은 작품을 속속 출간하고 있다.

해야 했던 자신의 젊음의 참담했던 잔해殘骸에 대한 진혼鎭魂의 만가輓歌를 부르고 비명碑銘이라도 세우는 것을 사명으로 생각해 왔던 작가가 막상 자신의 삶의 고갈이 코앞에 와 있음을 직감하고는 서둘러서 그 일을 감행한 것이고 그것이 바로 본 소설인 것이다. 그런 의미에서 이 작품은 다자이의 젊은 날에 세워진 비명이라 해도 좋을 것이다.

이렇듯 작가에게서 중차대한 사업인 본소설의 집필에는 그동안 가슴에 묻어두었던, 정지된 과거시간을 오롯이 담고 있는 청춘상으로 수기의 주인공인 요조[133]와, 그리고 요조와는 생면부지의 소설 집필자를 별도로 프롤로그와 에필로그에 내세워서 역할을 분담시켰다. 바로 이 프로젝트의 중요성을 짐작케 하는 요소이다. 다자이는 집필하는 행위나 시선까지도 철저하게 분할, 문학적으로 부각시키려 했던 것이다.

지금까지 본 소설에 대한 연구의 큰 흐름은 다음과 같다.

카와모리河盛는 "다자이는 타인의 사랑은 받으면서도 자신은 남을 사랑할 수 없는 비극과, 자신을 학대하면서 단련시키고 정화시켜 나가는 모습을 그렸지만 결국은 문학이 그를 구하지는 못했다[134]"고 보았고 카메이亀井는 "다자이가 처음으로 독자가 아니라 자신만을 위해서 쓴 정신적 자서전[135]"으로 보고 있다. 오다키리小田切는 "인간미와 순수함이 예술성으로 상감된 작품[136]"으로 보았고 이소다磯田는 본 소설을 "광인의 수기라는 구성을 가진 다자이의 자기인식[137]"으로, 엔도遠藤는 "이 세상에 있으면서도 지옥에 살고 있는 남자의 모습을 선명하게 그리

---

133 다자이 오사무와 본 소설의 머리말과 후기를 집필한 작자와 수기의 필자인 요조와의 관계도 동심원적인 이항대립의 관계인 점이 확인되며 심연의 원에 요조가, 가운데 원에 작가가, 외연의 원에 다자이가 존재하고 있는 형국이다. 셋이 공동운명체이며 다자이 이외의 두 인물도 다자이의 유사類似자기이긴 하지만 역할은 철저히 분담하고 있다. 시간이 멎어버린 젊은 날의 청춘상은 요조이고 머리말 집필자는 시제상으로나 집필시점으로 봐서 다자이와 요조의 절충적 존재로 보인다.

134 河盛好蔵, 「滅亡の民」太宰治 『人間失格·桜桃』, 角川書店, p.244

135 奥野健男, 「人間失格 解説」太宰治 『人間失格』, 新潮社, p.147

136 小田切進, 「太宰治 人間失格 論」 『日本の名作』, 中央公論社, p.225

137 전게서, p.235

고 있는 점[138]"을 지적하고 있다. 특히 안도安藤는 "최근 50년에 시대의 변화와 함께 이 소설의 새로운 가치가 재발견되어 감에 주목, 이것이 바로 명작의 조건이며 사회의 위선과 싸우다 스스로 패배를 선택한 패배의 순교자라는 이미지가, 새로운 고독의 체현자라 부를 만한 새로운 독서로의 대체가 급속하게 확산되는 추세 속에 어필하고 있다 [139]"며 시대변화에 부응하는 가치를 재발견할 수 있는 점을 높이 평가하고 있다.

이 소설은 이른바 대가의 작품이고 더구나 작가의 소설 쓰는 능력에서 완숙기에 접어든 말년의 작품이라는 점을 감안한다면 내용면이나 구성면에서 그렇게 완성도가 높지 않다. 오히려 작품의 약점마저 곳곳에서 산견된다. 소설의 허술한 외양처럼 요조의 수기도 허점이 빈번하게 노출되어 얼핏 보기에는 실패작인가하는 느낌마저 들게 한다. 하지만 그것은 이 소설에 대한 평면적인 독해가 야기하는 현상일 뿐이다.

이 소설은 요조의 수기가 갖고 있는 이항 대립적 패러독스로 인해 입체적인 독해[140]가 가능한 구조로 되어 있다. 작가의 의도 여부와는 상관없이 이런 구조를 통해 수기가 갖는 특수성과 개별성이 일반화, 보

---

138 遠藤祐, 『太宰治の〈物語〉』, 翰林書房, 2003, p.286

139 安藤宏, 『弱さを演じるということ』, ちくま書房, 2002, pp.9-10

140 현대는 그 어느 때보다 독자와 그의 자유로운 해석이 강조되는 시대이다. 롤랑 바르트는 미래의 독자를 살리기 위해 극단적으로 저자의 죽음이라는 대가를 치러야한다고까지 말한다.(김희영 옮김, 롤랑바르트, 『텍스트의 즐거움』, 東文選, 1997, p.35)

입체적인 독해는 새로운 코드의 창조의 일환으로 주로 작가가 숨겨놓은 코드를 독파하는 것은 물론 나아가 작가의 의도를 초월하는 작품읽기까지를 목표로 하고 있다. 이에 관한 견해로 이케가미池上의 다음의 언설은 중요한 단서가 될 것이다. "기계적인 「독해」에 대한 주체적인 「해석」의 관계는 「발신자」와 「수신자」의 관계에도 미묘한 변화를 야기한다. (중략) 「수신자」는 「발신자」가 메시지를 작성할 때 상정했다고 생각되는 코드를 추정한다. 「수신자」는 「발신자」와 똑같이 새로운 코드인 창조의 과정을 추체험하는 셈이다. 하지만 거기서 머물지 않고 어떤 종류의 메시지의 경우에 「수신자」는 스스로의 주체적인 해석행위를 통해서 「발신자」의 의도를 초월한 메시지를 읽어내는 경우도 있을 수 있다. 혹시 그것이 타당한 것이라면 「수신자」도 스스로가 새로운 코드 창조에 참여하는 것이 된다."(池上嘉彦, 『記号論への招待』, 岩波新書, 1984 , pp.49-50)

편화됨과 동시에 풍자의 효과가 극대화됨으로써 수기가 소설로 확대 재생산되고 소설의 유효기간이 사라졌다고 할 수 있다. 즉 이 소설은 상대적인 대립항이 극단적으로 병존하고 있어 '행간의 읽기'를 통해 정반대의 독해까지 가능한 얼개를 갖고 있다.

필자는 작가의 이런 글쓰기를 '도오케道化적 소설쓰기'라고 명명하고 싶다. 소설 속에서 요조가 세상을 속이는 데에는 조소와 풍자가 있듯이 작가는 이런 소설 게임적 글쓰기를 통하여 독자를 순간순간 혼란에 빠뜨리며 자신의 기호체계로 속속 끌어들인다. 그 기호체계는 행간에 조금씩 은닉되어 있으며 이항대립[141]의 입체적인 재해석을 통해서만 완전하게 전모를 드러낸다. 이런 이유로 이 소설에 대한 독해의 방법의 일환인 이항대립의 규명은 절실하다. 이른바 콘트라스트contrast의 발견인 것이다. 이것은 독해의 시작인 평면적인 읽기에서 독해의 완성인 입체적 읽기로 이어지는 데 매우 유효한 수단을 제공한다.

1. 인간실격의 함의(含意)

요조는 동화 속의 무구한 아이처럼 역에 설치된 육교를 철도청의 서비스 중 가장 세련된 서비스라든가 지하철이 기발하고 재미있는 놀이기구라 생각하는[142] 등 특유의 발랄한 상상으로 튀는 해석을 하고 있다.

> 프롬은 모든 생명체는 성장하고자 하는 '일차적인 성향'이 있으며 인간 역시 자기가 갖고 있는 힘을 키워 성장하는데 주력한다

141 본 장 속의 이 어휘는 일반적으로 구조주의 등에서 언급되고 있는 폭력적 계층관계와 연루된 문학용어는 아니며 본고에서는 다만 '상대적인 의미의 쌍'이라는 개념으로 사용한다.

142 太宰治, 『太宰治 新潮現代文学20』, 新潮社, 1979, p.105, 텍스트, 이하 페이지만 표기.

고 한다. 그 '일차적인 성향'이란 모든 생명체가 공통적으로 가지고 있는 내면에서 우러나는 자발적인 능력을 뜻한다.[143]

요조에게 나타나는 '일차적인 성향'이 바로 넘치는 감수성과 기상천외함으로 점철된 뫼르헨적 발상이다.

하지만 "사회는 그 모든 다채로운 해석을 '실용'이라는 이름으로 묵살한다. 이로 인해 자신의 꿈은 산산조각 나고 흥이 깨져 슬퍼졌다"(p.105)고 요조는 말하고 있다.

나의 행복에 대한 관념과 세상 사람들 모두의 행복에 대한 관념의 차이와 같은 불안 때문에 전전긍긍 신음하며 거의 미칠 지경이었던 적도 있습니다. (중략) 저로서는 알 수 없습니다. 남들이 겪는 고통의 성질이나 정도를 전혀 모르겠습니다.(p.106)

해맑은 동심의 이방인에게 비친 사회는 자신과 관념이 판이한 세계였기에 전전긍긍하며 미칠 지경이 되었다는 탄식에서 요조의 고통과 좌절과 변화를 목격할 수 있는 대목이다.

안도는 성숙한 독자라면 수기의 「필자」가 확신범적으로 되풀이하는 '모른다'는 말의 배후에 일종의 작위를 눈치 챌 수 있을 것이라며

수기의 필자는 철저하게 '모른다'고 고백을 계속함으로써 역으로 세상을 알고 있다고 의심해마지않는 어른들의 위선을 조명하고 있다. 생활능력이 결핍되어 있다는 사실은 여기서는 거꾸로 순수무구하다는 증거가 되고 주위의 에고이즘을 비추는 거울로 반전되어 가는 것이다. 스스로가 자신을 가질 수 없고 그 반동으로 어른의 세계

143 라이너 풍크, 김희상 역 『내가 에리히프롬에게 배운 것』, 갤리온, 2008, p129, 이하, 페이지만 표기.

에 반발심을 갖는 독자에게 이것은 상당히 편리한 자기변호, 자기구제책일 것이다.(p.25)

라고 밝히고 있는데 그가 밝힌 이 작위의 배후가 바로 이항대립에 의한 행간읽기의 지적인 것이다.

사랑만큼 한없이 부풀어 오른 희망과 기대로 시작해서 그처럼 어이없이 실패로 끝나는 게 또 있을까?[144]

요조의 수기는 위의 한마디로 요약될 수 있을 것이다. 수기의 결말은 참담한 실패를 인정하는 〈인간실격〉이라는 말로 요약되는데 이 선언은 언어적 자해自害를 통한 자신에 대한, 나아가서는 자기가 처한 사회에 대한 대항의 표현이며 궁극적으로는 순교殉教적 의미[145]도 함의含意하고 있다고 볼 수 있다.

카메이는 이런 비관적인 자아비판도 삶에서는 불가피하다고 진단하고 있기는 하고[146] 엔도는 이런 유아적 자기결함의 주장을 통해 요조가 타자는 물론, 자기발견을 이루어내고 있다고 밝히고 있다.[147]

그러나 정작 중요한 것은 소설의 이항대립의 구조적 특징상, 제목인

144 전게서, p.117
145 청징한 영혼과 자유로운 삶의 화신으로 태어난 스스로에 대한 존재증명.
146 흑점이 있다. 그것은 말할 것도 없이 자기 부정의 부분이다. 생각한다는 행위는 어떤 의미에서 자기부정의 고통위에 서는 것이며 부정의 심연으로 끌려가는 것이 아닐까? 뒤집어 생각하면 생명의 긍정인 것이다. 삶속의 죽음의 운동이라 해도 좋을 것이다. 죽음을 동반하지 않는 삶이란 것은 없다. 부정을 동반하지 않는 자기란 없는 것이다. 다자이는 자신의 흑점을 확대하고 픽션화하여 거기에『인간실격』이라는 명칭을 부여했다.(亀井勝一郎,「大庭葉蔵」『太宰治研究 I その文学』, 筑摩書房, p.132)
147『인간실격』의 주인공이 취하고 있는 것은 애써 자신은 쓸모없는 인간이라는 사실을 강조하는 수단이다. 그럼으로써 쓸모없는 자신과 그렇지 않은 상대와의 사이에 거리가 생기고 결과적으로 상대방도 자신도 보이게 되는 것이다.(p.31)

〈인간실격〉이라는 키워드는 다양하게 해석될 수 있는 여지가 있다는 점이다.

> 그 호리키의 그 신비스럽고 아름다운 미소에 나는 울먹이며 판단도 저항도 잊은 채 자동차를 타고 그렇게 해서 이곳으로 연행되어 와서 광인이 되고 말았습니다. 당장 이곳에서 나가더라도 나는 역시 광인, 아니 폐인이라 낙인이 찍힐 것입니다. 인간, 실격 이미 나는 완전히 인간이 아닙니다.(p.172)

뇌병원에 연행된 것에 쇼크를 느껴 요조는 스스로를 자조自嘲하며 〈인간실격〉이라고 독백하고 있는 장면이다.

〈인간실격〉이라는 말이 갖고 있는 이른바 누적적累積的 지향을 즉물적으로 해석하면 말 그대로 〈자격미달〉이다. 하지만 "〈지고至高〉의 현실이라 불리는, 단일한 의미만을 떠안고 있다는 인상을 주는 말도 그 형태에 의한 인상을 통해 은밀하게 별도의 의미를 배양하고 있다[148]"는 야마구치山口의 주장에 의하면 이 말에 대해 유연한 해석은 얼마든지 가능하다. 이런 연장선상에서 스스로를 〈실격〉이라고 선언하는 사람은 적어도 〈실격〉은 아니다. 왜냐하면 그 선언자체가 스스로 자아를 잘 파악하고 있다는 증좌로 그것이 인간자격 요건은 될지언정 실격의 근거는 되지 않기 때문이다. 대신 이 말의 대립항으로 요조를 둘러싼 타자들의 인간자격은 합격인 것인가? 라는 명제가 행간으로 대두된다.

> 상호간에 속이고 게다가 이상하게도 누구하나 아무런 상처도 입지 않고 어떤 상처도 입지 않으며 서로 속이고 있는 사실 자체를 눈치 채지 못하는 듯한 정말로 선명한, 그것이야말로 깨끗하

148 山口昌男,『文化と両義性』, 岩波書店, p.56

> 고 명백하고 명랑한 불신의 예가 인간 생활에 충만한 듯이 생각됩니다.(p.112)

요조의 눈에 비친 인간들은 서로 속고 속이면서도 그것조차 눈치 채지 못하고 있다. 더구나 그런 타자들의 모습을 예의 주시하면서 그 대열에 흡수되지 않은데다가 자아각성이 확실한 요조 쪽이, 자신의 정체성에 대해 무지에 가까운 타자들보다는 오히려 인간의 자격요건이 충분한 셈이며 그런 요조보다는 요조의 눈에 비친 타자들이 진정한 의미에서 인간실격이 아닌가? 표면상 요조가 스스로를 실격이라고 주장하는 이면에, 〈인간실격〉은 수기필자인 요조 자신이 아니고 요조를 둘러싸고 있는 타자들이 아닌가하고 독자들에게 자연스레 깨닫게 하려는 반어反語의 메시지가 서슬 퍼렇게 잠재되어 있는 것이다.

〈인간실격〉의 선언은 오히려 무자격자가 자격자라고 아우성치는 사회에 대한 요조의 순교적 외침이며 강한 반발의 절규인 것이다.

이 수기는 더 나아가서 다음과 같이 서술하고 있다.

> 보통은 그 본성을 감추고 있는 것 같아도 뭔가의 기회에 가령 소가 풀밭에서 편안히 자고 있다가 갑자기 꼬리로 탁하고 등에를 때려죽이듯, 불시에 인간의 무시무시한 정체를 분노에 의해서 폭발시키는 것을 보고 나는 언제나 모골이 송연해질 정도의 전율을 느끼고 이런 본성도 인간이 살아가는 자격의 하나인지도 모르겠다고 생각하면 거의 스스로에게 절망을 느끼는 것입니다.(p.108)

전율스런 본성조차 인간으로서 살아가기 위해서는 가져야하는 자격인지도 모른다는 사실에 절망을 느끼고 있는 요조의 환멸은 절망은 커녕 일반세태의 타성惰性을 통타하는 장면으로 독자에게는 임팩트가 느껴지는 반어로 비친다.

한편으로는 그런 본능의 미비를 굳이 〈실격〉으로 귀결시키는 점도 회의적이다. 〈실격〉이라는 말은 당사자의 실책으로 그 자격을 상실한 결과의 표현에 다름 아니기 때문이다. 하지만 적어도 위 인용의 경우에 요조는 자신의 실수보다는 태생적 미비 쪽으로 읽혀진다. 요컨대 〈인간실격〉보다는 〈인간결격〉이 가까운 표현일 수 있다는 말이다. 요조의 "저의 불행은, 거부능력이 없는 자의 불행이었습니다(p.116)" 라든가 "신에게 묻노라 무저항은 죄악인가?(p.117)"라는 말은 그것을 결정적으로 뒷받침한다.

> 사회와 개인은 대립하는 것이 아니다. 사회란 살아 있는 구체적인 개인들에 지나지 않으며 개인은 사회화된 개인으로만 살아갈 수 있다.[149]

요조는 선천적으로 사회의 물결을 거스를 수는 없으면서도 그들에게 쉽게 융화되는 삶 또한 결코 영위 할 수 없다. 오쿠노는 요조의 모습에서 다자이를 읽어내며 다음과 같이 밝히고 있다.

> 다자이는 자신의 내적 진실에 끝까지 충실하고 자신의 결여 감각을 마지막까지 심화시키고 타협하지 않고 자신을 기만하지 않으면서 인간의 진과 사랑과 정의와 미를 추구하는 주인공을 설정하여 그가 좌절하고 패배하는 과정에서 속세의 위선에 찬 악을, 추악함을, 비인간성을 비로소 드러냈다. 이것은 18, 9세기의 교양소설의 자기형성과는 반대로 진실을 추구하기 때문에 붕괴되어 마침내는 인간의 자격마저 실격당하는 자신을 그린 현대 소외 상황을 상징적으로 나타낸 소설이다.[150]

149 전게서, p.95
150 전게서, p.159

세상과 타협하지 않은 채 자기 나름의 삶의 방식에 집착하는 태도나 자의식의 과잉, 무저항의 저항, 마치 자궁속의 무구한 어린이처럼 순수한 시적 영혼을 간직한 요조는 〈실격〉이라기보다는 〈인간 자격의 과잉〉으로 읽힌다. 다만 굳이 실격이라고 표현해야 한다면 그것은 요조가 지나치게 자기중심적이라거나 꿈이 없다거나 자신을 컨트롤할 수 없는 상태나 쉽게 자학에 빠지거나 정조관념의 결여 등을 꼽을 수 있을 것이다.

이 소설은 이처럼 제목 하나가 이항대립의 구조 속에 다의에 걸쳐 존재하기에 입체적인 읽기가 가능하다. 이 점도 주목할 만한 일이다.

2. 난해의 대상과 통찰의 대상

특유의 감수성의 과잉과 죄의식과 공포로 주위에 용해되지 못하는 소외적 존재인 나는 허기를 느끼지 못하기 때문에 주변사람들이 밥을 먹어야 하다는 당연한 사실조차 난해하다고 탄식한다.

이런 타자와의 차이에서 비롯되었던 한탄성의 난해함은 급기야는 세상 사람들의 도덕성을 질타하는 공격성 난해함으로 나타난다.

> 자신은 수신 교과서적인 정의 따위의 도덕에는 그다지 관심을 갖고 있지 않습니다. 서로 속이면서도, 깨끗하고 밝고 명랑하게 살고 있는, 혹은 살 수 있는 자신을 갖고 있어 보이는 인간이 저에게는 난해할 뿐입니다. 사람들은 끝내 나에게 그런 묘책을 가르쳐 주지 않았습니다.(p.113)

요조는 인간들이 실제로는 서로 속이면서도 깨끗하고 밝고 명랑하게 살아가는 것을 이해할 수 없다면서 사람들이 그런 묘책을 끝내 자신에게 가르쳐주지 않았음을 비판하고 있다. 하지만 세상 어디에 그런 패륜을 가르쳐주는 곳이 있단 말인가? 그 사실을 너무나도 잘 알고 있기에 요조의 한탄에는 미필적 고의의 혐의가 물씬하다. 난해하다는 말로 오히려 거꾸로 사회를 비아냥거리고 있는 것이다. 요조에게 인간은 난해한 존재이기는커녕 훤히 꿰뚫고 있는 존재이다.

> 어느 날 저는 여느 때처럼 어머니를 따라 상경하는 하는 도중의 기차에서 오줌을 객차의 통로에 있는 가래침 뱉는 항아리에 누고 말았다는 실수담(그러나 그 상경할 때 자신은 가래침 뱉는 항아리를 모르고 있었던 것이 아니었습니다. 아이의 순진함을 빌미로 일부러 그렇게 한 것입니다)을 고의로 슬픈 듯한 필치로 써서 제출하고 선생님이 틀림없이 웃을 것이라는 자신감이 있었기 때문에 교무실로 돌아가는 선생님의 뒤를 살짝 밟았더니 선생님은 교실을 나서자마자 내가 쓴 글을 학급의 다른 친구들의 글속에서 뽑아내어 복도를 걸으면서 읽기 시작하여 쿡쿡 웃으며 이윽고 교무실에 들어가서는 다 읽었는지 얼굴이 새빨개지도록 큰소리로 웃으며 다른 선생님에게 재빨리 그것을 읽어주는 것을 보고 나는 매우 만족했습니다.(p.111)

자신의 익살에 반응하는 교사의 행동을 시뮬레이션으로 꿰며 요조가 교사를 손바닥 위에 올려놓고 발가벗겨 폭로하는 장면이다.[151] 물론 비웃기 위해서이다. 인간이 난해하다고 탄식하는 요조의 실루엣과는 언뜻 부합되지 않는 이항대립적 면모이다. 이것도 난해라는 행간의 저변에 숨어 있는 섬뜩한 그림인 것이다. 이것은 여성에게도 그대로 적용된다.

151 앞장에서 언급했던 천진무구한 소년과는 판이하게 다른 개구쟁이의 모습이다. 언뜻 보면 논리의 모순처럼 보이지만 그것은 이 소설 특유의 이항대립의 패러독스 구조에 기인한다. 그러니까 요조는 순진무구한 외톨이 소년임과 동시에 악취미를 즐기는 치밀한 악동의 캐릭터를 겸비하고 있다.

나에게는 여성 쪽이 남성 쪽보다 몇 배나 난해했습니다.(p.117)

위의 인용에서 표면상으로는 여성이 난해한 존재라고 선언하고 있지만 이런 푸념을 늘어놓는 요조는 실은 여성의 내면상태까지 훤히 부감俯瞰하고 있는 여성심리 전문가를 빰치는 인물이다.

난해라는 어휘 역시 이항대립, 더 나아가 반어와 맥을 같이 한다. 난해한 대상이 여성이라면서 요조는 여성에게 자신이 어떻게 비춰지고 있는지에 관한 여성의 심상풍경까지도 디테일하고 명확하게 그리고 있다.

다음 인용이 그것을 반증한다.

> 나의 어딘가에 뭔가 여성을 꿈꾸게 하는 분위기가 도사리고 있다는 사실은 우쭐대거나 떠벌리는 등의 근거 없는 농담이 아닌 부정할 수 없는 사실이었습니다. (중략) 여자는 자기 쪽으로 끌어당겼다가는 뿌리치고 그리고 어떤 때는 다른 사람이 있는 곳에서는 나를 깔보고 마구 대하다가도 아무도 없으면 꽉 끌어안습니다. 여자는 죽은 듯이 깊이 잡니다. 여자는 잠자기 위해서 살아가는 존재는 아닐까요? 그밖에 여자에 대한 다양한 관찰을 이미 나는 어릴 적부터 하고 있었습니다만 같은 인류이면서 남자와는 또한 완전하게 다른 생명체 같은 느낌이고 게다가 불가사의하고 방심할 수 없는 이 생물은 기묘하게 나를 의식합니다. 여성의 반함의 대상이라든가 호감의 대상이라는 말은 나에게는 어울리지 않고 오히려 의식하는 대상이라고 말하는 편이 실상의 설명에 적당할지도 모릅니다.(p.117)

미남자에 끌리는 여성의 본능을 서늘하게 까발리며 여성의 실체를 오싹할 정도로 예리하고 적나라하게 비판하고 있다. 〈난해〉라는 외투를 걸치고 있는 실체는 〈통찰洞察〉이었던 것이다. 바로 이런 아이러니가 이 소설의 구조인 이항대립의 세계에서 버젓이 자행되고 있는 이율배반이다.

> 여자의 의협심이란 기묘한 표현이긴 합니다만 제 경험에 의하면 적어도 도시 남녀의 경우, 남자보다는 여자 쪽이 그 의협심이라 할 만한 것을 많이 지니고 있었습니다. 남자들은 대체로 겁쟁이에다가 체면만 차리고 또한 인색했습니다.(p.158)

도시 남녀의 일반적인 생태를 생생하게 묘사하고 있다. 숙지하고 있다는 증거이다. 위의 모든 상황으로 판단하건데 〈난해〉라는 대사는 요조가 남발할 것이 아니라 요조를 둘러싸고 있는 대립항인 타자들의 대사에 어울린다.

요컨대 수기 필자인 요조에게 보이는 세상이나 여자의 속성이 〈난해〉한 것이 아니라 역으로 세상 사람들에게 비춰지는 요조의 모습이나 속성이 〈난해〉한 것이 이 소설의 내부의 목소리인 것이다.

> 이 아파트에 사는 사람들이 모두 나에게 호의를 보이는 것을 나는 잘 알고 있습니다. '하지만 나는 얼마나 모두를 두려워하는가? 두려워하면 할수록 상대방은 나를 좋아하고 또한 상대방이 좋아하면 할수록 나는 두려워하며 모두로 부터 떨어져 나가야 한다'는 이 불행한 병적인 습성을, 시게코에게 설명한다는 것은 지극히 어려운 일이었습니다.(p.149)

아웃사이더로 살며 조금도 주변과 화해할 수 없는 요조라는 사람이 주변 사람들에게는 얼마나 난해한 존재였는가가 행간으로 풍긴다. 이 소설이 수기의 형식을 취하고 있어 요조에게만 말할 기회가 주어져있지만 혹시 대화의 형식을 취하는 일반적인 소설 양식으로 타자들에게도 말할 수 있는 기회가 주어진다면 요조의 존재가 난해하다는 의견이나 항의가 주변인물로부터 봇물 터지듯 쇄도할 것이다.

이것도 이항대립의 한 양상이다.

3. 위선과 위악 사이

요조를 둘러싼 세상의 대부분이 위선의 세계이기 때문에 그 대립항으로 요조의 위악이 만들어가는 기존의 가치관에 대한 전복의 세계는 한층 원색적으로 읽힌다. 이것은 요조의 순수함과 통하는 코드이다.

> 이 마을의 특히 아버지와 친분이 있는 사람들은 모여서 큰 박수를 치고 있었습니다. 연설이 끝나고, 청중들은 눈이 내리는 밤길을 삼삼오오 무리지어 돌아가면서 그날 밤의 연설에 대해서 마구 욕을 하는 것이었습니다. 그중에는 아버지와 각별한 관계에 있는 사람의 목소리도 섞여 있었습니다. 아버지의 개회사도 형편없었고 그 유명인의 연설도 무슨 소리를 하는 건지 도무지 알 수 없다며, 이른바 아버지의 「동지들」이 격앙된 어조로 말하는 것이었습니다. 하지만 그 사람들이 저희 집에 들러 응접실에 올라오더니 오늘밤 연설회는 대성공이었다고 진심으로 기쁜 듯한 표정을 지으며 말하는 것이었습니다. 오늘밤의 연설은 어땠느냐는 어머니의 질문에 아주 재미있었다고 대답하고서는 시치미를 떼었습니다. 그 머슴들은 집으로 돌아오는 도중에 연설회처럼 따분한 것은 없다고 입을 모아 탄식을 했습니다.(p.112)

손바닥을 뒤집듯이 번복을 되풀이 하는 주변사람들의 남루한 위선들이 빼곡하게 묘사되어 있어 인간사회의 황폐함이 적나라하게 드러난다. 그것도 요조의 순수함이라는 시선에 비춰지기에 더욱 선명하다.

물론 요조도 자신의 본심을 숨기고 연기를 하거나 사람들을 속이거나 한다. 그것도 일종의 위선이긴 하지만 타자들의 에고이즘의 근간과는 질이 다른, 목적성이 없는 선의의 위선이다. 즉 주변과 원활한 소통을 위한 제스처 정도가 고작[152]인 것이다.

위선의 이항대립의 대립항으로는 위악이 존재하며 본 소설 속에는 요조의 익살이 위악적인 행위와 결부되어 있는 것이 많다. 그는 위선에는 소극적이나 위악에 매우 적극적이다.

위악적인 행위에는 두드러져 보이기 위한 목적성 행위가 있는가 하면 위선에 목을 매는 타자들에 대한 요조 나름의 반박이며 무언의 저항인 것도 많다. 또한 사회와 엇박자를 이루는 자신을 탓하거나 세상에 녹아들지 못하는 자신에 대한 시위 행위도 있다. 그것을 가장 압축해서 보여주는 것이 바로 자기가 그린 자화상이다.

> 조금씩 자화상 제작에 착수해 봤습니다. 저 스스로 흠칫할 정도의 섬뜩한 그림이 완성되었습니다. 그러나 '이것이야말로 내 가슴 속 깊이 은폐하고 있던 자신의 정체이다. 겉으로는 활달하게 웃으며 남들을 웃기고 있지만, 사실은 이처럼 어둡고 참담한 마음을 지니고 있다. 어쩔 수 없지 않은가'하고 내심으로는 인정하면서도 그 그림은 타케이치 이외에는 누구에게도 보여주지 않았습니다. (중략) 그 그림은 벽장 속에 깊이 감추어 버렸습니다.(pp.120-121)

152 위선적인 행위의 대표적인 것으로는 심야에 객실에 몰래 들어가 자신이 별로 필요하지 않으면서도 아버지의 비위를 맞추기 위하여 선물 목록에 아버지가 추천했던 사자탈을 살짝 기재해 둔다거나 자신의 과오를 벌충하기 위하여 여자 말투를 사용하여 타케이치에게 상냥하게 사과하거나 예의 그 수동적인 봉사정신을 발휘하여 말하기 싫은 상대에게 열심히 듣고 있다는 표정을 지어 보이거나 하는 것 등이다. 모두가 대가성이 없거나 악의적 노림수가 없는 것이기는 하지만 동반자살 미수사건 후 검사의 취조를 받는 장면처럼 웃음을 참는데 힘들어 입신의 연기를 했다는 것도 있다.

자화상을 그리는 행위와 수기를 쓰는 행위는 자아를 주 대상으로 하는 점에서 궤를 같이 한다. 즉 수기와 자화상은 장르를 달리하는 동일한 실체인 것이다. 그런 자화상이 섬뜩한 그림이 되었다는 사실은, 요조의 자기혐오를 압축파일로 보여주는 것이며 이 장면은 그대로 이 소설의 미니어처 형태로 집약된 축약도인 것이다. 이 자기혐오는 자학을 동반한 위악적인 모습이며 이것은 일종의 존재증명을 통한 방어본능이고 자기변호이기도 하다.

> 저에게는 매춘부라는 존재가 인간도 여성도 아닌, 백치나 미치광이처럼 보였기 때문에 그 품안에서 저는 오히려 완전히 안심하고 편안히 잠들 수가 있었습니다. 모두들 애처로울 정도로 그야말로 욕정이라곤 전혀 없었습니다. 그리고 저에게 동류의 친화감이라 할 만한 것을 느끼는지 그 매춘부들은 저에게 거북하지 않을 정도의 자연스런 호의를 보여주었습니다. (중략) 저는 그 백치나 미치광이 매춘부들에게서 마리아의 후광을 실제로 보았던 것입니다.(pp.124-125)

인용된 일련의 위악적 행위들은 타성화된 고정관념의 해체나 전복이라는 일탈로 나타난다. 이런 행위로 그는 카타르시스를 느꼈을 것이며 나아가 독자까지 아우르는 공감대가 만들어지기도 한다. 위악이 가져다주는 예기치 못한 효과인 것이다. 매춘부는 값싸게 욕정을 배설하는 대상의 불결한 이미지로 우리 상식 속에 있지만 위 인용에서는 그 품안에서 편안하게 잠들 수가 있다거나 그들에게서 마리아의 후광을 보았다는 등의 위악적인 행동을 취하며[153] 기존 상식을 완전히 배반하고 있다. 오쿠노는 이것을 기존윤리에 대한 복수라는 시선으로

153 기존질서에 대항한다거나 상식에 반하는 행위가 고의적이고 작위적으로 행해지고 있는 혐의가 강하기 때문에 그것도 광의에서 위악적이라고 할 수 있다.

보고 있다.[154]

요컨대 이런 악덕의 견본은 자기단념에 의한 자기재생을 꿈꾸는 요조의 미친듯한 시적 영혼에서 비롯된다고 요약할 수 있다.

> 상처는 점점 저의 혈육보다 친해져서 그 상처의 통증이 바로 상처가 살아 있는 감정 혹은 애정의 속삭임으로까지 생각되는, 저에게 있어서는 그 지하운동 그룹의 분위기가 기묘하게도 마음이 편하고 안락하였습니다. (중략) 특히 저는 비합법의 세계에서, 합법적인 신사들의 세계에서 보다도 오히려 마음껏 이른바「건강」하게 행동할 수 있었기에 장래가 기대되는「동지」로서, 웃음이 터질 정도로 과도하게 비밀스러운 갖가지 지령을 부탁 받을 정도가 되었습니다.(p.126)

요조의 고백처럼 글을 읽다보면 독자도 몸에 난 상처가 애정의 속삭임이나 달콤함으로 느껴져 혈육 보다 친해지는 착각에 빠지거나 비합법의 세계가 합법의 세계보다 건강하게 소통할 수 있다는 환상에 빠지며 부지불식간에 그의 위악 행위에 공범이 되기 일쑤이다. 다자이의 문체에 취한 증거[155]인지도 모를 일이며 그의 위악적인 글쓰기가 독자들에게 잘 스며들고 있다는 방증이다. 이렇듯 젊은 날의 참담한 초상도 주로 기존질서에 대한 안티테제였다. 그것은 나를 둘러싸고 있는 질서에서 벗어나는 길이었던 것이다.

---

154 그에게 있어 창작은 윤리에 대한 복수였던 것이다. 아니 그를 윤리 속으로 몰아가는 고정관념, 다시 말해서 그를 감시하고 있는〈자기 속의 타자〉에 대한 복수였던 것이다. 그곳의 타자는 최초의 사회였던 것이다.(奥野健男,「人の手本」『太宰治研究Ⅰ その文学』, 筑摩書房, p.170)

155 이노우에井上는 "한번 다자이의 문체의 매혹에 빠지면 빠질수록 그곳에서 헤어날 수 없다. 이것이 다자이 문체최면이다"라고 말했다.(井上明久,「編者解題」『太宰治 文豪ミステリ傑作選』, 河出書房新社, p.255)

> 물론 자신과의 만남을 위해서는 매우 까다로운 요구들이 따른다. 직접적인 만남을 이루는 인생의 기술이란 언제나 '무엇'을 위해 자유롭고자 '무엇'에서 자유로워지는 것이다. 그 '무엇'인가를 위해 자유로워지고 싶다면 바로 그 '무엇'을 놓아 주어야 한다.[156]

그렇다. 자신에게 처절한 패배를 안겼던 관념이나 인습 등의 도그마에서 자유롭기 위해서는 그 모든 것을 놓아주어야 한다. 요조의 위악적인 일탈은 바로 이런 태생의 비밀을 갖고 있다.

> 솜에도 상처를 입습니다. 행복에도 상처를 입는 수가 있습니다. (중략) 죄인이 되어 포박되자 오히려 안도의 한숨이 나오고 편안한 느낌이 들어 그 때의 추억을 쓰면서도 정말로 느긋한 해방감과도 같은 즐거운 기분이 듭니다.(p.138-139)

도그마에서 벗어나 자유로워지면 행복에 상처를 입을 수도 있고 포박에 안도의 한숨을 쉬며 해방감을 느낄 수도 있는 것이다. 이렇듯 위악은 곳곳에서 다양한 전복을 시도하고 그에 따라 다채로운 감수성을 양산한다. 또 하나는 주로 실수를 가장하는 고의적인 위악이 익살의 수단으로 사용되고 있다는 점이다.

> 저는 일부러 최대한의 엄숙한 표정을 지으며 철봉을 향하여 얏 하고 소리 지르며 뛰어올라 멀리뛰기를 하듯 앞으로 몸을 날려 모래밭에 쿵하고 엉덩방아를 찧었습니다. 모두가 의도된 실수였습니다.(p.29)

---

156 전게서, p.37

위 인용은 주로 요조가 행했던 위악의 성격을 규정짓는 대표적이고 전형적인 위악 행위이다. 그 외에도 누나의 각반을 양팔에 끼우고 스웨터를 입고 있는 것처럼 보이게 하거나 어머니와 동행하는 열차에서 객담 항아리에 오줌을 싸는 등의 고의적인 실수 모두가 어린이의 순진함을 무기삼아 일부러 그렇게 했던 위악적인 행위이다.

> 관례를 거부하기 위해 바에서 무뢰한처럼 행동하거나 한쪽에서 키스를 하거나 예컨대 정사 이전에는, 아니 그 무렵부터 더욱 난폭해져서 야비하게 술을 마시거나 돈에 궁핍하여 시즈코의 옷을 가지고 나가는 정도까지 되었습니다.(p.152)

위악도 처음에는 악의가 별로 느껴지지 않다가 점점 그 도가 심해지면서 무뢰한으로 추락하고 급기야는 정신병원으로 강제 이송당하는 상황에 처하게 된다. 그 일련의 사태가 작은 위악에서 비롯된 것임은 재론의 여지가 없다.

요조와는 전혀 별개로 머리말을 집필한 소설 작가가, 요조의 자화상으로도 생각할 수 있는 사진에 대해 극악무도한 주석을 다는 것도 위악의 또 다른 버전[157]이다. 불과 사진 3장을 두고 이렇듯 온갖 사디즘의 수사를 동원하여 극단적으로 폄훼하는 것은 앞에서 보아왔듯 극단적으로 이항 대립항이 존재하기 때문이다. 결국 이 모든 표현은 후기인 "저희들이 알고 있는 요조 도련님은 경우가 바르고 술만 마시지 않으면, 아니 마셔도 부처님같이 착한 사람이었어요"라는 마담의 말로 수

157 외양이 귀여워 보이는 어릴적 사진은 보면 볼수록 역한 기분이 들거나 사람들을 이상하고 역겹게 만드는 사진이라고 폄하하고 있으며 고등학교 시절의 사진은 굉장한 미모의 학생임에도 인간의 웃음과는 다르다거나 하나부터 열까지 가짜라는 느낌이 들었다거나 괴담 같은 불쾌감이 느껴졌다고 통타하고 있다. 세 번째 사진은 나이를 알 수 없다고 표현하고 있는데 가장 기괴하였다면서 화롯불을 쪼이다가 자연사한 듯한 모습으로 아무런 표정이 없었으며 인상조차 없어서 외면하고 싶은 괴이한 모습이었다고 작가는 휘갈기고 있다.

렴된다고 볼 수 있다. 즉 이 말을 하기 위한 서론으로 이렇듯 장황한 요설이 필요했던 것이다. 이런 대립항이 존재하므로 본소설의 읽기와 해석은 흥미가 배가되는 것이다.

4. 익살의 존재이유

물과 기름이 원천적으로 융화가 불가능하듯 요조는 사회에 용해되지 못한 채 고독한 니힐리스트로서 거의 자폐적인 삶을 영위한다. 하지만 완전히 격리된 채 살아갈 수는 없으므로 적당한 거리를 둔 채 최소한의 소통은 하면서 그 사회의 일원으로 살고 있다. 이런 현실과의 불협화음을 단박에 해소시켜주는 것이 바로 익살이다. 이 익살은 사회와 소통하기 위한 열쇠이자 창구이다. 하지만 그것은 요조가 사회에 녹아들기 위한 것도 아니고 화합을 위한 본격적인 이주를 의미하는 것도 또한 아니다. 상황에 따른 임기응변적 행위로 장소와 시간이 지나면 효력이 휘발되고 마는 일회용이다. 마치 그가 한 때 복용했던 파비날같은 존재인 것이다.

요조의 익살행위의 요체는 바로 여기에 있다. 요조는 이것을 통해서 순간순간 사회와 소통한 자신을 위로하거나 역으로 사회를 통렬하게 조소함으로써 나름의 엑스터시를 맛보는 것이다.

익살은 세상에 영합하여 위선적이 되거나 세상에 반항하여 위악적이 되는 양태가 많다.

> 그래서 생각해낸 것이 익살이었습니다. 그것은 자신의 인간에 대한 마지막 구애였습니다. 나는 인간을 극도로 두려워하면서도 인간에 대해 단념을 하지 못했던 것입니다. 그리하여 나는 이 익살의 일선에서 겨우 인간과 연결될 수가 있었던 것입니다. 겉으로

> 는 끊임없이 미소를 지으면서도 내심은 그것이야 말로 천재일우의 위기일발의 식은땀 나는 서비스였던 것입니다. (중략) 나는 익살을 떨어 가족을 웃기고 또한 가족보다도 더 이해하기 어렵고 무서운 머슴이나 하녀에게까지 필사적으로 익살의 서비스를 했습니다. (중략) 나는 매우 만족했습니다.(pp.107-111)

자신의 익살이 인간에 대한 마지막 구애이며 타인에 대한 서비스라고 밝히고 있는 요조의 모습인데 바로 이 점이 이항대립의 글쓰기인 것이다. 즉 그 서비스가 타자를 위한 것인지 자기 자신을 위한 것인지의 문제로 귀결되기 때문이다.

요컨대 말로는 다른 사람을 위한 서비스라 하지만(실제로 그런 모습도 부인할 수는 없지만) 익살의 궁극적인 목적이 자신에게 향해져 있음도 부인하기 어려운 까닭이다. 위 인용에서 마지막으로는 스스로가 만족을 하고 있다고 토로하고 있는 점도 그것을 뒷받침한다.

결국 말로는 익살이 자신의 〈인간에 대한 마지막 구애 행위〉라고 떠들고 있지만 궁극적으로는 〈자기 자신에 대한 구애〉이기도 한 것이다. 인간을 두려워하면서도 단념하지 못하는 역설을 포용하는 것도 익살인 것이다.

> 저는 몸을 부르르 떨었습니다. 일부러 실패했다는 사실을 하필이면 타케이치에게 들키다니 전혀 예상치도 못한 사태였습니다. 저는 세상이 일순간에 지옥처럼 화염에 휩싸여 불타오르는 모습을 눈앞에 보는듯한 느낌이 들어 '와아'하고 외마디소리를 지르며 발광할 것 같은 기분을 필사적으로 억눌렀습니다.(p.115)

요조가 타케이치에게 자신의 익살이 들켜 지옥으로까지 떨어지고 싶어 할 정도로 경악하고 있는 모습이다. 취조 받던 중 검사에게 들통

났던 경험과 함께 요조에게는 기록적인 파탄 사건이다. 이것은 자신이 완전하게 속이지 못했던 것, 또한 자신은 타인을 완전히 꿰뚫고 있다고 확신했는데 그렇지 못했다는 것에 대한 절망적 낙담일 것이다. 또한 익살의 실패에 따른 경악은 사람들을 속이지 못한 것보다는 익살을 통해 거대한 공포의 담론인 타자들을 마음껏 뒤흔들고 싶었던 자신의 본심을 들켜버린 두려움이나 수치스러움이기도 하다. 그리고 그런 자신을 용납할 수 없었기에 지옥에라도 떨어지고 싶었다고 했는데 이는 익살이 자기 확인 행위이기도 하다는 방증이다.

안도도 시선은 약간 다르지만 익살이 타인에 대한 서비스가 아니라 자신을 위한 갈망으로 보고 있다.

> 아마 이 소설의 본질적인 공포의 하나는, 요조가 자신을 피해자로 말하면서 진정한 의미의 가해자가 끝내 수기의 마지막까지 나타나지 않는다는 사실이다. 언젠가 자기의 술수가 간파당하는 것은 아닐까라는 공포는 거꾸로 말하면 인간관계를 두려워하는 자신의 정체를 폭로해주는 존재가 언젠가 나타나는 것은 아닐까 하는 은근한 기대를 보여주는 것임에 틀림없다. 요조는 실은 피해자로서 자신을 정당화시키기 위해 마음속으로 박해자의 출현을 기다리고 있다. 작중에 어른거리는 「아버지」라는 존재도 자신을 진정으로 제어해주는 사람에 대한 숨겨진 갈망과 결코 별개의 존재가 아닌 것이다(p.042)

라고 밝히며 익살의 존재의의를 타인에 대한 봉사가 아니라 자신의 정체를 폭로해주는 존재의 출현을 기대하는 갈망의 소산으로 읽고 있다.

타나카田中는 “익살이란 바로 인간 공포자인 자신을 엄폐하기 위한 수단이고 그럼으로써 고립된 요조가 살아가기 위한 마지막 방법이었다[158]"고 밝히며 역시 익살의 궁극적인 목표가 자신에게 있음을 밝히고 있다.

결론적으로 익살은 순응과 일탈, 정靜과 동動, 매몰埋沒과 현현顯現, 수동과 주도, 객체(1/타자[159])와 주체(타자/1)라는 콘트라스트 구조 속에서 순간적으로 역할을 교체하는 현란한 연기이다. 이로 인해 익살의 존재 이유가 타자도 되고 궁극적으로는 자신이 되기도 하는 상대적 해석이 가능한 것이다. 이러한 문법으로 이 수기 속에 익살의 대상은 요조의 주변인물에서 일반 독자까지도 확대될 수 있다. 이 소설 전체가 하나의 익살이라는 가정도 가능하기 때문이다. 따라서 독자는 자신도 모르는 사이에 요조의 익살의 대상이 되는 셈이다. 이것을 오쿠노는 "다자이의 타고난 무대심리, 엔터테인먼트의 기질에서 기인한다[160]"고 보기도 한다.

여자의 자신에 대한 구애의 편지로 목욕물을 데운다든가, 정사 상대의 얼굴이나 이름은 기억 못하는데 함께 먹었던 초밥집 아저씨는 기억한다든가, 여자가 떨어지지 않아 키스를 해줬더니 아침까지 소란을 피워댔다든가. 여자가 없는 곳에서 살고 싶다고 한 것이 화근이 되어 결국은 끔찍한 할머니와 함께 살게 되었다는 등의 스토리는 확실히 요조의 주변인물이 대상이 아니라 독자가 대상인 것이고 궁극적으로는 다자이의 무대심리의 소산인 것이다.

158 田中実, 「道化·他者」 『太宰治キーワード事典』, 学灯社, p.177
159 분수로 환산하면 객체일 경우는 다수의 타자인 분모 속에 분자가 혼자인 1이지만 주체일 경우는 1인칭인 자신이 분모이고 분자가 타인인 셈이다.
160 다자이의 타인을 즐겁게 하고 싶다(이것이 봉사, 나아가서는 익살이 되겠지만)는 무대 배우의 심리는 선천적인 것이라고 할 수 있을 것이다.(중략) 그리고 그 저변에는 무대심리, 명성욕, 관객의 갈채를 바라는 심리가 있다. 이 명성욕만은 끝내 여과될 수가 없었던 유일한 상승욕구였다. 이것이 그로 하여금 자신의 예술의 영원성을 작품을 예술적으로 완성시킨 하나의 요인이 된 것이다.(앞의 책, p.155)

5. 마무리

작가가 자살하기 직전에 자신의 참담했던 젊은 날을 반추하며 유서의 심정으로 썼던 본 소설은 내용의 절박함보다는 풍자의 유유자적까지 느껴지는 걸출한 작품이다.

이 소설은 제목부터 내용까지 다양하게 해석할 수 있는 여지를 남기고 있는 흔치 않은 작품이다. 이른바 입체적 해석이 가능한 것인데 그것이 주로 이항대립의 구조에서 비롯된다는 사실을 발견하고 그 구조를 통해서 작품을 조명해보았다.

첫째 제목으로 나타난 〈인간실격〉은 주인공 요조가 스스로를 자학하여 한 말이지만 그와 대립항인 요조를 둘러싸고 있는 주변의 위선적인 인간들이 오히려 인간실격으로 읽혀지고 있었다.

둘째 요조가 타자에 대해 '난해'하다고 한 대상들은 행간의 의미에서는 훤히 꿰뚫고 있는 대상으로도 파악이 가능했다. 난해라는 외투를 걸치고 있는 실체는 통찰이었으며 수기의 내용과는 정반대로 오히려 타자들이 주인공 요조를 난해하다고 항의를 해댈 것 같은 내용으로 읽혔다. 바로 이런 일련의 아이러니가 이 소설의 구조인 이항대립의 세계의 행간에서 기인한다.

셋째 요조는 위선으로 둘러싸인 질식할 것 같은 자신의 위치에서 기존관념이나 인습을 벗어나는 위악적 행위를 하고 있었고 이것이 역설적이게도 요조나 독자에게도 통렬한 카타르시스 역할을 하고 있었다.

넷째로 익살은 〈타자들을 위한 마지막 구애의 서비스〉라고 하였는데 그런 면도 없는 것은 아니지만 궁극적으로는 〈자기 자신에 대한 서비스〉라는 것도 알게 되었다. 왜냐하면 익살이 정과 동, 매몰과 현현, 수동과 주도, 순응과 일탈, 객체와 주체라는 콘트라스트구조 속에서의 순간적인 역할 교체라는 현란한 연기이기에 상대적 해석이 가능했기 때문이다.

타협이나 포기를 모르는 나름의 열정과 온 몸으로 시대를 정직하게 살아간 한 청춘의 궤적인 이 소설은 다자이의 젊은 날의 비명碑銘과도 같은 작품이다. 이 작품에 더욱 무게를 실어주는 것은 글의 행간에 내재된 수많은 은유들이 유연한 해석들을 가능하게 한다는 점이다. 이것을 통해 작가는 세태풍자와 자기응시의 경계를 현란하게 넘나들었다. 그래서 참담한 실패의 보고서가 무거운 분노의 언어가 아니라 해학과 위트의 어휘로 장착된 중후한 문학으로 거듭나게 된 것이다. 이것은 이항대립의 패러독스가 있어 가능했던 것이다.

제8장

아쿠타가와 류노스케(芥川龍之介)의 『관목 숲속(藪の中)』

본 소설은 작가 아쿠타가와 류노스케芥川龍之介가 1921년에 중국 여행을 다녀온 이듬해, 쇠약한 심신을 이끌고 자신의 장기인 왕조물[161]을에 매진하던 때 집필한 작품이다. 당시 작가의 글쓰기는 작가 내면의 깊숙한 곳에서 우러나오는 소리에 귀를 기울이는, 이른바 내성內省의 시선[162]이 주류를 이루고 있었으므로 이 소설은 작가 정신의 발원을 밝히는데 중요한 단서가 되는 작품이다.

그리고 당시의 글쓰기 경향 중에서도 이 『관목 숲속』은 특히 파격적이다.

우선 구성면에서 마치 새로운 문학 실험을 하듯 기존의 틀을 완전히 해체하고 있으며 소설의 형식도 다분히 개혁적이다. 작품의 외양은 추리소설의 형식을 차용하고 있지만 추리소설에서 흔히 있게 마련인 결

161 헤에안平安시대 후기에서 무로마치室町시대의 풍속이나 미의식, 문학관념 등이 가미된 들어간 소설의 통칭.

162 작가의 작품경향을 대체로 『라쇼몽羅生門』 등을 썼던 초기(1기)와 『지옥변地獄変』 등을 썼던 예술지상적 경향(2기), 그리고 『노상路上』 등을 썼던 이른바 모색의 계절(3기), 이어 『관목 숲속藪の中』등을 집필한 작풍의 전환과 내성의 시선(4기), 그리고 『かっぱ』등을 쓰던 숙명과의 대치(5기) 등의 5기로 나누는데 그중의 4기에 해당된다.

론의 산뜻함이나 반전의 후련함은 온데간데없고 결말을 유보한 채 소설을 종결지은 점에다가 스토리도 작중인물들이 재판을 받는 과정의 증언만으로 시종일관하고 있다. 더구나 그 증언 중에는 이미 사망한 사람의 영혼이 주체가 되기도 한다. 그야말로 구성면이나 소설형식이나 내용까지 모두가 독자들의 소설에 대한 일반 상식을 송두리째 무화 시키고 있다. 그렇기 때문에 이 소설을 읽는 독자는 으레 혼란에 빠지고 완독하는 순간에도 뭔가 개운치 않은 느낌이 들어 찜찜해 하다가 결국에는 소설 제목처럼 〈관목 숲속〉, 나아가서는 〈오리무중〉 속에 내팽개쳐진 찜찜한 느낌을 지울 수가 없게 된다.

이 소설은 말 그대로 미답未踏적인 글쓰기에서 야기되는 어설픔과 황당함을 그대로 드러내고 있다. 그러면서도 이 소설이 명작의 반열에서 빠지지 않는 이유는 어디에 존재하고 있는 것일까?

이 장에서는 바로 이점을 천착해보고자 한다.

본 장은 소설이 갖고 있는 힘이 바로 탄탄한 이면구조에서 비롯된다는 가설에서 출발한다. 그 이면구조가 이른바 3각 관계로 이것이 팽팽한 균형을 이루며 소설을 지탱하고 있는데 그 덕분에 소설을 명작의 반열에 올려놓는데 결정적인 역할을 하고 있다는 점을 주목한 것이다.

본고에서는 그런 전제하에서 이 소설을 지탱하고 있는 내부구조의 3요소에 대하여 분석해보고자 한다. 이 작업은 이 소설이 갖고 있는 일종의 불가해함을 어느 정도 해소 시킬 수 있으며 나아가서는 아쿠타가와의 소설 독해나 작가에 대한 새로운 지평을 열어 줄 것이다.

이 소설의 선행연구로는 초창기에 주로 범인이 누구인가 하는 점에 포인트를 맞추고 있었다. 가장 주목할 만한 논문으로는 다음과 같은 것을 들 수 있다.

나카무라 미츠오中村光夫는 본 작품의 모티브를 검토한 다음에 "어떤 사실에 3개의 관점에서 다른 해석을 부여하는 것은 그것을 다른 사람의 3배를 간파하는 것이긴 하지만 하나의 사건에 대해서 사실이 3개 존재하는 것은 생각의 정리가 안 된 것이다[163]"라며 구성상의 결함과 동시에 아쿠타가와의 인식적 결함을 지적했는데 이를 받아 후쿠다 츠네아리福田恒在는 "3인의 진술은 모두 현실의 진실이 아니라 그들이 각각 믿고 있는 심리적 사실에 지나지 않는다[164]"며 나카무라가 언급한 〈사실〉을, 사실이 아니라 〈심리적 사실〉이라고 반박하고 있다. 가라타니 코오징柄谷行人은 "그러나 『관목 숲속』에서는 인물들은 자유가 주어져 있지 않다. 그들은 사고하는 인간으로서는 완전히 꼭두각시에 불과하다. 조금이라도 자기의 동기에 관해서 정직하려고 한다면 순식간에 붕괴되어 버릴 사실을 3개 나란히 써놓았댔자 〈사실의 상대성〉을 진정으로 받아들이게 할 수는 없다. 따라서 이 작품은 사실의 상대성이라는 관념만 우리에게 주는 데 불과하다[165]"며 후쿠다의 심리적 사실이란 말을 이어받아 이 작품에는 〈상대성의 관념〉만이 존재하다고 주장한다.

하타나카 모토키畑中基紀는 "소설 『관목 숲속』은 무엇인가 라는 결론은 이끌어내지 않고 있다. 축적되고 있는 것은 논자들의 텍스트와의 결투의 모습뿐으로 언제까지고 끝나지 않는 해석게임과 같은 상황을 드러내고 있다고 해도 과언은 아닐 것이다[166]"라며 이 작품 자체가 결론이 없이 무수한 해석만을 양산하는 작품이라는 점을 밝히고 있다.

지금까지의 논점의 대개의 경향은, 작품의 미완성적인 것, 추리소설 양식으로 결말이 없는 것, 작중인물들의 진술을 둘러싼 공방과 그 모든 것을 아우르면서도 논자들의 논리가 온갖 해석들로 난무하는 해석게임의 양상을 띠고 있다는 것 등으로 요약할 수 있을 것이다.

당연한 귀결로 본고도 어떤 결론 보다는 해석의 공방전 혹은 축적의

163 中村光夫, 「藪の中から」 『すばる』, 集英社, 1970
164 福田恒在, 「藪の中について」(「公開日誌 4」) 『文学界』, 文芸春秋, 1970, p.150
165 柄谷行人, 「藪の中」 『文芸読本』, 河出書房新社, 1975, p.174
166 畑中基紀, 「藪の中」 『早稲田大学国文学会 104』, 早稲田大学出版部, 1994, p.72

과정 속에 또 하나의 해석 행위를 보태는데 불과하겠지만 어쨌든 이것도 이 작품이 갖는 한계로 보고 기존해석과는 차별화하는 점에서나마 그 의의를 찾아야할 것이다.

1. 작품구성의 특징

1) 미완의 형태의 열린 결론

이 소설은 한 무사의 죽음이라는 단하나의 팩트가 제시되고 그것에 직간접으로 연루된 사람들이 심문을 당하는 과정에서 나온 증언을 단순히 기록한 글이다.

증언은 나무꾼, 승려, 하급관리,[167] 장모, 도둑 타조마루多襄丸, 죽은 무사 부인인 마사고真砂, 죽은 무사 타케히로武弘의 영혼 등 7명이 등장하는데 그 증언은 각각 자신의 신분에 걸맞게 행해지고 있다.[168] 이 증언 중에 정작 사건에 연루된 3인의 증언은 3색으로 판이하게 다르다. 도둑 타조마루는 무사를 자신이 죽였으며 이유는 길에서 마주친 그의 아내의 미모에 반해서인데 처음에는 무사를 죽이지 않고 겁탈에 성공했으나 부인이 표변하여 남편과 결투를 하라고 다그치는 바람에 대결을 통해 죽였다고 진술한다. 한편 마사고는 도둑에게 겁탈당하고 망연자실한 채 남편에게 가려하였으나 남편의 경멸에 찬 싸늘한 눈초리에 그만 기절했다가 깨어나 동반자살을 결심하고 남편을 죽였으나 저주

167 호오멩放免이라 하며 과거에 죄를 지었으나 그 죄를 면하는 대신 포도청(케비이시検非違使)에서 범인을 수색하거나 체포 또는 유배인 소송 등을 하던 하급관리였다.

168 가령 스님은 죽은 무사에 대해 인생무상을, 우연히 대도둑 타조마루를 잡게 된 행운으로 기고만장하는 하급관리, 딸을 잃은 슬픔으로 비탄에 빠진 장모 등의 증언 등이 그것이다.

를 받아 여전히 죽지 못한 채라고 진술한다. 마지막으로 무녀의 입을 빌린 죽은 무사는 겁탈당한 아내가 도둑의 꼬임에 빠져 남편인 자신을 죽여 달라는 극악무도한 악녀로 변신 하는 바람에 그 배신과 굴욕에 치를 떨며 자살했지만 자신의 영혼은 구천을 헤매고 있다고 진술한다.

이 작품은 소설의 일반적인 구성은커녕 소설의 형식마저 차용하지 않았다. 어찌 보면 온몸으로 소설이기를 거부한 소설인 것이다. 그저 재판장에서 오고간 증언을 단순히 기록한 메모수첩이라 해도 전혀 틀린 말은 아니다. 이러한 소설의 외모에다가 내용 또한 일반적으로 존재하고 있는 소설 문법을 철저하게 배반한다.

관계자의 증언이라는 형식을 통해 사건을 조명하기만 할 뿐, 그 흔하디 흔한 작중 인물들 간의 소통은 완전히 배제되어 있다. 작중인물들은 그저 닫혀버린 폐쇄회로를 통하여 자신만의, 자신만을 위한, 자신에 의한 증언을 할 뿐이다. 당연한 귀결로 어디엔가 반드시 존재해야할 단하나의 진실은 베일 속에 숨겨진 채 빛을 보지 못하고 소설은 끝이 나고 만다.

하타나카는 이 작품에 대해

> 이제까지 다양한 진상규명의 시도가 반복되어 왔지만 오히려 확정적 진상 따위는 애초부터 없는 것은 아닌가 하는 의구심이 강하게 든다 해도 좋을 것이다. 그것은 진상으로 도달하는 길이 험한 것이 아니라 그런 시도조차 거부하는 듯이 보이는 텍스트 자체의 존재방식이 아닐까? 진상은 바로 〈숲속〉에 봉인되어 있는 것처럼 그것을 추구하는 사람에게 반드시 헛수고라는 느낌을 남기게 하는 텍스트인지도 모른다[169]

며 사건의 진실을 봉인해버린 소설의 진실 거부의 몸짓을 텍스트의 존

---

169 전게서, p.72

재방식의 독특함으로 언급하고 있다.

하지만 이 소설 속에서 무사의 죽음을 둘러싼 의혹이 완전히 밝혀지고 사건의 전모가 드러났다면 이 소설은 아쿠타가와의 솜씨가 한껏 발휘된 하나의 엔터테인먼트로 당시에 반짝하는 정도로 생명력이 끝났을지도 모른다. 하지만 이 소설은 단연코 그 길을 거부했다. 어딘가 덜 짜여진, 조금은 어색한, 그러면서도 읽은 후에 일종의 허탈감이 밀려오는 작품이다.

하타나카는 이 점에 대해

> 아쿠타가와 류우노스케의 『관목숲속藪の中』이라는 소설을 처음으로 읽었을 때 아마 누구나가 어떤 불가해함을 느끼지는 않았을까? 그것은 예를 들면 완결성의 결여, 즉 〈끝나지 않았다=미완〉과 같은 인상인지도 모른다. 어쩌면 결국 무엇이 쓰여 있는지 잘 모르겠다. 읽어야 할 뭔가를 남긴 것은 아닌가 하는 불안일지도 모른다(p.72)

라고 지적하며 소설의 결말의 부재를 지적하고 있다. 결말까지 독자들을 향해 활짝 열어 놓으면서 역설적이게도 이 작품은 영원한 생명력을 담보 받게 된다.

하타나카는 또 이 점에 대해

> 하긴 그와 같이 끝이 보이지 않음으로써 수많은 『관목숲속』론이 생산되어 오는 과정에서 무차별적으로 해석을 양산해온 일종의 장치로서 기능하는 이 『관목숲속』이라는 작품을 그런 이유로 소위 불안전한, 혹은 예술적 가치가 낮은 〈실패작〉이라고는 아무도 결코 말하려고 하지 않는다(p.72)

라며 이 작품의 미완의 특질이 작품 가치를 전혀 손상시키지 않고 있음을 밝히고 있다.

거친 소설적 외양으로 얼핏 보아서는 작가가 아무렇게나 마구잡이로 묘사한 듯한 오해를 불러일으키는 작중인물들이 실은, 치밀하게 작가가 주물로 빚어낸 인형 같아서 생명력을 상실하고 있다는 지적까지 받고 있다. 그들은 작가의 계산된 집적회로에 딱 맞게 끼워진 반도체 같은 정밀한 부속인 것이다.

관점을 약간 달리하고는 있지만 가라타니 코오징은 이 점에 대해

> 예컨대『관목 숲속』의 인물들은 자기 자신에 대해 무지하고 작자 아쿠타가와만이 외곽에 서서 진실을 꿰뚫고 있다. 아쿠타가와는 자신만만하다. 그러나 어떠한 인물도 심리적으로 투명한 것으로 보는 관점에 근거하고 있는데 불과하다. 타자도 나의 행위도 결코 그처럼 투명할 수는 없다[170]

며 작중인물들에 대해 작가가 작품 밖에서 그들을 행동은 물론 그들의 심리까지 부감俯瞰하듯 훤히 꿰뚫고 있다고 강한 어조로 비난하고 있다.

하지만 이 소설의 시공간을 하나의 관점에서 고정시킨 단순한 하나의 모노가타리(이야기)로 파악하면 그런 비난이 있을 수 있다. 그러나 이 소설이 인간이 가지고 있는 수많은 가능성 중에 보편적인 것으로 귀납시켜 본다면 다시 말해서 위 소설이 단순한 한 개의 스토리나 삽화가 아니라 언제든지 일어날 수 있는 인간의 일상 중의 하나라면 굳이 작가가 작품 밖에서 혼자만 진실을 꿰뚫고 있는 것이 비난의 대상은 되지 않을 것이다. 얼마든지 개연성이 있는 사건이기 때문이다. 하지만 비난 여하

170 전게서, p.174.

를 차치하고 이 소설에서 작가가 작중인물의 심리까지 투시하고 있다는 지적은 적확한 것이 아닐 수 없다. 작가는 나름의 주도면밀한 의도로 이 작품 속에서 인간이면 누구나 가지고 있을 에고이즘을 강하게 각각의 작중인물에 상감해 넣었으며 보기 좋게 성공하여 이 소설을 시공간을 초월하여 존재하게 했기 때문이다.

작품 속의 이런 풍경은 현대사회에서도 도처에서 예외없이 벌어지고 있다. 이른바 진실게임인 것이다. 따라서 이 작품은 인간들의 진실게임의 양상을 소설로 거의 완벽하게 반영하고 있으므로 현재도 유효하며 아마 인류의 역사가 지속되는 한 영원히 효용가치를 발휘하게 될 것이다. 그런 의미에서 이 소설은 걸작인 것이다. 한 가지 살인사건 사고를 다룬 작품으로 치부한다면 미완성의 보잘 것 없는 남루한 작품이지만 불가사의한 인간의 심리세계를 소설로 이미지화시킨 이 소설은 명작중의 명작인 것이다.

하타나카는 이 점에 대해

> 우리는 이 텍스트에 대해 완성된 소설을 원하면서도 늘 배신을 당하고 있다. 우리들에게는 미완이라는 것이 참을 수 없기나 한 것처럼. 하지만 그래도 여전히 읽기를 계속하고 또 계속한다. 다시 말해서 이 작품은 사람들의 소설관을 흔들고 혹은 배신하면서도 틀림없는 소설로 유포되고 있다. 따라서 동시에 명작이기도 하다.(p.73)

이 소설은 독자들의 상상적인 접근에 대해 작가가 마지노선을 긋고 있는 특이한 형태로 영원한 미제로 남을 수밖에 없는 미완의 외양과 명작의 속성과 유통기한 없이 영원히 읽혀지는 스테이디 셀러의 양상을 두루 갖춘[171] 3얼굴의 이색 작품인 것이다. 마치 마지막 죽은 무사의 영

171 어떤 작품의 예술적 가치의 높고 낮음을 결정하는 수단은 없다고 할지라도 이제까지 수많은 숫자의 독자 혹은 논자를 확보 해온 점, 즉 이 작품이 쓰인 당시에서

혼이 구천을 떠돌듯 묘사되고 있는 점은 이 작품의 결말이 영원히 허공에 떠돌며 랜딩을 할 수 없다는 작가의 예시이기도 한 것이다.

2) 병렬구조

열린 결말과 함께 간과 할 수 없는 것은 병렬구조라는 점이다. 다른 작중인물도 마찬가지이지만 이 사건과 직접적으로 연루된 3사람도 철저하게 병렬적으로 포진시키고 있다. 그들은 부부, 혹은 가해자와 피해자 등의 외견상의 인간관계는 정해져 있지만 그러한 인간관계에서 있을 수 있는 소통은 원천적으로 봉쇄되어 있다.

이른바 타자가 엄연히 존재하면서도 동시에 부재중인 구조이다. 이것은 당연히 열린 결말과 강하게 연동되어 있으며 이런 형식도 이 소설을 일익을 담당하고 있다. 말하자면 인간의 에고이즘은 누구라도 예외없이 공평하게 존재한다는 작가의 지론을 뒷받침하는 양상이다. 이 병렬 구조는 소설에 팽팽한 긴장감을 안겨주고 논리를 탄탄하게 하는 역할을 하고 있다.

그들의 증언은 역시 살인과 동반 자살과 자살이라는 형식으로 무사의 죽음을 각자의 구미와 사정에 맞게 가공하고 있다. 그것들은 각각 합당한 취지와 설득력이라는 점에서 어느 하나 치우침 없이 철저히 균등하게 시뮬레이트되어 있어 작품의 평형감각을 지탱해주지만 한편으로는 무사의 죽음의 진실에 대한 접근을 영원히 불가능하게 하는 장치로서의 기능도 발휘하고 있다. 3색의 증언은 상대방의 증언으로 설득력이 약해지는 것이 아니라 더욱 굳건해지는 구조이다.

또한 이 3색의 주장은 마치 아리스토텔레스가 주장한 수사학의 전형적인 롤모델과 같은 증언의 형태를 취하고 있다.

부터 현재에 이르기까지 면면히 읽히고 반복해서 비평을 받아오고 논란거리가 되어온 사실 자체가 그것을 증명하고 있기 때문이다(전게서 , p.74).

일찍이 고대 철학자 아리스토텔레스는 수사학 『Retoric』[172]에서

수사학修辭學이란 〈주어진 상황에 가장 적합한 설득 수단을 발견하는 예술〉이라 정의한 바가 있다. 그리고 상대방을 설득하려면 3가지가 필요한데 로고스logos, 파토스pathos, 에토스ethos가 바로 그것이다.

로고스는 상대방을 설득하기 위한 말의 결, 글의 장식이나 문체를 총괄하는, 다시 말해서 말하는 내용이 잘 정리된 〈이성적 논리〉이다. 두 번째가 메시지의 수신자라는 의미의 파토스로, 〈상대방의 감성에 호소하는 논리〉이다. 세 번째가 발화자의 의미를 가진 에토스는 〈말하는 사람의 평판이 좋아야함〉을 의미한다. 상대방이 보기에 믿을 만한 사람이 말을 하면 그렇지 않은 경우에 비해 훨씬 신뢰감이 가고 그래서 설득이 잘 되기 때문이다.[173]

위의 예문과 같이 남을 설득하려면 3가지의 요소를 고루 갖추어야 하는데 공교롭게도 본 작품에서는 각각의 3인물의 증언이 3가지 요소 중 하나만을 충족시키며 셋을 합치면 수사학의 요건을 완벽하게 충족시키는 구조이다.

뭐라 굽쇼?

남자를 죽이는 것 따위는 나으리들이 생각하는 것처럼 대단한 일은 아니오. 어차피 여자를 빼앗으려면 남자를 반드시 죽여야 합죠. 다만 나는 죽일 때에 허리의 칼을 쓰지만 나으리들께서는 칼을 쓰지 않고 다만 권력으로 죽이고 돈으로 죽이고 경우에 따라서

172 아리스토 텔레스, 이종오 역, 『수사학Retoric』, 리젬, 2009

173 아리스토 텔레스의 이 3가지 개념 중에 로고스는 논리학으로, 파토스는 협의의 개념의 수사학으로, 에토스는 윤리학으로 발전했다.

는 위선적인 말만으로 죽이지 않소? 역시 피는 흘리지 않고 남자는 멀쩡히 살아 있다.——그러나 죽인 것입죠. 죄의 깊이를 생각해 보면 나으리 쪽이 나쁜지 제가 나쁜지 어느 쪽이 악랄한지 모르겠소.(시니컬한 미소, p.209)

우선 도둑인 타조마루는 3가지의 덕목 중에서 로고스 쪽에 무게가 있음을 알 수 있다. 자신의 주장이 논리적이고 합당함을 천명하기 위하여 관리들을 싸잡아 은유적이고 냉소적으로 비판하고 있다. 지금과 마찬가지로 관리들이 속해있는 정치권력은 칼로 상대를 죽이는 것이 아니라 권력으로, 금권으로 심지어는 위선적인 말로 죽인다는 것이다. 자신의 논리를 위해 권력의 속성까지도 인용하여 비판하고 있다. 따라서 그의 살해에 대한 증언은 논리적이지 않을 수 없다.

타조마루는 겁간을 하고 숲속으로 도망가려는 순간 여자가 미치광이처럼 자신에게 매달리며 "당신이 죽든지 남편이 죽든지 어느 한쪽이 죽어달라며 두 사람에게 수치를 보이는 것은 죽는 것보다 괴롭다. 두 사람 중 살아남는 사람을 따르고 싶다[174]"고 절규하는 바람에 무사와 싸우게 되었다고 증언한다.

남자를 죽인 다고 해도 비겁하게 죽이고는 싶지 않았소. —— 그 칼싸움이 어떻게 되었는지는 말할 필요조차 없습죠. 나의 칼은 23번째의 칼부림 끝에 상대의 가슴을 찔렀소.—— 제발 그것만은 잊지 말아 주시오. 나와 20번 이상 칼부림을 한 사람은 천하에 그 사람 한 명뿐이니까 말이오.(쾌활한 미소, p.211)

타조마루의 증언은 지극히 앞뒤 논리가 정연하고 상세하며 칼부림

174 芥川龍之介, 『鑑賞日本近代文学 11』, 角川書店, 1981, p.211, 텍스트, 이하 페이지만 표기.

의 숫자까지 드러내는 치밀함을 보이고 있으며 정당한 겨루기 끝에 타살하였다고 증언하고 있다. 지극히 로고스적이다.[175]

그런 타살의 증언과 팽팽히 맞서는 무사부인의 증언은 감성에 호소하는 다소 파토스적인 면을 갖고 있다.

설사 증언에 자기미화의 혐의가 있다 하더라도 그녀는 도둑이 자신을 겁탈하고는 남편을 보고 낄낄거리고 있으니 남편을 얼마나 분통이 터졌겠냐면서 남편이 아무리 분노에 몸부림 쳐봐도 묶인 밧줄은 조여질 뿐이라면서 자신이 남편에게 쓰러지려는 찰나에 예상치도 않았던 남편의 싸늘한 시선 때문에 결국 기절하고 말았다며 인간의 감정의 불가해한 부분에 절규를 하고 있다.

> 그러다가 겨우 정신을 차렸지만 여전히 역겨운 듯이 나를 뚫어져라 바라볼 뿐이었습니다. 나는 찢어지는 가슴을 억누르면서 남편의 칼을 찾았습니다. (중략) 나는 은장도를 치켜들며 다시 한 번 남편에게 말했습니다. "그럼 생명을 거두겠습니다. 저도 곧 따르겠어요." 나는 그때도 정신을 잃고 말았습니다. (중략) 어쨌든 저는 죽을힘이 없었습니다. 은장도로 목을 찌르기도 하고 산기슭의 연못에 몸을 던지기도 하며 온갖 시도를 다 해보았지만 끝내 죽지 못하고 이렇게 있는 것도 자랑거리는 안 되겠지요?(p.213)

죽은 무사 부인은 남편의 싸늘한 시선 때문에 결국은 동반자살을 결심하고 자기가 먼저 남편을 죽이고 따라 죽으려 했다가 여의치 않아 현재는 키요미즈 사寺에서 참회하고 있다고 증언하고 있다. 남편이 얼마

175 도둑의 증언을 이성적인 논리로 주장하는 것에 대한 이의가 있을 수 있겠지만 나카무라의 독해처럼 "적어도 본 소설에서의 타조마루는 추악한 이면에 『카르멘』의 돈호세와 같은 기사도를 갖춘 신사의 면모를 갖추고 있는"것으로도 읽혀지고 있기 때문에 로고스라는 주장은 가능하다. 中村光夫「『藪の中』から」(日本文学研究資料叢書『芥川龍之介Ⅱ』日本文学資料刊行会, 有精堂, 1977, pp49~50

나 원통했겠냐며 자신이 당한 치욕이나 분노에 앞서 남편을 동정했지만 예기치 않았던 남편의 싸늘한 시선에 기절하고 결국에는 동반자살까지 결심했다는 부인의 증언은 주로 감정에 대한 호소로 매우 파토스적이다. 하지만 함께 동반 자살하기로 한 다음에 죽지 못했다는 것은 논리가 부족하다. 왜냐하면 남편을 손쉽게 죽였으니 그 힘으로라면 얼마든지 자살을 할 수 있어야 했기 때문이다. 로고스적인 부분의 취약함을 드러내고 있는 것이다. 따라서 위에서 확인하는 바처럼 무사부인의 증언은 로고스적이거나 에토스적이라기보다는 파토스적이다.

한편 죽은 무사는 영혼이 되어 무녀의 입을 빌려 영혼의 증언을 전하고 있다. 죽은 사람의 증언이니 에토스의 논리는 자동으로 확보되는 것이다.

> 도둑은 아내를 강간하고는 (중략) 감언이설로 착착 이야기를 진행시키고 있었으며 결국에는 자신의 부인이 되어 줄 수 없겠는가 하는 이야기마저 꺼냈다. (중략) 나는 구천을 떠돌아도 아내의 대답을 떠올릴 때마다. 분노에 불타지 않은 적이 없었다. 아내는 확실히 이렇게 말했다. "그럼 어디든지 데려가 주세요." (중략) 아내는 꿈처럼 도둑에게 손이 잡힌 채 숲 밖으로 나가려 할 때 순식간에 핏기를 잃고는 삼나무 뿌리에 묶인 나를 가리키며 "저 사람을 죽여주세요. 나는 저 사람이 살아 있는 한 당신과 함께 할 수 없어요." ――아내는 미친 듯이 몇 번이고 이렇게 외쳐댔다(p.215)

며 지금도 치를 떨며 증언을 하고 있다. 결국은 아내의 이말 때문에 남편은 영원히 구천을 떠돌고 있는 것이다. 거의 지옥의 경험을 이야기하고 있다. 이말 속에 감정에 호소하는 파토스적인 요소가 없는 것은 아니나, 그것보다는 무녀의 입을 빌려 말하는 죽은 자의 영혼은 아무래도 생존해있는 인간과는 달리 자기 보호 본능에서 자유롭기 때문에 에토스적이라 하지 않을 수 없다.

나가노 쇼이치長野嘗一는 무녀의 증언을 맨 마지막으로 배치한 점과 이것이 피해자의 영혼의 이야기이기 때문에 다른 고백에 비해 설득에 유리하다는 점을 지적[176]하고 있는데 이것이 바로 이 증언이 에토스적인 것임을 뒷받침하고 있는 것이다. 그리고 이 증언도 마사고의 증언처럼 다음 장면에 가면 결정적인 로고스의 하자가 두드러진다.

> 나는 간신히 삼나무 뿌리 밑동에서 녹초가 된 몸을 일으켰다. 내 앞에는 아내가 떨어뜨린 은장도가 하나 빛나고 있었다. 나는 그것을 손에 쥐자 단칼에 내 가슴을 찔렀다. 뭔가 비릿한 덩어리가 입으로 치밀어 올라온다. 하지만 고통은 조금도 없다. 단지 가슴이 싸늘해지자 주위가 한층 조용해졌다. 아, 얼마나 대단한 고요함인가? 이 산그늘 숲의 하늘에는 새 한 마리조차 지저귀러 오지 않는다. (중략) 그때 누군가가 발소리를 죽이며 내 옆으로 오는 자가 있다. 나는 그것을 보려고 했다. 하지만 내 주변에는 어느 틈엔가 옅은 어둠에 잠겨 있다. 누군가——그 누군가 보이지 않는 손으로 살짝 가슴의 은장도를 뽑았다. 동시에 나의 입속에는 다시 한 번 피가 솟구쳐 온다. 나는 그대로 구천의 어둠속으로 잠겨갔다.(p.216)

죽은 자를 대신하여 전지전능해야 할 무녀의 증언이 장소의 어둠 때문에 그 누군지를 확인 할 수가 없었다는 것은 어처구니없을 정도로 논리가 취약하다. 그렇다고 해서 이 하나 때문에 작품의 가치가 무효화되는 것은 아니지만[177] 이 점도 역시 논지가 에토스적인 점에 중점을 두

176 長野嘗一,『古典と近代作家ー芥川龍之介』, 有精堂, 1967, p20

177 이 작품은 실은 또 한사람의 등장인물이 있다. 이것이 누구인지는 절대로 지적할 수 없다. 즉 〈그 누구도 아닌 누군가〉이다. 그림자도 형태도 없이 전혀 이미지를

고 있다는 것을 역으로 반증하는 대목이다.

결국 수사의 3가지가 죽음의 양상을 살해와 동반자살과 자살의 3가지로 공평하게 나누고 있다. 그러나 그 어느 것도 수사의 3가지의 필요충분조건을 완벽하게 충족시키지 못하고 있다. 그래서 증언은 인간의 이기심의 극단적인 발로이고 따라서 진실은 영원히 미궁 속으로 빠져들 수밖에 없다는 사실로 귀결되고 만다.

이점에 대해 오쿠노 마사모토奥野政元는

> 도대체 어떤 주관에도 침식당하지 않는 순수한 객관적인 사실이라는 것이 존재할까? 특히 과거의 사건에 대해서의 우리들의 인지라는 것은 반드시 누군가에 의해 이야기되고 알려지고 진술되는 것이고 그 어떤 경우에도 말하고 고백하고 진술하는 사람 자신의 의미부여가 들어가게 마련이다. 그것은 본인 자신이 그것에 의식적이든 아니든 상관없는 본질적인 문제이다. 어떤 의미에서는 역사적 사실이라는 것은 의미부여나 해석과 같은 숫자로 존재할 수 있는 것이다. 예컨대 니체는 "어떤 사실이 존재하기 위해서는 우리들은 우선 의미를 도입하지 않으면 안 된다."라는 의미의 단정을 『반시대적 고찰』에서 하고 있다[178]

면서 어차피 객관적인 사실은 인간의 손을 거치면서 그 순수성과 처녀성을 상실하고 말며 의미부여나 해석의 개입이 불가피함을 역설하고 있다.

하나의 팩트가 발화자에 따라서 이렇듯 판이한 것은 그 어떤 사실

만드는 것조차 불가능하지만 텍스트 내에는 확실히 존재한다. 예컨대 순수하게 문학적인 존재라고 할까, 그러한 인물에 의해서도 소설 자체가 결코 파탄으로 빠지지 않는 것은 그 리얼리티가 이 소설의 이야기 전체에 의해서 지탱되고 있기 때문이다.(畑中基紀, 「藪の中」, p80)

178 奥野政元, 「藪の中」 『芥川龍之介論』, 翰林書房, 1993, pp.230-231

도 인간의 증언을 거치면서 무한한 버전으로 번식을 할 수 밖에 없다는 작가의 인간에 대한 우울한 전망을 우리는 작품 속에서 읽어낼 수 있는 것이다.

2. 작중인물과 환경

1) 여성과 남성과 새로운 여성상

"예술 작품의 가장 뚜렷한 원인은 그것의 창조자, 즉 작가이다[179]"라고 밝힌 르네 웰렉·오스틴 워렌의 언설처럼 본 소설도 흔히 작가가 자신과 관계하고 있던 히데 시게코라는 여인이 자신의 동료 작가인 남부 슈타로오南部修太郎와 불륜관계에 있음을 알고 분노했으며 그것이 작품의 창작 동인중의 하나가 되었다는 것은 잘 알려진 사실이다.

가라타니는 이점에 대해

> 이 작품에는 아마 그러한 3각 관계에 말려든 사람의 심리적 현실이 확실하게 투영되어 있다고 할 수 있다. 그러나 아쿠타가와가 요시다씨가 말하듯 이 경험으로 심각한 쇼크를 받았다면 어째서 그것을 『관목숲속』와 같은 형태로 표현 했을까? (중략) 아쿠타가와가 여기서 다룬 것은 각각의 인물이 〈자기를 극화〉하고 상처받은 자존심을 회복하려는 심리라고 해도 좋을 것이다. 따라서 아쿠타가와가 사건에서 쇼크를 받았다고 해도 그것은 단순하게 자존심을 상처받은 데 불과하다고 말하는 편이 낫겠다. 이 심리가는 『관목 숲속』의 인물들을 그의 레벨에 맞춰서 만들어 낸 것이다(p.174)

---

179 르네 웰렉·오스틴 워렌, 『文學의 理論』, 문예출판사, 1987, p102

라며 작가가 상처받은 자존심을 극복하기 위해서 작중인물을 만들었다고 밝히고 있다. 바로 이 언설로 비로소 3명의 작중인물이 한결같이 무사를 자신이 죽였다고 주장하는 위악적인 태도의 정체가 규명될 수 있다.[180]

한편 작가가 당시에 처한 사정을 감안하면 그의 자서전 격인 『어느 바보의 일생』에는 시게코를 연상케 하는 광인의 딸과 아쿠타가와를 연상케 하는 〈그〉와의 대화에서 소년을 사이에 두고 소년이 당신을 닮았다는 여인과 닮지 않았다는 그와의 대화가 이어지는 가운데

> 그는 잠자코 외면했다. 그의 마음속에는 이러한 그녀를 목 졸라 죽이고 싶은 잔학한 욕망마저 없는 것은 아니었다[181]

라는 말까지 해가며 그녀에 대한 적개심이 극한을 달리고 있었다. 이런 전후 사정에서의 글쓰기가 바로 이 작품인 것은 감안한다면 작가는 이 여인을 가라타니가 생각한 것 이상으로 극악무도한 악녀로 묘사하고 싶었는지도 모른다.

> 숲속으로 도망치려는 하자, 여자는 느닷없이 미치광이처럼 매달렸소. 게다가 이따금씩 외마디 소리를 내는 것을 들으니 당신이 죽든지, 남편이 죽든지 어느 쪽인가 한사람이 죽어 달라, 두 사람

---

180 3명은 모두 자신이 무사를 살해했다고 증언하고 있기 때문에 이것은 자기 보호본능에서 비롯되는 에고이즘과는 다르다는 논지를 펴는 논자도 있는데 이들의 증언에 공통적으로 관류하는 것은 〈자존심〉이다. 작가는 3명의 작중인물을 모두 목숨보다 자존심을 중히 여기는 존재로 묘사하고 있다. 이것도 에고이즘에 대한 일반적인 관념을 전복시키는 것이다. 이 3명의 작중인물은 오로지 자존심을 지키기 위해 목숨이 위태로울 수 있는 위악적인 태도를 견지하고 있다. 결국에는 자기가 가장 수호하고 싶은 가치인 자존심을 지키려 하는 작중인물의 이런 양상도 궁극적으로는 또 다른 에고이즘의 발로로 귀결될 수밖에 없다.

181 芥川龍之介, 「復讐」 『或阿呆の一生』 『芥川龍之介全集 9』, 岩波書店, p.330

> 에게 수치를 보이는 것은 죽는 것보다 괴롭다, 아니 그 중 어느 쪽이든 살아남는 자를 따르고 싶다. —— 그것도 숨을 헐떡거리며 말하는 것이었소. 나는 그 때 맹렬히 남자를 죽이고 싶은 마음이 들었소.(음울한 흥분, p.211)

겁탈을 당하고 난 뒤 두 사람에게 수치를 보였으니 둘이 대결한 다음 능력 있는 남자를 따르고 싶다는 극악한 악녀의 모습으로 묘사되어 있다. 매혹적이나 후에 남성의 등에 비수를 꽂는 팜므파탈femme fatale의 전형으로도 볼 수 있다. 따라서 항상 냉소적이고 죽음을 두려워하지 않는 낙천적인 성격의 도둑 타조마루마저 그 여자의 악하게 돌변한 모습에 음울한 흥분을 하고 있다.

게다가 남편은 한술 더 떠서 그녀의 극악한 모습 때문에 자살을 하지 않을 수 없었다고 증언하고 있다.

> "저 사람을 죽여주세요." 이 말은 폭풍우처럼 지금도 아득한 어둠의 밑바닥으로 거꾸로 나를 불어 고꾸라뜨리려 하고 있다. 단 한번만이라도 이렇게 가증스런 말이 인간의 입을 통해 나올 수 있는가? 단 한번만이라도 이렇듯 저주스러운 말이 인간의 귀에 들린 적이 있는가. 단 한번만이라도 ——(갑자기 용솟음치는 듯한 비웃음) 이 말을 들었을 때 도둑조차 안색이 변했다.(p.215)

아내가 악녀로 돌변하여 내뱉은 말은 남편을 자살에 이르도록 하기에 충분했고 심지어는 죽어서까지도 영혼이 구천을 떠돌고 있는 것이다. 남편의 용솟음치는 듯한 비웃음에 그의 분노의 꿈틀거림이 형상화되어 있다.

이런 남편의 증언은 아내를 겁간한 도둑마저 용서하고 싶은 생각이 들 정도였다는 증언으로 이어지고 있다.

> "저 사람을 죽여주세요." 아내는 그렇게 외치면서 도둑의 팔에 매달려 있다. 도둑은 한동안 부인을 바라보며 죽인다고도 죽이지 않는다고도 답변을 하지 않는다. —— 라고 생각하는 순간 (다시 터져 나오는 비웃음) 도둑은 조용히 팔짱을 끼더니 나에게 시선을 던졌다. "저 여자는 어떻게 할 거야? 그렇지 않으면 도와줄까? 대답은 그저 고개를 끄덕이면 돼. 죽일까?" —— 나는 이말 만으로도 도둑의 죄는 용서하고 싶었다.(p.215)

다분히 부인의 증언에 분장扮裝이 있었다고는 해도 죄가 두 남자에 의해서 악의 형상으로 묘사되어 있는 느낌이 강하다.

작품은 작가의 손을 떠나 독자에 의해 읽히는 순간, 독자에 의해서 새로운 섭리로 거듭난다. 작가의 의도와는 전혀 관계없이 다만 쓰인 작품으로 읽힐 뿐이며 그래서 간간히 작품의 독해가 작가의 예상을 완전히 빗겨가는 바람에 작가 스스로 당황하는 경우도 목격하게 된다. 그것은 문학이 갖고 있는 특수성이다. 본 소설은 원래 히데 시게코에 대한 작가의 비분강개를 마사고에 상감하였으며 작가는 그녀를 악녀로 단순화 시키고 싶었는지도 모른다. 그 결과로 본 소설은 악한 여인의 모습만이 부각된 채 남편 앞에서 피해를 당한 여성의 입장은 조금도 배려하고 있지 않다. 하지만 실제로 작품 속에서의 마사고의 모습은 작가의 작의作意와는 전혀 딴판으로 독해될 여지가 있다.

이것은 강간 전후의 그녀의 모습을 보면 알 수 있다. 그녀의 어머니의 증언에 의하면

> 딸 말입니까? 딸의 이름은 마사고, 나이는 19세입니다. 딸아이는 남자 빰칠 정도로 지기 싫어하는 여자입니다만, 아직 단 한 번도 타케히로 이외에는 남자를 사귄 적이 없습니다. 얼굴색은 약간 검은, 왼쪽 눈꼬리에 사마귀가 있는 작은 계란형의 얼굴입니다.(p.208)

팔은 안으로 굽는다고 어머니의 증언에 딸을 변호하는 마음이 없지 않았겠지만 딸의 그런 모습은 도둑의 증언에도 그대로 나타나 위의 증언이 어머니의 일방적인 편들기가 아님이 확실하다.

> 여자는 이치메 갓을 벗은 채 나의 손에 잡혀 숲속으로 들어왔소. 그런데 그곳에 와보니 남편은 삼나무 뿌리 밑동에 묶여있다. —— 여자는 그것을 보자마자 어느 틈에 품속에서 꺼냈는지 은장도를 휙 뽑아들었소. 나는 지금까지 그렇게 드센 여자는 한 사람도 본 적이 없소. 혹시 그 때도 방심했다면 단칼에 옆구리를 찔렸을 것이오. 아니, 사정없이 마구 휘둘러대는 데에는 까딱하면 어떤 상처를 입을지 몰랐소.(p.209)

마사고에 대한 어머니와 도둑의 증언이 거의 일치하는 대목이다. 그러니까 태생부터 마사고가 악녀이기는커녕 여성으로서 굉장히 정조의식이 강한, 대가 센 여인이었다. 적어도 본 작품에 묘사된 액면 그대로만을 본다면 여인은 태생적인 악녀가 아니라 사건에 대한 충격에 의해 돌발적으로 변신했을 가능성이 점쳐지고 있는 대목이다.

또 한 가지는 다음의 증언에서 새로운 모습을 읽을 수 있다.

> 나는 남자가 쓰러짐과 동시에 피로 물든 칼을 든 채 여자 쪽을 바라봤소. 그런데 —— 어찌 된 일이오? 여자는 온데간데없지 않소? 나는 여자가 어디로 도망갔는지 삼나무 숲속을 찾아보았지만 대나무 낙엽 위에는 그럴싸한 흔적마저 없었소. 또한 귀를 기울여 보아도 들리는 것은 그저 남자의 목에 단말마 같은 소리뿐이었소.(p.212)

정조를 중시하는 여성으로서 자신이 당하는 동안 아무 손을 쓸 수 없는 남편이나 자신을 무차별적인 욕정의 대상으로 치부했던 도둑이 모두가 증오의 대상이었기 때문에 악녀의 절규로 나타난 돌발적인 행동은 그녀가 그 현장에서 감쪽같이 사라짐으로써 다분히 치밀하고 계산된 위악적 행위로 조명된 수 있는 것이다. 그녀의 의도된 위악으로 남자들이 대결하게 되고 그 결과 둘다 죽으면 다행이고 하나만 죽어도 대결하는 동안 자신은 그 치욕의 현장을 벗어날 수 있는 기회를 포착하게 된다. 독자들은 바로 여기서 기존여성과 전혀 새로운 버전의 여성을 만나는 신선한 체험을 한다. 따라서 둘의 대결이 끝났을 때는 당연히 그녀는 소설의 제목만큼이나 행방이 묘연하게 되어 버린 것이다. 그녀의 다음의 증언도 이 사실을 방증하고 있다.

> 나는 남편의 시선 속에 뭐라고 형언할 수 없는 빛이 서려 있는 것을 느꼈습니다. 뭐라 형언할 수 없는 ── 나는 그 시선을 생각하면 지금도 몸서리치지 않을 수가 없습니다. 말 한 마디 할 수 없는 남편은 그 찰나의 시선 속에 일체의 마음을 전하는 것이었습니다. 그러나 그곳에서 번득이고 있었던 것은 분노도 아니고 슬픔도 아니었습니다. ── 다만 나를 멸시하는 싸늘한 빛이 아닙니까? 나는 도둑에게 발길로 차인 것보다 그 눈빛에 얻어맞은 것처럼 결국은 나도 모르게 뭔가 외마디 소리를 질러대고는 결국 기절하고 말았습니다.(p.213)

그녀의 진술이 어느 정도 도색된 것임을 감안하더라도 그녀의 어머니와 남편과 도둑의 증언을 토대로 종합하면 그녀는 성적인 피해자이고 그것도 이중적인 피해자이다. 도둑에게 씻을 수 없는 상처를 입은 여인은 죽음 이상의 고통으로 땅을 칠 노릇이지만 남편의 싸늘한 시선에 기절을 하고 만다. 남편 앞에서 겁탈을 당한 자신은 죽음보다 더한 지옥의 경험인데 그나마 남편은 자신을 위로 해주기는커녕 더러운 여인을 보듯 싸늘하게 본다는 것이다.

여성을 욕정의 대상으로 생각하는 도둑과 절체절명의 불가피했던 상황을 인정하지 않으려는 남편의 싸늘한 시선, 한사람은 완력으로, 다른 한사람은 따가운 시선으로 여인을 두 번 죽이는 것이다. 남편이나 도둑이나 여인에게는 공적이며 필연적인 귀결로 기존의 부부관계는 완전 무효화되는 것이다. 그녀는 이 남성이라는 성에 환멸을 느껴 기존의 가부장적 시각에 안주 해왔던 여성이기를 순식간에 포기한다.

여성으로서, 혹은 부인으로서의 자신을 깨끗이 포기하고 생존전략상, 요부가 되어도 좋고 패륜이 되어도 좋고 남자들과 적이 되어 그들을 대결 속으로 몰아넣는 비상구를 택하고 만 것이다. 요컨대 고정관념 속의 양처의 모습에서 남성에 대해 복수의 칼을 가는 여성으로의 망명이다. 이른바 야성으로 꿈틀대는 제3의 성의 출현인 셈이다. 바로 이 극악의 화신과도 같은 전대미문의 여성의 출현 앞에 가부장적 여성상에 취해 있던 남성들의 황당함과 기겁과 좌절 등이 싱싱하게 묘사되고 이 3개의 성이 팽팽하게 균형을 이루고 있다. 이것 또한 3각구도인 것이다.

2) 일상과 지옥과 영혼

이 작품은 짧은 단편소설임에도 불구하고 작중인물들의 일상적인 평이한 삶이 그려지는가 하면 사건 사고로 인한 지옥 같은 삶, 그리고 사후의 영혼의 삶이 등장하고 있다. 역시 3가지의 양상이 역학적으로 균등하게 묘사되어 있어 이것도 작품에 긴장으로 혹은 작품을 균형적으로 지탱하는 힘으로 작용하고 있다. 또한 그들 3가지 형태가 작품이 갖고 있는 구성상 밋밋함을 보강하는 역할도 하고 있다.

우선 "타케히로는 어제 딸과 함께 와카사로 떠났습니다만 일이 이렇게 되다니 무슨 운명의 장난이란 말입니까?"라는 단 한 줄 속에 타케히로 부부의 평안하게 지내는 모습은 잘 나타나고 있지만 그만큼 두 사람의 행복하고 평온한 삶은 짧았음을 반증하는 것이기도 하다. 하지만 그에 비해 도둑인 타조마루는 두 사람의 삶을 나락으로 빠뜨리고 잡혀와 곧 사형당할 운명 앞에서도 당당하게 평온한 삶을 유지하고 있다. 증언과정에서 심문하는 케비이시 등 권력자들을 비아냥거리며 조롱하거나 무사를 죽인 것도 당당하게 겨룬 결과이고 남의 부인을 탐하는 데에 추호의 양심이나 주저도 없다.

> 나는 어제 오후 지나 그 부부를 만났소. 그 때 바람이 불었으므로 갓의 앞가리개가 바람에 날리는 바람에 여인의 얼굴이 살짝 보였지 뭐요? (중략) 나에게는 여자의 얼굴이 보살처럼 보였소. 나는 그 찰나의 순간에 가령 남자를 죽여서라도 여자를 빼앗으려고 결심했소.(pp.208-209)

남의 부인을 빼앗으려했던 동기를 예쁘게 보였기 때문이라고 태연하게 말하고 있다. 도덕불감증이 일상의 다반사임을 방증하는 말이다. 그러면서 여자를 겁탈하기 위해 남자에게 옛 무덤에서 보물을 찾아 묻어놓았으니 함께 가자고 하자 무사가 솔깃해 하며 따라 나서더라는 것이다.

> 어떻소? 욕심이라는 것이 무섭지 않소? 그로부터 한 시간도 채 되지 않아서 그 부부는 나와 함께 산길로 말을 향했던 것이오(p.209)

라면서 거짓으로 유인한 자신의 모습은 아랑곳 하지 않은 채 부부의 물욕을 비아냥대고 있다. 그 뒤로 자신의 계획에 멋지게 맞아 떨어졌다고 솜씨 자랑의 너스레를 떠는 가하면 남편과 부인을 싸잡아 비난하면서 한바탕 무용담을 질펀하게 늘어놓는 등 자신을 분장하는데 여념이 없다. 여자가 자신에게 달려들자 남자를 살해하고 싶은 기분이 생겼다며

> 이런 것을 말씀드리면 틀림없이 나는 당신보다 잔혹한 인간으로 보일 것이오. 그러나 그것은 당신이 그녀의 얼굴을 보지 않았기 때문이오. 특히 그 한순간의 타는 듯한 눈동자를 보지 않았기 때문이오. 나는 여자와 눈이 마주친 순간 설령 벼락을 맞아 죽는 한이 있더라도 그 여자를 아내로 삼고 싶었소. 아내로 삼고 싶다 ── 나의 머릿속에 있었던 것은 다만 그 한 가지 일뿐이었소. 이것은 당신들이 생각하는 것 같은 비열한 욕정이 아니오. (중략) 하지만 어스름한 숲속에서 지그시 여자를 본 찰나 나는 남자를 죽이지 않는 한 이곳을 떠나지 않겠다고 각오했소.(p.210-211)

증언 중에도 도둑은 그 순간순간을 즐기며 평온한 일상처럼 여유를 갖고 있으며 자신과 자신의 욕구를 미화하는데 여념이 없다. 그러면서 마지막까지도 호탕한 웃음과 자부심 넘치는 태도로 스스로를 극형에 처해달라고 여유를 부리고 있다. 그는 모든 패륜과 일탈을 평이한 삶으로 치부하고 있는 것이다. 이에 비해 겁간을 당한 여인은 죽음보다 고통스런 지옥 같은 나날을 보내고 있다. 남편을 죽이고 자신도 죽으려다가 죽지 못했다며 쓴 웃음을 짓고는 다음과 같이 말하고 있다.

> 나처럼 한심한 존재는 대자대비관세음 보살에게조차 눈 밖에 났는지도 모릅니다. 그러나 남편을 죽인 나는 도둑에게 강간을 당한 나는 도대체 어쩌란 말입니까? 도대체 나는 ── 나는 ──
> (갑자기 흐느끼는 울음소리, p.214)

관세음보살마저 구원하기를 포기한 만신창이가 된 채 살아있기는 하되 죽음보다 더한 고통에 흐느껴 우는 여인의 눈물이 처절하게 묘사되어 있으며 도둑 타조마루의 평온함과 극단적인 대조를 이루고 있다.

이와 뒤지지 않는 장면이 바로 구천을 떠돌아 헤매는 영혼의 존재이다. 아내가 도망친 뒤 도둑마저 사라지자, 무사는 어디선가 우는 소리가 들리는데 가만히 귀를 기울여보니 그것은 자신의 울음소리였다. 그토록 처연한 슬픔이다. 주변이 극도로 조용한 가운데 무사는 목에 단칼을 꽂고 비릿한 핏덩이가 목을 타고 올라오는데

> 고통은 조금도 없다. 다만 가슴이 싸늘해지자 한층 주변이 조용해져왔다. 아 이건 또 웬 조용함인가? 이 산그늘의 숲의 하늘에는 작은 새 한 마리조차 지저귀러 오지 않는다. 단지 삼나무나 대나무 가지에 쓸쓸한 응달이 서려있다. 응달이 —— 그것도 점점 희미해진다. —— 이미 삼나무도 대나무도 보이지 않는다. 나는 그곳에 쓰러진 채 깊은 고요함에 휩싸여 있다. (중략) 다시 한 번 피가 솟아 넘친다. 나는 그대로 영원히 구천의 어둠속으로 가라앉아 버렸다.(p.216)

고통마저 느끼지 못하는 죽음의 과정이 묘사되어 있다. 그리고 죽어서도 구천에 빠져 영원히 헤매는 존재가 될 수밖에 없다. 안착할 수 없는 원통한 삶은 여인과 도둑과도 연루가 되어 있다.

3. 마무리

이 소설은 작가가 완숙기에 접어들어 집필한 작품임에도 불구하고 새로운 시도를 많이 담고 있어 마치 시작試作과 같은 느낌을 주는 작품이다.

이 소설의 내부에 도사리고 있는 3각 구조를 중심으로 살펴본 결과, 이 3각의 구조가 소설이 갖고 있는 파격성이나 단조로움, 혹은 결함까지를 보강하며 탄탄하게 떠받치고 있음을 확인했다.

첫째로 결말 없는 추리소설의 외양, 작중인물들의 증언만으로 이루어진 내용, 구성이 전무한 플롯 등 소설이기를 온 몸으로 거부한 본 소설이 그 남루한 외모에도 불구하고 시공간을 넘어 인간사회와 항상 연루되는 진실게임의 문제를 다룬 소설이기에 스테디셀러이며 수많은 논자들을 양산하며 영화나 연극으로도 작품화되었으므로 명작이라 하지 않을 수 없다. 이른바 미완작이며 스테디셀러이며 명작이라는 3개가 모두 소설의 타이틀로 유효하다는 점이다.

둘째로 등장인물의 증언에 의한 병렬구조에서 비롯되는 3인 3색의 유형은 관계된 증인들의 증언의 판이한 양상에서도 명확하게 나타나 있다. 도둑의 증언이 비교적 논리가 뒷받침된 로고스적인 것이라 한다면 마사고의 증언은 비교적 감정에 호소한 파토스적인 것이며 무녀의 영혼을 빌린 타케히로의 증언은 에토스적인 것임이 확인되었다. 바로 이 과정에서 무사의 죽음이라는 단하나의 팩트가 타살과 동반 자살과 자살의 3색으로 고르게 윤색되거나 픽션화될 수 있다는 사실이다. 정립鼎立하고 있는 3개의 증언은 공모하여 사건의 진상을 소설 제목인 오리무중=관목숲속으로 밀어 넣어 진실과의 접점을 영원히 끊어 버리고 말았다.

셋째로 이 증언과정에서 드러난 성의 양상은 겉으로 보면 남성대 여성이지만 내부사정을 좀 더 면밀하게 들여다보면 남성대 기존의 여성대 표변한 여성의 3형태의 팽팽한 긴장의 3구조라는 것도 확인된다.

넷째로 이 소설이 작은 단편이기는 하지만 작중인물이 평온한 삶과 지옥보다 고통스런 삶, 그리고 죽어서 구천을 떠도는 영혼의 삶의 3가지 양상을 갖고 있음도 확인했다. 이 3가지 구도의 양상은 작품의 곳곳에서 취약한 구조를 단단하게 떠받치며 결국은 명작의 반열에 오르도록 하는데 기여하고 있음도 확인 했다.

제9장

미시마 유키오(三島由紀夫)의 『금각사(金閣寺)』

미시마 유키오三島由紀夫(1925~1970)의 『금각사金閣寺』(1956)는 전후 가치관의 혼돈 속에서도 작가가 자신의 천부적인 문학적 재능과 치열한 미학으로 관념화시킨 작품인데 평자·독자들로부터 절대적인 호응과 찬사를 받은 수작[182]으로 시·공간을 초월하여 많은 독자를 확보하고 있으며 이 추세는 현재도 진행형이다.

이 소설은 1950년 7월 2일 오전 3시쯤에 발생한 교토京都 금각사 방화사건을 모델로 했으며 범인은 금각사의 도제승이었고, 사건은 패전 후의 어수선한 분위기를 상징하는 미스터리로 세인의 관심의 표적이기도 했다. 작가는 이를 손수 취재[183]하며 관념에 의한 사실의 재발견의 과정을 거쳐 주인공과 사건을 추상화하여 작품으로 빚었다. 이 결과

182 “이 소설은 요미우리 신문에서「1956년 베스트 스토리」를 선정할 때 경향을 달리하는 10명의 문학자가 모여서 만장일치로 이 작품을 추천했는데 이 만장일치는 전대미문의 사건이었다.” 三好行雄,「背徳の論理」『作品の試み』, 1993, p.356

183 미요시三好는 “(미시마가 사건에 대해 철저하게 취재는 했지만) 저널리즘의 좋은 먹잇감이며 너무나도 생생한 일상성의 본 사건을, 작가는 자신의 강렬한 관념으로 공략하여 현실의 사건과는 전혀 딴판의 비일상의 문학세계로 재구성했고(p.358) 허구의 성립을 위해 사실을 재발견하는 것(p.369), 그리고 사실의 조사는 사실로의 회귀回歸를 위해서가 아니고 사실로부터의 비상飛翔을 위해서 필요한 것이었다(p.370)”고 평하고 있다.(三好行雄,「背徳の論理」『作品の試み』, 1993)

로 작품론을 둘러싼 논쟁은 다양하게 진행되고 있다.

비교적 최근의 연구 경향을 살펴보면 이토 카츠히코伊藤勝彦는 "「미美에 대한 질투」가 범인의 동기이고 「절대적인 존재에 대한 질투」가 미시마의 세계관이고 보면 소설 속에서는 자신을 거부하는 절대자인 금각사와 일체화를 꾀하여 방화범도 금각사에 뛰어들어 함께 소실되었어야 했으며 미시마의 근본적인 노림수는 그것이었다[184]"는 설을 펴고 있으며 사토 히데아키佐藤秀明는 "주인공 나를 둘러싼 세계를 내계, 주인공의 삶·여인관계를 외계, 그리고 사후에 나타나는 환영을 타계로 3분절하여 포착했으며 주인공이 우이코의 모습을 다른 여인에게서 발견하는 것은 그녀가 타계와 주인공의 내계에서 우왕좌왕하기 때문이며 독자에게 우이코는 일종의 신비체험으로 남아 있다"고 파악하고 있다.[185] 카즈사 히데오上総英郎는 "이 소설이, 주인공 미조구치의 형이상形而上적인 기갈에 의한 범죄에 동기를 부여한 소설"이라며 "금각은, 우이코와 어머니에게서 겪은 지옥 같은 실망을 달래주기는커녕 그 무기적이고 냉혹함의 미의 환영으로 주인공을 테러행위로 몰고 있다"는 주장을 펼치고 있다.[186]

전반적으로 작품론이 중심이며 주로 스토리와 관련된 연구가 중점적으로 이루어지고 있음을 알 수 있다.

본 장과 직접적으로 관련된 논문으로는 미요시 유키오三好行雄의 평론이 있으며 "말더듬이의 외계, 인생으로부터의 소외라는 고정관념을 다룬 작가의 야심적 시도는 제1장의 성패가 소설의 성패로 가름되는 하나의 도박이라"고 밝히며 "제1장은 소설의 일부임과 동시에 전부이기도 하다"[187]고 밝히고 있다.

184 伊藤勝彦, 「三島由紀夫の問題作」『最後のロマンティーク三島由紀夫』, 2006, p.142
185 佐藤秀明, 「観念構造の崩壊」『三島由紀夫の文学』, 2002, pp.134-135
186 上総英郎, 「立ち去ったマドンナ」『三島由紀夫論』, 2005, p.168
187 전게서, pp.376-380

본 장에서는 이 소설 속의 우이코와 그리고 그녀를 둘러싼 소설의 제1장의 서사만을 대상으로 그것이 담아내고 있는 문학의 면모를 살펴보고자 한다.[188]

이 작업은 주로 제1장만의 플롯과 캐릭터의 특징, 서사의 상징성의 측면에서 분석될 것이고 이것이 소설 전체에 어떤 의미로 파급되며 그것은 미시마 문학의 어떤 미학의 소산인가를 밝히게 될 것이다.

1. 플롯의 완벽성

『금각사』에는 삽화가 많이 등장하는데 그 중에서도 제1장의 우이코에 얽힌 삽화는 아련한 서정성은 물론, 기승전결과 반전으로 이어지는 플롯 또한 긴박감과 정밀함으로 정제되어 있어 그것만을 따로 떼어놓고 보더라도 완벽한 명편의 단편소설이 될 수 있다.

이 서사는 애틋한 내용, 선명한 캐릭터들, 날렵한 플롯 등으로 독자들에게 기나긴 여운을 남긴다. 나카무라 미츠오中村光夫의 언설[189]과 같이 이 삽화가 작품 전체에 끼치는 영향은 실로 크며 평론가를 포함한 독자를 단번에 사로잡아 장편의 마지막까지 견인한다. 카즈사도 "이 작품의 구성은 실로 정교하고 치밀하며 인간심리를 기하학적으로 추

188 이유는 이 서사가 그 자체만으로도 완결된 소설 형태를 띠고 있는데다가 그것이 함유하고 있는 환유換喩, 상징성으로 소설 전체를 파악하는 키워드의 효능을 갖고 있어 이것만을 풀어내는 고찰이 장편에 심도 있는 독해로 연결될 것이라는 확신이 있기 때문이다. 즉 전체를 대상으로 하는 분석이 간과하기 쉬운 디테일이나 외면되어 왔던 서사의 갈피갈피 속의 향香과 향響에 대한 정밀한 분석이 가능할 것이라는 희망에서다. 이 시도는 기존논문과의 차별성이라 할 수 있을 것이다.

189 "작자가 여기에서 전개하고 있는 것은 하나의 고립된 관념의 세계라 할지라도 이 관념은 그의 감각과 선명하게 연결되어 살아 있기 때문에 제 1장의 설정으로 주인공의 감수성에 동화된 독자는 그대로 이무런 저항도 없이 마지막장의 파국으로까지 인도 당한다." 中村光夫, 「金閣寺について」『三島由紀夫「金閣寺」作品論集』, 1968, p.12

궁해가는 작가의 배려는 훌륭한 것으로 몇 번이고 읽어도 찬탄을 금할 수가 없다[190]"며 본 작품의 플롯을 칭찬하고 있다.

플롯에 관한 학설은 다양하게 존재하며 이 플롯의 문제는 대개 스토리와의 구분에서 출발한다. 김천혜는 "스토리·파블라·이야기는 소재·재료·원료적인 측면이고 플롯·쉬제·담화는 미적으로 구성한 완성품적 개념이다[191]"라고 밝히고 있는데 원재료격인 이야기나 스토리를 소설 미학적으로 완제품화 하는 것이 플롯이며 담화라는 말이다.

이 소설에서의 우이코의 담화는 두 개의 이야기가 병렬적인 축으로 진행되다가 결말 부분에서 하나의 사건으로 조우한다.

그 하나는 동네에 해군기관 학교 생도가 영웅처럼 고향으로 귀환하는 것이고 우이코의 극적인 등장이 두 번째이다. 이 두 개의 서사는 신선한 서정과 적당한 긴장으로 매끈하게 진행된다. 물론 이 두 개의 이야기가 주인공인 미조구치에 대한 탐색의 여정임은 두말할 나위가 없다.

> 그는 햇살에 적당히 그을린 데다가 깊이 눌러쓴 제모의 챙으로 빼어난 콧날이 드러나 보이는, 머리부터 발끝까지 젊은 영웅 그 자체였다.[192]

일거수일투족이 긍지로 넘쳐나는 영웅의 출현이, 말더듬이로 숙명적으로 세상으로부터 거부당하고 있다고 자책하는 소외된 인물인 주인공에게 거센 파문을 던지고 있다.

> 나로 말할 것 같으면 2미터쯤 거리를 두고 운동장 벤치에 혼자

---

190 전게서, pp.172-173
191 김천혜, 『소설구조의 이론』, 문학과 지성사, 1995.5, p.172
192 三島由紀夫『金閣寺』『新潮現代文学』32, 新潮社, 1979, p.7, 텍스트, 이하 페이지만 표기.

> 걸터앉아 있었다. 이것이 나의 예의인 것이다. 5월의 꽃들이나 긍지에 찬 제복이나 밝은 웃음 등에 대한 나의 예의인 것이다.(p.7)

2미터라는 길이는 바로 미조구치와 다른 모든 타자와의 소외의 물리적 거리이며 그것에 대한 예의라는 것은 미조구치가 영웅에 대해 느끼는 상대적인 열등감이나 박탈감을 그럴듯하게 포장하는 역설적 위선의 거리이다.

> ……그 때 나에게 확실한 하나의 자각이 생긴 것이다. 어둠의 세계에서 큰손을 벌리고 기다리고 있는 것, 마침내는 5월의 꽃도 제복도 심술궂은 학급친구들도 내가 벌리는 손안으로 들어 올 것이라는 것, 자신이 세계의 밑바닥에서 끌어당겨 꽉 잡고 있다는 자각을 갖는 것…… 그러나 그런 자각은 소년의 긍지가 되기에는 너무나 무거웠다.(p.8)

해군기관학교 생도의 출현으로 미조구치는 재차 아이들의 비웃음거리가 되어 존재의 비참함이 적나라하게 드러나고 그때마다 그는 자각을 되풀이 하게 된다. 이 자각은 바로 참담한 처지에 대한 스스로의 보상행위이며 그것은 가공架空이라는 비밀화원을 가꾸는 은밀한 행위인 것이다. 하지만 그것은 자신의 해방구로서는 기능하나 가시적이지 못하기에 긍지로 이어지지 못하는 결정적인 취약점을 안고 있다. 따라서 누구나 볼 수 있는 가시적인 것에 목말라 한다.

> 프라이드는 좀 더 가볍고 밝고 눈에 잘 띠고 찬란한 것이 아니면 안 된다. 눈에 보이는 것이 필요하다. 누구의 눈에도 보이고 그것이 나의 긍지가 될 만한 것이 필요하다. 가령 그의 허리에 차고 있는 단검은 바로 그런 것이다. 중학생 모두가 동경하고 있는 단

> 검은 실로 찬란한 장식이었다. 해군생도는 그런 단검으로 슬며시 연필을 깎는다고 하던데 그런 장엄함의 상징을 고의로 일상의 허접한 용도로 쓴다는 것은 얼마나 멋진 일인가?(p.8)

미조구치에게 지금 가장 절실한 것은 마음속의 자각이 가동稼動되고 가시화되는 것이다. 그런 그에게 장엄의 상징인 단검으로 연필을 깎는 행위는 얼마나 파격적인 비주얼인가? 그것은 침묵의 장엄을 박차고 행동화되고 기능화되는 날렵한 외출이고 경쾌한 피로披露가 아닌가?

그의 머릿속에서 자맥질하고 있는 자각들은 가공할만한 위력을 갖고 있음에도 한번도 현실에서 위력을 발휘한 적이 없다. 그런 간절한 바람을 상징하는 것이 영웅의 단검을 하찮은 일에 쓰는 것이다. 그의 마음속에 반복되곤 하는 자각들도 형편없는 일에라도 좋으니 현실에 그 모습을 나타내고 작동했으면 하는 간절한 염원이다.

주인공의 일련의 심상풍경은 우이코라는 처녀를 통해서 발가벗겨진다.

> 작은 아버지 집에서 두 채 건너 아름다운 처녀가 있었다. 이름은 우이코였다. 눈이 크고 맑았다. 집이 부유한 탓도 있었지만 오만하기 짝이 없는 태도를 보였다. 모두가 금이야 옥이야 하지만 항상 혼자이고 무엇을 생각하는지 몰랐다.(p.9)

오만하기 짝이 없는데다 눈이 크고 맑았으며 항상 혼자라는 사실은 간결하지만 임팩트가 있는 시니피앙들만의 집합으로 선명하며 단아한 이미지이며 미조구치에게 있어서는 절대적인 미의 관념인 것이다. 이른바 미시마의 미학적 기호로서의 여성의 이미지이다.

> 어느 날 밤 우이코의 몸을 그리워 한 나머지 음울한 공상에 잠

겨 제대로 잠을 이룰 수가 없었던 나는 어둠의 잠자리를 박찬 채 운동화를 신고 여름의 새벽 어두운 시간에 집밖으로 나왔다. 우이코의 몸을 그리워한 것은 그날 밤이 처음은 아니었다. 기회가 있을 때마다 생각하던 것이 고착화되어 마치 그것이 사모의 덩어리처럼 우이코의 몸은 희고 탄력이 있는, 어렴풋이 어두운 그림자를 드리운 냄새가 있는 하나로 육화되어 응결된 것이다. 나는 그것을 만질 때의 손가락의 뜨거움을 머릿속에 그렸다. 또한 그 손가락을 거슬러오는 탄력이나 꽃가루와 같은 냄새를 그렸다.(p.9)

소년에게 생겨난 매우 내밀한 욕구이지만 지극히 자연스러운 성욕[193]의 표출인데다가 정적인 이미지로만 일관하던 소년의 급작스런 외출에 경쾌하고 충일한 건강미가 느껴진다. 그렇기 때문에 서정적 시인의 기질이 다분한 미조구치가 대책 없이 집을 뛰쳐나온 행위마저 일종의 도발이긴 하지만 역설적으로 싱그럽기까지 하다. 불거진 육욕의 기호적인 효과 때문이기도 하지만 뛰어난 문체[194]와 작가의 절실함[195]과 유

193 카즈사는 이 사건이 새벽에 일어난 것에 주목하고 있다. 소년의 육욕이 인생의 시간으로 환산하면 새벽 시간대라는 것이다. 새벽의 시간과 함께 싱그러움이 느껴지는 것도 이런 이유일 것이다.

194 나카무라는 이 소설의 성공의 이유로 문체를 들고 있다. “이 소설이 뛰어난 관념소설로 자리매김한 이유로는 작가의 문체를 꼽을 수가 있을 것이다. 그의 문체는 작가 말대로「오오가이 플러스 오토매스 맨」을 목표로 했다고 하는데 소기의 효과는 거의 달성하고 있는 것 같다. 건조하고 비정한 정확함으로 정신적 이상소년의 독백이라는 몽롱하고 눅눅한 재료를 깎고 다듬어 여기에 견고한 형태를 부여하는 작가의 의도는 젊은이의 현학적인 치기를 벗어나 튼실한 근육과 같은 힘을 싣기 시작한 문장을 구사하여 완전히 도달 할 수 있으므로 소설의 문장은 단순히 사물을 비추는 존재가 아니라 작자의 정신이 독자와 공통으로 존재하는 가공의 설정에 있다는 소설의 불문율을 분명히 생각나게 한다.”(전게서, p.12)

195 “미시마는 시이나椎名나 엔도遠藤 이상으로 에로스에 결박된 혼의 소유자였고 그는 그 덫에서도 오로지 집필행위를 통해서만 돌파구를 찾으려 애썼다. 그 점에 진정한 소설가—창조에 의해 자기를 구원하고 싶고 구원받고 싶다고 절실하게 욕망하는 사람이 선호하는 창작상의 우직함이 이 순간에도 보인다.”(전게서, pp.167-168)

려한 이야기 흐름이 가져다주는 효과가 이 느낌을 배가시키고 있다.

> 나는 새벽의 어두운 길을 내달렸다. 돌도 내발에 걸리지 않고 어둠이 자유자재로 내 앞에 길을 터주었다. (중략) 그곳에 한그루의 거대한 느티나무가 있다. 느티나무 줄기는 아침이슬에 젖어 있다. 나는 뿌리 밑둥에 몸을 숨기고 마을에서 우이코의 자전거가 오는 것을 기다렸다. 나는 기다려서 딱히 무엇을 하려고 한 것도 아니다. 숨을 거칠게 몰아쉬며 달려와 느티나무 그늘에서 숨을 돌리고 나는 이제부터 무엇을 할지 몰랐다. 그러나 나에게는 외계라는 것과 너무나 무관하게 살아 왔기에 외계에 일단 뛰어들면 모두가 쉽게 되고 술술 풀리게 될 것이라는 환상이 있었다.(p.9)

새벽길을 달리는 소설의 전개는 마냥 푸릇푸릇하다. 게다가 딱히 무엇을 하겠다는 목적이 없거나 환상을 갖고 있는 소년의 행위가 본능이 시키는 대로 달리는 모습이기에 더 순수하다. 그러나 묘사는 낭만적이지만 행위의 질質은 감당할 수 없는 파괴력을 가진 엄청난 사건이다. 자신의 내부에서 칩거를 일삼아온 미조구치가 외부의 세계로 자발적으로 투신하는 행위인 것이다. 그것도 조심조심 신중한 것이 아니라 관능의 힘에 도취된 상태에서 발사된 실탄처럼, 혹은 부나방처럼 질주하는 것이다. 이 도취와 맹목적이 조회할 다음 장면은 전혀 예측 불허인데다가 에로티즘과 연루되어 있어 질주의 전개는 서스펜스 스릴로 독자의 흥미를 사로잡는 흡인력으로 넘쳐난다.

> 우이코는 자전거를 탄듯하다. 전조등이 켜 있었다. 자전거는 소리도 없이 미끄러져 왔다. 느티나무 그늘에서 나는 자전거 앞으로 튀어 나갔다. 자전거는 위태위태하게 급정거를 했다. 그 때 나는 석화石化되고 만 것을 느꼈다. 의지도 욕망도 모두 석화되었다. 외계는

> 나의 내면과는 아무런 상관없이 다시 내 주변에 확고하게 존재하고 있었다. (중략) 그러나 생각건대 우이코는 처음에는 흠칫하면서도 나라는 사실을 알아채자, 내 입만을 보고 있었다. 그녀는 아마 새벽 어둠 속에서 무의미하게 움직이고 있는, 보잘 것 없고 어두운 작은 구멍, 들판의 작은 동물의 둥지처럼 더럽고 흉측한 작은 구멍, 즉 내 입만을 보고 있었다.(p.10)

그러나 자전거가 급정거를 했을 때 의지도 욕망도 석화되었지만 외계는 「나」의 내면과는 아무런 연관 없이 확고하게 존재하고 있었다는 사건의 전개는 독자의 상상력 수위를 훨씬 상회하는 것이다. 더구나 자청해서 맞닥뜨린 외부세계인 우이코가, 아킬레스건인 나의 입만을 빤히 쳐다보고 있다는 묘사는 발가벗겨진 본능에 대한 단죄斷罪도 단죄거니와 미조구치를 둘러싼 외부의 세계가 얼마나 잔혹한가를 보여주고도 남음이 있다. 신선하고 충격적인 이 삽화의 발단과 전개는 작가의 공고한 관념의 지배에 의한 작위적인 전개로 독자의 기대를 훨씬 뛰어넘어 그에 값한다.

> 작은 아버지 집을 뛰쳐나와 하얀 운동화를 신고 새벽어둠의 길을 따라 느티나무 앞까지 달려온 나는, 그저 자신의 내면을 오로지 달리고 달려온 것에 불과했다. 새벽어둠 속에서 희미한 윤곽을 띠고 있던 마을의 지붕, 지붕에도 검은 나무숲도 아오바산의 검은 정상도, 눈앞에 있는 우이코마저도 전율할 정도로 의미를 완전히 상실하고 있었다. 나의 관여를 기다리지 않고 현실은 그곳에 부여되어 있었고 게다가 내가 지금까지 본 적도 없는 무게로 이 무의미하고 거대하며 캄캄한 현실은 나에게 주어졌고 나에게 다그쳐왔다.(p.10)

새벽길을 달려온 행위가 「나」와 「나」를 둘러싼 모든 것과 합일된 행위로 간주했고 따라서 돌에 걸리지도 않고 시원하게 탁 트였다고 생각했는데 그것은 모두 환상이었다. 주인공의 외부세계로의 대담한 첫 출정은 한낱 신기루에 불과했던 것이다. 따라서 「나」의 질주는 외부로의 출정이 아니라 그저 내면을 질주한 것에 불과하고 자기를 둘러싸고 있는 주변 환경은 완전히 자기와는 상관없이 별개로 존재하고 있었으며 전혀 소통불능의 자신은 고도孤島로 존재하고 있다는 슬픈 자각이다. 더구나 대상인 우이코마저도 의미를 상실하고 있다는 표현은 위험수위를 한창 넘어선 재앙수준인 현실을 의미한다.

이런 본능까지 들켜버린 망연자실한 자신에 대한 보상이 고개를 든다.

> 나는 우이코를 저주하고 그 죽음을 바라게 되었고 수개월 후에는 그 저주가 성취되었다. 그 이후 나는 저주하는 것에 확신을 갖게 되었다.(p.10)

진부할 수도 있는 주인공의 저주라는 전개는 바로 그다음 행에서 예상치 못한 반전에 의한 클라이맥스로 치달으며 소설은 다시 긴장감으로 충일充溢한다.

해군생도[196]의 영웅성과 우이코의 도도함으로 죽음과는 전혀 관련이 없을 듯한 두개의 서사전개는 급기야는 그 둘이 함께 엮여 쫓기면서 목숨이 경각에 달리는 절정을 맞이한다.

> 당나무 숲 그늘에 검은 사람 그림자가 모여 움직이고 있다. 거무

196 영웅적인 해군생도=탈영병이라는 사실은 명기하지 않고 일부러 모호하게 서술한 측면이 있다. 작가가 자진해서 그것을 확실하게 밝히면 우연의 남용으로 리얼리티가 훼손될 수도 있고 통속적으로 비칠 우려가 있기 때문이다. 작가의 치밀한 픽션은 고의적으로 그것을 희미하게 암시하는 선에서 마감했다.

> 스레한 양장을 입은 우이코가 땅바닥에 앉아 있다. 그 얼굴이 유난히 희다. 주위에 있는 것은 4, 5명의 헌병과 부모이다. 헌병 하나가 도시락 꾸러미 같은 것을 들이대며 호통치고 있었다. 아버지는 두리번거리며 헌병에게 사과하거나 딸을 꾸짖거나 한다. 엄마는 웅크리고 앉아 울고 있다. (중략) 도시락 꾸러미를 들고 집을 나서 이웃 부락으로 가려던 우이코가 잠복하고 있던 헌병들에게 잡혔던 일, 그 도시락 꾸러미는 탈영병에게 전해주려는 것임에 틀림없다는 것, 탈영병과 우이코는 해군병원에서 친해져 그 때문에 임신한 우이코가 병원을 쫓겨났던 것, 헌병은 탈영병이 숨은 집을 말하라고 다그치고 있지만 우이코는 그곳에 앉은 채 한걸음도 움직이지 않고 완고하게 침묵하고 있다는 것.(p.11)

미조구치가 기원했던 파멸은 두 사람의 생사가 풍전등화의 경지로 몰리는 단말마적 전개로 성취되어 간다.

종래의 일본소설에서는 흔하지 않았던 극적인 반전의 서사와 소설 내의 서스펜스한 시간의 흐름은 미시마 개인의 소설 미학이 야기한 산물이다.

미시마는 자신의 『소설가의 휴가小説家の休暇』(1955)에서 "일본인이 집필한 소설의 구성력(플롯)의 취약함은 일본인 작가의 소질적 결함보다는 독자들이 바라는 사실적 편견주의[197]에서 기인한다"고 밝히고 있다.

미요시는 본 소설에서의 플롯의 종래의 소설과의 차별성에 대해 다음과 같이 지적하고 있다.

---

197 작가가 소설 세계의 내적 법칙으로 만든 극적인 시간관념보다는 지극히 일상적인 시간의 단순한 나열을 통해서 만들어진 완만한 시간을 일본 독자들은 자신의 내적 체험으로 재구성함으로써 얻어지는 곳에서 소설의 개연성(그럴싸함)을 더 느낀다. 나는 그것을 사실적 편견주의라 부르고 싶다.(『소설가의 휴가』 필자 요약.)

> 그는 소설의 개연성을 독자의 자의적인 내용체험 등에 맡기는 행위는 결코 하지 않는 작가이다. 그의 소설은 하나의 사건을 소설의 내적 법칙으로 감싸고 극적인 시간의 지배하에 던짐으로써 존재하게 한다. 소설의 시간은 실생활의 난잡하고 비구성적인 시간과 스스로를 구별하고 비일상적인 구성 원리에 따라서만 세계를 이끈다. 그러므로 소설의 사건은 외적계기의 참여를 거부하고 고유의 내부법칙에만 이끌려 전개된다.

철저하게 일상과 단절하고 소설 내부법칙에 따르는 극적인 시간구조의 지배하에 놓는 미시마의 소설의 플롯의 특이성을 언급하고 있는 것이다. 요컨대 이 소설에서의 드라마틱한 전개는 플롯에 대한 공고한 미시마의 신념과 글쓰기[198]가 만든 결과이다.

결국 미조구치는 뜻밖에 저주가 실현되려는 현장을 하나도 놓치지 않으려는듯 숨죽여가며 부릅뜬 눈으로 사건의 추이를 남김없이 주워 담고 있다.

사건은 절대적인 청순미를 간직했어야할 우이코가 통속적인 사랑에 빠져 직장에서 쫓겨났다가 애인이 쏜 총탄으로 죽어갔고 영웅처럼 모든 행동거지가 우상이었던 해군기관 학교 생도는 가장 치욕적인 탈영을 한 끝에 권총자살로 생을 극적으로 마감한다.

> 나로 말할 것 같으면 눈도 깜빡하지 않고 우이코의 얼굴만 응시하고 있었다. (중략) 그녀는 사로잡힌 광녀처럼 보였다. 달빛 아래 그녀의 얼굴은 움직이지 않았다. 나는 지금까지 저 정도의 거부로 넘치는 얼굴을 본 적이 없다. (중략) 달빛은 그 이마나 눈

198 이것은 종래의 일본소설과 기존 독자들에 익숙한 플롯에 대한 전복이고 혁명적인 글쓰기이다. 이것이 바로 불후의 명작을 만드는 원동력이며 요미우리상 선발 때의 전대미문의 사건의 계기로 직접 이어졌다고 볼 수 있다.

이나 콧날이나 얼굴 위를 사정없이 흐르고 있었다. 다만 부동의 얼굴이 달빛에 씻기고 있었다. 조금이라도 눈을 움직이고 입을 움직이면 그녀가 거부하려는 세계는 그것을 신호로 그곳에서 눈사태처럼 와르르 붕괴될 것이었다.(pp.11-12)

조금이라도 눈을 움직이면 그녀가 거부하는 세계는 그것을 신호로 눈사태처럼 와르르 붕괴될 것이라는 일촉즉발의 절정과, 다른 편으로는 달빛이 얼굴에 사정없이 흐르고 있으나 실은 부동의 얼굴이 달빛에 씻기고 있었다는 서정의 처연함이 어우러진 클라이맥스의 완벽한 전개로 독자들은 터질듯한 긴장과 엑스터시를 느끼지 않을 수 없다.

우이코는 전각의 복도를 건너 법당의 어둠을 향해 외쳤다. 남자 그림자가 나타났다. 우이코는 뭔가 말을 했다. 남자는 돌계단 중간을 향해 손에 쥐고 있던 권총을 발사했다. 그것에 응전하는 헌병의 권총이 돌계단 중간의 숲에서 발사되었다. 남자는 재차 권총을 겨누며 복도 쪽으로 도망치려는 우이코의 등쪽으로 몇발인가 발사했다. 우이코는 쓰러졌다. 남자는 권총의 총구를 자신의 관자놀이에 대고 발사했다.(p.14)

불과 5행의 묘사로 그토록 찬란히 빛나던 청춘남녀의 아름다운 영혼의 형상은 비명에 스러져갔다.

나로서는 모두가 머나먼 사건이라고 밖에는 생각할 수 없었다. 둔감한 사람들은 유혈이 낭자하지 않으면 낭패하지 않는다. 하지만 피가 흘렀을 때는 비극은 이미 끝나고 만 뒤이다. 나도 모르게 나는 꾸벅꾸벅 졸고 있었다. 졸음에서 깼을 때 모두가 떠난 내 주

> 변에는 작은 새의 지저귐으로 가득하고 아침햇살이 정면으로 단풍나무아래에 깊이 비쳐들고 있었다. 백골의 건축은 마루 아래쪽에서 햇살을 받아 소생한 듯 보였다. 조용히, 자랑스럽게 단풍나무의 계곡 사이로 법당을 쭉 내밀고 있었다. 나는 일어서서 몸을 떨며 몸의 여기저기를 문질러댔다. 추위만이 몸 안에 남아 있었다. 남은 것은 추위뿐이었다.(p.14)

폭풍 같은 절정이 지나간 뒤 완전히 대조적으로 평상적 평화가 찾아들었고 주인공도 졸음에 빠지거나 추위를 느끼는 일상으로 깊게 빠져든다. 말 그대로 극적인 결말과 그 뒤에 찾아오는 평화로운 대단원이며 정밀한 플롯에 의해 완벽하게 정제된 결말이다. 장편소설 속의 한 개의 삽화가 이런 명단편의 모습을 갖추고 있는 것이다.

요컨대 이 삽화 부분만을 도려낸다면 그 자체가 완전한 외양과 내용을 장착한 단편소설이나 명편 단막극인 것이다.

이 삽화는 그야말로 치밀한 플롯이 완벽한 서정을 만들고 완벽한 서정이 치밀한 플롯에 공헌한 셈이다.[199] 아마 신문의 연재소설로 쓰인 탓도 있겠지만 완성도 높은 삽화가 모여 명작으로 이어지는 계기와 발판을 마련한 것으로 생각된다.

---

199 나카무라는 이 소설의 완성도를 염두에 두며 다음과 같이 주장한다. "미시마와 같은 작가가 문학의 첫걸음을 지키는 행위의 일환으로 뛰어난 작품을 써 주었다는 것은 우리들 비평가에게는 고마운 일이고 문학에 대한 아주 초보의 상식마저 많은 작가에게 무시되고 게다가 소설이 유일한 문학형식으로 여겨지는 현대에서는 이와 같은 작품이 가끔이라도 나와 주지 않는 한, 비평가들이 강변하는 문학이념 따위는 문학의 실체와 관련 없는 불모의 이상으로 밖에 생각되지 않는 것이 보통이다."(전게서, p.6) 미요시도 "작자 고유의 방법론이 남김없이 실천되고, 의도와 달성의 과부족 없는 일치가 화려한 구조적 세계를 구축하고 있다. 소설의 첫 줄부터 마지막 한 줄까지 이만큼 훌륭하게 작자의 계산을 성취한 장편소설은 드물다(전게서, p.366)"며 나카무라와 같은 견해를 피력한다.

2. 캐릭터의 패러독스성과 이중성

이 짧은 삽화 속에 등장하는 미조구치의 캐릭터는 딱히 정형화하기 힘들다. 그는 천성적 말더듬이로 모처럼 대화에 끼어들 때는 이미 '대화의 현실은 신선도가 떨어져 부패되어 있다'고 표현될 정도로 커뮤니케이션에 치명적인 결함을 갖고 있다. 그러나 그의 행동이나 반응은 그에 부합되지 않게 사뭇 비상식적이며 도발적이기까지 하다.

> 비웃음이라는 것은 얼마나 눈부신 존재인가? 나에게는 동갑내기 소년들의, 소년기 특유의 잔혹한 미소가 햇살이 터지는 한 무더기의 잎처럼 찬란하게 보인 것이다.(p.7)

해군 기관학교 생도와 그에 빌붙는 동갑내기들이 일제히 자신의 약점을 흉내 내며 놀려대는 비웃음을 '눈부신 존재'라고 감동하고 있다. 그것도 '그들의 잔혹한 미소가 햇살이 터지는 한 무더기의 잎처럼 찬란하게 보인다'는 주인공의 고백은 자못 뜬금없기까지 하다. 더구나 그것은 일회적인 충동으로 촉발된 역설적인 비아냥이 아니다. 그는 우이코가 그리워 새벽에 그녀가 출근하는 모습을 좇아 급습했다가 그녀로부터 심한 모욕을 당하고도 일종의 쾌락을 느낀다.

> "뭐야, 같잖은 짓거리를 하고, 말더듬이 주제에."
>
> 우이코는 말했지만 이 목소리에는 아침바람의 단정함과 상쾌함이 있었다. 그녀는 벨을 울리며 또한 페달에 발을 밟았다. 돌을 피하듯 나를 피해서 우회했다. 사람 그림자 하나 없는데 멀리 논 저쪽까지 달려 사라지는 우이코가 자주 비웃듯 울려대는 벨소리를 나는 들었다.(p.10)

여인 앞에 불쑥 모습을 드러낸 행동만으로 본능이 무참하게 단죄당하고 비인간적인 수모를 겪는 현장에서도 분노나 적개심은커녕 '아침 바람의 단정함과 상쾌함이 있었다'고 밝히고 있다. 도대체 이 심한 패러독스는 어디서 연유하는 것일까?

> 타인이 나를 이해하지 못하는 것이 유일한 긍지였기 때문에 어떤 것을 이해시키려는 충동에 사로잡히지 않았다. 다른 사람의 눈에 보이는 것은 자기에게는 숙명적으로 주어지지 않았다고 생각했다. 고독은 점점 살쪄갔다. 마치 돼지처럼.(p.8)

타인에게 이해받지 못하는 것이 유일한 긍지라는 주장에서 그의 굴절된 괴벽과 자폐적인 편견을 읽어낼 수 있는데 요시다는 이를 주인공의 딜레마로 읽고 있다.[200] 이처럼 부정적인 관점에서 보면 자신에 대한 야유나 조소로 야기되는 분노나 적개심을 뒤집어 보려는 강한 반발을 동반한 패러독스일 수도 있지만 긍정적으로 보면 모든 것을 초월하는 현란한 시적 자아[201]를 갖고 있다고 볼 수 있을 것이다. 문제는 작가의 범람하는 언어영상이 고스란히 주인공의 소년의 언설로 정착되기에는 균형의 문제가 있고 열등감에 사로잡힌 소년이 현란한 언어를 구사하는 개연성의 문제가 대두된다.

---

200 "그곳에는 사회에 살고 있는 사람들에 대해 자기를 표현하고 그렇게 함으로써 자기에 대한 이해를 구하려는 원망이 마음속에서 꿈틀거리고 있음을 간파할 수 있다. 이 삽화는 사회에 대한 참가를 열망하면서도 그것을 저지당하는 미조구치의 딜레마이다." 吉田達志,『三島由紀夫の作品世界』, 高文堂出版社, 2003, p.14

201 작가의 관념이 가장 많이 주입되는 것이 바로 미조구치일 터인데 그의 인간 됨됨이로는 언감생심이다. 그래서 특별하게 고안되어 부과된 장치가 바로 주인공에겐 빌려 입은 옷처럼 생소한〈시적 혼〉이나〈시적 자아〉이다. 이것이 리얼리티와 관련된 논란거리를 제공하지만 작가는 미조구치의 이런 장치를 빌어 자신의 철학과 미학을 마음껏 발산하고 있다. 그런데 이것은 이 삽화에서 두루 발견되는 캐릭터들의 이중성과도 부합되어 개연성에 큰 부담도 주지 않는다. 작가의 필력이 엿보이는 부분이다. 미요시는 이것을 '작가의 관념의 태아胎兒'라고 지적하고 있다.(전게서, p.369)

이런 개연성의 문제 대해 나카무라는

> 작자는 어쨌든 자신의 문체로 주인공에게 고백시키고 있으므로 바로 이 점에서 작자 자신도 절반쯤밖에 의식하지 못하는 〈시〉가 생겨난 것이다. 작가의 글은 이 소설에서 하나의 완성에 도달했지만 이상 성격자인 소년이 이와 같은 훌륭한 문장을 쓸 리가 없다는 의문은 독자의 마음에 생기지 않는다. 문장의 엄격한 절도가 무엇보다도 주인공에 대한 작자의 비판임과 동시에 주인공의 (보잘 것 없는) 육체가 작자의 지나치게 풍요로운 언어영상에 적절한 제약으로 작용하여 이것을 항상 일정한 빈한함과 처절함을 동반하는 현실로 머무르게 하는 것을 독자는 자연스럽게 감득하고 있기 때문이다[202]

라며 “주인공에 대한 작가의 엄격한 비판 자세와 주인공의 초라한 몰골이 그의 현란한 언어에 제어장치로 작용하여 빈한함과 처절함을 동시에 유지하고 있다”고 지적하는 나카무라의 언설에 전적으로 동의한다. 결국 주인공이 간직한 시적 혼은 이런 절묘한 균형 속에 자리매김하며 패러독스의 한 축을 담당하고 있는 것이다. 앞 인용에서 주인공이, 자신을 비웃는 잔혹한 미소에서 햇살이 터지는 찬란함을 읽어내는 것도, 우이코의 독설에서 상쾌함을 읽어내는 것도 이런 패러독스가 작용하기에 가능한 것이며 이들은 같은 맥락이다.

이 패러독스는 이중성과도 연루된다.

> 타인보다 뒤진 능력을, 다른 능력으로 보전하고 그럼으로써 다른 사람보다 뛰어나려는 충동이 나에게는 없었다. 다른 표현을 빌리자면 나는 예술가가 되기에는 너무나 오만했다. 폭군이나 예술

202 전게서, p.273, 이하 페이지만 표기.

> 가가 되려는 꿈은 꿈인 채로 실제로 착수하여 뭔가 완성하려는 기분은 나에게는 전혀 없었다.(p.8)

사건이 있을 때마다 급조된 꿈은 습관적으로 유산되며 결국에는 일회성의 일장춘몽으로 휘발되고 만다. 그렇기에 시적 자아가 자리를 비우면 전혀 다른 자아가 대두된다. 이 극단적인 이중성은 그의 정체성에 대한 오해를 불러일으키기 쉽다. 비록 패러독스일망정 시적 자아가 그처럼 초월적인 여유의 시선을 갖고 있으면서도 다른 한편으로는 편협하고 졸렬한데다가 전제 군주적 면모도 갖고 있기 때문이다. 이중성도 이 소설의 캐릭터들을 관류하는 일종의 불문율이다.

> 자나 깨나 나는 우이코의 죽음을 원했다. 나의 수치의 입회인이 사라져줄 것을 원했다. 증인만 없으면 지상에서 수치는 근절 될 것이다. 다른 사람은 모두 증인이다. 그러니 타인이 없으면 수치는 생겨나지 않는다. 나는 우이코의 모습, 새벽어둠 속에서 물처럼 빛나고 나의 입을 빤히 응시하고 있던 그녀의 시선의 배후에 타인의 세계를 본 것이다. 타인이 모두 멸망하지 않으면 안 된다. 내가 진정으로 태양과 얼굴을 마주할 수 있기 위해서는 세계가 멸망하지 않으면 안 된다.(p.10)

오로지 수치의 입회인이라는 사실로 우이코부터 세계인까지 멸망해야 한다는 미조구치의 이런 자각은 앞의 시적 자아의 모습과는 극단적으로 대치된다. 요시다는 이런 미조구치의 모습에서 "타인과는 삶의 방식의 차원을 달리하는 단독자로서의 긍지를 볼 수가 있다"고 평하고 있다.[203] 문제는 이런 양상이 한 인격체 내에서 동전의 양면처

203 전게서, p.17

럼 존재한다는 사실이다. 이 콘셉트는 이 소설에서 어느 캐릭터나 관류하고 있다. 우이코와 탈영병 애인도 마찬가지이다.

> 그는 햇빛에 잘 그슬려 눈가 깊숙이 눌러쓴 제모의 챙으로부터 수려한 콧날이 드러나 보이고 머리부터 발끝까지 젊은 영웅 그 자체였다. (중략) 화자와 청자들은 뭔가 기념상처럼 움직이지 않았다.(p.6)

젊은 영웅인 화자와 그를 둘러싼 아이들인 청자가 기념상처럼 움직임이 없다는 사실이 어떤 관념의 조각상처럼 해학적이기도 하지만 영웅과 그의 추종자들이 무아의 경지로 매료되고 있는 모습이기도 하다. 영웅은 이보다 멋질 수 없는 최고의 완성태이다.

하지만 그는 이후에 곧 군에서 간호원을 임신시킨 탈영병의 신세로 전락한다. 이런 극단적인 양면성은 우이코의 경우도 똑같다. 앞의 인용에서도 밝혔듯 그녀는 그 어떤 유혹에도 전혀 넘어가지 않을 도도하고 오만하기 짝이 없는 실루엣이다. 하지만 그녀도 이면의 세계에서는 밀회에 빠져 임신한 채로 직장에서 쫓겨나는 신세로 전락한다. 마치 장엄한 단검을 연필깎이로 쓰는 것만큼이나 외양과 실체에 괴리가 존재하는 것이다. 이 이중성은 이들에게만 국한된 것이 아니고 이 소설이 갖고 있는 일종의 불문율 공식처럼 전 캐릭터[204]에, 나아가서는 금각사를 비롯한 사물에도 적용되는 항수恒數이다.

하지만 이런 일련의 이중성은 한편으로는 판에 박은 것처럼 유추가

204 고귀한 모성의 상징인 어머니가 아버지와 함께 잠든 모기장 안의 현장에서 외간 남자와 성행위를 하며 가장 극악한 패륜을 연출하고 있으며 신도들의 죽음을 위탁받는 승려 신분의 아버지가 자신이 죽자, 죽음을 실연實演해보이다가 과실로 죽은 느낌이 들었다는 아들의 감상 등의 극단을 달린다. 예컨대 설정된 인물과 그 인물 속성과 극단적으로 대칭적인 모습이 행동으로 나타난다. 이것도 이 소설 고유의 문법이다.

가능하긴 하지만 그러면서도 그것이 갖고 있는 극적인 엑스터시는 플롯의 완성도를 높이고 서사의 밋밋한 평면구조를 변화무쌍하게 입체화하는데 공헌한다.

3. 서사의 상징성

본 삽화는 짧은 길이에 비해서는 많은 내용을 함축적으로 담고 있다. 그중에서 몇몇 사건이나 서사는 매우 상징적이며 그것은 소설전체에 관류하는 미학과도 통한다. 그중에서도 가장 상징적인 것은 미조구치의 도발 행위이다.

> 마침 기관학교 제복은 벗겨져 흰 페인트칠한 철책에 걸려 있었다. 바지도, 흰색 속옷 셔츠도……그들은 꽃들 바로 옆에서 땀이 밴 젊은이의 피부 냄새를 풍기고 있었다. (중략) 벗어 던져진 그들은 명예의 묘지와 같은 인상을 주었다. 5월의 흐드러진 꽃이 그 느낌을 더해주었다. 특히 챙을 칠흑으로 반사시키는 모자나 그 옆에 걸린 혁대와 단검은 그의 육체에서 벗겨져서 오히려 서정적인 아름다움을 발하고 그것 자체가 추억과 똑같을 정도로 완전하게, 즉 젊은 영웅의 유품처럼 보였던 것이다.(p.8)

소년들이 기관학교 생도의 영웅적인 모습에 푹 빠져 넋을 읽고 있을 때 미조구치는 그곳에서 허상을 읽어낸다. 즉 기관학교 생도의 소유품에서 서정과 영웅적인 위풍을 읽어냄과 동시에 위엄 자체인 옷들이 벗어던져지거나 내팽겨진듯한 모습에서 그 해군생도가 위엄의 상징을 마구잡이로 벗어던지고 탈영을 감행하는 다가올 미래를 예견하는 복선이기도 하다. 그리고 철책에 걸린 모습을 서정적인 아름다움이라든가 명예의 묘지라든가 젊은 영웅의 유품으로 읽어내는 주인공의 예언적 혜안이 두드러진다.

> 나는 주변에 인기척이 없는 것을 확인했다. 씨름장 쪽에서 환성이 일었다. 나는 주머니에서 녹슨 연필깎이 칼을 꺼내 살짝 다가가서 그 아름다운 검은 칼집의 뒤편에 2, 3줄 보기 흉하게 벅벅 그어댔다.(p.8)

또래들의 환심을 사며 자기 자신에게 치욕을 안겨준 생도에 대한 단죄의식과 영웅적인 위풍에 대한 질투심 등 이 소설의 미학적 섭리가 복합적으로 작용하여 저지르는 도발행위는 나중에 금각사에 방화하는 미조구치의 도발의 시발점으로서의 미니어처적인 의미를 갖고 있다. 도착의 작은 싹을 갖고 있는 미조구치의 행위는 이렇듯 집요한 태생의 비밀을 갖고 있다.

> 『금각사』는 일본문학에서 〈미〉의 의미의 변환, 새로운 미의식의 창출을 위해 시도되었던 실험소설이라고 해도 좋을 것이다. (중략) 이런 관점의 180도 전환이야말로 일본인의 전통적인 미에 대한 혁명이고 사람들의 감성에 이화감과 혼란을 야기하지 않을 수 없는 것이었다. 그것은 사람들의 행복한 신념으로서의 〈진선미〉라는 방정식을 송두리째 바꾸는 일이고 이 때 〈미〉는 〈진〉과 〈선〉에서부터 탈락하여 실재實在로부터 유리되어 망령처럼 떠돌기 시작했기 때문이다. 어째서 이런 흉흉한 사태가 도래했던 것일까? 물론 패전의 비극을 제외하곤 다른 원인은 없다.[205]

205 田中美代子, 「鑑賞日本現代文学ー23券」, 角川書店, 1980, p.138

미조구치의 도발은 전통과는 전혀 다른 미의식의 새로운 창출, 혹은 혁명의 도착상태에서 야기된 것을 타나카는 패전의 비극에서 찾고 있는데 이는 미요시의 진단과 궤를 함께 한다.

> 미시마가 이런 종류의 소설을 반복해서 써가는 이유의 하나는 아마 역설적인 현실 인식이 뛰어난 이 작가가 시대의 질환으로 출현하는 이상한 사건 속에서 동시대를 살아가는 인간으로서 자기의 관념을 가탁하기에 알맞은 상징적인 의미를 발견했기 때문이다.[206]

결국 시대의 질환을 상징하기도 하는 이 작은 도발은 발각되지 않고 그대로 방목되어 종국에는 금각사의 방화로 이어지는 것을 상징으로 보여주고 있다.

> 주인공 미조구치는 끊임없이 자기를 둘러싼 환경에 대한 혐오와 회의로 스스로를 자학하면서도 영원불멸의 자신만의 관념의 금각사 건설에 종사한다. 그의 주인공으로서의 자격은 끊임없이 이 곰팡이가 핀 국보에 자신의 혼을 불어넣어, 주위를 압도하는 눈부신 광원체로 빛나게 하는 것이다. 그의 놀랄만한 영적인 활력은 이미 신앙도 시들고 전성기의 영광도 상실한 채 그저 전통의 명목에 의해서만 겨우, 그리고 완고하게 명맥을 유지하고 있는 과거의 유물에 숨결을 불어 넣는다.[207]

이 소설에서 미조구치는 결국 자신의 비밀의 밀실사업을 금각과의 공모를 통해서(아니 혼자만의 의식 속에서) 관념의 금각사를 짓고 그곳에 혼을

206 전게서, p.367
207 전게서, p.139

불어넣는데 이것은 작가와도 많이 오버랩되는 장면이기도 하다.[208]

> 게다가 그 심미적인 투시력으로 고색창연한 건물 속에 은폐되었던 것, 보이지 않았던 미의 결정체가 점점 (실체를) 드러내 보이기 시작한다. 금각은 새로운 가상성을 부여받는다. 비대한 상념이 서서히 사물을 탈각하여 시각적인 이미지 범람에 의해 일종의 영험을 띠게 된 이 금각사는 이미 만인의 눈에 비치는 즉물적 건축물이 아니다. 그는 스스로 한 개의 환상의 가람 속에 갇혀버린다. 게다가 그 구체물은 일체의 지상적인 것을 초월하여 피안의 동경을 향해서 그를 유혹하는 유일한 매개이고 그에게 삶의 의미와 확신을 부여하는 유일한 사물이다.[209]

이렇듯 주인공의 외곬의 태도는 금각사에 모든 가치관을 걸고 결국은 그것이 도그마가 되어 그곳에 갇혀버리는 형세가 되고 만다. 물론 그것이 피안의 세계에 대한 동경의 방향으로 전진하는 것으로 확신에 찬 것이긴 하지만 의식은 제어기능을 상실할 때 걷잡을 수 없다. 그 의식이 자가당착에 빠질 때 그것은 절대적인 가치로 둔갑하고 의식의 당사자의 모든 것을 지배하게 된다. 바로 이 소설의 작은 도발은 이런 일련의 과정의 첫 단추라는 점에서 많은 시사점을 갖고 있다. 이외에도 이 삽화는 여기저기에 복선[210]을 깔고 있다.

---

208 이것을 작가의 사소설적 관념으로 해석하는 다음과 같은 증언은 매우 시사하는 바가 크다. "중학생인 그가 해군에 들어간 선배의 단검의 칼집에 상처를 냈을 때 이미 금각을 태우는 운명이 결정된 것 같은 인상을 독자는 받았다. 마치 과일이 햇볕이나 비로 물들 듯이 자신의 관념을 사회의 바람을 맞아 익히는 대신에 그것들과의 교섭을 끊고 자신 속에 칩거함으로써 자기의 순수성을 확보하려고 착각하는 소아주의, 여기에 사소설의 철저한 부정자인 미시마의 뇌리에 여전히 남아있는 사소설의 전통의 망령을 보는 것은 과연 나뿐일까?"(전게서, p.12)

209 전게서, p.139

210 주인공이 작자의 관념의 태아가 되어 이른바 가면의 고백의 형태를 취하는 이상, 고백체는 피할 수 없는 문체이다. 그리고 이 모노로그 형태가 야기하는 난해함을

> "뭐야? 말더듬이야? 네놈도 해군기관학교에 들어오지 않을래? 말더듬이 같은 것은 딱 하루만에 두들겨 패서 고쳐줄테니."
>
> (중략) "안갑니다. 나는 스님이 될 겁니다."
>
> 모두들 찬물을 끼얹듯 조용했다. 젊은 영웅은 고개를 숙여 풀줄기를 뜯어 입에 물었다.
>
> "흐음 그렇다면 앞으로 몇 년인가 후에 나도 자네의 신세를 져야겠구만." 그해는 이미 태평양전쟁이 발발했다.(p.7)

그렇듯 당당하던 젊은 영웅이 스님이라는 말에 갑자기 자신의 죽음을 예감한듯 주위가 싸늘하게 식어가는 모습이다. 이것도 영웅과 죽음을 관련짓는 복선의 의미인 것은 두말할 나위가 없다. 이것은 우이코에게도 그대로 적용된다. 주인공이 새벽길에서 우이코에게 거부당하는 사건은 일회성이 아니라 그녀의 사후에도 불현듯 환영으로 나타나서는 거부의 몸짓을 일삼거나 금각사의 거부의 형상으로 전이되며 그것과의 대결구도를 만드는 실마리가 되기도 한다.

또한 그녀의 맑고 고독한 모습에서 주변사람들은 질투심에 불탄 나머지 그녀를 석녀상이라고 수군댄다.

> 시기심 많은 여인은 우이코가 아마 처녀일텐데 저런 인상은 석녀상이라고 수군댔다.(p.9)

그녀가 수태를 하지 못할 인상이니 요절하게 될 것이라는 복선이다.

물론 소설의 시대적 배경은 전쟁 중이었지만 이 소설이 집필된 것은 전후의 혼돈과 혼란의 도가니였으므로 그에 편승해서 유난히 이 소설에는 일탈자가 많은데 그중에 우이코와 그녀의 연인, 미조구치의 어머니

보강하기 위하여 작가는 복선에 의한 암시를 게을리 하지 않는다.(전게서, p.372)

도 일탈자였다.

> 미시마의 작품을 조감하면 많은 수의 법과 제도, 사회로부터의 일탈자가 그려진 것이 눈에 띤다. 물론 그것은 문학이라는 것의 본질에 속하는 한 단면이라고 할 수 있지만 미시마 문학의 경우는 법이라는 금기를 범하는 것 자체가 에로티즘의 장이며 미시마는 전후의 시대를 아이러니한 위반을 가지고 대처했다고 할 수 있다.[211]

세이카이青海는 미시마의 문학에서는 법을 어기는 것 자체가 에로티즘의 장이라는 이색적인 담론을 펼치고 있는데 그것은 미시마의 다음 증언으로도 명확해진다.

> 에로티즘이란 우리들의 삶의 비연속적 형태의 해체이다. 그것은 또한 〈우리들의 한정된 개인의 비연속성의 질서를 확립하는 규칙적 생활, 사회생활의 형태의 해체〉이다. 바로 이 점에 성애와 희생의 유사점이 있고 희생이 발가벗겨지는 것이 이런 해체의 첫 걸음이고 살해되는 것이 그 완성이다. 왜냐하면 희생된 죽음에 의해서 사람들은 존재의 연속성의 증거를 볼 수 있기 때문이고 그것이 즉 신성감의 근거이다.[212]

기존질서에 대한 위배가 결국에는 질서로 굳어진 비연속성에 대한 저항으로 나타나는데 이것은 에로티즘의 한 속성이며 그것의 완성은 연속성이고 죽음이라는 논리이다. 이런 에로티즘의 공식에 가장 완벽하게 들어맞는 것이 우이코와 그의 탈영병 애인의 비극인 것이다.

---

211 青海健,「三島由紀夫とニーチェ」『群像』, 1988, pp.116-117
212 三島由紀夫,『三島由紀夫文学論集』, 講談社, 1970, pp.275-276

"20세기의 정신계에서 가장 중핵적인 문제는 에로티즘인지도 모른다. 저자(바타유)가 말하듯이 에로티즘은 기존의 문화체계나 사회생활에 대해서 해체적으로 작용하고 죽음 및 존재자체의 연속성에 대해 눈을 뜨게 하기 때문이다(p.277)"라는 작가의 주장은 바로 이들의 비극적인 죽음의 상징성으로 읽혀지고 있는 것이다.

하지만 이것에 대해 나카무라는

> 이 소설은 작가의 반사회적 자세를 그의 성실한 형식으로 이해하는 독자(구체적으로 말하면 미시마 팬인 일부의 청년과 문단의 관계자)밖에는 움직이지 못하는 작품으로 머무르고 있다. 즉 작가의 의도에 반하여 지나치게 문학적인 문학의 범주에 머물러 버린 셈인데 이것은 작가가 여기에서 「객관적」으로 묘사한 것이 「청춘」을 살아가는 인간의 모습이 아니라 미시마가 품고 있는 「청춘」이라는 관념이라는 사실을 모순으로 드러내고 있다(p.12)

면서 소설 속에 등장하는 청춘 군상을 살아있는 인간의 모습이 아니라 작가의 관념의 형상화에 불과하다는 입장을 취하고 있다. 물론 이 소설 속에서 우이코의 삽화는 돌발적인 것으로 작가의 반사회성과도 무관한 것이지만 전형적인 에로티즘을 읽어낼 수가 있고 우이코의 비극은 단순히 일회성의 엔터테인먼트가 아니라 '아름다움은 필멸한다'는 불문율로 고착화되고 미조구치의 환상으로도 빈번하게 나타나며 그의 행위를 제어한다. 그래서 그것이 갖는 서사적 흡인력은 나카무라의 언설과는 달리 문학적인 범주에 국한되는 것이 아니라 오히려 그것이 작품을 명품으로까지 견인하는 힘이 되고 있다.

4. 마무리

본장에서는 소설 『금각사』에 삽입된 우이코와 해군 탈영병의 삽화, 그것을 응시하는 주인공의 시선을 대상으로 플롯과 캐릭터, 서사의 우의성과 상징성에 대해서 살펴보았다.

우선 유연한 기승전결에 급반전이 가미된 틀에 퍼즐처럼 완결된 플롯이 구사되고 작가의 미의식이 상감된 주인공의 인식과 에로티즘의 구현자로서 우이코와 그의 탈영병 애인의 극적인 등장과 최후가 정밀하게 묘사되어 있었는데 이 서사는 강한 엑스터시로 독자를 휘어잡음은 물론 '주인공을 소외시키거나 그의 미적 질투의 대상은 요절한다'는 불문율을 만들어 장편 전체를 견인해간다.

결국 우이코에 얽힌 삽화는 그것만 따로 떼어내더라도 단편소설이나 단막극의 완벽한 체재를 갖추고 있지만 장편 전체 속에서는 일회성의 닫힌 설정이 아니라 예언의 설정, 현실보다는 관념으로의 비약을 상징하는 작은 불씨, 혹은 첫 단추의 역할을 하고 있음을 알았다. 이 소설의 제1장은 그것만으로도 훌륭한 결말에 도달했다는 안도감의 이면에는 판도라의 상자를 열어젖힌 듯한 폭풍전야의 불안감이나 메가톤급 사건발생의 기대감이 엄습하는 것도 이 삽화가 갖는 특수한 역할에서 기인하는 것이었다.

요컨대 주인공의 괴벽에 따른 예측불허의 행동과 역설적인 현실인식, 우이코의 극적인 죽음의 서사 속의 미묘한 움직임들은 장편에서는 곳곳에서 엄청난 위력으로 표출된다.

환언컨대 이곳에서의 작은 나비의 날갯짓처럼 출발한 복선이나 상징이란 이름의 바람은 장편 곳곳에서 회오리로 성장하여 최후에는 금각사의 방화라는 폭풍으로 마감하는 것이다. 주인공과 타자와의 집요하고 치열한 대립관계를 예감할 수 있는 것도 이런 이유이다. 한마디로 이 삽화는 이 소설 서사의 원형을 미시마의 관념으로 가공한 압축파일이나 미니어처와 같은 존재이며 그것은 모두 작가의 독보적인 문체와 경지의 완숙함, 잡지 연재소설 상 독자를 흡인하는 엔터테인먼트의 기질 등이 집약된 치밀하고 위험한 서사라고 파악된다.

제4부

신소설 추구와 판타지적 고뇌

제10장

요시모토 바나나의 『죽음보다 깊은 잠(白河夜船)』

요시모토 바나나는 일본 현대소설의 여러 갈래 중 독특한 자신만의 음역과 음색으로 하나의 흐름을 주도해가는 중견작가이다.

그녀는 『키친キッチン』『물거품うたかた·성역サンクチュウアリ』『츠구미TUGUMI』『죽음보다 깊은 잠白川夜船』『파인애플링パイナップリン』 등의 1988년과 1989년 사이에 쓴 작품이 모두 베스트셀러가 되는 진기록을 세우며 이른바 〈바나나현상[213]〉·〈바나나신드롬〉을 일으켰다.

바나나의 소설은 피곤에 지치고 상실로 가득 찬 상처투성이의 현대인들이 불모의 땅에서도 밝은 생명의 부활을 일궈 낼 수 있다는 집요한 믿음에서 출발한다. 그리고 이것은 작가의 이름인 바나나처럼 국제적으로 통용되는 보편성을 담보하여 세계 도처에 많은 독자들을 확보하고 있으며 이것은 나름대로 큰 장점이기도 하다. 하지만 그와 동시에 그녀의 문학은 근거 없는 낙관주의와 통속적인 가벼움과 고전적인 교양의 부족, 만화적인 무책임과 무철학 등이 만만치 않게 지적되어 오고 있으며 이점은 여전히 바나나문학에 부담으로 작용하고 있기도 하다.

---

213 연달아 히트하는 작품 덕분에 바나나는 일약 시대의 총아가 된다. 출판계를 석권한 바나나 열풍은 영화·만화·음악·미술 등 다른 문화에도 확산되었다. 〈마이니치 신문 1989.10.28〉은 이것을 〈바나나 현상〉이라고 명명하였다.

하지만 바나나 문학의 공과功過를 벗어나 누구나 동의하지 않을 수 없는 것은 그것이 지금까지 일관되게 견지해온 소설의 스펙트럼일 것이다.

그녀는 근친이나 친구의 죽음으로 야기된 상실감과 허탈감, 고독감에 허덕이면서도 그것을 극복하려는 현대인들에게 자신의 따스한 시선으로 문학적인 조명을 견지해왔다. 그것은 사랑, 죽음, 삶, 권태, 집착, 재인식, 오컬트 등의 다양한 변주로 나타나며 이는 소설의 색깔을 결정짓는 중요한 요인이기도 하다. 이중 오컬트는 뉴에이지 운동의 양상과도 연루되어 현재의 물질세계라는 가시적인 세계를 뛰어넘어 비가시적인 세계에서의 신비한 체험을 통해 삶을 재발견·재해석하려는 시도이다. 이것은 바나나의 소설이 갖고 있는 또 하나의 선율이며 남다른 장점이자, 가치이기도 하다.

본장에서 다루고자 하는 소설 『죽음보다 깊은 잠』도 위에서 언급한 바나나 소설의 전형적인 형태를 띠고 있으며 잠에 대한 작가의 독특한 시선이 나타난 점에서는 독자성을 확보하고 있는 점에서 가치가 인정되고 있다.

생물학자 폴 마틴Paul Martin은 그의 저서에서

> 생의 1/3이 잠으로 채워지는 것에 비하면 소설, 전기문학, 사회, 역사는 물론, 신경생리학이나 심리학, 의학에 관한 학술적인 교재에서조차 잠의 비중은 극히 적다. 책에서는 별로 언급하지도 않지만, 그나마 나오는 잠에 대한 설명조차 잠의 부정적인 양상과 관계된 부분이 거의 전부이다. 문학 작품에서도 불면증이나 악몽만이 크게 부각된다. (중략) 우리가 얼마나 잠을 무시하는지는 문학 작품에 잠이 빠져 있는 것만 봐도 분명하게 알 수 있다[214]

---

214 폴 마틴Paul Martin, 서민아 옮김, 『달콤한 잠의 유혹』, 대교베스텔만, 1999, p.18, 이하 상게서는 페이지만 표기.

며 인간의 시간에서 차지하는 잠의 커다란 비중과는 달리, 인간의 잠에 대한 무시와 무관심에 대해 아픈 성찰을 하고 있다.

요시모토 바나나는 이런 인간의 맹점을 보기 좋게 파고들며 현대인에게 있어 잠의 절실한 측면에 포커스를 맞추고 있다. 어떤 의미에서는 상실의 아픔에 시달리는 현대인에게 나름대로의 복음을 전하려는 바나나가 이런 점에 주목한 것은 매우 당연한 귀결일 것이다.

하라 마스미原マスミ는

> 독일의 천문학자 오르바스는 〈이 우주에는 태양급의 별이 산재해있는데 밤은 어째서 어두운 것일까?〉라는 패러독스를 쏟아냈다.
>
> 하지만 이 지상에서 빛으로 가득 찬 오후라는 시간대도 우주라는 광대한 밤하늘 속에서는 너무나 국지적인 사상事象이고 우리들이 멋대로 〈낮〉이라는 별칭으로 부르고 있는, 〈별이 잘 드는 밤〉인 것이다. (중략) 바나나 작품에서는 밤의 장면이 많고 주인공들은 반드시 그 풍경 속에 세워져 있는데 그것은 대낮보다도 실물의 정체를 도드라지게 하는 〈밤의 명도〉의 효과를 빌리기 위한 것뿐만이 아니다. 우선 바나나가 말하는 〈밤〉이란, 문학적 지평에서 본 배경적 야경이 아니라 〈우주라는 무한의 자릿수까지 펼쳐지는 밤〉이고 그것은 소설에 사용하는 대도구로서는 이례적으로 방대하고 심오한 공간이다. 그 규모 속에 인간을 놓음으로써 작자는 〈고독〉을 부조浮彫한다. 까마득히 광활한 우주공간에서 조차 개인의 영혼의 존재를 엄연하고 단단한 점点이라는 점을 천착하여 존재=고독이라는 의미를 명료하게 조각해낸다[215]

며 바나나 소설 속의 밤이라는 배경이 야경의 의미를 초월하여 끝없는

215 요시모토 바나나, 『白河夜船』, 福武文庫, 1998, p.222, 이하 페이지만 표기.

우주공간 속에 존재하는 인간의 원천적인 고독을 조각해내는 도구라는 점을 지적하며 밤과 고독의 연루를 강조하고 있다.

본장에서는 『죽음보다 깊은 잠』에 나타나 있는 잠의 양상을 밤과 고독과의 관계 분석을 통해서 요시모토 바나나의 문학이 지향하고자 했던 또 다른 작은 지향을 찾고자 한다.

1. 감수성의 과잉과 인식의 공백 사이

「백하야선白河夜船[216]」이란 제목이 '앞뒤 분간하지 못할 만큼의 죽음보다 깊은 잠'이란 의미의 일본식 4자성어이긴 하지만 글자 그대로 직역하면 '흰 강위에 떠있는 밤 배'라는 뜻이다. 말 그대로 구체적인 이미지이면서 동시에 몽환적인 심상心像을 갖고 있으며, 그곳에는 시간의 진행만을 풍길 뿐 그 어떤 지향도, 시작도 끝도 느낄 수가 없다. 그것은 바로 미래가 실종된 채, 현재시제만 존재하는 주인공 테라코의 메타포이기도 하다. 일반적으로 잠도 또한 반半 현실에 반半 몽상의 영역이며 그 자체는 진행으로서만 의미가 있을 뿐 그 어떤 지향이나 목표가 없다.

주인공 테라코는 현재 사랑하고 있는 유부남과의 사랑을 위하여 직장이 방해된다며 사직 한 채 남자가 대주는 돈으로 생활하며 아무런 부족을 느끼지 못하고 있다.

이 작품에 나타난 주인공은 잠과 깊게 연루되어 있다. 그 무엇 하나 확신이 없는 주인공에게 가장 확실한 팩트가 있다면 수시로 졸음이 쏟

216 원래는 이 말이, 교토京都에 간 적이 없는 사람이 여행한척 하다가 지명인 시라카와白川에 대해서 질문을 받자 그곳을 강으로 착각하고 밤배로 다녀왔기 때문에 모른다고 대답했다는 데서 '모르면서 아는 척 한다'는 뜻을 담고 있다.(『日本国語大事典』, 小学館, 2001, p.243) 하지만 작가는 '세상모르고 깊은 잠에 빠진다'는 이 사전의 두 번째 의미와 이 4자의 어휘가 풍기는 시적 의미를 제목으로 채용하고 있다.

아진다는 것이다.

> 밀물처럼 졸음이 찾아든다. 이젠 참을 수가 없다. 이 졸음은 한없이 깊어 전화벨소리도, 밖을 달리는 자동차 소리도 내 귀에는 울리지 않는다. 고통도 없고 고독하지도 않다. 거기에는 다만 쏟아지는 잠의 세계만이 있을 뿐이다.[217]

지극히 일상적인 장면이지만 작가가 잠의 세계를 예의주시하고 있다는 점이 명확하게 나타나 있다. 일단 주인공인 테라코는 잠에 빠져들면 안팎의 일상적인 소리와 절연된다. 이것은 일상에서 해방을 의미한다. 당연히 잠을 자는 동안만은 주인공에게 질긴 인연처럼 따라다니는 고통과 고독에서도 해방된다.

다음은 테라코가 애인과 첫 만남 뒤, 헤어지기 아쉬워하는 장면이다.

> 이어지는 라이트 야경 밑바닥으로 가라앉아버릴 것처럼 나는 위축되어 있었다. 어째서 그토록 외로웠는지 모른다. 그는 여느 때처럼 상냥하게 농담도 했고 나도 웃었다. 하지만 공포가 가시지 않았다. 그대로 얼어붙어버릴 것 같았다.
>
> 그러나 왠지 그러는 사이에 나는 어느 틈엔가 깜빡 잠이 들어버렸다. 정말로 언제 잠들었는지 전혀 생각이 나지 않는다. (중략) 가장 괴롭고 슬펐을 몇분인가가 홀연히 사라져버렸기 때문에 나는 잠은 내편이야 라며 이별할 때 손을 흔들며 감동했던 것이다.(p.53)

사랑하는 사람과 헤어질 때 감내해야 하는 엄청난 이별의 고통을 잠이 구원해주었다는 장면이다. 잠이 테라코의 가장 괴롭고 슬픈 순간을

217 요시모토 바나나,『白河夜船』, 福武書店, 1989, p.7, 텍스트, 이하 페이지만 표기.

데리고 홀연히 사라져주었다는 점에서 인류가 그토록 무시했던 잠의 속성에서 긍정의 의미를 찾아내고 있는 작가의 모습이다. 작가는 거대한 신대륙처럼 결코 친숙하지 않거나 거의 무의미한 영토인 잠의 세계에 주인공을 던져놓고 그곳에서 새로움을 읽어내려 하고 있다. 이런 과정에서 주인공 테라코의 가장 두드러진 특징은 잠을 통해서도 스스로의 실존을 확인할 수 있다는 것이다.

하지만 테라코의 의식 속에는 잠에 대한 독특하고 긍정적인 의식만 있는 것은 아니다.

> 선진사회의 생활양식은 지난 세기 동안 급격하게 변해 잠과 꿈의 지위는 계속 낮아져 대부분의 현대인은 인류 역사상 그 어느 때보다 잠을 적게 자는 것 같다. 우리는 수많은 사람들이 오랜 시간 일하고, 오락과 레저의 기회가 무궁무진하며, 잠이란 다른 일에 비해 별 볼일 없는 것으로 여겨지는 시대에 살고 있다. 인류는 자기도 모르는 사이에 잠을 자지 않는 이유를 많이도 만들어 냈다. (전게서, p.47. 이하 쪽만 기록)

라며 폴 마틴은 잠과 꿈의 지위를 지속적으로 강등시켜온 현대인들을 냉소하고 있다.

본 소설 속 주인공의 잠에 대한 인식도 여기서 전혀 다르지 않다.

> 잠을 깨는 순간만이 약간 허전하다. 옅게 흐린 하늘을 보자 잠들고 나서 상당한 시간이 흐른 것을 느낀다. 잠들 생각은 없었는데 하루를 날렸다고 생각한다. 굴욕과 비슷한 묵직한 후회 속에 나는 오싹해진다. 언제부터 잠에 몸을 내팽개친 것인가? 언제부터 저항을 포기해버린 것인가? 내가 발랄하게 늘 분명하게 깨어 있었던 것은 언제쯤일까? 그것은 너무나도 까마득해서 태곳적 이야기

처럼 생각된다.(p.7)

어떻게 보면 잠만큼 어처구니없는 사건이 없다. 좀 전까지 그토록 치열하고, 그토록 정열적으로 살던 사람들이 잠깐 동안의 유예기간을 거쳐 죽은 듯이 누워있거나 유치한 잠꼬대를 하면서 몇 시간을 날리는 것이 잠이라는 사건이니 말이다.

테라코는 한 남자의 애인으로 살아가고 있으며 열정을 가진 것도 아니고 목표를 향해 열심히 뛰지도 않는데다가 여가나 여유를 즐기는 스타일도 아니다. 따라서 딱히 할 일이 정해진 것도 아니면서도 잠을 자버린 것에 대해 탄식을 하고 있다.

잠으로 인해 잠시나마 구원을 받은 앞 인용의 잠에 대한 찬가와는 정반대로 잠에 대한 인습적인 생각[218]에 젖어 낮잠을 잔 행위에 대해 굴욕감을 느끼고 있다. 감상의 과잉이라고 할 수 있다. 자신이 현재 어떤 위치에 있고 어디로 향하고 있는지에 대한 정작 중요하고 절실한 인식은 결여된 채 잠을 자버린 스스로에 대한 자책감만이 팽배한 모습이며 잠에 몸을 내던진 자신의 현실에 대해 절망하고 있는 것이다.

하지만 그런 깊은 잠 속에서도 단 한줄기의 의식만은 살아 있는 희한한 잠이다.

> 나는 가령 잠들어 있어도 남자친구의 전화만은 알 수 있다.
>
> 이와나가岩永씨의 전화벨만은 소리가 분명히 달리 들린다. 왠지 나에게는 어떤 상황에서든 감지된다. 다른 모든 소리가 밖에서 들려오는데 그로부터의 전화는 마치 헤드폰을 끼고 있는 것처럼 머릿속으로 기분 좋게 메아리친다. 그리고 내가 일어나 전화기를 들

218 우리에게서 잠이란 싱싱한 생명력을 회복하기 위한 휴양의 의미도 있지만 흔히 살아있는 사람의 삶을 갉아먹거나 눈뜸을 향하고 있는 작은 죽음이라는 인습적인 인식이 지배한다.

면, 오싹할 정도로 낮은 목소리로 그가 내 이름을 부른다.(p.8)

이 전화벨은 현실과 소통할 수 있는 유일한 핫라인이다. 포유류인 돌고래가 바다 속에서 인간처럼 잠을 자다가는 익사하고 말기 때문에 뇌를 두 개로 나누어 한 쪽이 잠에 곯아떨어지면 다른 쪽은 깨어 있는 상태를 유지하는 편두엽 잠을 잔다는데 주인공인 테라코도 자기확인을 위한 뇌의 상태는 활동상황을 유지한 채로 깊은 잠에 빠져든다. 그리고 그 전화소리로 자신의 실존을 확인한다.

> 자는 동안에도 시각, 청각, 후각, 미각, 촉각과 같은 모든 감각기관은 여전히 활동한다. 모든 종류의 감각적인 자극은 수면에 영향을 미칠 수 있다. 그러나 주된 변화는 이러한 감각기관이 어떻게 작용하느냐와 들어오는 감각정보를 뇌가 어떻게 처리하느냐에 있다. (중략) 자는 사람에게 감정적으로 의미 있는 소리는 뇌의 특정부위에 더욱 활발한 활동을 유도한다.(p.164)

한 척의 배를 타고 어둠의 세계를 표류하며 어디로 향하며 어디로 안착할지 모른다. 이대로 잠을 깨지 못한 채 영원한 밤의 주민이 될지도 모른다. 그런 아득함 속으로 구원의 메시지 같은 전화벨이 울리면 죽음과 같은 그녀의 잠의 세계는 갑자기 어둠을 차고 일어나 삶의 현장으로 홰를 친다. 여기서 전화는 잠과 현실이 조우하는 가교架橋로 탈바꿈 한다.

> "또 자고 있었어요?"라고 말한다. 보통 때는 전혀 경어를 섞지 않고 말하는 그가 그렇게 물어오는 말투가 너무나 맘에 들어서 들을 때마다 세계가 콱 닫히는 듯이 생각된다. 셔터가 내려오듯 눈앞이 깜깜해진다. 그 울림의 여운을 영원처럼 느낀다. 〈그래, 잤

어〉 역시 의식이 또렷해진 나는 말한다.(p.9)

자신이 자고 있던 모습을 세계와 차단된 닫힌 공간에서 상대방으로부터 은밀하게 확인받는 것을 가장 행복하게 여기는 테라코의 모습이 선명하게 나타나 있다.

그래서 테라코는 달콤함을 담은 그 목소리의 여운을 길게 느끼고 싶은 것이다.

> 혹시 지금, 우리들이 하고 있는 것이 진정한 사랑이라고 누군가가 보증해준다면 나는 안도한 나머지, 그 사람의 발아래 무릎을 꿇을 것이다. 그리고 그렇지 않고 이것이 지나쳐 가버리게 되면 나는 지금처럼 쭉 자고 싶으니 그의 전화소리를 인식 못했으면 좋겠다. 그리고 나를 당장 혼자로 만들었으면 좋겠다. 그런 불안한 마음으로 나는 그와 만나서 1년 반의 여름을 맞았다.(p.9)

잠도 사랑도 자신의 인식보다는 누구에겐가 확인 받기를 선호하는 주인공의 현재의 심리상태가 나타난 인용이다. 주인공의 감수성은 과잉 상태이나 의지는 약화된 상태의 불균형에서 이 소설은 출발하고 잠에 대한 인식도 이 영향권에 있다. 따라서 주인공에게 잠의 의미는 찬가이든 환멸이든 극단을 치달을 수밖에 없다. 아끼던 단 한사람의 친구가 저 세상으로 사라져버린 주인공에게는 현재 시제만 있다. 현재 눈앞의 가시적인 상태만이 그녀의 모든 것을 보장할 수 있지만 눈앞에 보이는 현실조차 확신이 전혀 없다. 따라서 잠을 자는 행위나 심지어는 사랑을 하는 행위조차도 누군가의 보증이 필요하다는 점에서 동일선상에 존재한다. 또한 사랑과 잠이 현재진행형만으로 존재한다는 점에서 감수성의 과잉과 인식의 공백은 주인공의 잠이란 행위로 너무 잘 나타나있다.

2. 자연적인 잠과 관습적인 잠 사이

이 소설의 테라코의 잠의 행태나 잠에 대한 인식은 앞장에서와 같이 인습의 답습형태도 있지만 현대의 잠의 행태를 보기 좋게 배반하는 경우도 있다.

폴 마틴은 다음과 같이 현대인간의 잠의 행태에 관해서 역설하고 있다.

> 대부분의 사람들은 피곤할 때가 아니라 잘 시간이 되면 자고 일어나고 싶을 때가 아니라 일어나야 할 때 일어난다. 17세기까지만 하더라도 분침이 달린 시계는 별로 쓸모가 없었다.(p.55)

그의 증언처럼 우리 인간에게 있어서 잠의 가장 이상적인 형태는 졸릴 때 자고 일어나고 싶을 때 일어나는 것일 것이다. 현대인의 생활의 틀은 그런 잠의 형태를 송두리째 무효화시키며 잠에 대한 우리의 인식마저 바꾸어 놓았다. 인생의 1/3이란 긴 시간을 우리는 어느 틈엔가 왜곡된 채로 삶의 틀을 육체에 맞추는 것이 아니라 삶의 틀에 육체를 맞추는 것에 순치되어왔고 생활뿐만 아니라 생각조차도 그 틀에 제어되어 왔으며 작가는 바로 이 점을 주목하고 있는 것이다.

> 옛 친구를 만나자 죽은 시오리가 생각나서 혼란스러웠다. 얼른 집으로 돌아왔다. 방안에는 샤워처럼 햇살이 흐르고 있었다. 쏟아지는 햇살을 등으로 받고 옷을 개면서 에어컨 바람을 쏘이며 나는 옷을 개다말고 꾸벅꾸벅 졸기 시작한다. 이럴 때의 낮잠은 기분이 상쾌해진다. 스커트만을 벗고 미끄러지듯이 침대로 갔다.(p.23)

절친했던 죽은 친구가 불현듯 생각나서 감정이 혼란스러운 나머지 얼른 집으로 돌아왔고 엄습해오는 졸음에 미끄러지듯이 침대로 들어가는 테라코의 모습은 너무나도 자연스럽다. 잠은 이런 식으로 자야하며 이런 형태가 진정한 삶이라는 것을 테라코는 시범으로 보여주고 있는 듯하다.

우리 현대인은 원초적 자연스러운 잠을 지극히 관습적인 것으로 만들어 버렸다.

어머니의 자궁 속에서 즐기던 원초적인 잠에 대한 그리움이 이렇듯 자연스럽게 빠져드는 잠의 모습을 유별나게 아름답게 보이게 하는 것인지도 모른다.

그리고 위 인용에서 간과 할 수 없는 것이 정서적으로 혼란이 엄습했을 때 집으로 들어왔고 결국 깊은 잠으로 빠져든 것이다. 잠은 삶의 과정에서 생긴 삭히기 어려운 현실의 아픔이나 고통을 조금이나마 완화시키고 삭히는 작용이 있다는 점을 막연하게 드러내고 있다.

> 택시를 잡아타고 집으로 돌아와 세탁기를 돌리며 소파에 기대었다가 다시 꾸벅꾸벅 졸기 시작했다. 정신을 차려도 이미 머리는 조금씩 등받이로 가라앉아 가고 있다. 퍼뜩 깨어서 잡지를 뒤적거리지만 정신을 차려보니 같은 곳을 반복해서 읽고 있었다. 마치 교과서를 응시하며 조는 오후 수업중의 시간과 같았다. 또다시 눈을 감았다. 밖의 흐린 하늘이 방속으로 흘러 들어와서 뇌수를 건드리고 있는 것처럼 느꼈다. 돌아가는 세탁기 소리도 잠을 깨지는 못했다. 나는 이미 될 대로 되라는 식으로 블라우스와 스커트를 바닥에 훌훌 벗어던지고 침대로 들어갔다. 이불은 차가운 감촉이지만 기분이 좋았고 베개는 달콤한 잠의 형태로 부드럽게 가라앉아 있었다.(p.67)

작가가 고교시절 학교에서 그렇게 졸려서 참을 수 없었다는 체험이 현대인이 답습하고 있는 관습적인 잠에 대한 배반으로 나타나 있다.

테라코가 시간에 구애됨이 없이 자고 싶을 때 옷을 훌훌 벗어던지고 빠져드는 자연스러운 잠의 형태가 인간의 원초적인 잠의 형태로 구현되고 있는 것이다.

삶의 영역에 의해 많이 침식되어 절대량 부족의 잠에 익숙해져버린 현대인들에게 자연스러운 잠으로 복귀해야한다는 메시지와 함께 과거 고교시절 학교에서 졸음과 힘겨운 싸움을 벌이던 체험에 대한 작가적 회한에 대한 살풀이[219] 인지도 모른다.

이 잠은 단순한 잠이 아니고 사랑과 강하게 연결되어 있으므로 테라코의 이 온전하고 자연스런 잠에는 확실한 주기가 있다.

연인과 함께 잠든 밤의 풍경이 그녀의 심상풍경과 함께 여실히 나타나 있으며 그와의 사랑이 밤과 잠과 깊이 연루되어 있다는 사실에서 알 수 있다.

> 내게 있어서 그것은 그 때까지 본 적이 없는 경험이다. 왠지 그를 통해서 거대한 밤과 자고 있다는 느낌이다. 말이 없는 만큼 그 본인보다도 더욱 깊은 곳에 존재하는 그와 완전하게 포옹하고 있는 듯한 느낌이 든다. '이제 그만 잘까?'라고 그가 몸을 떼어낼 때까지 아무것도 생각하지 않아도 좋다. 눈을 감고 진짜 그를 느끼기만 하면 그만이다. 그것은 이슥한 밤의 일이다.(p.14)

219 본 소설이 수록된 3편의 작품에 대해서 작가는 다음과 같이 밝히고 있다.
"이 3개의 이야기는 어떤 폐쇄된 상태, 시간의 흐름이 정지된 기간 중에 있는 사람들의 「밤」을 그린 것뿐입니다. 그러므로 이 3개의 이야기는 형제이며 어떤 의미에서는 커다란 하나의 이야기가 될지도 모릅니다. 그리고 그중 셋 모두 역시 어떤 의미에서는 나의 체험에 근거하고 있습니다. 내가 이 기간에 체험한 장어라든가, 불꽃놀이라든가, 쏟아지는 잠이라든가, 술, 그리고 다른 사람과의 만났던 것, 그 외의 여러 가지 다양한 것에서 얻은 감동이 형태를 바꾸어 이렇듯 이야기가 된 것입니다. 그리고 나는 오늘도 그러한 감동을 찾아서 필사적으로 밤낮을 헤매는 것입니다."(텍스트 p.212) 작가는 고교시절 학교에서 졸음과 싸우는 일이 가장 힘들었다고 고백했다.(『なるほどの対話』, p.13)

거대한 밤과 자고 있다는 느낌에서 비롯되는 완전한 포옹은 밤과 잠이 있으므로 가능하다. 밤과 잠이 공통으로 갖고 있는 속성인 은밀함이 가장 훌륭하게 보장된 시간인 깊은 밤, 거대한 밤에서는 오롯이 그를 느낄 수 있다. 그 시간에 만날 수 있는 그는, 여느 시간의 그와는 사뭇 다른 더 깊고 그윽한 그인 것이다. 우리 루틴적 잠에 익숙한 보통사람들은 흔히 상대와의 그윽함과 만날 수 있는 기회를 놓치고 있다는 작가의 메시지도 읽어낼 수 있는 것이다.

관습적인 잠의 시간대로 본다면 완전히 곯아떨어지고 말 시간대가 자연스런 잠의 시간대에서는 이렇듯 상대방 깊은 곳까지 음미할 수 있는 윤택한 시간이라는 말이다. 따라서 이런 거대한 밤의 시간대에서는 완전한 사랑을 만끽할 수 있는 것이다.

테라코는 잠을 만끽하면서 그 자연스런 잠이 가져다주는 혜택을 마음껏 누리고 있다. 그녀의 이런 자연스런 잠은 밤의 끝자락까지 이어진다.

저녁의 어스름함을 일본적인 가장 아름다운 시간이라고 예찬했던 타니자키 중이치로谷崎潤一郎[220]의 수필처럼 관습적인 잠에 익숙해진 사람들은 도대체 완충의 시간을 느끼지 못하며 살아간다. 밤과 낮만이 존재할 뿐 새벽이나 저녁이 아침이나 밤으로 이행해가는 과정의 시간인 어스름함은 전혀 음미할 수가 없는 것이다. 이것도 인간들이 만든 제도의 잠에서 비롯되었다. 자연스러운 잠은 현대인들이 간과해버린 새로운 세계를 경험하게 한다.

역사적으로 아주 최근까지도 대다수의 사람들은 태양에 의지

220 타니자키는 관동대지진의 공포로 관서지방으로 피신하며 그는 그곳에서 엑조티시즘과 과거 에도정서에 심취한다. 그리고 낮과 밤의 중간지대인 어스름함의 시간대가 갖는 아름다움을 일본적인 시간으로 보았고 어둑한 가옥구조 등을 일본적인 공간으로 보았으며 일본의 미는 그것을 기반으로 생겨난 문화라고 밝히고 있다. 『박명 예찬陰影礼賛 1935』

> 해서 시간을 맞추었고 전구의 스위치를 탁 건드리기만 하면 순간적으로 빛이 들어오고 꺼지는 세상이 아니라 새벽녘과 해질녘 서서히 변화하는 빛의 강도를 느끼는 세상에서 살았다.(p.56)

그녀가 그와의 사랑을 만끽하는 것은 밤과 자연스런 잠이 가져다준 선물인데 당연한 귀결로 이 자연스러운 잠은 밤의 끝자락까지 이어진다.

> 그와 있으면 때때로 밤의 끝자락을 보고 만다. (중략) 두 사람 사이에 있는 복잡한 사정 탓인지도 모르고, 내가 두 사람의 일에 관해서 좋아한다는 감정이외의 그 어떤 것도, 어떻게 하고 싶다는 분명한 감정을 갖고 있지 않기 때문인지도 모른다. 단 한 가지 확실히 알고 있는 것은 이 사랑이 외로움으로 지탱되고 있다는 사실뿐이다. 이 빛나는 듯한 고독한 어둠 속에서 두 사람이 비밀리에 존재하는 것과 찌릿찌릿 저리는듯한 기분에서 털고 일어나지 못하고 있는 사실이었다. 그것이 밤의 끝자락이었다.(p.15)

한밤중에 느끼던 그와의 완전한 사랑과 밤의 끝자락에서 느끼는 그와의 외롭고 초조한 사랑은 너무나도 딴판이다. 밤의 변화에 의해서 조명되는 사랑의 모습이 대조되어 잘 나타나 있다. 은밀함이 보장되었던 한밤중의 그윽함이 가져다 준 완전한 사랑이, 어둠의 터널을 벗어나 빛을 맞이하려는 시간이 야기하는 자각과 종말로 인하여 그토록 애틋한 사랑으로 바뀌어 있다.

다시 말해서 한밤중에서 있었던 사랑에 대한 환상과 완전한 조화가 새벽녘 어스름에서 하릴없이 허물어지고 있는 것일 수도 있다. 이것도 자연스러운 잠이 닻을 내리고 있는 각성의 세계이다. 밤과 사랑이 톱니바퀴처럼 연동되어 변화하고 있다.

사랑에 대한 환상을 지켜주는 것도 밤과 잠이고 사랑의 실체를 성찰케 하는 것도 밤과 잠의 역할이다. 밤과 잠의 또 다른 이면의 세계를 들여다 볼 수 있는 기회는 테라코가 누리는 자연스런 잠이 가져온 결과인 것이다.

3. 잠의 오컬트적 변주

인간생활 속에서 가장 극단적으로 개별적일 수밖에 없는 것은 역시 잠일 것이다. 부부가 아무리 가깝다고 해도, 자식이 아무리 사랑스럽다 해도 잠의 세계에 함께 동참할 수는 없으며 함께 잠든다 해도 빠져드는 잠의 세계는 각각 별세계이다.

폴 마틴은 이 점을 다음과 같이 지적하고 있다.

> 배우자와 함께 침대를 쓸 때조차 잠은 극히 개인적이다. 깨어 있을 땐 모두가 평범한 세상에서 함께 살아가지만, 잠을 잘 땐 각자 자기만의 세상 속으로 들어간다.(p.13)

요시모토 바나나는 이 점에 있어서도, 주인공의 친구인 시오리의 기묘한 아르바이트를 통해서 인습의 전복을 시도한다.

> 뭔지 모르겠지만 시오리는 이상한 일의 포로가 되어가고 있는 느낌이었다.
>
> 그녀가 하는 것은 다만 손님과 곁잠을 자는 것이었다. 나도 처음에 들었을 때는 놀랬다. (중략) 그곳에서 시오리는 일주일에 몇 번인가 손님과 아침까지 잠을 자는 것이다.(p.25)

테라코의 둘도 없는 친구인 시오리가 하는 아르바이트는 손님 옆에서 손님과 함께 자는 일이다. 그 통속적인 섹스관계가 아니라 그 손님들 곁에서 자기만 하면 되는 그런 일이다.

> "나는 밤 내내 잘 수는 없어, 혹시 손님이 잠에서 깨어 있는데 내가 쿨쿨 자고 있다면 그것은 프로가 아니지. 나는 손님을 외롭게 해서는 안 돼, 손님들은 모두 한 가닥 하는 사람들이야." (중략) "모두들 상당히 기묘한 형태로 상처를 받고 피곤에 지친 사람들뿐이야. 자기 스스로가 피곤하다는 사실조차 모를 정도로 말이야. 그리고 반드시 한밤중에 잠을 깨지, 그럴 때 희미한 불빛에서 내가 미소를 보내는 것이 매우 중요해. 그리고 냉수를 한잔 건네주는 거야. 커피 따위도 있지만 그럴 땐 부엌에 가서 타주지. 확실하게 그렇게 해주면 대개 안심을 하고 다시 푹 잠드는 거지." (중략) "사람은 모두가 누군가가 옆에서 자주기만 된다고 생각해. 여자도 있고 외국인도 있어. 그렇지, 그런 사람의 옆에서 자고 있으면, 그리고 숨결에 맞추어서 호흡을 하다보면 그 사람 마음속의 혼돈을 빨아낼지도 몰라. 잠들면 안 된다고 생각하면서도 꾸벅꾸벅 졸다가 꿈을 꾸는 경우도 있어."(p.27)

인간의 수요와 공급을 통한 소비형태가 세분되고 다양화하지만 곁잠이라는 수요가 있고 그것을 충족시켜주는 공급형태의 아르바이트는 기묘하기까지 하다.

> 스탠퍼드 대학의 윌리엄 데먼트는 지금 인류는 〈전 세계적으로 피곤에 절어 있다〉고 주장했다. 데먼트는 현대의 선진국 사람들은 1세기전보다 평균 1시간 반이나 잠을 덜 자며 따라서 대부분의 현대인들은 25~30시간 정도 누적된 수면 부족 시간을 떠안고 살아간다고 추정한다.(p.47)

이 소설에서는 윌리엄 데멘트의 주장을 그대로 답습하듯 부족한 현대인의 잠으로 이야기를 풀어나가고 있다. 그러면서 문제의 근간을 직접화법으로 피력하는 것이 아니라 주인공이나 작중인물의 잠의 형태로 의식과 무의식을 추적해 나가는 간접화법의 방식을 취하고 있다.

이 소설에서도 작중인물은 상처투성이로 피곤에 지쳐있으며 작가는 그들이 어떤 형태로든 보상받아야 한다고 진단한다. 그중 한 가지 방법으로 작가는 이 작품을 통해서 잠을 통한 보상을 제시하고 있다. 즉 잠을 자는 사람 옆에서 함께 곁잠을 자주면 곁잠 자주는 사람이 피곤에 지치고 상처투성인 사람들의 혼돈이나 어둠을 모조리 빨아내줄 수 있다는 오컬티즘의 세계[221]의 제시가 바로 그것이다.

이것은 질주하는 현대사회의 치열한 경쟁 속에서 자신을 돌보기는 커녕 누릴 수 있는 잠의 특권마저 야금야금 잠식당한 채 어디론가 끝없이 견인되어가는 우리 현대인들에게 작가가 던져주는 곁잠을 통한 치유라는 문학적인 제안이다.

바나나 문학의 독특한 선율을 이루고 있는 것이 바로 이 오컬티즘이고 이것은 작가의 공상 세계에 대한 확고한 믿음이 뒷받침되고 있다. "유년기의 일들 중에서 이것이 없었다면 소설을 쓸 수 없었을지 모를 어떤 것이 있느냐?"라는 질문에 작가는 서슴없이 "공상의 세계에서 리얼리티를 느낄 수 없었다면 이렇게 감상이 예민해지지는 않았을 거라

221 라틴어의 Occultus(감추어진 것)가 어원이다. 근대서양의 신비주의 운동이나 비밀결사, 마술결사 등의 주의, 세계관, 지식체계나 그 실천을 의미한다. 결사 등에서 그 전통이 신적 존재로부터 비밀리에 위탁되어 태고부터 비전秘傳에 의해 한정된 사람에게만 전수되어 온 것이라는 주장에 의해서 그렇게 부르게 되었다. 초자연적인 존재나 법칙이 되는 것을 파악하려는 기술 및 그러한 정신적인 결과를 얻을 수 있는 지식체계를 지칭한다. 합리적인 이성에 의해 만물을 이해하려는 근대의 자연과학과는 상반되지만 신비학도 근대의 산물이라는 점에서 자연과학의 성과에 편입시키기도 한다. 요컨대 어떤 초월적인 현상이나 숨겨진 힘 따위를 추구하거나 연구한다. 자연 또는 인간의 숨어 있는 힘이나 현상을 연구하는 비학 occult arts or sciences의 총칭 및 그것을 실용화하려는 태도로 은비학隱秘學 또는 은비론, 신비주의 등으로 번역된다.(Wikipedia 참조)

고 생각한다[222]"고 밝히고 있으며 일상속의 비일상에서도 진실성을 느꼈다고 증언하고 있다.

> "안대를 한 어둠의 세계와 조우하는 것은 쓸쓸했지만 만화 속에서는 인간이 인간이외의 존재와 함께 살아가는 것이 가능했고 (중략) 당시 슬픈 나에게 간절했던 것은 가족의 사랑과 공상의 세계로 이끄는 만화친구만이 중요했어요." (중략) "나는 오로지 후지코藤子월드의 유쾌한 친구들과 혼자만의 시간, 눈에 보이지 않는 시간을 보내고 있었던 것입니다." "그 별세계는 죽음이나 사명은 없고 일상과 일상 속에 비일상이 그려져 있어 그곳에서 진실미를 알아차린 것이죠."[223]

어렸을 적부터 길러온 작가 특유의 공상의 세계에 대한 리얼리티가 작가로 하여금 예민한 감상을 만들어 냈다는 이야기이다.

> "정말 말한 그대로야, 시오리." "최근 알 수 있을 것 같은 느낌이 들어. 그림자처럼 그 사람 옆에서 잠들면 그림자를 빨아들이는 것처럼 마음을 그대로 카피해버릴지도 몰라." "그렇게 해서 너처럼 여러 사람의 꿈을 간파하게 되면 어느 틈엔가 자신에게 되돌아올 수 없고 그것이 과부화가 되어 죽을 수밖에 없었는지도 몰라."
>
> 여느 때처럼 단숨에 잠이 쏟아지기 전에 그것을 생각한 탓인지 나는 시오리가 죽고 나서 처음으로 생생한 시오리를 꿈꾸었다. 마치 눈앞에서 현실처럼 생생하고 리얼한 꿈이었다.(p.57)

우리 인간에게는 가시적인 세계와 비가시적인 세계가 존재하며 비

222 『B級BANANA』, 角川書店, 1999, p.13
223 吉本ばなな, 『夢について』, 幻冬舎, 1994, pp.130-131

가시적인 세계에서의 신비한 체험을 통해 신의 세계와 인간의 세계, 정신세계와 물질세계를 연결하며 접신接神 성격을 가진 영매를 통해 인간과 영혼세계가 교통하고 있다고 믿고 있는 뉴에이저[224]의 생각을 대변하는 테라코의 모습에서 잠과 꿈은 비가시적인 세계와 교통하는 환경이자 매개체이다.

> 한동안 주변을 응시하면서 급격하게 현실로 돌아왔다. 너무나도 꿈의 힘이 강했기 때문에 머리가 지끈거리며 눈앞의 모든 것이 거짓말 같았다. 오랜만에 시오리를 만난 감촉만이 생생했다. 알았다. 어떻게 된 일인지 정말 알 수 있는 느낌이 들었다. 곁잠은 내가 제공받아야 했다. 지금 나와 같은 사람 말이다. 혹시 시오리가 내 곁에서 있었다면 지금과 같은 강력한 꿈을 꾸었음에 틀림없다. 보고 있는 것을 끌어당기는 또 하나의 현실, 리얼한 색깔과 시점, 감촉..... 나는 뭔가 깜짝 놀란 채로 침대 커버를 응시하고 있었다.(p.62)

테라코가 현실보다도 더 현실처럼 가깝게 다가왔던 시오리의 꿈을 꾸면서 죽은 시오리와 진정으로 소통하는 느낌에 사로잡힌 장면이다. 이제야말로 시오리를 이해하게 되었으며 자신이야말로 곁잠을 제공받아야한다고 느끼는 것이다. 시오리가 살아 있을 적에 그토록 그녀를 이

224 글자 그대로 신시대를 의미하지만 새로운 세계와 새로운 사상을 함의含意한다. 요한묵시록에 보이고 일부 기독교도가 채용한 천년사상이 있다. 즉 신과 악마의 싸움이 천년이나 계속되고 결국에는 신이 승리하여 뉴 에이지가 온다는 것이다. 기본적으로는 낡아서 도움이 안 되는 가르침을 버리고 진정한 의미에서의 가르침을 분명히 하려는 운동으로 영성회복운동이 주류이다. 이 운동은 60년대 〈카운터 컬쳐〉가 직접적인 기원이다. 초자연적, 정신적 사상을 가지고 기존의 문명이나 과학, 정치체제 등에 비판을 가하고 그들로부터 해방되어 진정으로 자유롭게 인간적인 삶을 모색하려는 운동이다. 그 가운데에는 반 근대, 반 기존과학, 탈서구문명, 긍정적 사고(개인에 내재하는 힘과 가능성의 강조), 오감이나 신체성, 주관적 체험의 중시, 쾌락의 감각과 욕망의 긍정, 구래의 사회도덕에 대한 부정과 극단적인 자유주의 사상 등의 공통항을 가지고 신구의 잡다한 요소가 서로 역동적으로 얽히면서 공존한다.(Wikipedia 참조)

해한 것 같았던 사실이 이 꿈을 통해서 자신이 시오리의 생존 중에는 그녀와 진정으로 소통을 하지 못했다는 사실을 비로소 깨닫게 된다. 따라서 이 꿈은 죽은 자와도 소통할 수 있는 회로이며 꿈은 그저 꿈이 아니라 또 하나의 현실과 조우하는 장치이다.

테라코는 이윽고 새벽녘에 빈 공원의 낡은 나무 벤치에 앉아서 마치 망령처럼 머리를 감싸고 앉았지만 졸음이 쏟아져 견딜 수가 없다.

> "몸이 편찮으십니까?" 귓전에 여자 목소리가 들렸다. 옆에 앉아서 나를 들여다보고 있는 것은 청바지를 입은 고교생인 듯한 여자아이였다. 상당히 먼 곳에 시선을 던지고 있는 듯한, 수정같은 매우 크고 신비에 싸인 눈동자였다. (중략) 그 여자에게는 주위와 어울리지 않는 위화감 같은 이상한 분위기가 있었다. 긴 머리를 어깨에 살랑살랑 늘어뜨린 굉장히 아름다운 여인이었다.(pp.70-71)

그녀는 느닷없이 나에게 아르바이트 할 것을 권한다. 그것도 마음이 피곤에 지쳐있으니 사무직의 일은 졸리므로 안 되니까 어쨌든 서서 손발을 움직이는 일을 찾아보라고 한다. 그녀는 진정한 마음으로 정색을 하며 필사적이고 초조한 듯이 충고를 하고 있는 것이다. 테라코는 자신보다 윗사람이 해대는 말처럼 하는 그녀의 충고를 어떤 힘에 이끌려서 그냥 들을 수밖에 없었다.

> "특별히 아르바이트만을 하라고 권하는 것은 아니에요. 그런 것이 아니고 마음이 피곤에 지쳐있어요. 그런 사람은 당신뿐만이 아니고 넘쳐나요. 하지만 당신만이 내덕분에 피곤에 지친 것 같은 느낌이 들고 …… 미안해요. 미안해요. 내가 누군지 당신은 아시지요?" 똑바로 내 눈을 주시한 채로 주문처럼 물었다. "당신은? ……" 이라고 입에 담은 자신의 목소리의 울림이 너무나 커서 화들짝 놀

> 라 눈을 떴다. 눈앞에는 아무도 없고 단지 공원을 싸고 시계를 흐리게 하는 냉랭한 안개가 끼어 있었다. 꿈이었나? 꿈이라고는 해도 그런 꿈을 꾼 자신이 맘에 들지 않아 방에 돌아와 잤다. 이미 자포자기였다. (중략) 깬 꿈은 최악이었다. 공복에다 전신이 쑤시고 목마름으로 스스로가 미이라가 되어 버린 느낌이었다. 역시 머리는 맑아졌지만 몸은 나른하고 게다가 비가 내렸다.(pp.73-74)

꿈에 어린 여인이 나타나 자신의 내부를 훤히 꿰뚫고 있으며 충정어린 충고를 하고 있다. 놀라 깨보니 그것은 환영이었다. 그렇지만 실제 현실에서는 아는 친구로부터 전화가 와서 아르바이트를 하게 된다.

> 아침 일찍 일어나 일을 하고 집을 나선다. 그런 간단한 일이 집에서 죽 전화만을 받고 있던 나에게는 너무나 어려운 일이었다. 단지 3일간의 연수와 3일간의 일인데 너무 괴로워 견딜 수가 없었다. 무엇을 해도 졸음이 쏟아져 몸이 녹아버릴 것 같았고 설명문의 암기도, 서서 하는 일도 악몽처럼 무거웠다. 일을 떠맡은 것에 대해 얼마나 후회했는지 모른다. 단기간에 나는 자신의 내부가 순식간에 얼마나 퇴화되었는가를 뼈저리게 느꼈다. 무리해서 매일 아침 7시에 일어나 허겁지겁 방을 나와 하루 종일 졸린 몸과 마음을 괴롭히는 것은 방에서 잠드는 괴로움보다도 훨씬 생생한 것이었다(p.75)

얼떨결에 아르바이트를 시작했지만 일에 적응을 전혀 하지 못하는 존재로 전락하고 만 스스로를 깨닫게 된다.

> 그러는 사이 광포狂暴한 졸음이 조금씩 몸에서 빠져나가는 것을 알 수 있었다. 다리는 퉁퉁 붓고 방은 더러워졌으며 눈 아래 다크

> 서클이 생겼다. 돈이 필요한 것도 아니었고 목적도 없는 노동이었기 때문에 정말로 그저 괴로웠다. 그래도 나를 간신히 지탱하고 있는 것은 그 새벽 공원에서 꾼 꿈이었다. 아침 7시 자명종과 스테레오가 일시에 울리는 소리 가운데에서도 성가시고 졸음이 쏟아져 죽겠을 때 '그만두자'라고 생각 할 때마다, 그날 새벽을 생각하고 왠지 그녀를 배신하는 느낌이 들어 그만 둘 수가 없었다. 소심한데가 끈기가 없는 나로서는 참 잘했다고 생각한다. 하지만 그 눈동자…… 슬픔을 가득담은 상당히 먼 그 눈동자를 도저히 잊을 수가 없었다.(p.78)

적응하지 못하는 자신 때문에 숱하게 아르바이트를 중도하차할까도 생각했지만 환영으로 나타나 먼 곳을 주시하는 신비의 눈동자를 가진 그녀를 배신할 수 없어서 끝까지 해냈다. 결국은 아르바이트가 끝난 다음에

> 오늘 밤은 맘껏 자려고 한다. 머리는 상쾌하고 몸은 기진맥진했다. 오늘밤 잠 들어도 아마 이번에는 두렵지 않을 것이다. "혹시 부인 만난 것 고교생 때죠? 그리고 그때 머리는 길었죠?…" "… 뭐야, 아르바이트를 시작하면 초능력이 생기는 거야? 맞아 18살 때였어." 그는 의아한 듯이 그렇게 말했다. "…… 역시"라며 말한 나의 눈에는 갑자기 눈물이 고였다. 스스로도 이유를 모르는 눈물이었다.(p.84)

그녀에게 환영으로 나타난 것은 바로 지금 사랑하고 있는 남자의 부인이었던 것이다. 남자의 부인은 교통사고의 후유증으로 현재 식물인간 형태로 깊은 잠에 빠져 있다. 결국은 남편의 부인이 잠이라는 회로를 통해서 테라코에 접근하고 그녀를 한순간이나마 지배하게 된 것이다. 바

나나식의 오컬트의 세계이며 뉴에이지적인 발상이다.

바나나는 일찌감치 꿈의 세계를 통해서 새로운 소통을 할 수 있다는 가능성을 발견했다.

> "나 또한 비물질적 세계에서 내가 바라는 대로 나의 형태를 변형시킬 수 있지요. 어떤 특정한 형태로 나의 인생을 보거나 느끼고 싶어 하는 사람이 있으면 그에 맞게 자유자재로 변화시킵니다. 그리고 나를 보거나 느끼는 사람은 그 이미지를 자기 안에서 번역합니다. 그렇게 나는 물질적인 세계를 초월한 꿈의 차원을 통해서 여러분과 소통할 수 있습니다."[225]

바나나는 물질세계를 초월한 꿈의 세계를 통한 소통을 이 소설에서도 실험했던 것이다.

이 작품에서 사용된 오컬티즘은 소설의 현실에서 벗어나는 일탈을 의미하는 것이 아니라 소설속의 더 깊은 현실로의 침잠의 성격을 지닌다. 즉 밖으로 향하기 보다는 안으로 향하는 의미를 담고 있는 것이다.

이를 통해 현실과 비현실이 중층적으로 나타나며 리얼리티의 외연은 한층 더 확장된다.

4. 죽음보다 깊은 잠

테라코에게 있어서 단 한가지 확실한 것은 잠이다. 잠은 그녀의 실존의 상징이다. 그녀의 깊은 잠은 자궁과 같은 안락감에서 멀어진 원초적인 상실감과 유일하게 소통할 수 있는 친구를 잃은 상실감, 그리고

225 吉本バナナ, 『ばななのばなな』, メタローグ, 1994, p.34

유일하게 자신의 삶을 지탱해주고 있는 사랑에 대한 불안감의 팽배로 깊이 빠져드는 세계이다.

테라코에게서 나타나는 잠의 세계는 그 원초적인 것으로의 귀환의 지도 엿볼 수 있다. 그녀는 무의식중에 죽은 시오리를 만나러 갔다가 현실을 다시 깨닫고 되돌아왔다.

> 걷기 힘들었을 때는 이미 터무니없이 먼 곳이었기에 바보처럼 결국에는 택시를 잡아타고 방으로 돌아왔다. 그리고 아무 것도 생각하지 않은 채 캄캄한 어둠에 휩싸여서 깊은 잠에 빠졌다. 스위치를 끈 것 같은 잠이었다. 이 세상에 침대와 나밖에 없다..... 전화벨소리에 별안간 잠을 깼다. 이미 창에 볕이 들어와 방은 밝았다. 그로부터 전화였다. (중략) 시계를 보니 오후 2시였다. 나는 너무나 깊이 잠에 빠진 자신에 질렸다. 어젯밤 12시쯤에 푹 잠에 빠져 들어있었는데.(p.49)

세상에서 유일하게 소통을 할 수 있었던 진정한 친구의 죽음이 등장하는 바나나 문학에 대해서 키마타 사토시木股知史는 “죽음은 통속적인 형태의 반복과 독자의 흥미를 유발하려는 수단이 아니라 마음속의 원초적인 상태를 환기시키기 위한 통로로써 표현되고 있다[226]”고 했으며 마츠모토 타카유키松本孝幸는 “육친의 죽음이나 친한 친구의 죽음 등과 같이 타자를 통해서 유사 체험할 수 있는 관계로서의 죽음[227]”이라고 언급하고 있다. 본 소설도 말 그대로 테라코는 친구의 죽음에 절망에 몰리면서도 죽은 시오리와의 원초적인 상태를 인식하게 된다. 미안한 일, 미래의 일, 피곤했던 일, 참았던 일, 어두운 밤의 일, 불안했던 일을 밤새며 떠들었던 그녀와의 과거와 일이 생길 때마다 항상 그녀의 큰 가

226 木股知史,『吉本バナナ イエローページ』, 荒地出版社, 1999, p.2
227 松本孝幸,『吉本ばなな論』, JICC出版社, 1991, p.173

슴에 파묻혀 엉엉 울면서 이야기하고 싶어 했던 과거를 떠올린다. 그리고는 거의 죽음과 같은 유사체험을 하게 되는데 바로 그것이 잠이었던 것이다.

죽음과 같은 절망에 빠진 테라코는 결국에는 죽은 그녀를 무의식중에 찾아나섰다가 허무하게 되돌아와서는 잠에 빠지는 것이다.

마틴부버는 인간의 이런 점을 다음과 같이 지적했다.

> 사물들의 세계에서 살아가며 사물들을 경험하고 사용하는 것으로 만족해하는 많은 사람들이 자신을 위해 이념이라고 하는 별채나 누각을 짓고 그 안에 들어가 밀려오는 허무를 피하며 위안을 찾는다. 그들은 이 별채의 현관에서 일상의 추한 옷을 벗어버리고 새하얀 세마포로 몸을 두르고 자신의 삶과는 아무 관계도 없는 근원적인 존재나 마땅히 있어야한다고 생각되는 존재를 생각함으로써 기운을 차린다.[228]

친구를 잃은 상실감이 사랑에 대한 불안감과 결합하여 밀려오는 허무를 감당해내기 버거워하고 있을 때 그녀에게 별채의 누각역할을 하는 것이 바로 잠이다. 주인공 테라코에게 잠이 없었다면 파멸을 면치 못했을 것이다.

> 급기야 그로부터 걸려오는 전화를 모르고 잠들어버린 것은 물론이고 항상 나는 깨어 있을 때마다 일단은 죽고 나서 다시 생환하는 것 같은 느낌이 들 정도로 깊게 잠들고 혹시 자고 있는 자신을 남이 보면 흰 백골은 아닐까하고 생각할 때가 있다. 잠에서 깨지도 못한 채 완전히 부패되어 영원이라는 곳으로 가버리면 좋을

---

228 마틴 부버, 박문재 옮김,『나와 너』, 도서출판 인간사, 1992, p.38

> 지도 모르겠다고 불현듯 생각하는 경우조차 있다. 나는 어쩌면 잠에 씌었는지도 모른다. 시오리가 일에 씌어버린 것처럼 그렇게 생각하면 오싹하다.(p.53)

죽음보다 깊은 잠은 이렇듯 현실의 모든 것과 초월할 수도 있다. 그러면서도 그 잠은 소외당한 것에 대한 복구의지나 귀환의지를 불태우기도 한다.

> (가) 어렸을 적부터 나는 잠만은 잘 잤다. 나의 〈연인으로부터의 전화를 알 수 있다〉는 특기 외에 또 하나의 장점은 〈자려고 하면 당장 잠들 수 있다〉는 것이라고 생각한다.(p.51)

> (나) 어두컴컴한 자궁에서 환한 세상으로 바뀐 것이 못마땅해서 나는 유아기 때부터 잠자는데 특별한 재능과 열정을 보였다. (중략) 나는 육체적으로 전혀 피곤하지 않아도 언제든지 꿈도 꾸지 않고 모든 걸 완전히 잊은 채 편안하고 행복하게 깊은 잠을 잘 수 있다. 그렇게 10시간, 12시간, 아니면 14시간을 망각 속에서 보낸 후 잠에서 깨고 나면 깨어있는 시간에 성공과 성취를 느낄 때보다 훨씬 더 상쾌하고 기운이 난다.(p.334)

인용의 (가)는 본 소설의 인용이고 (나)는 토카스만의 소설 『사기꾼 펠릭스 크룰의 고백』인데 잠의 행태와 모습이 너무나도 흡사하다. 자궁 속에서 마음껏 잠들던 때에서부터 멀리 소외당하고 있어서 은연중에 그것에 대한 향수가 잠으로 나타나고 있는 양상이다.

> 신화적으로 말한다면 인간은 오래전에 낙원에서 추방되었고 그로 인해 상실한 안전감과 다시 하나가 되기 위해 모든 인류가 고향

> 으로 되돌아가려 한다는 것이다. (중략) 무엇을 찾아 헤매든 당신을 그렇게 만드는 것은 무의식중에 품고 있는 잃어버린 것에 대한 분리감이다. 삶이란 상실했다고 느끼는 것을 찾아야만 한다는 강박관념에 의해서 지배된다. 우리의 목적과 사명은 어떤 식으로든 그것과 다시 한 번 신비한 하나가 되는 것, 그것과 연결되는 것이다.[229]

자궁에서 가장 안락한 잠에 빠졌을 때의 과거를 누구나 공히 갖고 있는 인간에게 있어서 잠은 어쩌면 우리의 원초적인 고향인지도 모른다. 자궁과는 다른 환경에서 인간의 일상은 상실의 연속이지만 그러면서도 그것을 잘 극복할 수 있는 것은 귀향의지와 동의어인 잠의 세계라는 메시지, 바로 그것이 작가가 하고 싶은 언어였는지도 모른다.

테라코는 수시로 찾아드는 허무의 물결 속에서도 새로운 삶의 의지가 솟아나고 있음을 고백하고 있다.

> 내 속에는 어느 사이엔가 건강한 마음이 재생되어 오는 것처럼 느꼈다. 그것은 친구를 잃고 일상에 지쳐버린 나의 마음이 체험한 작은 파문, 작은 이야기에 불과하다고 해도 역시 사람은 힘이 센 존재라고 생각한다. 이런 일이 옛날에도 있었는지 어떤지 잊었지만 한사람 자신 속에 있는 어둠과 마주하는 깊은 곳에서 상처투성이가 되어 피곤에 지쳐있으면 문득 원천을 알 수 없는 강력함이 치밀어 올라오는 것이었다. (중략) 그렇게 생각하자 갑자기 모든 것이 너무나 완벽해서 눈물이 치밀어 오를 것 같았다. 휘돌아 보니 풍경 속에 눈에 들어오는 모든 것이 사랑스럽고 아아, 잠을 깬 곳이 여기여서 좋았다. 여느 때는 자동차로 가득 찬 이 거리가 이렇게 텅 빈 땅이 되었다, 이 한가운데에 두 사람이 서서 불꽃놀이를

229 라마 수리야 다스, 진우기 옮김,『상실』, 푸른 숲, 2001, p.36

> 기다리고 장어를 먹고 함께 잘 수 있는 이 밤을 이렇게 또렷한 정신으로 볼 수 있어서 행복하다고 생각했다. 마치 기도하는 심정이었다.――이 세상에 있는 모든 잠이 공평하고 평안하기를――(p.88)

요나하 케이코与那覇恵子는 바나나를 "무거운 테마를 밝고 가볍게 그리는 작가[230]"로 평가하고 있으며 바나나의 아버지이자 평론가인 요시모토 타카아키吉本隆明도 "바나나의 소설이 갖고 있는 부드러움과 치유가 독자를 확보하고 있다"[231]고 밝히고 있으며, 하라 마스미는 바나나의 본 소설집을 "주인공들이 깊은 슬픔의 심연 속에서도 잠의 카오스나 알코올의 힘을 비는 등의 퇴보적인 도피의 형태이지만 결코 위축된 이미지가 아니며 구두의 끝은 미래를 향하고 있다[232]"고 지적하고 있다.

바나나 소설의 전형적인 특징을 고루 갖추고 있는 본 작품도 친구의 죽음과 절망이라는 무거운 소재를 가지고 어떤 치유능력을 이끌어내는 바나나의 재능이 유감없이 발휘된 작품이다. 본 작품에서는 자포자기에다가 많은 능력이 퇴화되어 버린 주인공이 작품의 거의 말미에서 이런 식의 긍정과 희망과 환희의 언어를 쏟아낼 수 있는 이면에는 죽음보다 깊은 잠이 작용하고 있었다. 그것은 곧 잠의 다양한 양상을 통해서 인간이 구원받을 수 있다는 작가의 선언에 다름 아니다.

5. 마무리

요시모토 바나나의 소설에는 상실과 상처투성이의 아픈 현대인들이 등장하지만 그들은 허무의 슬픔을 안은 채 그대로 생을 마감하거나

230 与那覇恵子,「身体性と幻想」『国文学』, 学灯社, 1994, p.126
231 吉本隆明·吉本ばなな,『吉本隆明×吉本ばなな』, ロッキング·オン, 1987, p.119
232 전게서, p.222

도탄에 빠지는 일이 없다.

그녀의 소설적 장치에는 작중인물이 가시권이든 비가시권이든, 육체가 원하든, 정신이 원하든, 자연스럽게 물 흐르듯이 자유를 찾아 나선다. 이는 자연스러운 것이 자유라는 바나나의 믿음에 의해서 지탱된다. 이런 바나나의 소설적 과정은 현대라는 불모의 땅에서도 생명의 환희의 싹을 틔울 수 있다는 결론에 이르는 과정에 다름 아니다. 거기에는 상실과 불신이 야기하는 무기력으로 부터 탈출하고 극복하고자 하는 의지의 다양한 변주로 집약될 수 있다.

이 소설도 이런 궤도에서 벗어나 있지 않다. 삶의 유일무이한 친구이며 혈연이상으로 소통할 수 있는 친구 시오리의 갑작스런 죽음과, 고독에 의해 지탱되는 자신의 사랑과 방황 속에서 쉴 새 없이 찾아드는 잠에 빠진 주인공의 모습을 조명해보고 그녀에게 구원의 손길을 뻗으려는 작가의 따스한 시선이 느껴지는 작품이다.

작가는 삶의 현장에 존재하면서 별로 주목받지 못하는 것에 작가 특유의 해석을 가하며 그것을 삶의 활기를 되찾는 원동력으로 삼는데, 이 소설은 우리가 간과하기 쉬운 잠을 제재로 썼으며 잠이 갖고 있는 가시적인 세계와 비가시적인 세계를 적당히 섞어 가며 인간의 삶을 조명하고 있었다.

요컨대 이 소설은 잠의 가능성에 대한 다양한 실험의 장인 것이다.

잠이 갖고 있는 가시적인 세계에서는 주로 잠에 대한 일반적인 인식과 효용이었다. 여기서는 사랑과 연루되어 잠으로 구원을 받는가 하면 낮잠을 잔 것에 대해 지나친 후회를 한다. 또 다른 쪽에서는 인류의 관습적인 잠과 자연스런 잠의 양상이 후련하게 그려지기도 하며 죽음보다 깊은 잠으로 결정적인 위기를 벗어나기도 한다. 비가시적인 잠의 형태로는 우선 곁잠이라는 독특한 잠이 예시되어 있다. 이것으로 현대인도 구원을 받을 수 있지 않을까 하는 작가 나름의 오컬트적인 생각이다. 또 하나가 식물인간이 된 애인의 부인으로부터 꿈속에서 메시지를 얻어 그것에 지배당한다는 이야기이다. 오컬트의 또 하나의 변주인 것이다. 그러면서도 마지막으로는 재생과 환희에 사로잡히는 주인공의 모습을 통해서 작가는 잠이 갖고 있는 긍정의 가능성을 암시하고 있는 것이다.

제11장

아베 코오보(安部公房)의『손(手)』

우리의 육체를 유기적인 하나의 조직사회라고 가정했을 경우 조직을 이끌고 명령하는 수뇌부는「머리」일 것이고 정보를 수집·전달하는 분야는「5감」, 수행하는 행동조직은「손」과「발」, 공감하고 어루만지는 감성분야는「가슴」일 것이다.

아베 코오보의『손手』(1952)[233]은 인간 신체의 일부를 우화의 소재로 쓴 파격적인 소설이다. 시기적으로 전후 처리문제가 여전히 핫 이슈였을 때 등장한 소설로 작가의 물오른 변신담과 시대를 꿰뚫어보는 통찰력과, 현실과 환상을 넘나드는 현란한 사유 등이 곳곳에서 광채를 발하는 작품이다. 명불허전의 작가답게 작가는 폭발성이 넘치는 메타포로서「손」을 발견해냈고「손」이 갖고 있는 다양한 이미지들이 작가의 의도를 완벽하게 수행한 덕에 일본의 전후처리가 엉뚱한 방향으로 흐르는 것에 대한 작가의 우회적인 질타를 성공적으로 담아낸 수작이라 할 수 있다.

본 작품에서는「손」의 수많은 역할 중에「머리」의 명령을 맹목적으로 행동에 옮기거나 사리분별력이 결여된「손」들의 네거티브적인 면

233 安部公房,「手」『安部公房全集 003』, 株式会社 新潮社

모가 클로즈업 되며 그것이 만들어내는 비극적 서사가 매우 냉소적이고 풍자적으로 묘사되어 있다.

바로 이점에 착안하여 본 논문에서는 소설의 우화적 구조를 파헤쳐 보고자 한다. 이 우화적인 시선으로 소설에 등장하는 손들의 역할을 분석, 조명해보면 좀 더 명확하게 작품의 전모가 밝혀질 수 있을 것이며 작가를 이해하는데 또 하나의 심오한 단서가 제공될 수 있을 것으로 기대한다.

이 소설에 대한 선행연구는 발견할 수 없었다. 하지만 이 작품과 동시대에 『발간 누에고치赤い繭』(1950)로 제2회 전후 문학상, 『벽-S. 칼마씨의 범죄壁－S.カルマ氏の犯罪』(1951)로 제25회 아쿠타가와 상을 수상한 작가는 반리얼리즘과 변신담을 통해 전쟁과 자본주의 등을 통렬히 비판하고 있고 연구도 주로 그런 방면에서 이루어지고 있다.

본 장에서는 정치적 현실을 인체의 일부로 패러디한 작가의 미시적인 의도를 천착하고자 한다.

1. 현실의 환유(換喩)

일본은 스스로도 전쟁 참화를 처절하게 겪었고 한국을 비롯한 이웃나라에 말로 표현할 수 없는 많은 피해를 입혔음에도 불구하고 그에 대한 진정한 참회나 역사 청산의 자세를 보인 적이 없다. 나치정권과 그것의 막대한 폐해를 척결하려는 독일의 다음과 같은 자세와는 좋은 대조를 이루고 있다.

> 나치의 범죄정치와 국민이 그 출현을 허락한 역사를 마음으로 새겨둠과 함께 전쟁피해자에게 나라의 책임으로 사죄하고 국민사이에 전쟁피해 부담의 형평화를 꾀할 필요가 있었다. 내외의 피해자에 대하여 진지한 사죄의 뜻을 표명하고 그 구체화로 피해에

> 대하여 가능한 한 보상하는 것이었다. 전후 독일의 재건에는 이들의 실행이 무엇보다 필요했고 그와 성의의 피력에 의해서만 근린 여러나라의 독일및 독일 국민에 대한 신뢰가 회복되는 것이었다. 독일의 전후보상을 위한 법제화는 1949년에 시작되어 58년 까지 사이에 집중적으로 행해졌다. 그 후도 보충적인 조치가 연이어 행해졌다.[234]

나치의 척결을 전제로 삼은 전후 독일의 재건과는 달리, 전후처리를 어물쩍 넘기려는 일본의 시국상황에 작가가 수수방관할 수는 없는 것이었다.

> 예술은 순수라는 이름을 빌어 역사에 무관심하게 되고 사상이나 정열이나 무구함마저 상실하고 있다. 이것은 사태를 단순히 객관적으로 보려는 오류에서 비롯된 자기 상실에 다름 아니다. 그렇다면 어떻게 그 자기 상실에서 회복할 수 있을 것인가? 쉬르리얼리즘의 문제는 여기에 있다. 그러나 우리들은 더 전진하지 않으면 안 된다. 혁명이다. 먹거리를 로마귀족의 토사실吐瀉室로부터 해방시켰듯 예술을 감정의 토사실에서 해방시키고 스스로 역사에 대한 책임으로 복귀 시키자.[235]

인용한 에세이에는 순수라는 이름을 빌어 역사에 무관심하게 된 나머지 고유의 정열이나 무구함마저 잃어 가는 예술현실에 대해서 개탄하고 있는 아베의 예술관이 잘 나타나 있다. 그는 예술의 자기 상실에서 벗어나기 위한 혁명을 통해 예술을 그저 감정이나 토사하는 존재로부터 해방시켜 역사적 책임을 갖는 존재로 복귀시켜야 한다고 역설하고 있다.

---

234 日本弁護士連合会,『日本の戦後補償』, 明石書店, p.225
235 安部公房,「偶然の神話から歴史への復帰」『安部公房全集 002』, 新潮社 , p.337

> 소설가란 존재는 진정으로 영혼의 기술자가 되지 않으면 안 된다. 현실을 깊이 추구하여 상식의 눈으로 포착되지 않았던 것을 발견함으로써 독자의 시선에도 새로운 관점, 사고방식 등을 얼마든지 부가하는 것이 바로 소설가의 역할인 것이다. 소설가는 현실과 영혼의 전문가가 되지 않으면 안 된다.[236]

앞의 인용과 동일한 맥락으로 작가의 현실 참여 역할에 대한 의지가 강하게 드러나는 부분이다. 영혼의 기술자가 되어 심미안을 가지고 현실을 통찰하여 상식의 눈으로 포착되지 않았던 것을 발견하고 독자들에게 새로운 관점과 사고방식을 일깨워주는 것이 소설가의 사명이라고 천명하고 있는 것이다. 현실참여를 강력하게 주장하는 아베의 눈에 비친 일본의 전쟁과 전후처리의 뒤틀린 현실은 묵과할 수 없는 영역이었던 것이다.

> 일상성이라는 좁은 틀에 갇혀서 좀 더 멀리 내다보지 못하는 사람들은 거짓말 같은 진짜보다도 오히려 진짜 같은 거짓말에서 진실을 느낀다. 이것이 얼마나 위험한 일인지는 지각변동의 문제를 사회변동으로 바꾸어 보면 곧 알 수 있을 것이다.(「이변」『전집009』, p.445)

일상성에 갇혀있는 고정관념의 위험성을 지적한 말이다. 거짓말 같은 진짜보다 진짜 같은 거짓말을 진실로 믿는 어리석은 대중은 동서고금을 막론하여 존재한다. 현실 이면을 파헤쳐서 제시하며 경종을 울리는 역할이 작가에게 절실함을 지적한 말이다.

일상성이란 말 그대로 겉으로 드러난 현상적인 사실과 지나치게 유

236 安部公房, 「私の小説観」『安部公房全集 004』, 新潮社 ,pp282-283, 이하 페이지만 표기.

착된 나머지 사람들에 의해서 그대로 진실로 믿어진다. 이 견고하게 지탱되는 바로 그 현실에 혁명적인 자극으로서의 가설이 필요함을 작가는 다음과 같이 주장하고 있다.

> 일상성이란 예컨대 가설을 갖지 않은 인식이라고 할 수 있을 것이다. 아니 가설은 있지만 현상적인 사실과 유착되어버려 이미 그 기능을 상실해 버린 것이다. 그곳에 새로운 가설을 들이대면 일상성은 순식간에 안정을 잃고 이상한 형상을 취하기 시작한다. 일상은 활성화되고 대상화 되어 당신의 의식이 강하게 휘둘리지 않을 수가 없을 것이다.(「SF의 유행에 대하여」『전집016』, p.380)

일상성에 매몰되거나 타성에 젖어 현실의 이면에 세계를 보지 못하고 있는 우중들에게는 말 그대로 겉으로 드러난 현상적인 사실에 대한 절대적인 신뢰 탓에 현상이 그와는 전혀 다른 얼굴을 은폐하고 있다는 가능성마저 의심하지 않는다. 작가는 바로 이 부분을 개탄하며, 대중들이 현실에 가설을 들이대고 그 응고된 고착성을 해체할 수 있는 통찰력을 갖도록 해야 한다는 사명감에 불탄다. 이것이 바로 작가와 예술의 존재 이유라는 메시지가 숨겨져 있는 것이다.

아베가 이 소설을 집필할 당시 가장 절체절명의 과제는 독자들이 일본의 전쟁과 전후처리에 대한 올바른 인식과 사태의 적확한 파악을 갖도록 하는 것이었다. 이 과제수행을 위해서 들이댄 가설이 바로 작가가 흔히 말하는 보조선의 발견인 것이다.

> 예컨대 피타고라스 정리를 증명하기 위해서는 직각의 꼭짓점에서 밑변에 수선을 내려서 그것을 연장한 보조선을 그으면 된다. 어려운 것은 증명 그 자체보다도 오히려 보조선의 발견에 있다. 보조선 발견의 비결은 외형에 휘둘리지 않고 그곳에서 크게 비약

> 하는 것이다. 나는 자주 이 방법을 소설 상에도 응용해왔다. 죽은 사람이나 유령에게 즐겨 등장을 원한 것도 그 때문이다. 이 미래를 예언하는 기계라든가 물에 사는 인간들도 〈오늘〉의 정체를 규명하기 위한 보조선의 일종에 다름 아닌 것이다.(「오늘을 찾는 집념」 『전집015』, p.436.)

외형, 즉 일상성에 휘둘리지 않고 현상에서 크게 비약하는 것, 바로 그것이 보조선의 발견인데 작가에게 이 소설에서의 보조선은 바로「손」의 발견이라고 할 수 있다. 작가의 말처럼 '발견이 봉쇄되어 있는 세계'를 돌파하려면 가설이 필요할 것이고 그 가설을 증명하기 위해서는 보조선이 필요한데 그것이 이 소설에서는「손」이었던 것이다.

> 미지의 자연계를 탐구하는 것이 탐험가나 자연과학자인 것처럼 영혼의 미지의 영역을 탐구하는 것이 소설가인 것이다. 소설가의 재미는 그 발견의 재미인 것이다.(「나의 소설관」 『전집004』, pp.282-283)

영혼의 미지의 영역을 열기 위한 열쇠와 같은 존재인 보조선, 즉 손의 발탁은, 변신담으로의 진행이라는 소설의 방향은 물론 일본의 파시즘의 실체를 우화로 그려내는 소설의 방법까지 담보해준 말 그대로 대사건이었다. 그 발견은 소설가의 재미뿐만 아니라 그대로 독자의 재미가 되었으며 작가는 손의 환유를 통해 우화로 그려냄으로써 대단한 문학적 수확을 얻고 있다.

역사적으로「손」은 문화나 종교 등에서 관습화된 이미지로 다양하게 정착[237]되어 있는데 문학에서는 카프카의 소설이 독보적이다. 그의 작

237 손의 이미지로 대표되는 것이 불교의 자비나 구원이다. 그 외에 동서양에는「손」의 수많은 이미지가 등장하는데 시모야마霜山는 "기도드리는 손만은 합장의 형태로 동서양이 동일하다. 그 모습은 움직임을 멈추고 자신을 포기하는 손이며, 손

품에서는 「손」이 몸으로부터 분리되어 방황하는 이야기라든가 왼손과 오른손이 자신과 관계없이 싸움을 시작하는 줄거리도 있다.

시모야마 토쿠지霜山德爾는 인간에게 있어 손의 역할을

> 역사적으로 볼 때 직립보행이라는 인간특유의 체위로 인해 손은 발에서 완전히 독립하여 자유를 얻고 이 자유는 기적적인 진화를 야기한다. 손이라는 이름의 별개의 신체가 완전히 새로운 과업을 수행하면서 인간은 뇌의 발전은 물론, 개안의 경지까지 도달하게 되었으며 다른 동물과의 차별화에도 완전한 성공을 거두게 되었다. 칸트는 손을 「외부의 뇌」라고 까지 명명하기에 이른다[238]

면서 「손」의 「발」에서의 독립이 궁극적으로는 인간 뇌의 발전은 물론 개안의 경지까지 도달하게 되었음을 소개하면서 심지어는 '손이 외부의 뇌'라고 말한 칸트의 예까지 들며 손과 뇌의 밀접한 관계는 물론, 「손」의 능력 덕분에 인간이 동물과의 차별화에 성공하고 있음을 평가하고 있다.

이 소설에서는 전쟁 때 전서구傳書鳩로 혁혁한 공을 세웠던 의인화된 「나」가 내레이터로 등장하며 「나」를 사육하던 병사를 「나」는 「손」이라 부르고 있다.

모진 눈보라가 치는 어느 날 「손」이 쇠톱으로 「나」의 양발을 잘라 절도하는 장면에서 소설은 시작된다. 「나」인 비둘기는 발을 절단당하는 와중에서 지금까지의 자신의 삶의 여정을 밝힌다.

「손」은 전쟁이 끝나고 한참이 지난 후 초췌한 몰골로 나타나 낯선 곳

안의 잡독雜毒의 발호가 눈에 보이지 않도록 포개고 간절한 지향을 가슴 앞에서 넘치도록 하는 행위이다"라며 기도의 성스러움에는 손의 모양새를 똑같이 하고 있음을 주장하고 있다.(霜山德爾, 「手のいとなみ」『人間の限界』, 岩波新書, p.76)

238 전게서, p.74

으로 「나」를 데려가서는 생활수단으로 서커스에 이용한다. 그러던 어느 날 그가 「나」를 화가에게 팔아넘기고 이윽고 「나」는 박제가 되고 껍질속의 「나」의 육체는 탕으로 끓여져 먹히고 만다. 거기서 「나」는 다시 로터리의 평화의 비둘기상으로 재탄생되지만 「손」에 의해 다리를 절단, 절도 당한다. 여기까지가 첫 장면이고 이어서 「나」는 평화를 혐오하는 익명의 남자들에게 팔아넘겨진다. 평화의 비둘기상 때부터 구리로 바뀐 「나」는 다른 구리들과 섞여 총탄으로 새롭게 태어나지만 저격자의 총 속에 장전되었다가 마지막으로 발사된다. 「손」을 향해 발사된 「나」때문에 「손」은 쓰러지고 「나」의 일부는 나무줄기에 박히고 「나」의 변형은 완료된다는 것이 이 소설의 줄거리이다.

현실의 이면에서 전쟁을 사주하거나 전쟁 후에도 끊임없이 술수를 쓰고 있는 이데올로기로 무장한 가해자[239]는 처벌은커녕 또 다른 가해자로 둔갑하는데 그 영향으로 별상관도 없는[240] 「손」과 「나」가 살해당하거나 산산이 해체당하는 어처구니없는 현실의 우화인 것이다. 드러난 소설의 결말은 「손」이 죽고 「나」는 변형은 완료했다고 담담하게 묘사되어 있지만 독자들에겐 이런 현실을 분노하는 작가의 규탄이 읽혀지고 있다.

2. 비둘기의 변형 이력

이 소설에서 화자인 「나」는 변신을 거듭하는 신세이지만 연원은 비둘기 신분이었다. 비둘기인 「나」는 전쟁터에서는 서류를 전달하는 전

239 소설에서 「손」의 대립항으로 「머리」라는 존재의 유추가 가능하지만 언급이 철저하게 배제되어 있다는 점에서 전쟁에 대한 직접 책임자나 가해자가 부재하는 현실을 은유하고 있다. 이른바 집요한 「무언의 은유」인 셈이다.

240 소설 내용상 삶에 쫓기는 「손」의 거듭된 악행으로 변신을 전전하게 된 「나」가 「손」을 징벌한 결과가 되고 말았지만 그동안 「나」는 「손」의 행위를 단한번도 원망하거나 죄라고 생각하지 않았으므로 독자에게 읽혀지는 진정한 내용은 「손」과 「나」가 모두 전쟁피해자라는 범주 안에서의 동료일뿐이라는 것이다.

서구였으며 많은 공을 세워 훈장까지 받았지만 「나」는 그런 사실은 고사하고 전쟁에 참가하고 있다는 사실마저 전혀 인식하지 못하고 있다. 이른바 본능만을 좇는 자아의식이 전무한 캐릭터이다. 이 소설의 행간에 숨어 있는 전쟁광들은 그런 의식이 전혀 없는 그를 맘껏 유린한다.

> 내가 전서구였을 무렵 나는 혈통이 잘 보존된, 뛰어나게 아름다운 비둘기로 영리하기도 하고 많은 공을 세워 다리에는 통신관 외에 알루미늄으로 만든 붉은 「영웅훈장」을 달고 있었다. 그러나 물론 나는 그런 것을 몰랐다. 나에게는 푸른 하늘과 동료를 좇아 하늘을 나는 날개 감각의 유쾌함과 식사 때의 부산함과 띄엄띄엄 확대된 시간의 다발이 존재하는데 불과했다. 형용사도 없고 간단히 설명도 할 수 없는 나였다. 나는 단순하고 유일한 나였다. 지금이니까 이런 설명이 가능하지만 당시에 나는 나라는 사실 조차 의식하지 않았다.[241]

「나」는 「나」라는 사실조차 의식하지 못하는 하나의 부화뇌동附和雷同의 전형적인 존재이다. 그저 친구들과 창공을 날아다니고 부산하게 먹이를 쪼아대는 본능에 충실한 자신 그이상도 그이하도 아니다. 따라서 전쟁 수행도 영웅 훈장도 「나」에겐 아무런 의미가 없다. 여기서 비둘기는 단순한 한 마리의 새를 뛰어 넘어 사용자의 의도에 맹종하는 도구 이미지의 완벽한 반영이며 주체성이 결여되어 좌충우돌하는 다수의 군중을 환유하고 있는 것이다.

타케야마 모리오竹山護夫는 이것을 다음과 같이 진단한다.

241 安部公房, 「手」 『安部公房全集 003』, 新潮社 ,p.45, 텍스트, 이하 페이지만 표기.

> 사회의 성원이 타자 인지가 곤란할 때는 그와 동시에 자기감정 판단 행위를 이끄는 준거를 상실하고 자기인지도 어려워져서 대부분은 퇴행으로 이 사태에 대응하게 된다.[242]

타자에 대한 인지가 불가능하게 되고 자기감정 판단 행위를 이끄는 준거를 상실하여 자기인지도 어려워지게 되는 인간은 대부분 퇴행으로 이 사태를 대응하게 된다는 분석이다.

위 인용의 퇴행적인 사회성원은 그저 본능만을 좇는 비둘기의 모습과 완전히 오버랩 된다. 이것이 그대로 일본의 군국주의의 발호의 원인을 제공한 단초이다. 도구의 이미지를 갖는 무개념의 다수의 군중들은 확고한 자의식을 장착한 타자들의 집합과는 달리, 다루거나 조정하기 쉬어 파쇼자의 타깃이 되고 군국 파시즘이 배양될 온상의 최적의 조건이 된다.

자아의식이 공고한 타자로서의 개체가 아니라 본능에 따라 우왕좌왕하는 비둘기는 전쟁이 끝난 후에도 자신을 도구로 이용하러 나타난 초췌한 「손」에 대해서도 적대심은커녕 그의 어깨에 앉아서 향수에 젖고 있다.[243]

> 몇 개월쯤 되던 날 나의 책임자였던 비둘기반의 병사가 불쑥 나타났다. (중략) 돌연 습관이 안개처럼 나를 적시고 무의식중에 「손」의 어깨에 앉아 나는 불안한 향수를 느꼈다. (중략) 나는 손의 생계의 도구가 되고 물론 나는 자각하지 않고 새로운 습관에 녹아 들어갔다.(p.46)

242 竹山護夫,『近代日本の文化とファシズム』, 名著刊行会, p.182
243 도구의 이미지의 충실한 반영이긴 하지만 생물체로서의 최소한의 물증이기도 하다.

과거의 관습대로 「손」의 어깨에 앉아 불안한 향수를 느끼는 나의 모습은 의식 있는 타자가 아니라 도구로서의 완전한 포즈이다. 결국 「나」는 아무런 자각도 없이 그의 도구가 되었다고 담담하게 밝히고 있다. 도구는 손의 연장[244]이라고 하는데 바로 이 비둘기는 손의 연장으로서 도구의 메타포인 것이다.

> 나는 지금 「평화의 비둘기」상이다. 나는 명확한 의미를 갖고 있으며 의미 그자체이지만 그러나 나는 단순히 나 스스로 나일 수는 없다. 간단히 말하면 나를 지탱해주는 사람의 행위에 의해서만 나는 존재할 수 있는 것이다. 그런 사정으로 나는 거리의 로터리에 세워졌다. 그것은 또한 정치 역학의 사거리이기도 했을 것이다.(p.48)

전쟁을 수행하며 훈장까지 받았던 자신이 현재는 평화의 상으로 사거리에서 선전용으로 이용되고 있는 것도 패러독스이지만 자신 스스로가 의미 그 자체라면서도 그것은 그를 지탱해주는 사람의 행위에 의해서만 존재한다는 것도 역설이며 비정치적인 그가 정치 역학의 현장을 파수把守하고 있는 것도 아이러니이다. 이런 모순투성이의 현장[245]에서 비둘기는 분라쿠文楽[246]의 인형이나 노오能[247]의 가면과 같은 존재이다[248]. 이런 소도구적인 특징은 철저한 수동형의 생태로도 에스컬레이트되고 있다.

---

244 '도구는 손의 연장이고 말은 또 그것의 연장이다.'(전게서, p.78)

245 이것도 작가의 치밀한 배치를 통해 온갖 모순이 난무하는 현실을 그리고 있음은 두말할 나위가 없다.

246 일본 전통 예능의 하나인 인형극

247 일본 전통 예능의 하나인 가면극

248 수많은 세월의 축적을 통해 정형화된 이미지로 장착된 이미지로 고착화된 고정관념의 의미.

> 크고 어두운 건물의 약품냄새 진동하는 방이었다. 그곳에서 나는 반듯이 뉘어져 가슴 털이 헤쳐지고 날카로운 메스로 절개되었다. 나의 몸은 도려내어지고 마치 셔츠를 벗듯 가죽으로만 남겨졌다. 내 몸은 곧 냄비에 담아져 끓여 먹히고 말았다. 그리고 가죽은 안쪽이 채워져 철사로 만든 뼈대로 지탱되어 박제가 되었다. 그리고 다시 상자에 넣어져 다음으로 운반된 곳이 예의 그 남자의 아틀리에였다. 남자는 나를 모델받침에 얹어 날개상태나 목의 위치를 고쳤다. 이미 나는 당하는 채였다. 남자는 나를 응시하고는 점토를 반죽하거나 깎거나 했다.
>
> (大きな暗い建物の、薬品臭い部屋だった。そこではおれは仰向けに寝かされ、胸の毛をかき分けられ、鋭いメスで、切り開かれた。おれの中身はえぐりだされ、まるでシャツをぬぐように、皮だけにされた。おれの中身は、すぐ鍋に入れられ、煮て、食べられてしまった。そして、皮のほうは、中に詰物をされ、針金の骨組で支えられて、はくせいになった。それから箱におさめられ、次にはこばれたのは例の男のアトリエだった。男はおれをモデル台にのせ、翼の具合や首の位置をなおした。もはや、おれはされるままだった。男はおれを見つめては、粘土をこねたりけずったりした。)(p.47)
>
> (수동형을 확실히 나타내기 위하여 필자 임의로 하선 처리하고 이 부분만 원문을 게재함.)

식물화된 비둘기가 자신의 생명이 깡그리 유린, 해체당하는 현장이지만 이에 대한 저항이나 감정을 발산하거나 호소하는 흔한 형용사 하나 없으며 그 행위가 철저하게 자의식이 배제된 채 기계적인 수동형으로 매끄럽게 진행되고 있다. 예외 없이 도구 속성이 유감없이 발휘되는 현장이다. 비둘기의 이렇듯 거듭된 변형은 고스란히 이용당하고 착취

당하고 해체당하는 이력이다. 이 변신은 총탄이 되어 손을 죽임으로써 완료되지만 그것도 자신의 의지와는 아무런 상관없이 변함없는 수동의 이력의 소산이다.

아베는 이런 유형을 일본사회에서 읽어내고 있다.

> 특히 그러한 사회적 의식을 포착하는 일이라든가, 이 능동성이라는 것이 일본문화사 속에서 매우 약한 것을 통감했다.[249]

일본인의 능동성의 허약함을 통감하고 있다는 작가의 언설이 본 소설 쓰기와 비슷한 시기에 나온 것은 매우 주목할 만한 일이며 비둘기가 종순從順하는 일본인의 상징이자 은유라는 것을 방증한다.

타케야마竹山는

> 나치즘이나 이탈리아의 파시즘의 경우와는 달리, 일본에 있어서는 〈대중 자신에 대한 대중의 독재〉는 실현되지 않고 주체가 되는 대중 운동의 존재는 부재한 채 「서서히」 「위로부터」(마루야마 마사오) 위 두 나라와 흡사한 체제가 만들어졌다. 전시체제 구축 추진자에게 있어 최대의 어려움은 한 측면, 특히 정치 분야에서 대중으로부터의 자발성이 없고 국민의 저변이 이 체제를 수용하면서도 항상 수동적이었던 부분이다[250]

라고 밝히며 일본인의 이런 수동성 때문에 이탈리아의 파시즘과는 다른 양상의 파시즘[251]이 일본에서 야기되고 있다고 주장하고 있다. 당시

249 安部公房, 「壁あつき部屋について」 『安部公房全集 004』, 株式会社 新潮社, p.65

250 竹山護夫, 『近代日本の文化とファシズム』, 名著刊行会, p.225

251 일본의 군국주의를, 조장된 대중적 열광이나 격렬한 에너지, 나아가 국민의 단결과 순수성 및 힘이라는 목표를 위해서 자유주의 제도를 포기해야 하는 것을 주된 양상으로 하는 본래의 파시즘으로 보기에는 다소 무리가 따르긴 하지만 마루야마

아베가 일본인의 능동성 결핍, 나아가서는 수동적인 자세에 대해 예의 주시하고 있는 것과 같은 맥락의 말이다. 소설 속에는 자아의식의 결여와 수동으로 일관하는 보통사람들을 은유한 비둘기의 무심한 자세가 예기치 않은 역사를 초래하게 되고 비극이 야기될 수밖에 없다는 경고성 메시지를 담고 있다.

> 파시즘에서는 무엇보다도 〈뿌리 뽑힘〉의 요소가 부각된다. 이는 아무런 계급적, 사회적 귀속의식도 없는 이들이 파시즘의 주된 지지자였음을 강력히 시사한다.[252]

위 인용은 아무런 계급적, 사회적 귀속의식이 없는 비둘기와 같은 존재를 파시즘에 빠지기 쉬운 위험한 존재로 꼽고 있다. 이런 양상의 비둘기라는 캐릭터는 작가의 정교한 창작 문법과 치밀한 계산에 의한 산물임은 재론의 여지가 없다.

3. 손의 운명

이 소설 속에서 「손」은 비둘기와는 달리 약간의 자율과 의식이 얼마간 허용되어 있는 존재이다. 그러나 그도 이름이 「손」인만큼 그의 모든 존재가치는 작가가 소설에 임하던 당시 품었던 손의 이미지에 국한된다.

마 마사오丸山眞男가 지적하고 있듯이 일본 군국주의의 형성과정이 아래로부터의 동인動因을 좌절시키고 마침내 위로부터의 전체주의로 나아가 전시 동원 체제로 간 것은 유럽과는 다른 동아시아 파시즘의 한 양상이다. 한편 타케자와는 "일본의 초국가주의는 파시즘의 하나로서 〈천황제 파시즘〉이라 불리고 있다"고 밝히고 있다.(竹沢尚一郎, 『宗教とファシズム』, 精興社, p.58)

252 片山杜秀, 김석근 역, 『미완의 파시즘』, 가람기획, p.62

시모야마는 「손」의 부정적인 작용을 언급하며

> 그러나 손에 의해 비로소 과오 많은 인생이 만들어진다. 혹시 인간에게 손이 없다면, 즉 「4개의 다리」였다면 가령 아무리 보기 흉하고 짐승 같아도 얼마나 악행이나 고뇌로부터 자유로울 것인가? 또한 손을 잃은 비너스가 오히려 그것 때문에 정신성을 얻을 수 있게 된 것이다. 혹시 비너스에게 손이 있었다면 F·라벳슨처럼 그것이 폭력에 대한 설득의 우위를 상징하고 있다는 이념을 발상할 수는 없었을 것이다.(전게서, p.75)

라며 즉 「손」이 발에서 독립하지 않았다면 인간은 현재만큼 악행과 그에 따른 고뇌가 없었을 것이고 심지어는 비너스 상에 「손」이 없기에 그것이 폭력에 대한 설득의 우위를 상징하는 이념일 수 있었다는 설까지 등장할 수 있게 되었다며 「손」이 갖고 있는 과오와 죄의 일면에 대해 언급하고 있다.

본 소설의 내용상 「손」이 갖는 과오의 측면은 위 인용과 궤를 같이하면서도 「손」의 과오의 측면보다는 명령이행성과 맹목적성, 그리고 미시적 단견만이 부분 강조된 캐리커처[253]로 「손」을 등장시키고 있다.

따라서 본 소설에서 「손」이라는 존재는 머리의 지시를 받아 전쟁을 수행한 행동대이지만 전쟁이 끝나자 부도난 수표처럼 오히려 무기력하게 망가지고 무너지는 역설을 겪는 「손」으로 등장한다.

> 손은 여전히 군복을 입고 있었지만 전처럼 견장도 밴드도 하고 있지 않았고 주름은 찌부러져 쪼글쪼글 했다. 모자는 쓰고 있지 않

253 이것은 작가 나름의 역사인식이 철저히 상감된 이미지로서의 「손」의 재탄생을 의미한다. 더구나 여기에서 「손」은 「머리」의 이항대립으로 쓰이고 있다. 「머리」가 시키는 대로 여과 없이 수행하는 이미지이다.

> 앉고 윤기 없는 머릿결이 먼지를 폭 뒤집어쓴 채 자라있었다. 손은 반가운 듯이, 동시에 얼마간 뒤가 켕기는 듯이 나를 보았다.(p.46)

종전 후 전쟁을 사주했던 「머리」는 온데간데없고 전쟁에 동원되었던 「손」만이 전쟁의 폐허처럼 초췌한 몰골로 유기되어 있다. 철저한 전쟁 소모품의 초췌한 모습으로 삶의 근거를 잃어버린 그가 방황하는 곳은 철 지난 전쟁 주변[254]이고 그곳에서 비둘기와 조우하게 되며 생존을 위하여 그를 이용할 수밖에 없다. 따라서 그는 뒤가 켕기듯이 비둘기를 바라보는 것이다. 일말의 양심은 남아 있는 모습이다.

> 손은 내 목숨을 지폐 몇 장에 팔아넘긴 것에 매우 후회하고 있는 것이 틀림없다. (중략) 손은 생활에 쪼들리고 있었다. 그는 매일 매일의 불행이 뭔가 나에 대한 죄의 탓이기나 한 것처럼 망상에 사로잡히기 시작한 듯했다. 물론 그것은 단순한 망상에 불과했다. 그러나 그로서 보면 그것은 현실의 의미와 같았다. 그는 이 비밀을 혼자서 간직하는 것을 견딜 수 없어 했다. 그리고 만나는 사람마다 나의 운명에 대해서 말하는 것이었다. 나를 「평화의 상징」에서 손의 운명으로 끌어 내리기 위하여.(p.48)

「손」은 현재 자신의 불행이 비둘기를 헐값에 넘긴 것에 대한 죗값이라는 망상에 빠진다. 그리고 자신의 불행을 야기했던 평화와 그 평화의 상징으로 비둘기가 존재하는 현실을 용납할 수 없었다. 그래서 그는 역시 이름에 걸맞게 손으로 행동을 보여준다. 평화의 비둘기 상을 절도하는 것이다.

---

254 사회에서 통용되지 않는 군복을 여전히 입고 있다는 사실에서 전쟁에 향수를 느끼며 전쟁이나 전장 주변을 기웃거리는 모습이 연상된다. 「손」도 역시 하나의 전쟁 잔해물에 불과한 것이다.

> 어깨에 걸친 자루에서 60센티 남짓의 쇠톱과 줄을 꺼내고 남자는 다른 손으로 내 발목을 확인하듯 만졌다. 그러자 그때 나는 남자가 누구였는지 곧 생각해냈다. 그 남자이다. 이것은 그 남자의 손놀림이고 그 남자밖에 할 수 없는 손놀림이다. 아니, 그 이상으로 나를 변형시키고 내게 운명을 준 바로 그 손이다. 나에게 있어서 그 남자는 그 손의 부속물에 지나지 않았다.(pp.44-45)

자신에 대해서는 거의 무지에 가까운 비둘기가 '그 남자는 손의 부속물에 지나지 않았다'는 가혹한 평가를 타자에 퍼부어대는 장면에서는 실소가 터져 나올 만큼 골계적이다.

결국「손」의 이 절도행위는 종말의 서곡이 된다.

> 방아쇠가 당겨지고 희극적인 에너지가 폭발하고 나는 일직선으로 터널을 미끄러져 나갔다. 그것은 유일하고 필연적인 길이었다. 다른 길은 없었다. 나는 손을 향해 똑바로 달려 얼마간의 살과 피를 뜯어내고 그대로 관통하여 가로수 줄기에 박혀 찌그러졌다. 내 배후에서 손이 신음하고 쓰러지는 소리가 났다. 그리고 나는 마지막 변형을 완료했다.(p.49)

머리가 실종된 곳에 행동의 상징인「손」이 처참하게 쓰러지는 현장이고「손」의 말로를 비극적으로 묘사한 장면이다. 불과 6개의 문장이지만 여기에는 작가의 섬뜩한 의도가 숨겨져 있다. 우선 심판받아 마땅한 저격자가 익명인데다가 문장에서 주어로 존재해야하지만 행간에 숨어 드러나지 않은 채 방아쇠가 당겨지고 희극적인 에너지가 폭발하며 총알인「나」는 총구인 일직선의 터널을 미끄러져 갔다는 묘사가 그것이다. 이것은 가해자인 주체가 오리무중이라는 말이고 총탄이 발사되는 엄청난 에너지를 희극적이라고 묘사한 것 자체가 광기적인 현실을 희화화한 것이다. 또한 총구의 외양처럼 총알인 내가 달리는 터널길이 유일하고 필연적이라는 묘사는「손」에게 죽음이외에는 다른 선택지가 전무한 운명을 상징한 것이다. 도구로서 마지막 행위인「나」의 질주가「손」을 파쇄하는 데도 동요는 없고 감정이 완전히 배제된 묘사는 철저하게 희극적이기에 더욱 참을 수 없는 비극인 것이다.

결과적으로「나」의 그런 무저항, 무대응이 삶을 위해「나」를 이용하고 절도할 수밖에 없었던 힘없는 또 다른 피해자인「손」을 죽이는 결과를 초래했다는 소설속의 허구로서의 교훈인 것이다. 더구나 엉뚱한 결과에 일말의 책임마저 부담해야할 변형을「완료」했다고 담담하게 심정을 밝히는 장면도 뒤틀린 현실에 대한 은유인 것이다.

작가는 이런 현실에 대해

> 우선 전범戰犯이라는 말의 의미를 나는 여기에서 재고하지 않을 수 없다고 생각한다. 스가모巣鴨에 복역하고 있는 B·C급 전범들을 만나서 이야기 한 결과 그들의 대부분은 거의 전범이라는 이름에 어울리지 않는다. 그들이 오늘날 전범이 된 것은 그들의 죄 때문이라거나 인류의 문명과 평화라는 이름에서가 아니라 오히려 일종의 정치적 음모의 희생자라는 편이 어울린다. 그 대부분은 극단적으로 말하면 정족수를 채우기 위하여 수의를 입힌 것뿐이다. 날조된 희생자들로 인권문제까지 있다고 생각한다(전게서, p.64)

고 밝히고 있다. 이런 전후의 사정을 파악해보면「손」이 맞는 최후의 장면은 전후 처리 당시의 저주의 굿판과 같은 현실을 패러디한 우화임이 확연히 드러난다. 그것은 날조된 희생자들이 필연적이고 유일하게 개죽음 당하는 현실에 대한 문학적인 탄핵이다.

작가의 전후 처리에 대한 진정한 바람은 아래와 같은 것이었을 것이다.

게다가 그것은 국민 스스로의 손으로 재판하고 전쟁범죄를 범한 사실을 어떻게 처리할 것인가 하는 것도 국민자신이 결정해야 할 사항이다. 전쟁범죄를 사죄하려고 하는 자에게는 그 길을 가게하고 전쟁범죄를 자각하지 않는 자들에게는 그것을 자각시키지 않으면 안 된다.(「벽 두꺼운 방에 대하여」, 『전집004』, p.64)

전범자를 재판하고 그들에게 사죄시키거나 자각시키는 것도 모두 국민의 손으로 이루어져야 함을 역설하는 작가의 언설이다. 하지만 소설 속에서는 「손」이 전범자들에게 살해당하고 있다. 심판받아야할 전범자들이 삶에 쪼들리는 무고한 시민[255]인 「손」을 살해함으로써 심판[256]하는 것이다. 비둘기인 「나」는 그동안 줄곧 「손」의 도구에서 어느새 전쟁범죄자들의 도구인 흉탄의 신분이 되어 「손」을 향해 질주하는 것이다. 따라서 「손」을 향해 날아가는 흉탄은 대단히 역설적인 역주행이다. 작가가 이런 현실을 개탄하면서 희극적이라고 표현하고 있기에 현실은 더욱더 비극적인 것이다.

4. 막후의 손들

이 소설은 고위직 공무원이나 정부의 첩자들의 무대 뒤편에서의 암약을 비둘기를 통해서 밝히고 있다. 그들은 온갖 술수와 책략으로 자기들의 범죄행각을 서민들에게 뒤집어씌우며 관철시킨다. 이 소설의 다

255 내용상 비둘기인 「나」를 마구 유린하거나 기물파손 등의 악행을 저지르는 「손」을 무고하다고 표현하는 데에는 무리가 뒤따를 수도 있겠지만 적어도 소설속의 현실에서 「손」의 행위는 필요악으로 「나」가 전혀 그를 비난하지 않는 점에서도 그것을 읽을 수 있다.

256 물론 당시의 현실에서는 전후 심판을 담당한 것은 GHQ였지만 소설 속에 서는 은폐된 전범들이 피해자를 살해하는 심판의 결과를 야기한다. 이 부분도 위정자들과 GHQ의 야합에 의한 잘못된 현실을 은유한 작가의 패러디가 행간에서 읽힌다.

른 부분에서는 에둘러 표현하는 것으로 일관하고 있지만 이곳에서는 직설법을 거침없이 사용하고 있다. 이것도 묘사에 힘을 싣는 방법의 일환이다. 완곡어법으로 일관하기보다는 한번쯤의 직설법은 아무래도 임팩트가 훨씬 강하기 때문이다. 문제는 이들이 얼핏 보아서는「머리」인 것처럼 보이지만 그들도 역시 명령을 받아 행사하는「손」의 다른 버전일 뿐이다.[257] 이른바 음지에서 암약하는 보이지 않는 은폐된「손」들이다.

작가는 독자들에게 이면에서 이루어지고 있는 역사에 대해서 알았으면 하는 바람으로 이런 류의 소설을 썼다고 밝히고 있다.

> 다만 나는 이것을 쓰면서 역사라는 것, 혹은 사회라는 것이 인간을 관통해 나오는 것, 바로 그 개인의 배후를 봤으면 하고 생각했다. 또한 역으로 인간의 의식이 이 사회에 어떻게 관련되어 있는가 하는 것이 매우 난해하다고 생각했다.(「벽 두꺼운 방에 대해서」『전집004』, p.64)

겉으로 드러난 역사가 아닌 개인의 배후에 은폐되어 암약하는 또 하나의 역사를 독자들이 보았으면 하는 염원이 집필 배경[258]임을 고백하고 있는 것이다.

> 그것은 피부라는 일상성을 절개하여 그 속의 암흑을 보여 준 것이다. 피부의 내부를 파헤침으로써 비로소 외부의 합리적인 모든 관계가 파악되고 경험주의적 의학이 과학적인 의학으로 첫발을 내

257 일견「머리」와「손」의 중간존재처럼 비쳐지기도 한다. 본 소설의 정서상「머리」는 은폐된 모습으로 더 윗선에 따로 존재한다는 느낌이 강하므로 역시 그들도 또 다른「손」에 가까울 수밖에 없지만 획책을 일삼는 행위는 머리와 결이 같으므로 머리와 손의 절충적, 타협적 존재라 볼 수 있다.
258 본 소설 집필시기에 집필된 작가의 창작노트이다.

> 디딘 셈이다.(「우선 해부도를-르포르타주 제창과 사족에 따른 그 부정」, 『전집 005』, p.283)

작가는 피부라는 일상성을 절개하여 그 속에 숨겨진 암흑을 발견하는 일이 곧 외부의 합리적인 모든 관계[259]를 파악하는 것이라 고 자신의 견해 속에서 피력하고 있다.

> 고위 공무원들은 그를 이용하여 나를 훔치게 하고 다음으로 그를 죽이려고 획책했던 것이다. 게다가 나를 사용해서! 거리를 두 블록 정도 지난 어느 모퉁이의 불탄 빌딩 지하실 입구에서 손은 발걸음을 멈추고 안에서 4, 5명의 사나이가 나타났다. 한 사나이가 나를 받아들고 다른 사나이가 손에게 무언가 봉투를 건네고 탁 하고 어깨를 치며 웃었다. 그리고 넋을 잃고 한참을 서있는 손을 뒤로 하고 사나이들은 재빠른 걸음으로 사라졌다. 사라지면서 사나이 하나가 말했다. "잘됐어, 미친놈도 쓰기 나름이야. 그놈은 그놈대로 돈을 받은 데다가 액막이로 생각할 테고 이쪽은 이쪽대로 액막이를 한 셈이니까 말이야." 다른 사나이가 말했다. "현실이 공상을 이용한 거야." "놈이 이 동상을 훔치고 싶었던 것은 알고 있는 사람도 많고 놈이 범인이라는 걸 누구도 의심하지 않을 거야. " "게다가 미친놈으로 통하고 있잖아." "알리바이가 우리를 은닉해주기 위해서 그쪽에서 온 셈이지." 이 남자들은 정부의 첩자였다. 그들은 내가 눈엣가시였다. 나를 존재시키는 자들이 눈엣가시였던 것이다. 그래서 좁은 현실에 눈이 멀어 미친 손을 사주한 것이다.(pp.48-49)

259 물론 합리적인 관계란 과학적 관점의 언설이고 사회적, 정치적 관점으로 보면 온갖 비리와 만행 등으로 얼룩진 묵계적 현실이라 여겨진다.

정부나 고위 공무원[260]들이라고 확실하게 대상을 밝히긴 했지만 그들은 어떤 한사람의 특정한 인물이나 확인할 수 있는 대상이 아니라 다수, 혹은 그룹이란 익명으로 얼버무려지고 있다. 제대로 된 전후처리였다면 마땅히 처벌당했어야 하는 그들은 처벌은커녕 어리석은 민중을 유린하며 새로운 도발을 감행하고 있는 것이다. 평화의 도래에 대한 자신들의 혐오를 서민들을 희생의 제물로 하여 자신들은 조그만 혐의조차 입지 않은 채 완벽한 알리바이 위에 뚝딱 해치우고 있다. 이른바 정치공학의 귀재들의 행태이다.

> 진정한 전범은 어물쩍 사라지고 없다.(「벽 두꺼운 방에 대해서」『전집 004』, p.65)

본 소설은 이 한마디로 수렴된다고 해도 과언은 아니다. 작가는 이 한마디를 하고 싶어서 본 소설을 쓰고 싶었는지도 모른다. 문제는 전후처리에는 종적을 감추었던 그들이 불사조처럼 부활하여 막후에서 새로운 만행을 일삼고 있다는 점이다. 이것은 과거나 현재가 미래도 답습될 것이라는 암울한 전망이다. 그들에게는 평화가 도래한 시기조차도 과거 전쟁 시기의 미망迷妄에서 헤어나지 못하니 현재의 평화와 평화의 상징이 척결대상인 것이다. 그것은 오로지 그들이 벗어날 수 없는 습관적 타성惰性에서 기인한다.

> 인간이 갑자기 비운을 당해 손을 잃었을 경우, 그 손은 재생된다. 물론 실제가 아니라 오랜 기간 마치 존재하는 것 같은 체험의 형태인데 이것은 일반적으로「환영지幻影肢」라고 부른다. 그 사람들은 언제나 손의 존재감을 확실히 느낀다. 예컨대 주먹을 쥔 것

260 소설 속에서 유일하게「손」보다는「머리」의 하부소속이라는 느낌이 드는 집단이다.

> 같은 느낌 속에서 5개의 손가락의 존재도 알고 때로는 가려운 느낌이나 저리는 느낌도 들고 음주를 했거나 날씨가 급변하거나 쌀쌀할 때에는 그것에 통증을 느끼기도 한다. 그것은 인조 손을 달아도 없어지지 않고 오히려 방해로 느끼기도 한다.(전게서, pp.86-87)

비운을 당해서 손을 별안간 잃었을 때 손이 부재하는 현실 속에서도 실재했던 과거이상으로 그 손의 확실한 존재감을 느끼는 것은 과거의 습관이 야기한 고정관념의 집요함 탓이다. 마찬가지로 전쟁에 모든 것을 걸었던 「머리」들은 어느 날 갑자기 전쟁이 끝났음에도 이런 환영지와 동종의 유사체험 속에서 벗어나지 못하는 것이다.

소설 앞부분에서 「손」의 연이은 불행이 비둘기를 돈 받고 팔아넘긴 것에 기인하고 있다고 스스로 생각하는 「손」의 망상과는 비교도 안 될 메가톤급 망상이 이미 행동개시에 나서고 있음을 막후의 「손」들은 생생하게 증명하고 있는 것이다. 자의식이 없이 우왕좌왕하는 우중들에게 파시즘은 죽지 않았으며 변함없이 우리의 빈틈을 노리고 있다는 현실에 대한 경고나 교훈까지 함의하고 있다고 볼 수 있다.

5. 마무리

아베 코오보의 변신담 중의 하나인 소설 『손』에 은유된 내용을 우의성을 중심으로 살펴보았다.

전쟁이 끝나자 오히려 이유를 알 수 없는 무규율과 혼란이 도래하는 역설적인 상황 속에서 전쟁 책임자의 처벌이라는 역사적인 단죄는 고사하고 명령에 따라 전쟁을 수행했던 자들끼리 물고 물리는 현실과 책임을 회피했던 자들의 날조에 의해 「손」이 희생되는 또 하나의 패러독스를 작가가 포착해낸 것이 본 소설이다.

전쟁을 사주하고 조정했던 전범들, 즉 「머리」의 부재 속에 그 명령을 수행했던 「손」들만이 발호하는 본 소설은 제목처럼 데포르메된 손의 이미지가 희화적이다. 뒤틀린 현실을 신체구조의 일부인 손에 상감하여 변신담으로 그려낸 것은 작가의 가공할만한 솜씨의 방증이었다. 평화의 도래와 함께 그동안 숨어 지내던 실체 없는, 전쟁으로 회귀하고 싶은 관성에 젖은 「머리」와 그와 영합한 일부 「손」들의 망상과 파탄을 은유하는 본 소설은 현대판 우화임에 틀림없다.

완벽한 구성과 절제의 미학이 돋보이는 짧은 단편임에도 세태를 완전히 풍자해낸 아포리즘이자 알레고리인 것이다. 이것들을 가능케 했던 것은 사회구조를 인체에 빗대서 만든 「손」의 다양한 메타포들 덕분이다. 우선 비극의 최후를 맞이한 소설 제목인 「손」을 중심으로 그의 도구 역할을 했던 비둘기와 그의 잦은 변형, 그리고 전쟁광들의 무대뒤편의 암약 등 마치 장편에서나 있을 법한 내용이 압축파일처럼 펼쳐지고 있는 것이다.

이들은 모두 「손」과 연루된 이미지들이다. 비둘기는 「손」의 도구로서 이용되고 있는데 도구가 「손」의 연장이라는 상식을 감안하면 또 하나의 손인 셈이다. 그리고 무대 뒤에서 암약하는 그들은 마치 자기들이 「머리」인 듯 행동하지만 그들도 하수인으로 또 다른 「손」의 존재에 다름 아니다. 게다가 소설 제목인 「손」의 비참한 운명은 전쟁 후 어처구니없이 단죄를 당했던 수많은 행동대원들을 환유하고 있다. 그리고 그 「손」들의 여러 양상을 빌어 이 소설은 정의란 진정으로 존재할 수 없는 것인가에 대한 작가의 근원적인 회의와, 자의식이 없이 부화뇌동하는 우중들에게 파시즘은 죽지 않았으며 변함없이 우리의 빈틈을 노리고 있다는 현실에 대한 경고나 교훈까지 함의하고 있다고 볼 수 있다.

제12장

요코미츠 리이치(横光利一)의 초기소설

요코미츠 리이치横光利一는 그의 데뷔작이라 할 수 있는 단편소설『파리蝿』(1923)와『머리 그리고 배頭ならびに腹』(1924)에서 인간의 허무와 허무주의양상을 기발하고 날렵하게 형상화하고 있다. 그는 정체현상에 허덕이는 자연주의 문학과 그의 사생아라고 볼 수 있는 사소설이 지루한 매너리즘에 빠져있던 당시의 기존문학 풍토에 대한 강한 반감과 자신의 내부에 불사르고 있던 투혼으로 탄생시킨 두 작품을 세상에 던짐으로써 본격적인 문학행보를 시작하고 있는 것이다. 이 작품들은 공히 기존문학에 대한 통렬한 탄핵과 그를 단죄하려는 투사적 기질과 미래에 대한 자신감으로 충일한 도전장의 형태를 지니고 있다. 방법 면에서 작가는 직설법보다는 우화를 통한 간접화법을 쓰고 있으며 이것은 사소설 등에 길들여진 식상한 문학 풍토에 오랜 가뭄 끝에 내리는 단비처럼 신선함을 몰고 왔다.

두 작품연구는 주로 이 작품의 의의와 독해에 집중되어 있다.

소설『파리』에 대해 카미야 타다타카神谷忠孝는 "이 소설이 관동대지진이 일어나기 4개월 전에 발표되었다는 사실이 주목할 만하다"며 "생명이 우연에 의해서 좌우되는 이 소설의 테마가 결과적으로 보면 대지진을 예언한 형태가 된 점"을 지적하고 있다. 그는 이어서 코바야시 히데오小林秀雄가 요코미츠의 소설 『태양日輪』(1923)을 비평하며, 『태양』의 눈이 바로 〈유리의 눈〉이라고 지적한 것을 원용하여 "본 텍스트에서는 〈작가의 눈〉을 〈파리의 눈〉으로 가탁한 것이며 이 소설은 생명의 불안정성 외에 구 문학에 대한 격렬한 도전의지를 반영한 것"[261]으로 보고 있다. 이와 비슷한 시각으로 이와카미 중이치岩上順一는 "요코미츠 리이치는 일상성에 대한 반발뿐만 아니라 플롯의 필연적 구조에 대하여서도 반발한다"[262]고 분석했다. 기존의 가치관에 대한 정면도전을 이 작품의 의의로 보고 있는 것으로 이런 작품의 의의에 대한 연구도 하나의 흐름을 이루고 있다.

이에 대해 쿠리츠보 요시키栗坪良樹는 "작가의 운동을 상징하는 파리의 운동이 암묵적으로 특별한 시각을 만들어 위기상황을 보는 힘을 갖는다"며 "파리 눈의 훌륭한 반사 신경에 의한 탈출과, 출세한 신사의 이야기에 취해 위기상황을 인식하지 못한 마차 승객들의 재앙은 각각 우연이 아니라 필연으로 봐야한다"[263]는 다소 이색적인 의견을 개진하고 있다.

이시다 히토시石田仁志는 "근대와 포스트 근대의 패러다임 전환기에 나타난 이 작품에 대한 독해가, 종래의 독해가 일관하던 성욕이나 순혈주의와 같은 남근사상과 금전적인 성공욕이나 가정과의 알력 등의 근대적인 규범의식에서 벗어나야 한다"[264]고 주장하는데 이런 주장들이 작품의 독해에 초점을 맞추는 또 하나의 흐름을 형성하고 있다.

『머리 그리고 배』의 연구에서 도널드 킹은 "「대낮이다. 특별 급행열차는 만원인 채 전속력으로 달리고 있었다. 철로변의 작은 역은 돌처럼 묵살되었다」라는 묘사가 이 당시 요코미츠의 전형적인 표현이었고 당

261 神谷忠孝, 『日本近代文学大系 42』, 角川書店, 1972, p.53
262 岩上順一, 『横光利一』, 日本図書センター, 1987, p.192
263 栗坪良樹, 「蠅」 『鑑賞日本現代文学 横光利一』, 角川書店, 1981, p.66
264 石田仁志, 「蠅」 『国文学 解釈と鑑賞』, 至文堂, 2000, p.53

시 이런 신 기법을 달갑지 않게 여기던 사람들의 공격의 초점이 되었다"[265]며 이 작품의 소설적 가치는 매우 낮게 보고 있다. 하지만 쿠리츠보는 "상징성을 중시하는 요코미츠가 시대를 상징하고 자의식을 상징하고 관계를 상징하려는 모든 모험을 시도하여 대성공을 거둔 이 작품이야말로 역할이 실로 지대하다"[266]고 극찬하고 있다. 한편 타테시타 데츠시舘下徹志는 "소년의, 바보같은 모습에 활달한 신체성 때문에 차장이나 승객들에게 그 주체존립의 근원적인 불만의 대상이 될 위협성을 안고 있음에도 그것을 뛰어넘는 절대적 타자이고 동시에 의미의 일원화를 거부하는 〈공유 언어 자본〉과 〈가요〉의 힘으로 〈덕성의 함양〉, 〈동심〉과 같은 근대가 만든 자명성의 허망함을 고발하는 고발자로서의 역할"[267]에 주목하는 등 주로 이 작품의 의의에 관한 연구가 주류를 이루고 있다.

본 장에서는 작품에 내장된 창조적인 파괴의 미명하에 드리워진 허무는 무엇이고 이것은 다다이즘과 아방가르드, 그리고 허무주의와는 어떤 관련성이 있으며 그리고 결말의 실존은 무엇을 상징하고 있는가를 규명해보고자 한다.

1. 대칭적 묘사

작가는 『파리』와 『머리 그리고 배』에서 우화寓話의 얼개로 자주 이용되는 대칭적 수법을 통해 서사를 선명하게 전개해나고 있다.

『파리』에서 서사를 가장 처절한 허무극으로 만들기 위하여 작가는 매진한다. 이 허무극은 작가의 창조적 파괴에 동원되는 수단이고 그것

265 ドナルド・キン, 徳岡孝夫 역, 『日本文学の歴史13』, 中央公論社, 1996, p.59
266 전게서, pp.76-88
267 舘下徹志, 「頭ならびに腹」 『国文学 解釈と鑑賞』, 至文堂, 2000, pp.64-70

은 본 곡을 연주하기 위한 전주곡이자 진정한 엑스터시를 위한 전희前戲같은 것이다. 따라서 그것은 어떤 의미에서는 분장扮裝이며 통과의례이고 궁극적인 역할은 제물이다. 이런 관점에서 본다면 본 작품에 흐르는 허무는 일종의 제의적祭儀的인 의미를 담고 있다고 봐도 무방할 것이다.

우선 캐릭터에서 한 마리의 파리와 집단의 인간, 내용면에서 파리의 죽음에서의 기사회생과 비상, 죽음과는 별로 관련이 없어 보였던 인간들의 집단 몰사, 마차를 서둘러야하는 인간집단의 소망과 그를 철저히 무시하는 마부의 개인 욕망 등이 대칭적으로 묘사되어 있어서 마치 보색대비처럼 선명하게 실상이 드러나고 있다. 이 일련의 대칭효과는 허무의 비극을 참혹하게 하여 지극히 짧은 단편소설임에도 임팩트가 강하고 소설의 함량이 크게 느껴지며 독자들이 강한 충격을 받는 원인이 되고 있다. 작가의 탁월함이 두드러지게 나타나는 부분이다.

그중에서도 가장 인상적인 대비는 역시 추락과 비상이다.

소설 서두부분에서는 시골 아낙의 다급한 등장과 그에 따른 동일시 현상으로 독자마저 초조해진다.

> 그 여자는 아침 일찍 읍내에서 근무하는 아들로부터 위독하다는 전보를 받았다. 그리곤 이슬 젖은 산비탈 30리길을 단숨에 달려온 것이다.
>
> "마차는 아직 안 갑니꺼?"
>
> 그녀는 마부의 방을 들여다보며 외쳤지만 대꾸가 없다.
>
> "마차는 아직 안 가능교?"(pp.236~237)

어머니에게 자기 아들의 목숨이 경각에 달렸다는 소식만큼 다급한 사건이 어디 있겠는가? 읍내에서 일하는 아들이 위독하다는 전보를 받은 시골 아낙의 다급한 심정이 안절부절 못하는 우왕좌왕으로, 절박한 반복적 한탄으로, 갈팡질팡하는 행동거지의 다양한 변주로 묘사되고 이런 숨 막히는 상황이 소설 서두 부분을 일촉즉발의 긴장의 분위기로 몰아가고 있다.

> "출발했능교? 마차는 이미 떴능교? 언제 떴을꼬? 쬐메 일찍 왔으마 좋았을 낀데, 이미 떴능가베?"시골 아낙은 다급한 소리로 울먹이다가 이내 울음을 터뜨린다. 하지만 눈물도 훔치지 않고 길 한가운데로 나아가 읍내 쪽으로 터벅터벅 걷기 시작했다.(p.237)

거의 패닉상태인 시골 아낙에게 헤쳐 나갈 방법이 전혀 없음에 안타까움만 서사 속에 팽배한다. 하지만 그 간절함은 마부가 거느리는 느긋한 시간 앞에서 철저하게 묵살되며 급격하게 호소력이 반감되고 힘을 잃어간다.

> "나가능교? 곧 나가능교? 자슥 놈이 죽어 가는데 시간에 대줄 수 있능교?"
>
> "말을 두었다 이거지?"
>
> "아이고 식겁했네. 읍내까진 얼마만큼 걸릴꼬? 언제 나가줄 건고?"
>
> "2번이 나간다니까"라며 마부는 장기의 〈보〉를 탁하고 두었다.
>
> "나가능교? 읍내까장 3시간은 걸릴까? 3시간은 족히 걸리겠제? 자슥 놈이 죽어가고 있소. 시간에 댈 수 있능교?"(pp.237~238)

두 사람이 한 공간에서 대화를 나누고 있으리라고는 상상을 못할 정도로 철저하게 동문서답으로 점철되어 있는 소통부재의 현장이다. 시골 아낙의 간절한 탄식에는 아랑곳하지 않고 장기에만 몰두하는 마부의 유유자적하는 시간이 애시당초 시골 아낙의 절체절명의 시간을 송두리째 접수해 버린다. 그 뒤에도 외마디의 절규로 이어지는 시골 아낙의 통한의 보챔은 타협을 모르는 마부의 완고한 시간 속으로 하릴없이 속속 매몰되는 것이다.

뒤이어 사랑의 도피 행각을 막 떠나온 다급한 남녀의 긴박함도, 신사의 43년의 긴 고통과 일거에 그곳에서 벗어나온 잠시 동안의 감미로움도, 새록새록 피어나는 어린아이의 풋풋함과 엄마의 다정한 댓구까지도, 찐빵이 익기만을 기다리는 마부의 욕망의 기다림의 시간 앞에 차례차례로 속절없이 묻히고 만다. 그리고 결국에는 소설의 마지막 장면에서 마차가 벼랑 아래로 추락하면서 이 각양각색의 삶의 드라마는 한 순간에 와해되고 만다.

> 순간 파리는 날아올랐다. 그러자 차체와 함께 벼랑 아래로 추락해가는 방탕한 말의 배가 눈에 띄었다. 그리고 사람과 말의 비명소리가 드높이 울려 퍼지는가 싶더니 강바닥위에는 겹겹이 떨어져 찌부러진 사람과 말과 판자의 덩어리가 침묵한 채로 움직이지 않았다.(p.243)

집단으로 추락하여 찌부러져 땅에 꽂힌 사람과 말과 판자가 한 덩어리가 되어 비명소리 끝에 이내 움직이지 않았다는 장면묘사는 서사를 이끌어 가는 모든 주체가 한순간에 정물이 되고 마는 충격요법이다.

따라서 소설은 짧지만 쿨하고 쇼킹하며 임장감이 넘친다. 더구나 대칭적으로 클로즈업된 파리의 다음 장면은 픽션이 갖는 최고의 멋과 맛을 독자에게 체험케 한다.

> 하지만 눈이 큰 파리는 이제야 푹 쉰 날개에 힘을 불어넣어 홀로 유유히 푸른 하늘 속으로 날아갔다.(p.243)

집단이 어처구니없이 추락하여 한순간에 모조리 몰살되는 것과는 대조적으로 혼자서 그것도 푹 쉰 다음 날개에 힘을 잔뜩 넣어 유유히 창공을 향해 날아갔다는 묘사는 너무나 극명하게 대조를 이룬다. 바로 여기서 허무의 양상이 극단적으로 두드러지고 동시에 파리의 비상은 한층 환상적으로 오버랩된다. 작가가 노리는 대비효과가 바로 여기에 있다.

> 모든 예술은 실 인생에서 일단 유리된 다음에 비로소 새로운 현실을 형성하는 것이며 그래야만 소설이 소설로써 성립되는 허구라는 가능성의 세계가 전개되고 이것이야말로 진실이라 할 만한 미의 세계라 생각하여 타인들이 배척하는 세계를 창조하는 일에 혼신의 정열을 쏟았었다.[268]

작품의 서사는 인간들의 실생활을 리얼하게 펼치다가 그 모두를 투기投棄한 채 느닷없이 파리의 비상이라는 완전히 낯선 모드로 전환된다. 허구를 멀리하는 기존의 문학풍토에 대한 작가의 의식적인 반발이 스토리의 전복으로 나타나고 있는 장면이다.

작가가 진실로 미의 세계를 구축하기 위해서는 실생활의 유린蹂躪과 유기遺棄를 통한 이런 모험적이고 혁명적인 글쓰기로 체현될 수밖에 없다는 요코미츠의 강한 신념이 허구의 방법적 제시로 나타나고 있는 것이다.

작가의 이러한 신념은 이듬해에 씌어진 『머리 그리고 배』에서도 관류하며 이 소설도 『파리』와 작중인물과 사건만 다를 뿐 작품의 콘셉트는 완전히 동일하다.

기차의 승객 중 한 수선스런 소년과 나머지 승객들의 대조적인 모습

268 横光利一, 「初期の作」 『全集12』, 河出書房, 1961, p.141

이 부각되어 있는 것이다. 같은 기차를 탔으니 기차를 타고 있는 동안만은 공동운명체임에도 그들은 전혀 상반된 행위를 보이고 있다. 소년은 손수건으로 머리를 질끈 동여 맨 뒤 창틀을 잡고 홀로 노래를 부르고 있다. 같이 타고 있는 승객들이 처음에는 호기심으로 웃음을 보였다가 이내 웃음을 거두어들이지만 소년은 그에 아랑곳하지 않고 대담한 열정으로 계속해서 노래를 불러 제친다. 그 기세로 보아 아마 소년은 목적지까지 노래를 멈출 기색이 없다. 결국 방자하기 짝이 없는 소년의 노래에 대해서는 아무도 상대해주지 않은 채 승객들은 묵살과 침묵모드로 바뀌고 기차 속은 다시 따분함과 졸음이 찾아든다. 하지만 돌발사건으로 기차가 멈추게 되자 승객들은 우왕좌왕한다.

> 그때 갑자기 기차가 멈췄다. 한동안 승객들은 침묵했다. 이윽고 갑자기 그들은 수선을 떨기 시작한다.
>
> "어떻게 된 거야?" "뭐야?" "어디야?" "부딪쳤나?"
>
> 사람들의 손에서 신문지가 미끄러져 떨어졌다. 수없이 많은 머리의 위치가 엉키며 동요하기 시작했다. 꼼짝 않는 열차의 옆구리에는 이름도 없는 을씨년스런 역이 벌판 한가운데에 우두커니 누워 있었다. 물론 그곳은 도저히 머물러서는 안 되는 곳이다. 시간이 지나자 한명의 차장이 차량입구에 모습을 나타냈다.
>
> "여러분 이 열차는 여기서 더 이상 가지 않습니다."(p.279)

아무런 대책 없이 부화뇌동하는 군중들의 웅성거림과 그런 기세 속에서 기계음처럼 반복되는 무대책의 차장의 목소리가 철저하게 대칭적으로 묘사되어 소통의 부재를 증언하고 있다. 기차의 불통과 그들과는 아무런 상관없이 을씨년스럽게 누워있는 시골역이 그것을 상징하고 있다.

급기야 승객들은 어떤 운명을 느끼기 시작했다.

> 그리고 그 운명감이 우왕좌왕하는 사람들의 머릿속으로 흐르기 시작하자 그들 집단은 그제야 파도처럼 흐트러지기 시작했다. 소동은 중얼거림이 되었다. 쓴웃음이 되었다. 이윽고 그들은 망연자실해졌다.(p.280)

이윽고 좌충우돌하는 승객들에게 3가지의 선택지가 결정되었다. 기차가 머문 그곳에서 숙박하든가, 멈춘 기차에서 기다리며 운행재개를 기다리든가, 아니면 지나온 역을 되돌아 우회하는 열차를 탈 것인가가 그것이다.

그런 돌발사건의 와중에서도 소년은 동요는커녕 변함없이 기세당당하게 차창 밖으로 보이는 하늘의 구름 덩어리를 물어뜯기라도 하려는 듯 노래를 불러대고 있다. 세상사에 연연하지 않는 소년의 모습이 전작 속 파리의 초연한 모습과 오버랩된다.

승객들은 선택지 앞에서 선택을 하지 못하고 서로의 눈치만 살피며 서성거리고 있다. 그러다가 한 승객이 과감하게 행동에 나서지만 승객들의 머리는 여전히 지켜보기만 할 뿐 움직이지 않는다. 그러다가 또 한 사람의 승객에 이어 급기야는 모든 승객의 이목을 끌만한 사람이 나타난다.

> 그때 그들 가운데 전신의 감각에 바짝 긴장을 하며 상황을 지켜보고 있던 비대한 한 사나이가 섞여 있었다. 그의 배는 백만장자의 부와 당대의 자신감을 안에 내장하고 있는 듯 멋지게 앞으로 튀어 나왔다. 한 줄의 금줄이 배아래 쪽으로 제단의 장식처럼 번쩍였다. 그는 그 이상한 매력을 가진 배를 불룩거리며 군중 앞으로 나왔다. 그리고 그는 티켓을 탁자 위에 내밀며 히죽히죽 섬뜩한 미소를 흘리며 말했다.

> "그야 이쪽이 인기가 있지."
> 그러자 지금까지 차분하게 있던 군중의 머리는 느닷없이 탁자를 향해 회오리바람처럼 요동치기 시작했다. "밀지마! 밀지마!" 셀 수 없는 팔이 휘어진 숲처럼 모든 머리는 뚱뚱배에 소용돌이처럼 밀려들었다.(pp.281~282)

결국에는 돈 있어 보이는데다가 자신감을 내장하고 있는 겉보기(배)의 남자를 따라 생각(머리)없이 우왕좌왕하던 머리들이 회오리바람처럼 한 곳으로 쏠리고 만다. 즉 소년만을 제외하고 3개의 선택지 가운데 배로 상징되는 신사를 따라 우회를 위해 되돌아가는 열차 속으로 부나방처럼 날아가 버린 것이다. 그리고는 곧 반전이 일어난다.

> "여러분 H, K간의 토사 붕괴로 인한 고장선은 개통되었습니다. 여러분....."
> 그러나 승객의 머리는 단 한 개의 머리띠를 두른 머리였다. (중략) 열차는 목적지를 향해 전속력으로 달리기 시작했다.(p.283)

홀로 남겨진 기차 속의 소년은 그사이에 철도가 복구되어 전속력으로 목적지를 향해 질주하게 된다. 전작에서 파리의 외로운 비상이 돋보이는 것은 나머지 작중인물들의 몰락이 있었기에 가능했는데 여기서도 소년의 나홀로 질주가 두드러지는 것은 바로 군중심리로 블랙홀처럼 잘못된 길로 빨려 들어간 우매한 승객들 덕분이다.

두 소설 공히 작품의 말미에서 느껴지는 시원한 해방감과 개방감, 그리고 후련함은, 작품의 구성적 변화가 미를 추구한다는 강한 신념으로 대칭적인 방법을 견지한 작가의 파괴의 추구를 통해서 가능했던 것이다. 이것을 후루야 츠나타케古谷綱武는 다음과 같이 증언하고 있다.

> 요코미츠씨 작품의 아름다움은 힘과 강력함에 있지만 카와바타씨의 작품의 아름다움은 섬세함과 연약함에 있다. 요코미츠씨에게 이지는 파괴를 추구하는 통제이고 카와바타씨에게는 이지는 파괴를 피하는 통제이다.[269]

『파리』는 피로 점철된 참혹한 죽음의 향연이었고 『머리 그리고 배』는 배불뚝이 소영웅의 참담한 실패와 그의 추종자들의 퇴장이었다. 그것은 모두 창조적인 파괴라는 미명하에 자행된 비극이었고 따라서 그 뒤에 도래하는 존재는 천상천하의 유아독존적인 존재일 수밖에 없다. 그렇기 때문에 점령군처럼 진주한 파리와 소년의 의기양양함 앞에 펼쳐진 광활한 신대륙과 같은 곳에 전개될 새로운 질서가 너무나도 선명하게 예견된다.

2. 전복과 파격의 형상화

이 소설은 출현하자마자 그 파격으로 인해 찬사와 비난을 한 몸에 받았다. 자연주의의 타성에 젖은 무딘 감각이나 변화를 모르는 관성이나 습관이 야기하는 망각에 경종을 울려 당시 문학계를 경악시켰던 것이다. 이것을 후루야는 요코미츠의 사색에서 그 원인을 찾고 있다.

> 사색은 생활의 한 속성으로 스스로를 신중한 위치에 정지시키지 않는다. 사색 스스로가 폭력을 가지고 생활에 강요하는 것이다. 요코미츠씨 내부에서는 생활의 기초위에 사색이 존재하는 것이 아니고 사색의 기초 위에 생활이 존재하는 것이다. 그리고 사색은

269 古谷綱武,「横光利一」『近代作家研究叢書』, 日本図書センター, 1947, p.34

더욱 사색을 강요하는 것이다. 사색이 사색을 강요한다는 것은 불안의 정신을 성실하게 불안으로써 실천하는 사람만이 소유하는 기능인 것이다.[270]

작가의 기존체계에 대한 전복 시도와 파격이 사색의 소산임을 밝히고 있다. 사색 스스로가 정지를 용서하지 않으며 폭력적으로 새로움을 향해 작자를 채찍질 한다는 것이다. 그는 작가의 이 회의정신을 높이 평가한다.

과거처럼 감상의 정신이 이 사람을 작가로 만든 것이 아니다. 이 사람을 작가로 만든 것은 회의의 정신이다. 회의가 야망하는 것은 예술에 대한 완전한 이해가 아니다. 탐욕스런 사색이다. 더군다나 오늘날까지 우리나라 문예계에서는 실용어는 있었지만 사색어는 없었다. 그 때문에 오늘날 사색적 표현이 사색어에 의해서 이루어지도록 하기 위해서는 상당히 주관적 기형을 드러내고 있어도 그것 말고는 살아가기 위한 사색이 갖는 마음의 음영은 표현할 수 없기 때문이다.[271]

이런 회의정신이야말로 초기작을 관류하는 것이고 그것이 이야기한 허구의 새로운 실험은 상상을 초월할 정도로 파괴력이 큰 것이었다. 이를 두고 하바 테츠야는 다음과 같이 기성문학에 도전하는 요코미츠의 노력에 대해 나름의 진단을 내리고 있다.

우선 막다른 곳에 정체된 근대문학을 어떻게 돌파할 것인가의 문제였다. 근대문학은 인간이란 어떤 것을 찾고 어떻게 살아갈

270 전게서 pp.73-74
271 전게서, pp.73-74

> 것인가를 생각하는 것을 사명으로 출발했는데 1920년대쯤에 일종의 정체현상이 두드러졌다.
>
> 자연주의 문학이 무이상, 무해결이라는 이념에 목숨을 걸고 그 흐름을 수용한 사소설이 미천한 삶을 그저 지루하게 기술하기만 하는 현상, 소오세키부터 아쿠타가와로 이어지는 인간성 탐구의 문학이, 인간을 구제할 수 없는 에고이즘만 발견할 수밖에 없었던 현상, 그러한 기성의 문학을 어떻게 타개해갈 것인가가 우선 그들의 출발기의 과제였다. 카와바타는 만물일여 사상으로 그것을 넘어서려했고 요코미츠는 냉철한 시선과 불행을 철저하게 경험하는 정신과 색다른 예술적 표현의 기쁨으로 그것에 대처하려 했다.[272]

요코미츠 문학의 시도가 다다이즘과 궤를 같이하는 것임을 반증하는 언설이었음은 다음 인용이 증언한다.

> 다다는 논리를 폐기한다. 다다는 기억을 폐기한다. 다다는 고고학을 폐기한다. 다다는 미래를 폐기한다.[273]

다다이즘적인 투흔鬪痕은 두 작품 곳곳에서 산견된다. 우선 한 마리의 혐오스런 벌레를 진취적인 작가의 메타포로 격상시키고 있으며 심지어는 한 마리의 파리의 존재 부각을 위해서 인간들을 그보다는 훨씬 작은 의미소로 왜소화시키는 캐릭터의 전복은 이 소설의 압권이다.

소설의 빗장을 여는 것도 파리이고 소설을 닫는 것도 파리이다. 인간의 일상에서 미물에 불과한 파리를 영웅적인 존재로 치환하기 위해서 거꾸로 인간을 미물로 바꾸는 전통으로부터의 극단적인 일탈은 이 작품의 탄생 배경이기도 하다.

---

272 羽場徹哉,「横光·川端の今日的な意義」『国文学解釈の鑑賞』, 至文堂, 2010, pp.7-8
273 정귀영,『다다이즘』, 나래원, 1983, pp.239-249

이 점에 대해 요시모토 다카아키吉本隆明는 자연이든 인간이든 언제 어떤 상황에서는 모두 주체가 될 수 있다[274]는 요코미츠의 관념의 세계의 창출을 지적하고 있다.

그것은 단순한 육안이 아니라 영혼의 눈으로 비춰지는 형상으로 우리가 흔히 〈이데아[275]〉라고 부르는 존재의 드러냄으로 해석할 수 있다.

이데아는 모방의 거부가 타고난 기질이기 때문에 자연스럽게 이 소설에서도 파리는 우리가 숙지하고 있는 미물로서의 파리가 아니라 투명하고 커다란 눈과 자유를 상징하는 날개의 의미로 시원스럽게 비상하는 이데아 관념으로의 재생이며 훌륭한 페르소나[276]로서의 재탄생이다. 이것은 모두 작가의 의도된 도전으로 가능한 것이다.

이것은 당시 작가의 언설로도 읽어 낼 수가 있다.

> 나는 옛 정서가 휘감고 있는 자연주의라는 흐리멍덩한 낡은 스타일에는 이미 인내의 한계에 왔기에 반항하기 시작했다. 그와 동시에 다가올 신시대의 도덕과 미의 건설을 하지 않으면 안 되었던 상태가 되었는데 이 시기 이미 유물사관이 우리나라에 나타났고 최초의 실증주의가 정신세계에 파고 들어왔던 것이다.[277]

한편 이런 파격은 행동의 주체로서의 격의 치환으로도 나타나고 있다.

여기서는 이어 햇살의 움직임이 마부와 마부를 둘러싼 완만하고 느리게 흐르는 시간을 형상화하고 있다.

274 吉本隆明, 「現代表出史論」『言語にとって美とはなにか』, 勁草書房, 1965, p.45
275 플라톤철학에서 육안(肉眼)이 아니라 영혼의 눈으로 볼 수 있는 형상을 의미함.
276 persona(라틴어); 원래는 배우의 표정이나 가면을 지칭하는 말이었으나 독립된 인격적 실체로서 이성적으로 자기를 의식하고 지혜와 자유의사를 갖는 주체를 지칭하는 말로 변형되어 쓰이고 있다.(泉治典, 『現代哲学事典』, 講談社現代新書, p.546~547)
277 横光利一·伊藤整, 『現代日本文学大系 51』, 筑摩書房, 1970, p.400

> 마부는 숙소 옆 찐빵가게 앞에서 장기를 3판이나 두어 내리 패했다. "뭐라구? 잔말 말어. 다시 한판이야." 그러자 차양을 벗어난 햇살은 그의 허리춤에서 둥근 짐과 같은 새우등으로 타고 올라왔다.(p.236)

고지식하게 자신의 일에만 매달리고 타협을 거부하는 고정관념의 상징처럼 보이는 새우등이 장기를 내리 3판이나 지고 또 한판 더 두자고 우기는 행위에는 타자들의 조급한 시간들과는 전혀 무관함과 그들을 철저히 무시하는 완고함이 배어있다. 마침내 그것은 작중의 자연스런 시간과 역행하는 이기적인 시간으로 점철된다. 게다가 그런 시간의 궤적을 햇살의 운동으로 그리는 반역이 자행되고 있는 장면이다. 이어 작중인물들이 차례차례 다급하게 들어오지만 그들은 마치 최면에라도 걸린 듯 느린 시간 속으로 함몰되어 애틋한 모성애의 시골 아낙과 출세한 신사를 빼고는 모두 소상塑像처럼 움직임이 없다.

더구나 이 소설에서 속속 등장하는 단 일분이라도 간절한 시간에 얽매인 사람들에 대해 텍스트의 화자는 그 시간을 아는 주체는 마차를 기다리는 인간도 아니고 마부도 아니며 찜통 속에서 익고 있는 찐빵이라고 밝히는 또 다른 파격을 단행하고 있다.

> 그러나 마차는 언제가 되어야 떠날까? 이것은 아무도 모른다. 하지만 알 수 있는 존재가 있다면 그것은 찐빵 집 가마솥에서 이제야 부풀어 오르기 시작한 찐빵이었다.(p.241)

찐빵 익는 시간이 주격이 되어 마차를 타러 모인 모든 사람들의 시간을 지배하고 있다. 이것도 요코미츠의 초기소설이 가지고 있는 철저한 파격이다. 그런데 텍스트에서 그 찐빵은 독신으로 살아온 마부의 습관적인 결벽에서 비롯된 욕망의 대상으로 되어 있다. 작중인물들의 추락사의 원인도 궁극적으로는 마부의 개인적인 욕망에서 비롯되었다.

인과응보와는 하등의 관계가 없는 도발적인 마무리이다. 물론 이것도 허무의 폭력성을 담보해내기 위한 목적성이 뚜렷한 일탈이며 작가의 의도적인 파격인 것이다.

서사의 이런 탈 인과응보 현상은 확대재생산되어 삶과 죽음을 인과관계와는 전혀 무관한 존재로 치환한다.

소설 서두에서는 거미줄에 걸린 파리가 말똥의 무게로 삐죽 나온 볏짚덕분에 죽기 일보 직전에서 구사일생으로 살아남았다가 소설의 말미에서는 사람들의 처참한 몰락을 유유히 지켜보며 자유롭게 화려한 비상을 펼친다. 당연히 그와 대칭으로 묘사된 인간들은 소설 서두에 죽음과는 전혀 무관해 보이는 작중인물들이 하나 둘 완만하게 모이더니 이윽고 소설의 말미에서는 모조리 한순간에 죽음을 당하고 만다. 이 일련의 사건들은 철저하게 인과응보와는 무관한 것이다. 이것은 또 다른 파격이며 이런 양상은 소설의 허구를 최대한 살리는 결과로 나타난 모습이다.

『머리 그리고 배』에서도 파격적인 형상화는 두드러진다. 우선 제목에 등장하는 머리와 배와 같은 신체의 구체적인 파격을 들 수 있다. 이 소설에서는 머리가 아닌 배가 군중심리를 이끌어가는 견인차 역할의 상징으로 묘사되고 있다. 이것도 머리가 배를 견인하는 보통의 상식을 보기 좋게 배반하며 기존 가치관을 마음껏 농단한다. 이런 전복을 통해 야기되는 희화적 상황의 신랄함이 독자의 모골을 송연케 한다. 그리고 기차 안에서 머리띠를 한 채 시종 노래를 불러 젖히며 남에게 폐를 끼치므로 지탄의 대상이 되고 있는 소년은 다른 승객 모두가 잘못된 선택으로 썰물처럼 휩쓸려 간 다음 유유히 혼자서 복구된 열차를 타고 전속력으로 질주하게 된다. 하지만 이렇게 소년에게 찾아온 행운은 뜬금없으며 그의 선택의 탁월함은 인과응보의 결과가 아니다. 이것도 작가가 작당하여 허구를 극대화함으로써 얻어진 결과임은 두말할 나위가 없다. 이 점을 이노우에 켕井上兼은 요코미츠의 현실 해체 문학의 요체가 우연이라는 점을 지적하고 있다.

> 요코미츠는 신감각파 시절부터 사소설적인 리얼리즘을 부정해 왔다. 「순수소설론」에서도 통속소설에 있는 우연과 감상성을 평가하면서도 전통의 순문학을 "가장 생활에 감동을 주는 우연을 제거하거나 그 부분을 피하거나 하며 생활에 회의와 권태와 피로와 무력감만을 주는 일상성만을 선택하여 그것이 바로 리얼리즘이라고 레텔을 붙이고 다녔다"고 비판하는데 현실의 해체를 목표로 해온 그의 문학관에서 보면 일관된 자세이다.[278]

한편 카와카미는 요코미츠 문학의 이런 양상을 다른 작가의 그것과 비교하며 우연이나 초월적인 존재나 물리적인 힘에 휘둘리는 인간 소묘가 요코미츠의 문학의 특징이라 지적하고 있다.

> 카타오카는 인류의 멸망을 반복하여 역설하고, 나카가와는 인생의 질병을 강조한다. 요코미츠가 반복해서 그린 세계는, 인간이, 인간 이외의, 혹은 인간을 초월한 어떤 물리적 힘에 지배되어 휘둘리고 있는 모습이다. 카와바타가 그리는 주된 대상은 실질이 결여된 심리의 문양이다.[279]

요코미츠 문학의 이런 점을 후루야는 〈발견〉이라 말하고 있다.

> 카와바타씨에게 있어서는 경이이지만 요코미츠씨에게 있어서는 발견이다. 요코미츠씨 속에 있는 절망적인 조형성은 카와바타씨에게서는 숙명적인 감상 속에 용해되어 있다.[280]

---

278 井上兼, 「純粋小説論」『国文学 解釈と鑑賞』, 至文堂, 2000, p.108
279 河上徹太郎, 『横光利一と新感覚派』, 有精堂, 1991, p.259
280 전게서, p.33

소설 속 사건에서 인과를 철저히 발라냄으로써 그 사건의 원인과 결과를 원천적으로 단절시킨다. 그런 묘사를 통해 보이지 않는 힘에 철저하게 유린당하는 주체들의 허무의 양상은 선명해질 수밖에 없다. 이것이 작가의 노림수인 것이다.

작가 스스로는 자신의 초기작을 다음과 같이 증언하고 있다.

> 초기의 작품인 『파리』 『옥체』 『비문』등은 나의 20세에서 25세까지의 작품으로 표현이란 어떠한 것인가 라는 것은 엄밀하게는 잘 모르고 글을 쓰는 태도에만 엄격했던 한 시기의 작품이다. 이 시기에 나는 무엇보다도 예술의 상징성만을 중시하고 사실보다는 오히려 구도의 상징성에 미가 존재한다고 믿고 있었다. 예컨대 문학을 조각과 같은 예술이라고 공상했던 로맨티시즘의 개화기였다.[281]

그의 이런 종류의 허무를 묘사하는 허구가 급기야는 구도의 상징성에 존재하는 미까지 염두에 두어 탄생된 것이고 그에 맞게 작품을 디자인했기에 소설은 극적인 엔터테인먼트가 된 것이다.

3. 허무와 허무주의

작가는 작품의 외양에는 허무를 두르고 허무의 이면에는 탈 허무라는 대립항의 새로운 돌파구를 만들어 그곳에 자신을 가탁하는 방법으로 기존문학에 대한 안티의식과 자신의 돌파의지를 절묘하게 담아내고 있다.

281 전게서, p.70

인간은 누구를 막론하고 언젠가는 한순간에 송두리째 무화無化되어 소멸해버릴 숙명적인 허무의 존재이다. 이것을 너무나 잘 아는 인간에게 허무는 가장 경원하는 대상이며 동시에 가장 기웃거리는 대상이기도 하다. 허무에 대한 인간의 이중적인 태도는 여기서 기인한다. 인간의 이런 측면을 잘 간파하고 있는 작가들은 허무의 매직을 여러 형태의 작품으로 담아내기를 즐기며 철학에서는 인간실존의 근간의 문제로 이 허무 심리를 천착해오고 있다.

이와 관련하여 두 텍스트들은 크게 두 개의 축으로 나누어 볼 수 있다. 소설의 의미를 단순히 다다이즘적으로 판단할 수 있는 허무의 측면이 그 하나이고 우의적 수법으로 독해할 수 있는 실존적인 측면이 또 다른 하나이다. 전자는 소설의 외형적인 측면이며 후자는 내재화된 측면이라고 봐도 무방할 것이다.

우선『파리』의 발단 부분에서 매우 긴박하게 돌아가야 할 당위적인 시간과 거의 멈춰선 채 유동도 하지 않는 현실적인 시간의 괴리에 독자는 강한 초조감과 당혹감을 가지게 되고 사건의 추이에 대한 호기심이 극도로 조장된다. 작가는 완전한 픽션을 표방하면서 그에 수반되게 마련인 리얼리티의 취약성을 살리기에 상당히 세심한 주의를 기울이고 있다.

> 뒤틀린 다타미 위에는 찻잔이 하나 넘어져 속에서 술 빛의 반차가 홀로 자연스럽게 흐르고 있었다.

다타미가 뒤틀려 있기 때문에 다타미 위에서 찻잔이 하나 나뒹굴고 내용물이 쏟아지고 있다는 표현은 소설의 결말의 모습의 미니어처 같은 표현이다. 자칫 소홀해지기 쉬운 리얼리티[282]를 크게 뒷받침하는 복

282 아방가르드적, 다다이즘적 글쓰기의 새로운 시도를 하고 있던 작가로서 약간을 생소하다고 볼 수 있는 리얼리티인데 이것은 새로운 것을 시도하는 너무나 큰 모

선이다.

그리고 다타미의 뒤틀린 모양이 마부의 뒤틀린 욕망을 은유하고 있으며 이것이 화근이 되어 결국 마차는 뒤집히고 만다는 서사구조를 생각해 보면 중복의 은유이고 이것은 궁극적으로 우화로 수렴된다.

소설은 절정을 향하면서 예의 그 파격과 전복의 영향으로 많은 승객이 일시에 존재감을 박탈당하자 느닷없이 파리의 존재만 선명하게 부각된다. 파리만이 배 밭을 바라보기도 하고 붉은 흙의 벼랑을 올려보다가 갑자기 나타난 격류를 내려다보기도 한다. 또한 마차가 내는 타각타각 소리를 듣는 것은 파리가 유일하며 결국은 파국의 원인인 마부가 졸음에 빠져드는 것을 알아챈 것도 파리 혼자인 것 같다는 내레이터의 표현이 인상적이다.

결국 소설에서 말과 마부와 마차와 마차를 탄 모든 작중인물은 한순간에 추락하여 압살되고 만다. 그리고 그와는 하등의 상관없는 파리가 유유히 허공을 날아간다. 집단의 몰살과 파리의 비상의 극단적인 대비가 완전무결한 허무를 주조해내고 있다. 하지만 그것은 어디까지나 파리를 허무 안의 존재로서 파악하고 해석하는 리얼리즘에 국한된다.

파리의 날갯짓을 허무의 경계를 벗어나는 비상으로 볼 때 이 소설은 단순한 리얼리즘을 뛰어 넘어 우의寓意를 담아내는 그릇이 된다. 그리고 그와 동시에 페르소나로서의 파리의 영역이 새롭게 열리며 소설은 허무의 작품에서 허무주의 작품으로 거듭나게 되는 것이다. 이것이 이 작품의 우화적인 실체이며 이것은 작가의 언설로도 뒷받침되고 있다.

작가는 다음과 같이 밝히고 있다.

> 나의 초기는 인생을 풍자적으로 바라보는 나이였기에 테마의 대부분은 구도를 풍자로 살리는 일에 몰두하게 되었다. (중략) 생

험에 대한 일종의 보험적인 글쓰기의 성격으로 보인다.

> 의 현실을 일기처럼 추적하여 이것이야말로 진실이라고 떠벌린다면 쓰기 전의 현실에서 일어나는 사실 쪽이 훨씬 진실인 것이다. 즉 소설을 수필처럼 쓰는 사소설이라는 존재야말로 가장 큰 거짓말이라고 생각한 분노에 찬 청년이 나의 젊은 시절의 마음속에 있었기 때문에 따라서 그 무렵 나의 작품에는 그 거짓말에 대한 반항이 뜬금없이 풍자가 되었다고 볼 수 있으면 있을까?[283]

작가의 언설을 읽다보면 문학풍토의 현실에 대한 분노와 반항으로 일관하는 청년, 즉 작가의 모습에 유아독존적인 파리의 자유분방한 모습이 오버랩 된다. 이 작품을 알레고리의 일환으로 볼 수 있는 이유이다.

당시에 흥행하던 문예사조에 전혀 흥미를 느끼지 못하는 작가의 실루엣은 파리의 고고孤高한 자태에서도 읽어낼 수 있다. 그리고 앞의 예문에서 보듯이 마차가 길에 들어섰을 때 다른 사람들은 마차의 위험한 행방에는 아랑곳하지 않고 벼락부자의 요설饒舌에 취해 있을 때 파리만은 혼자서 보고 듣고 관찰한다. 다른 승객이 당시의 문학 환경의 은유이고 파리가 자신에 넘치는 청년작가의 패러디[284]라는 것이 자연스럽게 다가오는 대목이다.

이것은 니힐리즘이라는 시각을 통해서 보면 더욱 명확해진다.

> 니힐리즘이란 용어는 이 용어가 단지 이제까지의 가치들이 무화와 파괴 그리고 존재전체가 허망하고 인간역사는 더 이상 전망을 갖지 못한다는 사실을 지적할 경우 한갓 니힐리스틱한(허무주의적인) 의미에서 벗어나지 못하게 된다. 니힐리즘은 이제 고전적으로 사유됨으로써 오히려 이제까지의 모든 가치들의 전환을

283 神谷忠孝,『日本近代文学大系42』, 角川書店, 1972, p.456, 재인용.
284 그 파리의 비상에는 하늘로 솟는 수직적 지향성이 있다. 마부는 지향은 쳇바퀴형이고 기타 작중인물군의 지향은 지평선이다.

위한 해방으로서 이제까지의 모든 가치들로부터의 해방을 의미한다.[285]

위키피디아의 정의에서도 진정한 니힐리즘은 아래와 같이 설명되고 있다.

모두가 무가치·허위·가상이라는 사실을 적극적으로 생각하는 삶의 방식. 즉 스스로가 적극적으로 〈가상仮象〉을 만들어서 한순간 한순간을 열심히 살아가는 태도.(강함의 니힐리즘, 능동적 니힐리즘)[286]

그러니까 〈허무〉는 모든 것이 무가치하고 허망하다고 느끼는 것 자체에 불과하지만 〈허무주의〉는 바로 모든 것이 허무하기 때문에 그것과 과감히 맞서서 가치전환이나 가치해방을 위하여 좀 더 적극적으로 대적하는 자세라는 말이다. 이런 점에 비추어 본다면 이 작품은 단순한 허무양상과 그것을 뛰어넘는 초월주의의 의미로 허무주의가 내재되어 있음을 알 수 있다.

예술은 모두 실 인생으로부터 한번은 유리되고 난후에야 비로소 새로운 현실을 만들 수 있는 것이고 그것을 통해 비로소 소설이 소설다운 허구라는 가능의 세계가 열리고 그것이야말로 진실이라 할 만한 미의 세계라고 나는 생각하여 오로지 사람들이 배척하는 허구의 세계를 창조하려한 것이다.[287]

---

285 M.하이데거, 박찬국 옮김, 『니체와 니힐리즘』, 지성의 샘, 1996, p.70
286 http://ja.wikipedia.org/wiki/
287 横光利一, 「初期の作」 『全集12』, 河出書房, 1961, p.141

"언제나 떠나고 방랑할 준비가 되어 있는 자만이 습관이라는 마비로부터 벗어날 수 있다"는 헤르만 헤세의 말처럼 실 인생에서 한번은 유리되고 난 후에야 새로운 현실을 만들 수 있다는 작가의 언설은 작가의 현실로부터의 일탈에 대한 염원이다.

현실과의 유리는 현상파괴가 첫 단추이다. 『파리』에서는 소영웅이었던 마부나 벼락부자는 물론 작중인물을 왜소화시키거나 무력하게 묘사하거나 급기야는 한 마리의 파리를 위해서 작중의 인간을 모조리 순장殉葬시킨 것이다. 또한 『머리 그리고 배』에서도 소영웅인 배부른 사나이를 실패의 전형으로 낙인찍는 파괴가 이루어진다. 이것도 일종의 순장의 또 다른 버전인 것이다. 이런 순장은 창조를 위한 파괴에 다름 아니다.

니체는 자기초극이 파괴에 의해서 이루어진다며 다음과 같이 역설한다.

> 진실로 나는 그대들에게 말한다. 영원히 멸망하지 않는 선과 악, 그러한 것은 존재하지 않는다. 그것은 꾸준히 그 자신을 초극하지 않으면 안 된다. 그대들, 평가하는 자여, 그대들의 가치와 선악의 기준으로 그대들은 권력을 행사한다. 그리하여 그것이 그대들의 숨은 사랑이요, 또한 영혼의 반짝임이요, 떨림이요, 넘쳐흐름이다. 그러나 그대들의 가치에서는 보다 억센 힘과 새로운 초극이 성장한다. 그것으로 말미암아 알의 껍데기는 깨어진다. 그리하여 선악에 있어 창조자가 될 자는 우선 파괴자가 되어 가치를 분쇄하지 않으면 안 된다. 이와 같이 최대의 악은 최대의 선에 속한다. 그러나 그것은 창조하는 선이다. 그대들 현명한 자여, 설사 그것이 나쁜 일이라 하더라도 나는 이에 대하여 말하고자 한다. 침묵은 최대의 악이다. 억압된 모든 진리는 해로운 것이다. 우리는 진리에 의하여 파괴할 수 있는 모든 것을 파괴하자! 세워야 할 집

은 헤아릴 수 없다. 짜라투스트라는 이렇게 말했다.[288]

창조자가 되기 위해서는 파괴자가 되어야 하며 그런 악은 최대의 선이라고 말하는 짜라투스트라의 언설은 마치 초기작을 쓴 요코미츠의 충일한 도전정신을 대변하고 있는 듯하다.

작가가 보통사람들의 실인생을 희생시키는 모습은 실인생과 유리遊離된 모습이며 그것과 유리되고 난 자신감의 표현일 수가 있다. 이런 모든 것을 담아낸 메타포로서 파리가 존재하기 때문에 유난히 파리의 모습은 큰 눈이 돋보이고 휴식을 취한 몸은 날렵하며 따라서 그의 힘찬 비상은 자유분방하며 경쾌하다. 이른바 픽션이 가져다주는 상쾌함인데 그건 경이로운 엑스터시이고 판타지적인 희열이다. 파리의 활약이 기대되는 점은 바로 이 소설이 허무의 끝이 아니라 진정한 허무주의의 출발임을 강하게 느낄 수 있게 해주기 때문이다.

나카무라는 이점을 문체혁신의 성공사례로 간주하며

> 자연감정을 의식적으로 억제하고 현실을 추상화하여 파악하려는 성격이 강하며 『파리』는 사소설적인 현실 밀착에서 방법적으로 이탈할 수 있었던 작품이고 감각적인 클로즈업과 대담한 구도와 영화적인 전개에 의해 작품의 상징성에 성공한 참신한 한 편이라고 말할 수 있을 것이다[289]

라며 『파리』라는 소설이 사소설의 방법에서 벗어나는데 성공하고 있음을 역설했다.

타니다 쇼오헤이谷田昌平는

288 니체, 최민홍역 ,『짜라투스트라는 이렇게 말했다』, 집문당, 1997, p.129
289 中村明,「横光利一の文体」『国文学 解釈と鑑賞』, 至文堂, 2000, p.41

> 신감각파 운동은 타이쇼 문학을 전면적으로 부정하고 그 흐름을 단절시키는 방향으로 이루어졌다.[290]

며 신감각파 운동의 성격이 기존 문학의 계승이 아니라 단절에 있음을 명확히 하고 있다.

『머리 그리고 배』도 거의 『파리』의 패러디 수준으로 허무와 허무주의가 작품에 배어 있다. 전철의 급작스런 고장으로 진퇴양난에 빠져 웅성대는 군중이나 우왕좌왕하며 아무런 해결책을 제시하지 못하는 차장이나 외딴 시골의 썰렁한 무명의 역에 널브러져 있는 전철이나 한결같이 허무의 양상이며 이 허무는 곧 바로 배를 뒤쫓는 우회의 열차 속으로 모든 군중이 흡입되듯 빨려들어 가면서 절정을 이루지만 뒤이어 열차가 복구되고 그 소년이 그곳에서 함께 질주하며 허무주의도 함께 힘차게 가동된다.

전반적인 상황이 『파리』가 은유적이라면 『머리 그리고 배』는 직유적이라 할 수 있을 것이다.

4. 마무리

작가의 초기작인 『파리』와 『머리 그리고 배』는 두 작품 공히 허무와 허무주의를 축으로 내용과 형식면에서 매우 흡사한 형태를 취하고 있다. 이른바 인생이 지극히 우연에 의해 지배되고 닥쳐오는 운명 앞에서 기울이는 인간의 노력은 헛수고에 불과할 뿐이다.

『파리』는 작중인물 각자의 가치들이나 인생이 한순간에 와해되어 무화로 끝나는 허무의 참극이었고 『머리 그리고 배』는 개인의 선택

290 谷田昌平, 「近代芸術派の系譜」『国文学解釈の鑑賞』, 至文堂, 1975, p.32

과 노력은 인과응보와는 아무런 관련이 없는 극단적인 허무의 양상이다. 이것은 한편의 소설이기보다는 작중인물과 행동을 단순명쾌하게 구도화시킨 기호표 같은 모양새이다.

여기에서 이루어지고 있는 서사들은 극단적인 대칭수법이나 기존 인식의 전복과 파괴를 통해서 이루어지기 때문에 그로 야기되는 파격은 매우 충격적이고 돌발적이다. 따라서 거의 절정의 허구들이 소설에서 난무한다.

이것들은 이른바 다다이즘이나 아방가르드 예술의 대표적인 형태로 기존질서나 전통, 나아가 일상성, 인과성 등이 모조리 파기되어 이제까지의 소설과는 완전히 새로운 모습이다. 그런 이유로 여기에 나타나 있는 허무의 양상은 매우 선명하다. 이렇듯 양 작품을 허무의 구조 안에 넣고 단순한 다다이즘으로만 해석할 경우 이 소설은 극단적인 허무의 전형으로 읽어낼 수 있다.

하지만 그런 와중에서 자연주의 소설의 불문율이라 여기던 비극적 종결이나 닫힌 결말 등도 아울러 폐기되어 두 소설의 마지막은 신대륙의 발견과 같은 확 트인 열린 결말이다. 따라서 무한한 여백의 허공을 유유히 날아가는 파리에서도, 전철을 타고 나 홀로 질주하는 소년의 모습에서도 허를 찔린 독자들은 순간의 당혹감에 허둥대면서도 통쾌한 엑스터시를 체험한다. 허무의 현장 위로 날개짓하는 파리와 허무의 현장 밖으로 질주하는 열차 속의 소년의 일탈의 이미지가 가히 판타지 급의 폭발력을 가지고 있기 때문이다. 그것은 텍스트가 단순한 다다이즘이나 아방가르드적 수위를 뛰어 넘어 우의를 담고 있는 알레고리의 세계를 담고 있기에 가능한 장면이다. 여기서 독자는 페르소나로서의 파리와 소년을 목격하게 되는 것이다.

결론적으로 두 작품을 관류하고 있는 것은 허무를 뛰어넘는 진정한 허무주의인 것이다.

부록

디아스포라 『계간 삼천리季刊 三千里』 조명

제1장

『계간 삼천리』 시좌(視座) — 「일본인과 조선어」

『계간 삼천리』는 창간사에서도 밝히고 있듯 통일 실현에 대한 조선민족의 절실한 염원을 담아 조선의 미래상인 수려한 산하를 꿈에 그리며 1975년 2월의 창간호에서 1987년 5월의 종간호까지 50호가 발행된 재일한국인의 일본어잡지이다.

1972년 이른바 '7·4공동성명'이 태동의 계기가 된 것은 주지의 사실이지만 남북한의 복잡한 정치현안 속에서 한국 민주화의 첨예한 사항을 정면으로 다룬 치열한 격론의 장이었으며 한일 간에 산적한 각종 현안 속에서 조선을 보는 일부 일본인의 상황인식에 일깨움을 준 경종의 장이었고 일본지식인들도 다수 참여하며 하나의 문제에 대해 인식을 나누는 소통의 장이기도 했다.

이 잡지에 대해서는 일본 연구자는 물론 국문학 및 역사연구자들에게도 다채롭게 연구되고 있다. 최근의 연구 동향으로는 재일한국인의 문화적 정체성을 찾는 흐름과 한국의 민주화나 통일론 등 한반도의 문제를 추적하는 흐름과 『삼천리』의 뒤를 이은 『계간 청구季刊 青丘』와의 관계를 찾는 흐름 등이 있다.[291] 이런 기존의 연구들은 개관의 총론적인

291 최범순, 「『계간 삼천리』의 민족 정체성과 이산적 상상력」 『일본어문학』41, 2006, pp.397-420

성격을 띠고 있어서 폭넓게 의견이 개진되고 있는 점은 바람직하나 세부 사항까지 깊이 밝혀내는 데는 미흡한 점이 없지 않았다.

본 장에서는『삼천리』11호(1975.2)의「일본인과 조선어」특집에 나타난 조선어와 일본인들의 관계 진단 및 전망 등을 밝히고자 한다. 재일조선인 외에 일본인 다수도 동참하여 펼친 깊은 논지와 다양한 이슈에 대한 집중적인 천착은 기존 논문들과는 달리 각론적인 깊이는 물론 논점이 선명하게 부각될 것이다.

1. 일본의 형성과 조선어

김달수는『계간 삼천리』의「고대 일본과 조선어」특집 기고에서 특기할만한 내용을 다수 주장하고 있다. 요컨대 현재와 판이한 고대 양국의 지리적 상황에서일본의 건국신화, 일본 민속종교인 신토神道, 일본 고전(『고지키古事記』『니혼쇼키日本書紀』『망요슈万葉集』) 등의 파악이나 해석에서 고대 조선어가 불가결하다는 지적이 그것이다. 그의 주장을 요약하면 다음과 같다.

당시는 조선과 일본이 육지로 연결된 지리적 여건으로 일본으로 간 조선 사람이 많다. 그중 가장 주목할 만한 대이동은 석기(조몬 민족)와 철기(야요이 민족)를 사용하는 민족의 2차에 걸친 집단이주이다.

> 조몬縄文 민족이 일본열도에 신석기 문화를 가지고 제1차 도래

박정의,「『계간 삼천리』와 한국의 민주화」『일본문화학보』54, 2012, pp.217-238
손동주 외 3인,「재일 한인의 커뮤니티 구축」『동북아 문화연구』35, 2013, pp.45-62
박정의,「『계간 삼천리』통일론」『일본문화학보』57, 2013, pp.169-192
신종대 외 4인,「『季刊三千里』·『季刊青丘』に関する一考察」『일어일문학』58, 2013, pp.293-308
김환기,「문예잡지『삼천리』와 재일 코리안의 문화정체성」『일본학보』104, 2015, pp.135-152

자로 들어와서 열도의 동북부를 중심으로 전국적인 분포 발전을 본 다음 야요이弥生 민족이 제2차 도래자로 조선반도 방면에서 큐슈九州·추고쿠中国 등에 진출했다. 이어 시코쿠四国·깅키近畿·츄부中部지방으로까지 퍼져서 이미 뿌리를 내리고 있던 조몬 민족과 대립하다가 우승자의 지위를 획득했다.[292]

이들은 주류에 흘러든 부속세력이 아니라 일본 원주민을 제압하여 스스로 주류가 되었고 이 도래자들은 아직 국가가 없었던 이곳에 국가를 형성하고 일본 개국 신화의 주역을 담당했다고 주장한다. 이어 그는 미즈노 유水野祐씨의 『고대의 이즈모古代の出雲』의 내용을 다음과 같이 인용하고 있다.

「스사노오노미코토須佐袁命[293]는 신라계 귀화인이 목욕재계하고 받든 신이다. 이 신을 받드는 신라계의 귀화인이 일찍이 이즈모出雲의 오지로 들어가서 개척을 시작한 것은 반도부나 동東 이즈모가 이미 해인海人부족에 의해 지배되고 있어 쉽게 들어갈 여지가 없었기 때문에 히이강斐伊川, 칸도강神門川을 거슬러 올라가 이즈모의 오지를 개척한 것이다. (중략) 그리고 스사노오노미코토가 신라에서 곧장 이즈모로 도착하자마자 히이강 상류의 토리카미봉鳥神峯을 향해 직행했다고 전하는 것은 이 신을 받들고 있었던 신라계의 한 무리가 소위 카라카누치韓鍛冶계로 역시 사철砂鐵을

292 김달수, 「고대 일본과 조선어古代日本と朝鮮語」, 『계간 삼천리季刊三千里』11号, 1975.2, p.26. 텍스트, 이하 페이지만 표기.

293 일본신화의 신. 이자나기노 미코토伊奘諾尊·이자나미노 미코토伊奘冉尊사이의 아들. 아마테라스 오오미카미天照大神의 남동생. 난폭한 행위를 했으므로 누이가 화가 나서 아마노 이와야天岩屋에 숨자, 세상이 암흑세계로 변했다. 그는 결국 다카아마노하라高天原에서 추방되어 이즈모出雲로 내려와 큰 뱀 야마타노오로치八岐大蛇를 퇴치하고 구시나다 히메奇稲田姫를 구출하고 뱀 꼬리에서 얻은 검 아마노무라쿠모츠루기天叢雲劍를 아마테라스에게 바친다.

> 찾아 이동한 것이 아닌가 생각된다.(p.25)

스사노오노미코토가 신라에서 왔으며 신라인들이 받들었던 신이 일본에서 신격화되는 것은 주목할 만한 일이다. 그 존재가 일본 개국과 연루되어 있는 이즈모 전설[294]속에서 주류를 이루기 때문이다. 이즈모 전설은 그것이 갖는 서사도 서사지만 그 보다는 명사 등에 쓰인「어휘」가 결정적이고 치명적인 단서를 제공한다. 일본의 근원을 푸는 열쇠가 바로「조선어」이며 그중에서「와니」와「사비」라는 말은 당시의 상황을 압축하는 키워드인데 그것 역시 조선어에서 유래된 것으로 그것을 통해 일본개국의 베일을 열 수 있기 때문이다. 이에 관한 나카지마 리이치中島利一씨의 언설을 김달수는 곳곳에서 인용하고 있다.

> 사비는『일본서기』에 검을 뽑아 바다에 들어가서 사비모치노가미鋤持神가 되었다는 기록이 있는데 나카지마씨는『고지키』에「사비노 미나토鉏の港」로 되어 있는 부분이『일본쇼키』에는「와니노 츠和珥の津」로 되어있음을 지적하며 "이것으로『사비』와『와니』가 동의어임을 알 수 있다. 이 사비는 조선어의 삽에서 비롯된 것이다. 즉 칼인 것이다. 요컨대『토끼와 와니의 전설』에서 와니는 아직 철기문화를 모르는 석기시대 사람들에게 경외의 대상이었다. 가령 한사람의 철로 만든 무기를 사용할 줄 아는 사람이 나타나면 그것은 주변의 민족에게는 엄청난 위협이었을 것이다. 철기를 제조하는 호족이 나타나면 주위의 석기 시대 주민들은 필시 엄

294 고대 이즈모 전설 중에「이나바의 흰 토끼와 와니因幡の白兎と鰐」스사노오노미코토 의「야마타노 오로치 퇴치」와 같은 것이 있다. 나카지마씨의『동양언어학의 건설』「조선어를 통해 본 일본어」에 의하면 "와니에 관한『고지키古事記』의 기록에는 사비모치의 신이다"라는 기사에 주목하여 "사비는 칼을 지칭하는데 사비모치의 가미란 칼을 갖고 있는 신을 일컫는다. 신이란 존재는 반드시 GOD을 의미하는 것이 아니라 훌륭한 칼을 갖고 있는 자를 신이라 한다. 늑대가 인간 이상의 힘이 있으므로 오오카미라 하는 것이다."(p.26)

> 청난 공포를 느꼈음에 틀림없다"라고 했다.
> 이즈모, 호오키伯耆, 이나바因幡지방은 사철이 풍부하게 생산되는 곳이어서 그 철을 이용한 민족이 그곳에서 번영했는데 이것이 이즈모 문화의 출발점이라 생각된다. 그 철기문명 이용자인 최초의 문화인은 조선에서 이주해왔다는 사실을 인정하고 싶다. 즉 와니는 무기이용자, 검을 갖고 있던 자라고 해석하고 싶은 것이다. 야마타노 오로치八岐の大蛇가 아메노 무라쿠모天の叢雲검을 갖고 있었다는 의미도 여기에 있다. 흰 토끼 설화는 철기문명의 이용자가 석기시대의 주민을 학대했다는 의미로 생각된다. 나는 거기에「와니」가 검의 의미뿐만 아니라「왕님」의 의미라고 생각된다(p.27)

라며 나카지마의 언설에서 한걸음 더 나아가「와니」가「왕님」에서 온 것으로 추측하며 도래인으로 철기이용자인「사비모치노 카미」즉「와니」가 석기이용자를 이지메한 이야기를 신화로 미화한 것이 아닐까 하고 추측하고 있다.

요약하면 사비는 우리말의 삽에서, 와니는 왕님에서 왔다는 이야기이며 결국 조선어 키워드로 풀면 일본의 건국설화가 신라 철기문화인의 도래를 서사화한 것이라고 볼 수 있다. 당시의 상황논리를 대변하는 결정적인 물증으로 살아있는 화석인 조선어가 갖는 위력을 새삼 느낄 수 있는 대목이다. 김달수의 논고가 학술논문이 아니므로 자신의 가설에 대한 명징한 논증은 없지만 일본인들 주장의 폭넓은 인용과 그의 해박함에서 오는 논리 정연함이 상당한 설득력을 담보하고 있는 것도 사실이다.

그는 또한 "요컨대 상고의 일본어는 한음, 한어, 즉 조선어 그 자체에 다름 아니며 일본 조정의 성씨 및 관직명은 삼한에서 온 것이 많다"(p.29)는 후지이 사다모토藤井貞幹의 의견에 덧붙여 황실의 상징이라 불리는「3종의 신기」마저 신라에서 온 풍습이라는 사실을 인용을 통해 밝히고 있다.

> 지금도 진자神社나 징구神宮에서는 히모로기神籬라는 말이 쓰이는데 그것에 대해서 후지이는 "검, 거울, 옥 등을 모시는 습속은 신라계 도래인 집단의 상징인데 그것은 신라어로 그것을 가지고 온 사람 아메노히보코天日槍는 신과 같은 존재이다"라고 밝히고 있다.(p.29)

일본인이 주장하는 천황가 만세일계萬世一系의 물적 증거로 절대적 존재감을 갖는 황실의 3종의 신기조차 도래인의 습속이 고착화된 것이며 황실의 습속도 신라 풍습과 조선어 지반이 없으면 사상누각이라는 것을 입증하는 말이다. 그리고 민속 종교의 원천인 일본의 「진자」의 기원도 고분이라고 밝히고 있다.

> 타니가와 켕이치谷川健一는 「진자 그 기원에 대해서」에서 "일본 진자의 기원이 고분이라는 것은 나 이외의 많은 학자가 주장하는 바이다. 아메노히보코天日槍는 조상에 대한 제사도구로 구마히모로기熊神籬를 가져왔는데 여기서 구마는 조선어 곰에서 온 말이다. 일본의 여러 지명에 등장하는 구마는 성스러운 것 즉 곰과 감神은 동의어였다. 감나비神奈備라는 것이 있는데 이것은 신을 모시는 숲, 진자의 숲으로 되어 있다. 여기서 숲은 신이 하늘에서 내려오는 장소라고 생각되었다. 조선어의 감나무神ノ木에서 온 것이 분명하다"라고 주장하고 있다.(p.29)

조선어의 「곰」과 「감」은 일본에서 보편적인 지명으로 쓰이는 구마(곰)와 가미(신)의 어원이다. 이런 핵심 키워드가 조선어란 점도 주목할 만하다. 민속종교까지 어원을 찾아가면 종국에는 조선어가 도사리고 있는 것이다.

김달수는 이어 일본의 일상생활에서 조선어가 여전히 노천광산처럼 드러나서 많은 일본어가 조선어의 흔적임을 반증하는 사례를 들며 일례로 조선어가 남아 있는 흔적 때문에 생긴 에피소드를 소개하고 있다.

> 동북지방인 쇼나이庄内에서 일어난 일화이다. 고故 다나카 요시나리田中義成박사가 일전에 사료 편찬관으로 쇼나이에 갔는데 모某 절에 고문서가 있다는 정보를 입수하고 그 절에 가서 문의해보니 「나이」라고 대답하는 바람에 그냥 돌아왔다는 실패담이 있는데 박사는 그 어휘의 뜻을 반대로 알았던 것이다.(pp.23-24)

여기서 현재의 일본어 「나이」는 「없다」라는 부정의 대답을 의미하는 말이지만 그것이 일부지방에서는 우리말 「네」의 흔적인 「나이」라는 긍정의 말로 남아있다. 요시나리 박사의 문의에 대한 대답으로 절 측이 긍정의 뜻을 담아 「나이」라고 대답했는데 박사는 그것을 「없다」는 부정의 대답으로 오인한 것이다. 이외에 그는 조선어에서 유래된 말을 다수 밝히고 있다.[295]

위와 같은 다양한 예를 종합해서 고대 일본과 조선어의 관계를 규정한다면 테라이 미나코寺井美奈子의 다음과 같은 한마디로 요약될 수 있을 것이다.

> 요컨대 일본열도로 건너온 조선인이 일본인 선조의 태반이고 그들은 귀화해서 일본인이 된 것이 아니라 바다 건너와서 일본인을 형성한 것이다.(재인용 「고대국가의 형성과 조선(古代国家の形成と朝鮮)」, p.24)

295 데라/절寺, 미즈/물水: 현재 가와치河内지방에서는 「미루」이다. 미소시루/된장국: 조선어의 밀조密祖에서 유래. 고이코쿠/잉어국: 「고쿠」는 「국」에서 유래.(p.24)

한일관계에서 습관적으로 정착된「귀화」라는 말을 정면으로 반박하는 메가톤급 언설로 당시 상황을 응축한 말이다. 이 말 속에는 도래인이 귀화함으로써 일본에서 종속변수로 흡수되었다기보다는 그곳에서 모든 상황을 주도해간 주류로 판단한 것이다. 한마디로 고대일본은 조선의 도래인이 주류로 형성한 것이고 그것은 조선어가 증명하고 있다는 것이다.

2. 일본인의 자기절대화

앞장에서 살펴본 바와 같이 상황을 천착해가면 갈수록 조선과 조선어가 일본에 끼친 영향은 지엽적이거나 지류가 아니라 절대적인 본류라는 사실이 명백해진다.

이것이 일본과 일본인에게는 참을 수 없는 일이다. 그것은 본 장이 집필되는 현 시점에도 심화되고 있다.[296]

> 일본, 일본인에게 있어서 조선 및 조선어는 항상 부정되어야 할 대상이고 또한 부정되지 않으면 안 되는 존재였다.(p.30)

위의 현상의 원인으로 김달수는 테라이 미나코寺井美奈子의 다음과 같은 결정적인 언설로 예증하고 있다.

296 2000년대 이후 반중 혐한 사상이 구래의 민족 차별에 새로운 요소를 더해 확산되었다. 국제적인 지위를 높이고 일본인과 어깨를 나란히 하고 있는 한국(인)이나 중국(인)을 일본(인)의 긍지를 훼손한 존재로 보고 병적으로까지 혐오·증오하는 이 양상은 말그대로 시노포비아Sinophobia이고 또한 코리안 포비아라고 부를 만한 현상이다.(小林真生編著, 이민·디아스포라 연구 3 岡本雅享「日本におけるヘイトスピーチ拡大の源流とコリアノフォビア」『레이시즘과 외국인 혐오』, 株式会社 明石書店, 2013, p.50)

「일본국 역사에서 나라奈良 조정 전후와 메이지에서 패전까지의 두 번은 대외의 대국과 대치하지 않으면 안 되는 상황에서 그 상황을 극복하려는 의지에서 자기 절대화를 꾀하던 시대였다. 자기절대화를 꾀할 때 관계적으로 존재하는 상대방은 부정된다. 그렇다고 해도 8세기의 레벨에서는 사실적으로는 부정할 수 없었기에 기록물 속에서 행하고 공개되지 않은 채 한 무리의 지배층의 수중에 들어 있었다. 그것이 『코지키古事記』 『니혼쇼키日本書紀』이다.

그런데 메이지 이후의 대 서구화 정책 가운데 한발 먼저 근대화의 길을 걸으며 힘을 갖추기 시작한 일본은 과거의 『記』와 『紀』를 교훈 삼아 상대를 철저하게 부정하면서 침략으로 나아가는 논리를 확립했다. 그 상대가 조선이다. 이 일은 부정당한 조선뿐만 아니라 일본에게도 불행이고 그 때문에 우리들은 주관적 역사관——황국사관——에서 피할 수 없는 무지와 몰염치를 드러내고 말았다.(「고대국가의 형성과정과 조선」의 서문, p.30)

주변의 대국大国과 대치할 때 일본이라는 국가가 빠져드는 심리상태가 바로 「자기절대화」라는 것이다. 이 절대화는 상대방을 부정하는 데에서 출발한다. 여기에는 논리의 비약과 왜곡이 필연적으로 수반되는데 그 전형적인 첫 단추가 바로 『키키記紀』라는 것이다. 일본이 나라시대에 획책하던 이런 대대적인 왜곡으로 자기 절대화를 꾀한 것을 학습삼아 메이지 시대에 침략으로 나아가는 논리를 확립시켜 나갔다는 것이다. 이 몰염치의 극치는 파괴행위를 통해서도 드러나고 있다.

그리고 나중에는 「옛날 일본은 삼한과 동종이라고 언급한 것도 있었고 그 책은 감무 천황 때 불살라버려졌다」(北畠親房 『神皇正統記』)는 주장까지 제기된다.(p.30)

자기절대화 과정에서 『키키』가 왜곡의 전형이었고 당시에는 이 책이 일부 극소수 지배자들만의 비밀열람의 대상이었다고 한다. 왜곡의 습성은 캄무 천황桓武天皇 때 문서를 불태워 없애는 행위[297]로 계승된다. 매우 흥미로운 전개이거니와 사라졌을 서적에 대한 강한 호기심이 발동하는 예가 아닐 수 없다. 이런 사실과 궤를 같이 하는 것이 「신라사」의 파괴이다.

> 이 시기의 부정과 침략은 매우 철저한 것으로 그것은 지금까지의 역사로도 분명하지만 예컨대 일본국내에서는 메이지 초기에 「신불 분리령」이라는 말이 나오자 최초의 조선도래라는 사실이 확실한 코치河内 왕인계의 씨족의 절氏寺이었던 사이린지西琳寺나 스미요시 오오야시로住吉大社의 징구데라神宮寺였던 신라사新羅寺가 파괴된 사실로도 그것이 드러났다.(p.30)

불살라 버려진 서적이나 파괴되어 사라진 신라사라는 절은 「자기절대화」의 망령에 사로잡힌 일본의 이면의 모습이다. 왜곡에서 은폐로, 때로는 파기[298]로 이어지는 역사적인 관행은 『키키』시대부터였다는 것이다. 나라시대에 얻은 학습효과는 이렇듯 유구한 역사를 가지고 반복되는 것이다. 황국사관에 집착하는 모습도 그 전형적이고 대표적인 예라 할 수 있다.

297 캄무천황이 「천황의 가문이 아니고 신하인 소가 우마코蘇我馬子가 불명예스럽게 천황가에 끼어들어 수슌천황崇峻天皇을 암살하고 스스로를 고소오에皇祖大兄라 칭하며 소가蘇我왕조를 수립한 사건과 그의 조상이 평양을 지키고 있던 고구려의 한 장수에 지나지 않았다는 설」을 결코 후세에 남길 수 없다고 판단하여 우마코가 천황에 즉위하지 않았다며 조선반도와의 관계를 기술한 곳곳을 고치게 했다가 끝내는 불태워서 사실을 은폐하려한 사건.

298 "일본인의 인생관이나 인간관에는 두 개의 축 「영육이원론」 「심신일원론」이 있다. (중략) 중국도래의 사상과 일본 토착의 사고방식이 일본인의 무사無私 정신을 키워 온 것인지도 모른다.(p.165) (山折哲雄 「霊肉二元論と心身一元論」 『天皇と日本人』, 2014.1.1 大和書房)" 야마오리씨의 위와 같은 언설처럼 일본인의 보통의 언설에는 적어도 루트로서의 조선의 역할이 감쪽같이 누락되거나 아예 무시되기 일쑤이다. 이런 행위도 미필적 고의적인 파기현상의 일환으로 볼 수 있다.

나카지마씨는 "『망요슈万葉集』의 어휘와 조선어의 관계는 특히 『신라향가』와 『망요슈』의 관계를 보지 않으면 안 된다. 『신라향가』를 모르고 『망요슈』의 성립을 논하거나 하는 일은 이상한 것이다."그리고 『츠치다 교손土田杏村 전집全集』제13권에는 「상대가요」가 있는데 그것은 『망요슈』의 원류를 신라 향가에서 찾은 획기적 연구지만 황국사관의 조류에 휩쓸려버리는 형국이 되고 말았다. 이외에 재야학자들이 황국역사에서 깨어나 나름대로의 연구를 하고 있는 것은 주목할 만하다.(p.31)

다음 예는 『망요슈』의 현대어역의 차이를 나타낸 것인데 해석에 있어서 이두의 참고여부에 따라 이들이 과연 동일 작품인가 의심이 들 정도로 실체적인 의미가 전혀 다르게 나타난다.

『万葉集』에 수록된 원문

籠もよみ籠持ち掘串もよみ掘串持ちこの丘に菜摘ます児家聞かな名告らさねそらみつ大和の国はおしなべてわれこそ居れしきなべてわれこそ座せわれこそは告らめ家をも名をも。

현대어 역

(가) 바구니라, 아름다운 바구니를 들고 주걱이라, 아름다운 주걱을 들고 이 언덕에서 나물을 뜯는 아가씨여, 그대는 어느 댁 규수인가? 이름은 뭐라 하는고? 이 소라미츠의 야마토 나라는 모두 내가 다스리고 있노라. 내가 밝히노라, 가문도 이름도.

(나) 황급히 알리노라. 알아듣고 복종하고 따르라. 세상 사람들을 편안케 하는 하츠세 아사쿠라 왕좌에 복종하고 따르라. 그대 신민들이여, 이 야마토 나라에 법령에 근거해서 짐은 왕좌

> 에 있노라. 짐이야말로 천황이다. 신을 걸고 거짓말은 하지 않겠다.(p.33)

같은 원문을 놓고 만든 현대어 역이 이토록 판이하다. (가)가 서정적인 노래인데 비해 (나)는 왕의 추상같은 위엄이 흐르고 있는 경구이다. (나)는 와카야마和歌山현의 지방 사학자 미야모토 야츠타바宮本八束라는 사람이 이두를 사용하여 해석했다는 노래인데 그는 『망요슈』에 나타난 유랴쿠雄略천황의 인간됨됨이와 『일본서기』의 그것이[299] 너무나도 다른 점에 의문을 품고 이두법을 통해 이 노래를 다시 읽었다고 한다.

결론적으로 김달수는

> 『망요슈』를 다시 읽어야함은 물론 신라나 백제계의 도래인에 의해서 만들어졌다는 사사키 카츠아키佐々克明씨의 주장처럼 『니혼쇼키』·『고지키』 등은 조선어를 기초로 다시 읽고 재검토해야 한다는 현실문제가 될 것임에 재론할 여지가 없다(p.33)

라며 『망요슈』·『니혼쇼키』·『고지키』 등을 조선어를 기초로 해서 재해석해야 한다고 역설하고 있다.

이런 자기절대화의 논리[300]는 제국주의의 조선침략 하에서 노골화되는데 그것은 바로 국어(일본어)를 강제하고 조선어를 서서히 궤멸시키는 것이었다.

카지이 노보루梶井陟는 본 특집 속의 「일본통치하의 조선어 교육日本

299 유랴쿠 천황은 처가를 몰살시킨 후에 그곳에서 자신의 황후나 비의 간택을 결정한 경우가 많다. 왕권의 강화를 위해 유력 황족이나 호족을 정벌한 후에 그 잔당을 납득시켜 야마토 왕권으로 통합하기 위해 왕비를 취했던 것이다. 결국은 황족이나 호족으로부터 원한을 사는 등 악명 높은 왕으로 알려졌다.

300 이 논리가 강대국을 의식한 자기 절대화에서 주변 강대국을 의식한 속에서의 약소국을 무화시키는 양상으로 변이 확산되어 가는 경향을 보이고 있다.

統治下の朝鮮語教育」에서 다음과 같이 밝히고 있다.

> 국어(일본어)에 대해서는 「황국신민으로서의 품성을 만드는데 어울리는 힘」으로 요구하고 조선어에 대해서는 「일상생활에 지장이 없는 힘을 익히는 일」을 목표로 하고 있던 당시의 교육 중에서 도대체 조선어의 무엇이 길러질까, 생뚱맞은 생각을 한다는 말을 들을지도 모르겠으나 일본의 지도자들이 그리고 있는 「조선」이든 「조선어」이든 그것들의 미래상은 한마디로 말하자면 한낱 「관광」조선이나 학문상의 연구대상 밖에는 되지 않았는가 싶다.(p.61)

일제 시대의 언어 정책에서도 일본의 자기절대화의 단면을 읽어낼 수 있는 인용이다. 일본어 교육을 황국신민으로서의 품성을 익히는 일환이라고 밝힌데 반해 조선어는 일상생활에서 지장을 초래하지 않는 범위에 목표를 둔다고 밝히고 있다. 조선어를 민족의 언어가 아니라 일부 소수의 실용어나 학문상의 연구대상으로 밀어내거나 궁극적으로는 찬탈하려는 음모가 엿보인다. 그것은 비밀리에 조선어 말살을 통한 조선인의 일본인화 정책의 일환으로 저명한 언어학자에게 조언을 구하는 등 치밀하게 기획되고 있었던 것으로도 잘 알 수 있다. 카지이가 인용한 글이 그것을 웅변한다.

> 모어母語라는 말이 있듯이 언어 제일의 교육자는 어머니이고 언어는 어머니로부터 받는 것이다. 오늘날 조선에서 국어(일본어)보급의 가장 큰 장해는 가정에 국어가 침투하지 않는 것이다. 즉 모어로서의 국어를 이끄는 제1의 사다리가 없는 것이다. 따라서 아동은 가장 따뜻해야 할 국어의 얼굴을 접할 기회가 없고 국어는 항상 교사의 말로써만 전달된다. 이 장해를 제거하는 데에는 무엇

> 보다도 우선 장래에 어머니가 될 반도의 여자들에 대한 국어 교육에 대해서 생각하지 않으면 안 된다.(p.67)

경성제대 교수 토키에다 모토키時枝誠記의 모골이 송연할 정도로 극악무도한 조선어 말살 정책에 대한 충고의 편린이다. 일제가 지속되었을 경우 어떤 사태가 일어날지 가늠할 수 있는 대목이다.

이런 가운데에서도 형식상으로나마 조선어 교육은 실시되고 있었다. 하지만 그 역시 제도상으로는 말살 그 이상이었다.

> 입학시험이나 관공서 시험에 조선어 능력을 시험 보는 곳은 거의 없다. 조선어를 잘 하는 것은 아무런 의미가 없고 다만 테스트하는 것은 얼마나 일본어를 이해하는가? 어느 정도 일본인화 되었는가? 이다. 이런 규칙에 편승하지 않거나 거부한 조선인에게 어떤 생활이 기다리고 있을 지는 상상하기 어렵지 않을 것이다. 조선어는 역시 폐멸에의 코스가 이미 정해졌다고 밖에는 생각될 수 없다.(p.63)

위와 같이 주장하는 카지이의 의견은 적확한 것이었다. 그는 이어 다음과 같은 언설로 자기절대화의 허구에 빠진 일본인 상을 고발하고 있다.

> 식민지 시대의 역사공부를 위해 총독부의 관리들의 체험담을 들으려고 시도했지만 그들은 자신들의 정당성을 설명하고 사실이 아닌 가치판단을 하고 싶어 하는 경향이 있으며 그들이 판단하는 조선인에는 두 가지 패턴이 있다. 「조선인은 게으르고 거짓말쟁이이므로 대책이 없다」라는 말을 거침없이 해댄다. ──그들에게는 일본어로 만들어진 조선인의 모습만 시선에 사로 잡혀있는

> 것이다. 조선인은 「총독부의 명령을 들어봤자 아무 소용없으니 게으른 것은 당연한 것」이고 강제로 밀어붙이는 일본 동화정책에 찬성하지 않지만 힘의 역학 관계상 「동화되겠다」고 거짓말을 하는 것 또한 당연한 것이다. 총독부 관리들은 자신의 일본어 속에서 만들어진 단편적인 조선인 상에 대한 확신을 지금도 믿어 의심치 않는다. (중략) 같은 일본인 입장에 선 나로서는 화가 난다기보다는 한심스럽다는 느낌이 들었다.(p.63)

일본어로 만들어진 조선인의 스테레오타입을 맹신하며 자기 절대화의 망상에 사로잡혀 시대 상황을 고려하지 않는 총독부 관리의 고루하고 완고한 모습이 적나라하게 드러나 있다.

이런 류의 일본인은 『계간 삼천리』밖에는 비일비재하다.

가라타니코오징柄谷行人은

> 일본 식민지 정책의 특징의 하나는 피지배자를 지배자인 일본인과 동일적인 존재로 보는 것이다. 그것은 「일조 동조론日朝 同祖論」처럼 실제적인 피의 동일성을 보이는 경우도 있는가 하면 「팔굉일우八紘一宇」와 같은 정신적인 동일성을 보이는 경우도 있다[301]

며 피의 동일성과 정신적인 동일성 등을 운운하며 피지배자와 지배자를 동일적인 존재로 보는 것이 일본의 식민지 정책의 특징이라고 궤변을 늘어놓고 있으며 심지어 후쿠다 카즈야福田和也라는 사람은 "영국이나 프랑스가 식민지로부터 철저하게 일방적으로 수탈한 것과는 달리 일본의 조선 지배를 결산해보면 오히려 일본의 큰 적자였다[302]"고 해

301 柄谷行人, 「日本植民主義の起原」『ヒュウーモアとしての唯物論』, 筑摩書房, 1993, p.293

302 村田邦夫, 「청일 러일 전쟁 중의〈일본〉과〈일본인〉」『21世紀「日本」と「日本人」

괴한 망언을 하며 아연실색케 한다. 이런 논조가 현시점에서도 전혀 개선되지 않고 있음은 주지의 사실이다.

하지만 이런 궤변이 횡일하고 있는 풍토 속에서도 조선어 말살을 양심적으로 고발한 글도 존재하긴 한다.

> 이미 홋카이도北海道와 오키나와沖縄에서 아이누어와 류우큐어琉球語를 말살했던 일본은 유례를 찾아보기 어려울 정도로 심한 언어 탄압을 자행했다. 저만큼의 문화적 전통을 가진 대민족의 언어를 말살하려 하다니 가능한 일이 아닐 텐데. 그것을 하려 했던 것이다. 결국 조선어 살아남았다.[303]

한편 카지이는 또한 나라말을 상실당할 풍전등화의 위기의 시대에 최초의 조선번역 시집「우윳빛 구름」에「조선 시인들을 내지의 시단으로 맞이하려는 변」이라는 글을 쓴 사토 하루오佐藤春夫의 다음과 같은 글을 소개하고 있다.

> "그러나 아시아의 시심은 생활과 함께 우선 중앙아시아에서 중국대륙을 거쳐 마침내는 우리 조국에서까지 전통의 모습이 사라지려하고 있고 이제는 이것들을 역사 이외의 어느 곳에서 찾을 수 있을까 불안한 요즘 뜻밖에도 구미문물의 직접적인 침략으로부터 절묘하게 모면할 수 있었던 한 구석의 반도에 순수한 아시아 시심이「우윳빛 구름」이 되어 떠올라 폐허처럼 잔존하고 있던 것을 끄집어낸 것은 스스로에게 있어 거의 비할 바 없는 쾌거였다.

と「普遍主義」』, 晃洋書房, 2014, pp.154-155

303 小林真生編著, 이민·디아스포라 연구 3 岡本雅享「日本におけるヘイトスピーチ拡大の源流とコリアノフォビア」『레이시즘과 외국인 혐오』, 株式会社明石書店, 2013, pp.172-173

(중략) 경들이 폐멸로 돌아가려는 옛말을 가장 깊이 사랑하려 한다면 부디 감연히 일상을 떨쳐버리고 조금이나마 시의 분화구에서 이것을 빛나는 빛과 함께 토해내듯 하지 않겠는가? 혹시 그리고 단 한사람의 호머, 한사람의 두보, 한사람의 히토마로가 경들 가운데서 태어나기만 한다면 바로 그 시편 때문에 경들이 잃어버릴 지도 모를 말도 세계에서 연구되어 천고에 살아남는데 방해받지 않을 것이다."(p.62)

조선어가 말살되리라는 사실을 알고 그것의 간절함과 애틋함을 호소하는 사토의 탁견을 칭송하며 카지이는 언어의 소중함과 그것이 갖고 있는 힘을 역설하고 있다. 그는 이어 김소운이 쓴 「후기를 대신하여」라는 글을 소개하며

「조선의 말은 조만간 문장어로서 종지부가 찍히려 하고 있다. 생활의 구석구석에서 그림자가 사라지는 것은 아니나 이미 사회어로서 기능을 상실하고 있는 것은 사실이다. (중략) 아마 10년 후에는 조선어로 쓰인 시작품은 있어도 그것을 읽는 사람이 없어지는 것은 아닐까?」

절체절명의 위기에 빠졌던 조선어의 절박한 상황을 구구절절이 애틋한 사연을 담은 김소운의 글로 대신하고 있다. 야마우치 마사유키山内昌之는 "어떤 민족의 언어에도 역사의 기억이 새겨져 있다[304]"고 말하고 있는데 결국 일본의 조선어 찬탈음모는 단순히 언어말살뿐만 아니라 조선의 유구한 역사 까지도 찬탈하려던 극악무도한 범죄였던 것을 알 수 있다.

---

304 山内昌之, 「言語の歴史的記録」 『世紀末のモザイク』, 毎日新聞社, 1994, p.180

3. 선린우호의 사례

이 특집은 앞장에서 열거한 것처럼 일본, 일본인에 대한 조선, 조선어의 영향, 그리고 조선어를 수탈하려던 일본을 다루고 있지만 한편에서는 조선, 일본과의 선린 관계를 추적하고 있으며 훌륭한 선례를 찾아 그 가능성이나 비전을 타진하고 있다. 그 대표적인 예가 아메노모리 호슈雨森芳州의 신념과 삶이다. 이 특집 속의 「아메노모리 호슈」에서 이진희는 다음과 같이 호슈의 이력을 밝히고 있다.

> 대마도에는 1693년에 부임한다. 그는 곧바로 조선어 공부에 돌입한다. 조선인과 만나면 주로 한문으로 필담을 나누는데 이것은 자신의 진정을 밝히고 소통하는 데에 구두를 신은 채 발을 긁는 거나 마찬가지였다. 결국 그는 1707년 조선어 공부를 위해서 부산으로 건너간다. 그곳에서 3년 정도 방언까지 완전히 마스터한다. 그의 조선어 실력에 대해서 신유한은 「아메노모리는 확실히 그들 무리가운데에서도 걸출한 인물이다. 3개국어음에 정통하고 백가서를 떼었으며 일본어 역에 있어서의 이동異同 문자의 난이難易를 꿰뚫고 있었다」라고 쓸 정도였다.
>
> 예컨대 그는 「보리」라는 말의 「보」라는 음이 일본어의 청음과 탁음의 중간이라고 밝히고 「한림」을 「하루리므」라고 「활살」을 「화살」이라 읽어야 한다며 주의를 주기도 하고 일본어와 조선어의 어학적 비교도 하며 아라이 하쿠세키新井白石가 「토가東雅」(1717)에서 시험한 재료는 모두 호슈가 제공한 것이었다. 하쿠세키는 오모母 구마熊 시마島 절寺 된장みそ 등의 어원이 조선에서 온 것임을 밝히고 있다.(pp.43-45)

조선시대 일본인 중에서 가장 조선을 잘 파악한 인간으로 호슈를 꼽는데 이견이 없을 것이다. 이진희는 그의 조선어 습득 능력을 본 특집에서 철저하게 천착하며 "그는 조선을 진정으로 이해하기 위하여 조선의 부산으로 건너왔으며 본인의 천부적인 소양에다 대단한 학습열정, 그리고 발군의 언어학적 기량으로 조선어를 마스터하고 있다"고 증언한다.

호슈는 조선음운의 정확한 자리매김은 물론 현재 한국어를 배우는 일본인조차 구분하기 쉽지 않은 「자음접변 역행동화」나 「음운탈락」 등을 파악하거나 동음이의어도 상당한 수준으로 이해하고 있다. 이진희는 이어 "그는 음이 비슷한 어휘인 동음이의어에 대한 특기사항을 꼼꼼하게 지적하고 있다(p.44)"며 다음과 같이 인용한다.

> 예) 鵲在樹枝上俯窺茄子欲持耶(가치나모가지우회이셔가지을그여어보니가지고가려하는가) 까치·나뭇가지·가지·가지고 가다 속의 비슷한 음을 구별하지 않으면 안 된다.(p.46)

비슷한 발음 체계를 고려한 예문으로 그가 상당한 수준의 조선어 실력을 갖추고 있다는 사실을 알게 해주는 자료이다. 호슈는 이런 언어의 해박한 실력에 외교관으로서 언어 이상의 훌륭한 외교관 자질이라는 금자탑을 구축한다.

> 1728년에 『코린테세交隣提醒』를 저술하고 그 속에서 조선과의 관계에 대해서 「성신誠信을 다한 교제를 사람들이 말하는데 대부분은 글자의 뜻을 분명하게 구분하지 못한다. 성신이란 실의實意라는 뜻으로 서로 속이지 않고 다투지 않고 진문眞文을 가지고 교류하는 것이야말로 진정한 성신인 것이다.
>
> 조선과 진실로 성신의 외교를 행하려면 일이 있을 때마다 사절을 보내는 것은 지양하고 조금이라도 그 나라를 거추장스럽게 하

> 지 않은 다음이 아니면 안 된다. 그러나 이것은 쉬운 일이 아니다. 다만 지금까지의 관례는 저 나라에서도 쉽게 바꾼다고 하지 않을 테니 우선 관례는 그대로 두고 더구나 조선의 신용을 잃는 일만은 하고 싶지 않다.(p.43)

서로 속이지 않고 다투지 않으며 진문을 가지고 교류하는 것이야말로 진정한 성신이라 말하는 호슈의 외교관으로서의 기본적인 자질은 진정으로 언어를 이해하려는 자세에서 비롯되었다고 보아도 무방할 것이다.

이와 같은 맥락에서 카지무라는

> 일본인은 당연하지만 조선을 일본어로 우선 생각하려고 한다. 일본어를 통해 조선의 이미지를 축적한다. 나도 예외는 아니다. 하지만 조선에 대해서 진정으로 공부하려 한다면 아무래도 조선어로 회자되는 세계로 들어가지 않으면 안 된다. 이것은 매우 상식적이고 당연한 일이지만 나에게는 신선한 발견이었다. 나의 조선어 이해는 얄팍한 수준이고 엉망이지만 나 나름으로 이해하는 조선어의 세계라는 것이 있고 그것이 나에게는 진짜라고 말할 수 있는 것이 아닌가? 그럼에도 불구하고 실감으로서 내가 강조하고 싶은 것은 조선어의 세계로 들어가지 않고 일본어로 회자되는 조선만을 논하고 있노라면 왠지 뭔가가 부족한 느낌이 드는 것이다.(p.51)

라며 조선을 이해하려면 조선어 습득이 선결조건이라고 밝히고 있다. 진정으로 조선을 알기위해 조선에 뛰어들고 그들을 바르게 이해하려 했던 호슈의 자세, 조선어에 대한 정확한 접근이 곧 조선에 대한 정확한 이해로 직결된다는 불문율을 일찌감치 터득하고 몸소 실천한 호슈의 삶은 면면히 살아서 카지무라의 위 인용과 같은 결론에 도달하게 한 것이다.

호슈는 단 한사람의 외교관의 존재로만 역할이 끝나는 것이 아니라 조일관계 나아가서는 한일관계의 바람직한 이상형으로서의 이미지가 강하다. 이런 취지를 담은 본 특집의 편집의도가 엿보이는 대목이다.

하지만 역사는 엄정한 것으로 "호슈의 해박함은 곧 조선 찬탈의 자료로 전쟁으로 이용되고 말았다"고 안타까워하며 이진희는 글을 매듭짓고 있다.

4. 마무리

「『삼천리』시좌視座」라는 관점에서 「일본인과 조선어」특집을 분석한 결과, 일본인과 조선어를 단순히 평면적으로 다루기보다는 영향관계의 다양한 조명에서 출발하여 일본인이 갖는 조선에 대한 선입관의 구조 분석, 조일 간에 선린외교의 자세를 견지했던 일본 외교관 아메노모리 호슈를 입체적으로 조명하는 등 양국 간의 과거 현재 미래를 아우르는 통시적인 파악이라는 점에서 거시적인 편집방향이 읽혀졌다.

요컨대 살아 있는 화석인 조선어에서 일본어로의 흐름과 정착, 그 흔적의 편린 제시를 통한 재일 한국인과 일본인 필자들의 논증으로 언어가 의사소통의 기능뿐만 아니라 시대를 초월하여 문화나 역사의 흐름을 증언하는 결정적 물증이라는 사실과 민족의 문화를 제대로 파악하는 도구라는 사실을 본 특집은 발굴, 피력한 것이다.

이 특집의 의의는 첫째 예민한 조일관계에 자칫 감정에 빠져들거나 자가당착적인 결론 도출에 대한 유혹을 다양한 견해로 극복하고 있다는 점이다.

둘째 일본의 조선 무시, 조선어 찬탈 기도, 일본인 조선연구자들의 의도적 오류, 조선 정책에 대한 문제점을 일본이 빠져들었던 「자기절대화의 오류」라는 키워드로 날렵하게 풀어낸 것은 일본인에게 일본어로 만들어진 스테레오타입의 조선관에서 벗어나 조선어 습득을 통한 조선인에 대한 올바른 파악을 제시한 것으로 책임 있는 매스컴의 미래에 대한 비전제시로 높이 평가할 만하다.

셋째 위와 같은 점이 야기하는 현상의 문제 제시에서 그치는 것이 아니라 양국관계의 이상적인 비전을 조선시대의 대표적인 지한파인 아메노모리 호슈의 삶이란 실례를 통해서 제시한 점이다.

요컨대 본 특집은 병리를 진단하는 데 그치는 진단적인 기사가 아니라 새로운 처방을 함께 제시하며 미래를 지향하려는 자세가 약동하는 처방적인 기사라는 점이다.

하지만 한편으론 아쉬움을 많이 노출하고 있는 점도 간과할 수 없다.

오늘날에도 근거 없는 우월감과 뿌리 깊은 인습, 고루하고 퇴행적인 한국관을 가진 일본필자들이 적지 않은 상황에서 그들과 맞서는 논리적 무장이 미흡한데다가 실제로 그들과 설전을 벌이는 격론의 장이 없이 비교적 탈 정치적이고 양심적인 사학자나 지조파知朝派인 일본인들만을 참여시키고 있는 점은 그들만의 리그라는 비아냥과 너무 안일하다는 비판에 직면할 수 있는 여지가 있다. 이것이 이 잡지가 갖는 한계이며 극복해가야 할 과제인 것이다.

제2장

『계간 삼천리』 기사 ─「우키시마마루호 폭침」

『계간 삼천리』(12호·1977)에 게재된「우키시마마루浮島丸호 폭침사건」은 광기의 정치가 야기하는 인류 잔혹사의 끝은 어디인가? 국가의 역할은 무엇인가? 정치는 무엇을 위해 존재하는가? 민족이란 무엇인가? 등의 근원적인 질문들을 우리에게 던진다.

1945년 8월 22일, 3,726명을 태우고 오오미나토大湊항구를 출항한 이 배는 출항의 이유와 목적, 그리고 항해 루트나 침몰 과정이 온통 미스터리인 채 마이즈루舞鶴항 앞바다에서 침몰하고 끝내는 조선인 524명이 그대로 수장되었다. 더구나 수장된 사체는 5년 동안이나 그대로 바다 속에 방치되었다가 그나마 이 배의 고철 이용가치가 고려된 덕분에 인양되어 시체 처리가 되었다[305]는 것이 사건 전말이다.

표면상의 우키시마마루호의 출항 목적은 조선인 송환이었지만 송환이라기보다는 쓰레기처럼 바다 속으로 투기해버린 혐의가 강하다는 것이 기사내용의 전말이다.

역사의 이면으로 흔적 없이 사라져버렸을 이 천인공노할 만행은 다행히 공공저널리즘과 탐사저널리즘[306]적인 성격이 태동하고 있었던

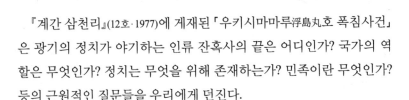

305 이것도 어디까지나 당국의 발표이기에 100% 신빙성은 담보되지 않은 자료이다.
306 공공·탐사 저널리즘이 운동으로서 본격적으로 부상한 것은 1980년대 후반의 미

덕택에 수면 위로 부상하게 되었고 그것을 활자화시킨 『계간 삼천리』로 인해 재조명이나 숙고할 수 있는 기회가 열렸다. 하지만 이것을 프로그램으로 다룬 NHK방송[307]은 일회성으로 그쳤으며 그 리포터의 기록을 그대로 실은 『계간 삼천리』는 이미 폐간된 지 30년이 흘렀다. 일본인 PD도 당시 이 사건을 취재하면서 이것이 대중으로부터 멀어지거나 풍화되는 것을 걱정하였거니와 지금 본고를 쓰는 시점은 그로부터 또 40년의 시간이 지난 후이지만 이렇듯 언제든지 논점으로 부각시킬 수 있는 것은 활자화되어 『계간 삼천리』에 실린 덕분이다.

이 글의의 목적은 사건의 진실을 규명하기보다는 이 보도의 의의와 가치를 새롭게 조명하는 데 있다. 이런 일련의 과정을 통해서 생매장된 많은 잔혹사를 끝까지 밝혀내고[308] 이를 철저하게 규명해나가 단 한 점

국에서의 일이지만 1970년대 후반에 이런 성격의 저널리즘은 이미 세계 곳곳에서 태동하고 있었다.

307 이 사건은 조선신보가 1965년 9월 24일 보도한 것을 필두로 NHK가 1977년 8월 13일에 45분짜리 다큐멘터리 「폭침爆沈」을 방영한데 이어 1977년 8월 24일에 우키시마마루 희생자 추모 동상 제막식, 뒤이어 1996년 8월에는 한국 KBS가 다큐멘터리 「우키시마마루 사건」을 방영한 바 있다. 재판은 1992년 8월 25일 교토 지방재판소에 제소한 후, 제1심에서는 부분 승소, 제2심에서는 패소, 제3심에서는 완전 패소했다. 1995년 8월에는 「우키시마마루 폭침사건 50주년 평양국제토론회」, 2015년 8월에는 「우키시마마루 70주년 평양토론회」가 개최되었다. 영화는 일본에서 「에이지언 블루」, 북한에서는 「살아있는 영혼들」, 한국에서는 뮤지컬 「시마마루 폭침사건」으로 무대에 올랐고 가곡, 연극 만화 다수가 있다. 영혼은 야스쿠니 신사靖国神社에 마구잡이로 합사되었다. 동경 조선인 강제연행 진상조사단은 결성 당시부터 우텐사祐天寺 유골문제에 깊은 관심을 보여 왔다. 2004년 12월 11일 일본에서는 해방 후 처음으로 남북합동 추도회를 우텐사에서, 12일에는 〈우텐사 유골에서 평화와 인권을 생각한다〉는 테마의 심포지움을 일본교육회관에서 열었다. (출처:http://blog.goo.ne.jp/nicchokyokai-honbu/e/7ce93628122e20e38fc373cc86119fd9) 하지만 사건의 전모를 손쉽게 언제나 볼 수 있는 것은 『계간 삼천리』가 유일하다는 점에 존재가치가 절대적이며 활자화의 의의는 실로 크다.

308 식민지의 치욕의 역사에도 불구하고 그것을 낱낱이 파헤친 백서 하나 제대로 된 것이 없는 것이 우리의 현실이다. 이들의 역사적 만행에 대한 철두철미한 보고서가 만들어지면 그것이 위안부 협상을 비롯한 한일 현안에 대해 든든한 우군이 될 터인데 우리는 그 널려있는 카드를 이용하기는커녕 존재조차 모르고 있다. 『계간 삼천리』12호에만도 피식민지인인 조선인이 전쟁범죄자로 처형당하는 등 동포의 어처구니없는 희생의 역사는 부지기수다.

의 의혹조차 남겨서는 안 된다. 이런 류의 문제들이 낱낱이 파헤쳐져서 진실을 밝히고 거기에서 역사적인 교훈을 얻어내야 비로소 진정한 한일 외교가 정도가 열릴 것이다.

몇 사람의 위정자들이 경제의 논리로 온갖 의혹을 탕감해주는 만행은 또 하나의 범죄를 저지르는 것이고 진정한 역사청산이 이루어지지 않으면 흑의 역사는 반복될 것이기 때문이다.

1. 공공저널리즘과 탐색기사

『계간 삼천리』의 「우키시마마루호의 폭침」기사는 〈공공저널리즘〉의 성격이 강하고 실천방법으로서는 〈탐색기사〉성격이 강하다. 이는 늘 청산 대상으로 지적되어온 젤리 저널리즘과 방화적 저널리즘과 대비하면 확연하게 드러난다.

> (가) 권력 앞에 무릎 꿇은 언론 또는 비위에 맞는 말만한다는 뜻의 젤리 저널리즘이라는 자학적인 비유가 나온 것이 그 때문이었다.[309]

> (나) 워싱턴 포스트의 벤 브래들리Ben Bredlee는 타블로이드 신문과 텔레비전에 의한 흥미위주의 선동적인 보도행태를 방화적 저널리즘이라 꼬집고 있다. "그들은 무엇이 왜 타고 있는지를 떠나서 연기가 나는 곳이면 아무데고 기름을 붓는다. 그 때문에 불이 커진다면 그것은 방화이지 저널리즘은 아니다"라는 것이 브래들리의 관찰이다.[310]

309 조용중, 「휘청거리는 제4부」 『저널리즘과 권력』, 나남 출판, 1999, p.16
310 전게서, p.41

위 인용은 기존 저널리즘이 안고 있는 근원적인 병폐로 쉽게 고쳐지지 않는 해악의 작태들이다. 이런 저널리즘에서는 공공을 배려하거나 소비자를 참여시키려는 의도는 좀처럼 찾기 어렵다. 이에 비해 『계간 삼천리』는 태생목적이나 존재이유나 정체성 등 모두가 공공저널리즘 그 자체이며 일관되게 독자들에게 사태 바로 보기나 비전을 제시하고 숙의케 하는 시도를 많이 해왔다.

> 위스콘신 주립대학의 언론학자로서 공공저널리즘에 관해 많은 연구를 진행해온 프리드랜드Lewis A.Friedland교수는 "공공저널리즘은 저널리스트들이 유용한 지식을 시민들에게 제공해 숙의熟議를 하게 함으로써 복잡한 이슈를 해결하게 하는 것이라고 보았다." (중략) 미주리대학의 람베스Edmund Lambeth교수는 "공공저널리즘은 체계적으로 듣는 과정이며 공공이슈에 대하여 시민들의 이해를 높이기 위해 시민 숙의를 촉진시키고 문제를 해결해나가는 과정이라고 설명한다."[311]

공공저널리즘의 요체가 시민들에게 숙의하도록 돕는 것이라는 것이 일반적인 견해인 것을 알 수 있다. 우키시마마루호의 침몰 기사는 그 배의 침몰이라는 팩트만 남긴 채 사람들의 뇌리에서 사라져가는 문제를 끄집어내서 시민, 즉 독자들에게 숙고하도록 한 것은 언론이 해야 할 기본적인 책무를 이행한 것이며 공공저널리즘의 자세를 명쾌하게 구현한 것이다.

안병길은

> 공공저널리즘은 당위론적인 언론인 역할에 대한 새로운 주장

311 재인용, 안병길, 「공공저널리즘이란 무엇인가」 『공공저널리즘』, 커뮤니케이션북스, 2015, pp.24-25

> 이며 언론인은 첫째 사람들을 희생자나 관객으로 취급하기보다는 시민 및 공공 문제에 관한 참여자로 대접하고 둘째 문제에 대해 시민들이 행동을 할 수 있도록 도와주어야 하며 셋째 공공토론 분위기가 조성되어야 하며 넷째 시민들의 공공생활이 잘 돼 나갈 수 있도록 도와주어야한다.[312]

며 언론이 시민의 공공생활에 참여한다는 것은 위험천만한 행동이라며 끊임없이 공격해대는 기존 저널리즘의 방향을 완전히 뒤집는 공공저널리즘의 획기적인 성격을 일목요연하게 요약하고 있다.

공공저널리즘의 근간이 존재이유가 되고 있는 『계간 삼천리』는 다른 기사들도 대부분 이런 성격을 견지하고 있지만 특히 우키시마마루호 침몰기사는 독자를 단순한 관객으로 취급하지 않고 이슈를 제공하여 이 문제에 대해서 심사숙고케 하고 수면 위로 부상케 하는 내용의 지향성을 갖고 있다.

> 패전 후 33년이 지나고 민중 속에서의 「전쟁체험의 풍화」가 새삼 문제로 부각되고 있다. 그러나 전후세대가 국민의 반수이상이고 직접적인 전쟁체험을 갖고 있지 않은 채 역사로서밖에 알 수 없는 사람들이 급속하게 늘어가는 상황 속에서 「풍화」가 문제시되고 있는 것은 과연 민중일까? 오히려 체험을 기록하고 전해가는 수단을 위임받은 매스컴이 아닐까?[313]

언론이 경비견 역할 뿐만 아니라 안내견 역할을 해야 한다는 공공저널리즘이 영향을 발휘하는 상황 하에서 위 인용의 기사는 여러모로 시사하는 바가 크다. 불과 45분짜리 방송에 불과하지만 저널리즘의 바른

---

312 전게서, pp.21-54

313 『季刊 三千里』12号, 三千里社, 1975, p.124, 텍스트, 이하 페이지만 표기.

철학을 갖고 있는 필자가 제작한 내용은 그 전개에 따라서 메가톤급 폭발력을 지닌 뇌관이기 때문이다.

(가) 전통 저널리즘에서는 객관성·정확성·공정성·신뢰성 등을 언론이 공중의 지지를 얻어 낼 수 있는 요소로 규정하고 중요시 한다. 그러나 공공 저널리즘에서는 이와는 다른 윤리기준을 제시하고 있다. 공공 저널리즘에서는 민주주의·커뮤니티·시민정신·숙의·공공생활 등을 새로운 가치관으로 높이 평가한다.[314]

(나) 매년 8월이 돌아 올 때마다 우리들은 피폭체험을 정점으로 다양한 특집을 제공해왔다. 그러나 피해자로서의 전쟁이 동시에 가해자로서의 전쟁이었다는 사실도 잊어서는 안 된다. 굳이 상처의 딱지를 떼어서라도 이미 아물어버린 아픔을 들춰내어야 하는 일이 전쟁이 무엇이었던가를 정확히 전달해가는 기본자세인 것이다.(p.116)

위의 증언이 정확성을 주장한다는 점에서 기존 미디어의 길의 단순한 답습처럼 보이지만 피해자 입장에서 벗어나 가해자 입장으로서도 생각해야하고 내부에 품고 있는 아픔을 굳이 찾아서 들춰내야한다는 필자의 언설은 커뮤니티와 시민정신과 숙의케 하는 요소를 두루 담고 있어 이 역시 공공저널리즘의 전형적인 보도태도라 할 수 있다.

공공저널리즘이 매체가 새롭게 지향하는 목표이자 지침이라 한다면 탐색적인 기사는 그것의 실현방법으로서 가장 주목할 만한 특징이다.

탐사보도는 기존의 객관주의 보도태도에서 탈피하고 사회의 모

314 전게서, p.34

> 순과 비리를 추적하여 보도하려는 언론운동이라는 점에서 공공저널리즘과 일맥상통한다. 탐사보도는 지도층이나 정치인 등의 비리나 사회의 구조적 모순 등을 추적하여 보도한다. (중략) 탐사보도는 언론과 시민간의 관계모색이 아니라 언론의 사회비판과 감시기능을 제고하기 위하여 기존의 보도양식을 개선하거나 변형하려는 노력이라 할 수 있다.[315]

광기의 역사를 덮어버리는 것으로 청산되었다고 생각하거나 거대한 음모를 추적하여 까발리지 않으면 흑의 역사도 무화시킬 수 있다는 왜곡된 신념 뒤에 가려진 본 사건은 탐사보도만이 유일한 선택지이다.

탐사저널리즘이라는 용어는 언론인과 학자들 사이에서 특정한 언론의 취재방식을 뜻하는 것으로 통용되고 있으며 울만John Ullmann과 허니맨Steve Honeyman은 다음과 같이 정의하고 있다.

> 그것은 자신의 계획과 노력의 결과를 통해서 어떤 사람이나 조직이 감추고 싶어 하는 중요한 문제를 보도하는 행위이다. 탐사저널리즘의 세 요소는 다음과 같다. 탐사는 다른 사람의 조사 보고서가 아니라 기자 자신의 조사 결과여야 한다. 기사의 주제는 독자나 시청자들이 납득할 만한 중요성을 지닌 것이어야 한다. 누군가 그 문제를 대중으로부터 은폐하려고 시도하고 있어야 한다.[316]

탐사보도라는 형태에 대한 기존 담론들을 살펴보면 "탐사보도는 범인凡人들을 대신하여 알 권리, 탐구할 권리, 비판할 권리를 행사하는 과정에서 평민의 권리의 지킴이로서의 명예가 있다. 하지만 거대한 권력체계나 구조적 모순과 싸우는 일에 성공 가능성은 희박한데다가 축적된

315 전게서, pp.34-35
316 Tony Harcup지음 황태식 옮김 『저널리즘 원리와 실제』, 명인문화사, 2012, p.113

지식과 집요한 결단력으로 뒷받침되는 편집광적 조사로 인하여 기자들은 고위험인물이라는 난처한 별명을 얻을 수 있지만 자신들의 면밀함과 능력을 기자로서의 테크닉과 관습에 적용해야만 성공할 수 있는 일종의 신화와 같은 일로 일 자체는 기자로서는 한번쯤은 도전해볼만한 일임에 틀림없다[317]"라고 요약할 수 있다.

> 조선인, 패전, 반란, 해군, 부산 폭침, 패전 직후, 어째서 이토록 많은 조선인이 해군 함정에 태워진 것일까, 어째서 마이즈루에서 침몰한 것일까, 강제 연행, 강제 송환 증거 인멸, —— 몇 개인가의 말이 떠오르고 긴장이 꺼질 줄 모르고 고조되는 것을 느꼈다. 우키시마마루의 수수께끼에 쌓인 취재여행은 이렇게 시작되었다.(p.118)

취재 여행의 동기가 탐사보도의 전형적인 형태임을 알 수 있다. 30년 동안이나 버려진 데다가 서서히 풍화되고 잊혀져 가는 팩트, 게다가 침략국 일본이 시도했을 증거인멸의 거대한 흑막, 더구나 수수께끼투성이인 미혹이 산더미처럼 쌓여있는 형국 앞에서 긴장이 고조되었다는 NHK의 다큐 PD의 고백은 탐사보도에 임하는 결연한 자세를, 몇 개인가의 떠오르는 말의 실체를 밝히지 않은 자세에서는 신중에 신중을 기하는 자세를 읽어낼 수 있다.

게다가 PD의 내부에 도사리고 있는 열정도 열정이지만 NHK가 갖고 있던 공영방송으로서의 아이덴티티가 그나마 간신히 명맥을 유지하고 있던 당시의 시대상황이란 도움이 없었다면 그나마 보도화되지도 못했을 것이다.

이러한 NHK의 변질에는 과거 NHK 간부나 OB사이에도 비판

317 상게서, pp.113-119

> 과 우려의 분위기가 확산되고 있다. 물론 이제까지 NHK내부에 정치개입이나 자주규제가 없었던 것은 아니다. 그러나 간부 가운데에도 일정한 저널리즘 감각이나 양식이 남아 있어서 권력과 타협하면서도 최후의 보루는 지킨다는 기풍이 여전히 있었다. 「사자의 시대」(1980)나 NHK특집 「교과서는 이렇게 제작된다.——밀실의 편찬」(1982) NHK스페셜 「조사보고·지구핵 오염」(1995)으로 대표되는 의욕작을 만들 수 있었음에도 불구하고 최근에는 이런 자유로운 직장환경이 눈에 띄게 축소되고 있다. 특히 보도 프로그램이나 뉴스 영역에서는 저널리즘 의식의 후퇴가 두드러진다.[318]

비교적 공정한 방송으로 통하는 NHK마저도 공공 저널리즘이 작동했던 과거의 향수를 추억할 만큼 정치계의 간섭은 나날이 심각한 수준으로 후퇴하고 있다는 위의 인용은 이를 확연하게 뒷받침하고 있다. 그 어느 시대보다도 언론의 자유를 만끽하고 있는 현대에서 위 인용은 이런 시대조류와 역행하고 있는 NHK의 현실을 증언하고 있다. 같은 맥락으로 상기의 인용은 이 보도가 70년대였기에 가능할 수 있었다는 역설을 보여준다. 현대보다는 70년대부터 90년대의 NHK에 오히려 저널리즘 역할이나 언론인적인 사명이 있었기에 본 프로그램이 그나마 존재했다는 것을 뒷받침하는 언설이다.

> 특히 왕년의 미스터 NHK인 이소무라 나오토쿠磯村尚徳가 일본 미디어는 완전히 미국에 세뇌된 자동세뇌기라는 평이 있을 정도라며 일본의 미디어 상황을 비아냥댔다. (중략) 문제는 이런 NHK에서 최근에 국민의 신뢰를 배신하거나 저널리즘 기관으로서의 자세에 의문을 품는 사건이 계속해서 일어나고 있는 것이다.[319]

318 松田浩, 「지금 왜 NHK인가」 『NHK-도마에 오른 공영방송-』, 岩波新書, 2005, p.10
319 전게서, p.15

방송언론이 그 자체의 존재근거를 상실한 채 자동세뇌기의 역할에 그치거나 저널리즘의 자세가 의심받는 현재 일본 공영방송의 초라한 몰골을 증언하는 언설이다. 이런 부분이 우리의 분발을 촉구하는 대목이며 『계간 삼천리』의 존재의의를 부각시키는 상황이기도 하다.

2. 증언을 통한 시뮬레이션 구성

긍정적인 외적 환경(NHK)과 내부(PD)의 열정과 사명감으로 우키시마마루호의 사건을 다룬 본 기사는 확증적인 결론으로 마무리 짓는 대신 기본적으로 탐사기사로서의 뉴스적 가치가 담보된 값진 증언들을 모아 시뮬레이션으로 완성해내고 있다. 이는 군국주의의 잔재와 제국주의 망상의 잔존으로 확정적인 증거획득에는 실패했던 점과 탐사기자로서 취재 중에 얻은 확신은 담고 싶은 점의 기묘한 절충이었다.

PD는 이 사태를 하나의 사건으로 요약하는 데 필요한 수순으로 몇 개의 단계적 구성 형식을 취하고 있다. 바로 사건이 발생하기 전의 루머, 사건 발생의 결정적인 원인, 발생 당시의 정치상황과 그것의 무모함 그리고 희생 조선인에 대한 애틋한 동정 등이 그것인데 이런 과정을 통해 사건은 윤곽이 어렴풋하나마 그 전모가 드러난다. 그 과정을 추적해보기로 한다.

우선 사건 발생 전의 루머이다. 우키시마마루호는 출항 전부터 자폭할 것이라는 루머가 난무했다.

> 이상한 소문이 있으니 승선을 하지 않도록 권유했다. 그러나 귀국의 열망에 사로잡힌 나머지 좀처럼 들으려 하지 않았다. 우키시마마루 안에서의 저항이 시간이 지남에 따라서 묘한 소문으로 퍼

> 지기 시작했던 것일까 그렇지 않으면 사령부의 강제 출항의 진의가 누설된 것인가. 그 이상의 이야기는 들을 수가 없었다.(p.120)

원래 루머라는 것이 근거가 전무한 곳에서 태생하는 것이 아닌데다가 사실과 항상 연루되는 그것의 생태를 감안한다면 끊임없이 소문이 소문을 낳는 우키시마마루호 침몰의 경우에도 소문에 진실이 스며들어 있을 가능성이 농후하다.

> 회사의 호출로 징용자와의 함께 승선을 명받았기에 어디까지 가면 좋을까라고 질문했더니 마이즈루까지 가 달라고 했다. 일본통운 마이즈루 지점에 징용공을 건넬 계획이었다. 준비를 위해서 집에 들렀더니 경찰관이었던 형이 와서 우키시마마루에 자폭장치가 되어 있는듯하니 승선하지 말라고 했다. 농담이라며 흘려듣고 탔더니 결국 사고를 당하고 말았다. (중략) 농업회에 얼굴을 내밀자 모두가 수군수군 댔다. 우키시마마루는 조선인을 태우고 출항한 뒤 니이가타新潟앞 바다에서 폭침된다는 것이었다.(p.120)

출항 전 흉흉한 소문이 난무했는데도 승선했다가 사고를 당한 사람들의 증언이다. 루머가 사실이었음이 드러나는 대목이다. 이쯤 되면 고의적인 폭침 가능성이 농후한 이 사건이 얼마나 전대미문의 극악무도한 사건이며 잔악한 범죄인지 추측이 가는 대목이다.

아울러 이 과정에서 가장 선명하게 드러난 것이 출항의 이유이다. 출항의 순간은 일본 전체가 패전으로 동요하던 때로 출항의 목적이나 과정마저 제대로 된 것이 없었다.

이미 1923년 동경대지진 발생 직후 조선인을 잠재적 범죄 집단으로 간주하며 그들을 무차별적으로 주살하거나 뒤집어씌우기 식 책임전가를 함으로써 자신들의 치안유지를 꾀한 바 있던 일본의 지배계급은 패전 후의 정치 공백상태에서 비롯된 두려움으로 조선인 집단을 공포의 대상으로 여기고 그들을 폐기해버리고 싶은 관념이 지배하고 있을 터였다.

> 오미나토 경비부는 폭동을 두려워하여 단독으로 계획을 세우고 조선인을 강제 송환하려던 실태가 부상되었다. 우키시마마루가 마이즈루를 향하려 했던 이유에 대해서는 함장의 말로도 기관장의 증언으로도 거짓이 있는 것처럼 느껴지진 않았다. 두 사람의 이야기가 사실이라 한다면 각각의 의지가 폭침이었고 결과로서 하나가 되었다는 결론밖에 도출할 수가 없다.(p.122)

패전 직전에는 일손이 달려서 조선인을 일손으로 대거 징집했지만 패전 후에는 조선인들이 일손이 아니라 거대의 폭력집단으로 인식되었을 가능성이 높다. 관동대지진 시 터득한 크게 잘못된 그들의 학습효과가 작용하였을 것이다.

요시다吉田는 정치적인 공포에 대해서

> 공포는 물리적인 결핍이나 폭력만을 원인으로 하지 않는다. 그것은 눈에 보이지 않고 상상의 산물이기 때문에 눈덩이처럼 부풀어간다. 그러므로 개인이든 국가든 레벨에 관계없이 문제의 대소를 떠나 공포는 보편적으로 존재하고 상시화 한다. 문제는 공포가 편재되고 그것이 언제나 어디서나 일어나서 정치적 수단으로 이용되는 것이다[320]

라며 현존하는 공포에는 상상력까지 가세하여 눈덩이처럼 부풀고 보

320 吉田徹,「恐怖はどこからやってくるのか」『感情の政治学』, 講談社, 2014, pp.190-191

편적으로 존재화하며 상시화 한다고 밝히고 있다. 요컨대 우키시마마루호의 침몰은 바로 일부 정치가의 허무맹랑한 망상이 야기한 어처구니없는 사태였을 가능성을 배제할 수 없는 것이다.

> 오미나토에 조선인이 있으면 폭동을 일으킬 터이니 곧장 송환시키라는 것이 사령부의 명령이었다. (중략) 참모는 군도를 뽑아들고 찌를 기세를 보이면서 새삼 천황의 명령을 전하고 출항을 통고했다. 8월 22일 밤 10시 우키시마마루는 어쩔 수 없이 닻을 올렸다. 매우 이상한 출항이었다. 패전 후 8일째라면 각지에서 이미 귀대가 시작되었다. 지도 명령 계통은 마비되고 연합군 진주 소문이 도처에서 난무하고 일본 전체가 완전히 동요하던 시대였다.(p.119)

지도 명령 계통이 마비된 가운데서도 몇몇 참모들의 광기적 망상만으로 가동되던 권력에 의한 이상한 출항으로 이어졌다는 언설이다. 설상가상으로 이 상황을 더욱 악화시킨 것은 정치적 패닉 상태였다는 것이다.

> 8월 15일은 오미나토 경비부의 패닉상태가 야기되었다. 게다가 북쪽의 여러 섬에서는 1주일 전에 참전한 소련과의 전투가 계속되었다. (중략) 패전이라는 현실에 직면하여 경비부 특히 사령부가 어떤 심경으로 내몰렸는가. 자신의 생명조차 보장되어 있지 않은 암울한 사태에 직면하여 상당한 동요가 엄습해왔으리라는 사실은 상상하기 어렵지 않다.(p.121)

정치적인 변수가 많아 불확실한 가운데 몇몇 참모들의 망상으로 부풀어진 공포를 덜기 위한 수단으로 수천 명의 조선인들의 생명을 투기했던 것으로 요약되는 우키시마마루의 폭침 사건은 그 잔악함이 난징

학살 등에 버금가는 역사적 중죄[321]이다.

그리고 당시의 무모함은 위 상황에 더욱 신빙성을 갖게 하고도 남음이 있다.

> 「우리들은 애시당초에 조선에 갈 생각은 없었다.」——새로운 증언이다.(p.122)

고의적인 자폭에 무게를 실어주는 결정적 증언이다. 그러면서 PD는 이 증언을 뒷받침할 다른 증언도 함께 제시하며 자폭의 리얼리티에 힘을 실어주고 있다.

> 그리고 8월15일 현재 오미나토 경비부의 디젤엔진용 연료 비축이 제로였던 사실을 기억해내면서 이 계획이 얼마나 무모했는지를 당시는 상상조차 못했다고 덧붙였다. (중략) 그래도 안 된다고 해서 좌우지간 사령부의 눈에 띄지 않는 곳까지 배를 움직이기로 했다. 항해장과 상담하여 도중에 엔진이라든가 키를 부숴버리기로 했다. (중략) 물론 조선인에게는 비밀이었다.(p.122)

조선인의 귀환에 목적이 있는 것이 아니라 사령부의 시선을 피하기 위한 출항이었던 데다가 연료 비축이 제로였다는 사실의 무모함이 가히 카미카제 특공대 수준이다. 사령부의 일방적인 명령을 들어주기 위해서 수많은 조선인은 바다에 투기해버릴 쓰레기 정도로 치부했던 것이다. 다음 증언은 이 사실을 더욱 실존적으로 뒷받침하고 있다.

---

321 몇몇 참모들의 편집증적인 공포를 달래기 위한 대량학살은 아우슈비츠의 학살 등을 연상케 한다. 본 사건은 그 규모나 악랄한 수법에 비해 알려지지 않은 채 묻혀 버린 대표적 사건이라 하지 않을 수 없다.

> 우키시마마루의 사관가운데에는 직업군인은 한사람도 없었다. 붉은 종이 한 장으로 전쟁에 휘말려 겨우 살아남은 자들뿐이었다. 다른 사람을 돌보기는커녕 자신의 일만으로도 힘에 부치는 상황으로 도망칠 궁리만 했다. 조선인을 조선에 무사하게 보낼 수 있을지 어떨지 하는 판단이 끼어들 여지는 당시의 우키시마마루의 승조원의 머릿속에는 없었던 것이 알려졌다. 따라서 노자와씨는 발을 잃은 현재의 상태가 되고 보니 기관을 부숴버리는 편이 좋았을 것이라고 술회하고 있다(p.122)

라는 위 인용에서 보는 바와 같이 승조원들은 조선인의 안위 따위는 안중에도 없는 전쟁에 끌려가서 도망만을 꿈꾸던 사람들이었다. 결국에는 사령부의 강제 출항의 진의가 누설된 것인지 출항 전과 출항 후에도 소문이 난무했다는 사실도 이 배가 자폭했다는 사실을 결정적으로 뒷받침하는 이야기이다.

> 대해령을 받은 오미나토 경비부는 22일 부산에 도착하지 못한다는 사실을 알고 조선인을 태운 우키시마마루를 출항시킨 것이다. 8월 24일 마이즈루 만에서 일어난 우키시마마루의 폭침은 자폭인지 기뢰에 의한 폭발인지 판단할 수 있는 자료는 아무것도 없다. 단지 말할 수 있는 것은 인양작업 중 단 한번도 침몰의 원인이 구명되지 않았다는 점이다. 상황이 밝혀짐에 따라 의문은 커질 뿐이었다.(p.124)

사건을 일으킨 주범격인 오미나토 경비부가 부산에 도착하지 못한다는 사실을 알고도 출항시켰다는 것은 언어도단이며 인양작업 중에도 침몰의 원인을 구명하지 않았던 것은 만행의 역사까지도 성형해낼 수 있다는 것이며 수백 명의 희생은 아무것도 아니라는 일본의 역사인식을 보여준 것이다. 그러면서도 피해당사자인 한국이나 조선 측의 노력이 전무 했던 점이 유독 행간으로 강하게 읽히고 있다는 점은 매우 주목할 만하다.

> 마이즈루까지의 우키시마마루의 행적을 파악한 지금 과연 후생성이 주장하는 것처럼 단순한 우발적인 사고였는지 어떤지 솔직하게 기뢰를 건드렸던 설을 납득할 수가 없어졌다.(p.124)

여기까지 살펴본 바로는 단순한 우발이 아니라 인과관계를 가지고 있는 결론에 도달하고 있는 것이다.

> 3개월 취재결과를 정리해서 45분짜리의 다큐멘터리 「폭침」이 방송되었다. 전쟁이 어떻게 인간을 소모품으로 쓰고 버리는가? 역사의 안개 속에 떠올리게 한 것은 실로 작은 부분이다. 진상은 오히려 앞으로의 취재에 좌우되게 되었다.(p.124)(스가야 코오지菅谷耕次·NHK교양부 디렉터)

시뮬레이션 형식으로 맺은 결론치고는 단호하다. 그만큼 취재의 과정에서 담당 PD가 이 사건의 시뮬레이션에 확신을 가졌다는 반증이다. 그러면서도 몇몇 함구하는 증언들에서 오는 한계를 상징이나 여백으로 처리하며 이 기사에 완성도를 높이고 있다.

3. 함구 이면의 상징

PD는 무게 있는 증언을 통해서 우키시마마루호 침몰에 관한 대강의 시뮬레이션은 마무리 지었다. 하지만 그로서 한계였던 것은 증언의 요청에 대한 연이은 함구였다. 결국 PD는 이 상황에서 필자가 정작 해야 할 절실한 제언이나 묵직한 결론은 여백으로 남겨 독자를 숙의케 하는 기사로 만들었다. 국가의 존재양식에 대한 근원적인 물음을 가해자와 피해자, 적극적인 개입과 비 존재적 무개입이란 대비를 통해서 숨은 결론으로 도출해내고 있는 것이다.

우선 패전 시에는 권력의 일시적인 공백상태에서도 막무가내의 명령은 존재하고 있었고 30년이 지난 1975년까지도 국가가 자신의 비위사실이나 비밀을 굳건하게 은폐 또는 방어하고 있다는 사실을 일본방위청과 과거 함장들의 증언의 공고함으로 밝혀내고 있는데 바로 이것이 일본이라는 국가가 존재하는 방식이다.

한편으로는 수백 명의 자국양민이 영문도 모른 채 바다에 수장된 엄청난 피해를 입고도 국가나 민족의 이름으로 이제까지 변변히 문제제기하나 못하는 데 바로 이것이 한국이나 북조선의 존재양식이다. PD는 일본인으로서 일본만을 이 기사에서 언급하고 있지만 기사를 읽는 동안 끊임없이 피해당사국의 무반응에 어처구니없어 하는 모습이 수없이 행간으로 읽혔다. 바로 PD의 글쓰기의 노련함에서 기인하는 효과로 파악된다. 때론 언급보다 생략이 훨씬 힘을 발휘하는 것이다.

> 직접 출항을 지휘한 시미즈 소좌가 어째서 폭침을 몰랐는가? 아무리 물어봐도 정말 몰랐다는 말만 되풀이 했다. (중략) 그렇다면 계획을 명령한 것은 누구인가. 이 질문에도 시미즈 소좌는 고개를 갸우뚱할 뿐 아무런 대답도 끌어낼 수가 없었다. 물론 오미나토에서 들은 기묘한 소문에 대해서는 상상조차 할 수 없는 일이라고 부정했다.(pp.121-122)

무 대답으로 일관하면서도 기묘한 소문에는 상상조차 할 수 없는 일이라 부정하는 이면에 똬리를 틀고 있는 것이 거대한 음모에 대한 집요한 은폐임을 짐작하는 것은 어렵지 않다. 마치 보이지 않는 철저한 규율이 재갈을 물린듯 대답은 천편일률적이다.

> 해군관계의 전후 처리는 현재 후생성 인양 원호국 업무 2과가 담당이다. 나의 문의에 대해 담당관은 32년 전의 해군 발표와 똑같은 취지를 말하면서 유감이지만 자료는 일체 없다는 답변이었다.(p.117)

담당관의 녹음기 같은 응대는 음모를 콘크리트처럼 봉인하고 굳혀 버린 은폐를 상징한다. 이것은 세월을 초월한다.

> 그러나 나가타 참모는 완고하게 입을 다물고 있었다. 수차례에 걸친 취재 신청도 모두 거부했다. 전후 30년이 지난 지금 진상을 말할 수 있는 자는 나가타 참모밖에 없다. 그리고 그는 전혀 말하려고 하지 않고 있다.(p.117)

이 사건은 결정적인 비밀이 풀려갈 듯하다 가는 곧 막다른 골목에 이르러 전혀 출구가 보이지 않는 구조로 일관하고 있다. 그리고 이 막다른 골목들은 모두가 책임을 회피하는 거대한 무책임으로 흘러든다. 다급하게 봉인해 버린 비밀은 후생성의 앵무새 같은 반복이나 완고하게 다물고 있는 참모의 입이나 외양은 다르지만 똑같은 의미소이다.

이것을 깨부수는 돌파가 저널리즘으로는 불가능하다는 묘사의 반복은 행간의 이면을 갖고 있다. 바로 피해당사자인 국가의 개입이라면 혹시 가능할지도 모른다는 가정을 암묵적으로 시사하는 화법이다. PD는 이 사건을 박제화된 미스터리로, 난공불락의 요새로 은유하고 암묵 속에 가동되는 거대한 권력의 실체와 은폐된 일본의 국체의 또 다른 모습을 환유하고 저널리즘으로서는 계란으로 바위치기라는 뼈저린 현실을 직시하고 있는 것이다.

이 사건의 전모는 그대로 일본의 군국주의와 제국주의의 잔재가 완전하게 청산되지 않은 일본의 현 국체와도 연루되어 있음을 보여주고 있다. 일본식의 독특한 입헌군주제가 갖고 있는 취약함이 바로 그것인데 요시다吉田는 마루야마丸山의 의견을 예로 들며

> 천황주권이라고는 하지만 이 주권이 구체적으로 어떻게 발동되는가? 그 의사결정 과정에 들어가서 검토해보면 천황의 의지를 주위의 중신들이 헤아려 조언해서 구체화해가는 보필이라는 구조가 취해지고 있고 천황 개인에게 결정 책임이 미치지 않도록 하고 있는데 그렇다고 해서 주변의 어느 누구의 책임도 귀착되지 않게 되어 있다. 집단 책임이라 할 수 있는 구조이지만 마루야마는 오히려 그것이「거대한 무책임으로 전락할 가능성을 항상 내포하고 있다」고 밝힌다. 책임의 소재가 애매한 채 권위가 거대화되고 그 권위에 대해서 인민은 무조건, 무한적으로 복종하지 않으면 안 된다.(여기서 드러내서 말하고 있지는 않지만)이러한 체제의 결과로 전전 쇼와기, 군부의 폭주, 태평양 전쟁의 개전과 패배 등의 사태가 일어났다고 마루야마는 생각하고 있을 것이다.[322]

거대한 무책임이 횡행하고 있는 일본의 정치형태가 태평양 전쟁의 개전과 패배로 나타났다고 증언하고 있다. 지배계급의 관념은 그것이 근거 없는 것일 때 무서운 폭거가 될 수 있다. 이 기사는 이 같은 상황을 은유한다.

일본은 그렇다고 하더라도 이런 문제에 대한 추적이나 규명은커녕 문제제기조차 제대로 하지 않는 국가나 민족의 존재이유는 무엇인가?

---

322 吉田傑俊,「戦後思想としての丸山眞男問題」『丸山眞男と戦後思想』, 大月書店, 2013, pp.212-213

우리민족에게 이런 문제의 추적보다 더 중요한 과제가 있는가? 이것을 한국이나 조선의 방송보다 먼저 일본의 방송이 해야 하는 아이러니에 대해서도, 절실한 문제를 거들떠보지도 않은 채 집단적인 망각에 빠져있는 작태에 대해서도 이 기사는 한마디도 안했지만 오히려 기사전체에서 풍겨나는 분위기는 그에 대한 회의나 힐난 이상이다. 이것이 바로 이 기사가 갖고 있는 은유와 생략의 힘이다.

국가 관념 하에 철저하게 개입하고 나서는 가해자 일본의 지나친 함구와 이에 대해 미동의 대응도 하지 않고 있는 피해자 한국의 함구는 같은 함구이면서도 어감이나 파장이 극단적인 대조를 이룬다.

와이크스Maggie Wykes는 "뉴스 구성이 사실들을 표현하는 동시에 수용자들을 위해 해석의 틀을 구성한다고 주장한다."[323]고 했는데 본건의 기사는 바로 수용자들의 해석의 틀을 마련하고 있다는 점을 간과할 수 없다.

본 기사는 "세상을 반영한 것이라기보다는 세상을 표현한 것(상게서 p.49)"이라는 엔들레라Nkosi Ndlela의 주장과 부합하는 동시에 리프먼은 "기삿거리에서 사실을 확인하고 선별하고 밝히는 과정이 필연적으로 '문화적 프리즘'을 통해 조명한 구성의 한 형태Watson(상게서 p.51)"라고 지적한 것처럼 본 기사는 공영방송이라는 '문화적 프리즘'을 거쳐 다큐멘터리로 제작된 것만은 분명한 것 같다. 일회성, 이벤트성으로 끝난 것을 보면 일본인들의 희생자도 발생하였으니 공영방송으로서 한번쯤은 다뤄야 하지 않을까 하는 선심성 배려가 있었다고도 볼 수 있다. 하지만 담당 PD는 오히려 뉴스를 생산하는 방식[324]으로 가해자인 일본의

323 전게서, p.51

324 "언론인들은 뉴스를 보도하기보다는 뉴스를 생산한다. (중략) 언론인들은 흔히 그런 틀 안에서 또는 재구성된 오랜 신화나 '집단적인 내러티브'를 통해서 기삿거리를 구성한다. 뉴스는 바깥에 있지 않으며, 기자들은 뉴스를 보도하지 않는다. 그들은 뉴스를 생산한다. 그들은 뉴스를 구성하고, 사실을 구성하며 서술내용을 구성하고 사실이 이해될 수 있도록 문맥을 구성한다. 그들은 '하나의'사실을 재구성한다."(필립스Phillips 전게서, p.50)

태도를 은연중에 비판하면서 피해국가의 부재를 은근히 부각시킨다.

같은 맥락에서 그가 특별히 주목한 것은 어이없이 죽어간 조선인들이었으며 그 속에 묘사한 조선인은 국가로부터 민족으로부터 아무런 보호를 받지 못한 채 방치된 무구한 사람들이다. 그들은 숨겨진 음모는 모른 채 다만 고향이 그리워 조국으로 돌아가고 싶어 하는 수동적이고 온순한 인간으로 묘사되어 있어 애틋함은 배가된다.

(가) 조선인에게는 배급이 끊긴다는 소식도 귀국선은 우키시마마루가 처음이자 마지막이라는 소문도 있었다. 그래도 모두 조용히 노숙을 하면서 기다리고 있었다.

(나) 우키시마마루호 안에서는 사령부와 승조원이 격하게 대립하고 있었던 사실조차 모른 채 조선인은 조국에 대한 꿈을 그리며 승선허가를 애타게 그리고 있었던 것일까? 시모키타下北 반도의 레이죠霊場·오소레야마恐山 산허리가 수많은 군사도로 깎여지고 카바야마樺山 비행장이나 오오마大間철도에서 강제 노동에 동원되었던 사람들이라고는 생각되지 않을 정도의 고요함이었다고 한다.

(다) 일조우호협회 마이즈루 지부장 와다和田씨가 할머니 한분을 소개해주었다. 구사일생으로 살아난 서봉아 할머니는 75세이다. 서씨는 경상남도 거창군 주상면 출신이었는데 폭침 이후에는 배가 무서워서 조국에도 귀환하지 못하고 마이즈루시 오오모리 해안에서 혼자 살고 있다고 한다. 26세였던 당시 일본에 건너와 전국 토목공사장을 돌아다녔다. 오미나토에 간 것은 전쟁이 끝날 무렵이었다. 일본이 패한 순간 조선인은 돌아가라며 배에 태워졌다. 너무나도 급작스런 일이라 짐은 완전히 챙길 수 없었다. 선창

> 은 사람으로 가득하고 화장실조차 갈 수 없었다. 갑판에서 소동이 일어났다고 생각하는 순간 폭발이 일어났다. 자신도 모르게 옷을 벗고 바다로 뛰어들었다. 눈앞에서 동료들이 무수히 가라앉아 죽어갔다. 죽은 사람들은 내버려 둘 수밖에 없었다. 목숨은 겨우 건졌지만 17년간 피땀 흘려 번 돈은 모두 바닷 속으로 가라앉아 버렸다. 조선인은 일본인에게 살해당한 것이다. 서씨는 지팡이 대신에 유모차에 기대어 병원에 다니고 있다. 재일 50년의 피로가 쌓여서 몸의 마디마디가 쑤신다고 했다. 서씨는 귀국을 원하고 있다. 그러나 돌아가기에는 불길한 바다를 건너지 않으면 안 된다.(p.123)

조선인들의 개죽음이나 고통을 감상적으로 묘사하며 죽은 조선인을 애도하는 마음과 곳곳에 산재하는 의혹들을 언급하면서 국가가 해야 할 과제를 되묻고 있다.

그러나 1965년 우리는 한일국교정상화라는 잘못 뀐 단추 탓으로 목소리 한번 변변하게 내지 못했다. 한국이 움직이려 할 때마다 그들이 전가의 보도처럼 휘둘러대는 '한일청구권 협정으로 해결 완료되었다는 논리'앞에서 목소리를 죽여 왔던 것이다.

하지만 "이것은 미국인이 주도하는 냉전체제하에서 이루어진 회담으로 식민지 지배와 전쟁의 폭력은 은폐되었고 야만을 문명화한다는 둥 독립 축하금이라는 둥의 경제협력은 순수한 의미에서의 평등한 회담이 아니므로 이른바 한일청구권 협정으로 해결 완료되었다는 논리는 비정의이며 법에 의한 또 하나의 폭력이다"[325]라고 주장하는 일본인까지 있다.

그럼에도 불구하고 한일간 역사 청산에서 우리는 늘 약자이며 패배자이다. 헐값에 투매하려는 일본도 그렇거니와 현실적인 배상에 눈이

325 太田修, 「식민지 지배와 전쟁을 둘러싼 또 하나의 폭력에 대하여」 『한일협정 50년사의 재조명Ⅳ』, 역사공간, 2015, pp.229-251

어두워 그들에게 쉽게 면죄부를 주는 우리 외교의 패턴은 한마디로 만행 합작의 궤적이다. 일본은 한술 더 떠서 가해자였던 역사의 흔적까지 말끔히 지워 후손들에게 역사적인 부채를 유산시키고 싶지 않겠다는 야욕까지 숨기지 않는다. 이것은 불가능한 망상임에도 우리는 항상 그들의 그런 검은 속내에 힘을 실어주는 외교를 거듭해왔다.

> 경제와 안보이익을 최우선적으로 추구하는 과정에서 과거사 청산과제가 소홀하게 취급된 점은 한일회담의 최대 문제점으로 지적될 수 있다. 따라서 일제하 강제징용 피해자, 위안부 보상문제 등 미해결의 과거사 청산문제가 오늘날까지도 여전히 한일관계 짓누르게 된 원인을 제공한 것이 한일회담이었다고 볼 수 있다.[326]

한일 국교정상화 이래 50여년이 지난 지금 우리가 해야 할 일은 다시 한 번 식민지 시대에 일어났던 어처구니없는 피해에 대해 철저히 조사하여 백서를 만들고 그 사례들을 낱낱이 세계에 널리 알려야 한다. 그리고 피해사관이니 자학사관이니 하면서 날조된 사실로 역사를 성형하고 후손들에게 가르치려고 발호하는 일본의 병폐를 바로 잡아야 한다. 한일청구권 협정이 그들 만행의 비윤리성까지 탕감해준 것은 아니니 말이다.

마지막으로 결론처럼 쓴 일본인의 소회가 남다른 것은 그것이 우리가 이런 흑 역사를 어떻게 대처해야하는지에 대한 방향을 제시하고 있기 때문이다.

> 누렇게 바랜 노트를 단서로 찾아낸 승조원의 이야기를 종합해

326 이원덕 외 9명, 「한일 국교정상화는 무엇이었나?」 『한일국교정상화 연구』, 역사박물관, 2016, p.17

> 보면 그들도 또한 전쟁에서 사용되다 버려진 인간들이었던 것을 알 수 있다. 죽은 25명을 비롯해 많은 승조원이 상이군인으로서 전후를 살고 있었다. 그러나 선창에 짐짝처럼 가득 채워진 조선인들은 배를 움직일 의지조차 갖지 못한 채 폭침의 순간을 맞이했던 것이었다.(p.123)

폭침 사고로 죽은 일본인도 많았음에도 불구하고 조선인에게 포커스를 맞추고 있는 것은 조선인이 절대 다수를 차지하고 있었던 것도 원인이겠지만 폭침 피해의 주된 당사자가 조선인[327]이었음에도 이름만 조선이었지 국가로부터 외면당하고 민족으로부터 소외당한 그들, 죽어서도 5년이나 수장되어 일본으로부터도 외면당한 그들을 진혼하기 위한 방법적 고안에서 비롯된 것이 바로 애틋함이다.

이것이 모두 함구 뒤에 존재하는 이면의 세계이다.

4. 마무리

『계간 삼천리』의 「우키시마마루 폭침사건」 기사는 국가의 존재이유를 묻고 정치타협이라는 이름하에 벌어지는 작태가 역사에서 얼마나 심각한 범죄이고 그 과정에서 간과해버린 상처가 얼마나 큰 것인가를 냉정하게 증언하고 있다.

본건이 NHK의 한 PD의 다큐멘터리 제작과정으로 드러난 것도 안타까운 일이거니와 『계간 삼천리』에서 그것을 다루었지만 사건규명의 본격적인 점화에는 이르지 못하고 일회성의 외로운 기사로 끝난 것은 통탄할 일이다.

---

327 폭침에 희생된 자들은 사건을 통해 일본에 의해 바다로 투기되었지만 조국에 의해서도 유기되어 버린 이중의 피해자인 셈이다.

하지만 이 기사가 갖고 있는 의의와 함의는 실로 크다.

첫째가 사건이 풍화되거나 망각되는 것에 대한 안타까움을 직언하며 사건에 대한 실체적 접근과 이슈화를 다그치고 있는 점이다. 그 과정에서 권력과 결부된 거대한 함구와 힘 앞에서 주저앉고 마는 다큐멘터리의 무력감을 묘사하는 동시에 그 이면에서는 국가의 역할을 묻는 형식의 중첩묘사도 빛을 발휘하고 있다.

둘째가 공영방송의 기막힌 줄타기를 통한 일본인 PD가 우리의 무관심과 집단적인 망각을 차분하게 밀고密告하는 형태를 통해 『계간 삼천리』의 활자화는 역사 환기의 마당, 혹은 신문고의 역할로 절대적 존재감이 부각된 것이다.

셋째가 국가의 존재를 근원적으로 묻는 점이다. 국교정상화로 시작된 한일 간의 정치적 합의과정에서 일본은 일괄타결이라는 대전제 하에 자신들의 광기의 역사를 몽땅 매몰이나 은폐, 혹은 성형하려는 입장에서 한번도 물러선 적이 없고 이에 대해 한국은 항상 일본의 역사 끼워 팔기에 속고 또 속는 치욕의 역사를 반복하며 공범자 역할에서 벗어나지 못했다. 본 기사에서는 국가란 존재가 수백 명의 양민이 전쟁터에 동원되었다가 용도폐기 되어 위험천만한 쓰레기처럼 바다에 투기당해도 변변히 원인이나 책임조차 추궁하지 않는 국가의 무 존재를 고발하고 있다. 이 이면에는 흑 역사 끼워 팔기 식 협상에는 넘어가 만행의 역사를 생매장시킨 공범으로의 역할만은 톡톡하게 해내며 그 존재감을 드러낸[328] 국가의 존재를 강하게 생각나게 한다.

넷째 이 기사가 묻힌 역사를 발굴해내고 가시권에 진열함으로써 언제든지 열람할 수 있게 함과 동시에 우리에게 과제를 주고 있다는 점이

328 여기서 국가의 몰골은 마치 가출한 자식이 사고를 당해죽었는데 책임 운운할 때는 나타나지 않다가 보상금이 나온다니까 돈에 눈이 어두워 덜컥 합의해버리는 패륜적인 부모 모습과 다름없다. 쓴 웃음 짓게 하는 이것은 골계적인 비극의 대표적인 사례이다.

다. 역사적 사실은 인위적으로는 지울 수 없는 일이지만 무관심 속에 방치되면 존재하지 않는 것과 마찬가지이다. 또한 역사는 죽거나 소멸되지 않으며 유효기간이 존재하는 것도 아니다. 이 기사는 탐색, 폭로를 계기로 묻혀버린 수많은 역사들을 발굴, 조명하여 억울한 영혼을 진혼하는 것은 물론 그들 만행의 민낯을 명명백백하게 열거하여 국제사회에 고발한다면 우리가 일본과의 과거청산 외교에서 절대적인 우군을 얻는 셈[329]이라는 과제를 주고 있다.

본고를 계기로 그들의 범죄의 역사 곧 우리의 치욕의 역사가 남김없이 파헤쳐져 나중에는 거대한 백서로 결실이 맺히기를 바란다. 그런 점에서 본 기사는 하나의 종결이 아니라 새로운 출발이었으면 하는 바람이다.

329 위안부 문제만하더라도 그 사건사실에만 매달리는 것보다는 그와 함께 본 사건이나 유사사건을 체계 있게 정리하여 만행사례를 함께 제시해나가면 결정적인 우군을 얻는 것이고 실체접근은 물론 세계에 어필하기도 용이할 것이다.

참고문헌

제1부 비교문학의 관점

제1장 하루키와 바나나 소설의 트렌드

村上春樹,『レキシントンの幽霊』, 文芸春秋社, 1999
吉本ばなな,『キッチン』, 角川書店,1998
마틴 부버 저, 박문재 옮김,『나와 너』, 도서출판 인간사
三島憲一, 남이숙 옮김,『니체의 생애와 사상 』, 한국학술정보주, 2002
吉本隆明・吉本ばなな,『吉本隆明×吉本ばなな』, ロッキング・オン, 1977
宮脇俊文,『ユリイカ総特集 村上春樹を読むVol.32-4』, 青土社, 2000
山崎森,『喪失と攻撃』, 立花書房, 1973
木原武一,『孤独の研究』, PHP研究所, 1993

제2장 한・일 소설의 피안(彼岸) 이미지

황순원,『학원한국문학전집』, 학원출판사, 1994
横光利一·川端康成,『日本近代文学大系42』, 角川書店, 1972
김동선, 오생근 편,「황고집의 미학, 황순원의 가문」, 문학과 지성사, 1993
박기수,「소나기」『소나기마을의 OSMU&스토리텔링』, 렌덤하우스, 2003
부르스 풀튼,「황순원의 단편소설 연구」, 서울대 학위 논문, 1999
송하춘,『문을 열고자 두드리는 사람』, 작가 세계, 1995 봄
이남호,「물 한 모금의 의미」『문학의 僞足』제2권 , 믿음사, 1990
이재선,『한국현대소설사』, 홍성사, 1980
이태동,「실존적 현실과 미학적 현현」『황순원 연구』, 문학과지성사, 1993
천이두,『종합에의 의지』, 일지사, 1974
浅井清 外,『新研究資料現代日本文学』, 明治書院, 2000
川端康成,『鑑賞日本現代文学15』, 角川書店, 1982
谷川健一, 『日本の地名』, 岩波書店, 2002
中村光夫,『中村光夫作家論集』, 講談社, 1968
三島由紀夫,『作家論』, 中央公論社, 1970

三島由紀夫,「永遠の旅人」『文芸読本川端康成』, 河出書房新社, 1977
三好行雄 外,『近代文学評論体系 6·7』, 角川書店, 1982

제3장 사소설에 나타난 작가 내면의 성(性) 풍경

島崎藤村,『島崎藤村 全集 6』, 筑摩書房, 1981, p.26
田山花袋,『田山花袋全集1』, 内外書籍,1973,pp519~607
岩見照代,「『新生』論のために」『島崎藤村研究』, 双文社出版, 1992, p.30
相馬庸郎,『島崎藤村全集 別巻』, 筑摩書房, 1981, p.354
平野謙,『島崎藤村戦後文芸評論』, 東京富山房百科文庫, 1979, p.55
吉田精一,『島崎藤村』, 桜楓社, 1981, p.123

제2부 일본문화적 이슈와 소설의 진수

제4장 시마자키 토오송(島崎藤村)의『동 트기 전(夜明け前)』

島崎藤村,『島崎藤村全集 8巻 9巻』, 筑摩書房, 1981
伊狩弘,「『夜明け前』」『島崎藤村小説研究』双文社出版,, 2008
伊藤信吉,「『夜明け前』論」『島崎藤村の文学』, 図書センター, 1987
勝本清一郎外,『島崎藤村全集 別巻』, 筑摩書房, 1981
下山嬢子,「『夜明け前』」『日本作家100人人と文学』, 勉誠出版, 2004
篠田一士,「『夜明け前』再説」『文芸読本島崎藤村』, 河出書房新社, 1979
高阪薫外,「『夜明け前』にみる半蔵の狂と国学思想」『論集 島崎藤村』, おうふう, 1999
高橋昌子,「歴史と時間『夜明け前』論」『島崎藤村』, 和泉書院, 1994
野間宏,「『島崎藤村の『夜明け前』」『島崎藤村全集』, 筑摩書房, 1983
平林一,「フランス体験(二)」『島崎藤村·文明論的考察』, 双文社出版, 2000
細川正義,「『夜明け前論』」『島崎藤村文芸研究』, 双文社出版, 2013
三好行雄,「『夜明け前』の半近代」『三好行雄著作集』, 筑摩書房, 1993
山室静,「漱石と『夜明け前と晩年』」『島崎藤村』, 藤森書店, 1977
渡辺広士,「狂気の意味」『島崎藤村を読み直す』, 創樹社, 1994

제5장 타니자키 중이치로(谷崎潤一郎)의『슝킹쇼(春琴抄)』

谷崎潤一郎,「春琴抄」『谷崎潤一郎全集13』, 中央公論社, 1982
谷崎潤一郎,「阪神見聞録」『谷崎潤一郎全集20』, 中央公論社, 1982
谷崎潤一郎,「陰翳礼賛」『谷崎潤一郎全集20』, 中央公論社, 1982
谷崎潤一郎,「私の見た大阪及び大阪人」『谷崎潤一郎全集21』, 中央公論社, 1983
吉美顕,『谷崎における女性美の変遷』, 花書院, 2007
尾高修也,『壮年期谷崎潤一郎論』, 作品社, 2007
河野多恵子,『いかにして谷崎潤一郎を読むか』, 中央公論社, 1999
佐藤淳一,『谷崎潤一郎型と表現』, 青簡舍, 2010

千葉俊二編,『谷崎潤一郎必携』, 学灯社, 2001
細江光,『谷崎潤一郎の深層のレトリック』, 和泉書院, 2004
前田久徳,『谷崎潤一郎物語の生成』, 洋々社, 2000

제6장 카와바타 야스나리(川端康成)의『이즈의 소녀무희』

N.하르트만, 전원배 옮김,『미학』, 을유문화사, 1997
川端康成·横光利一,『川端康成·横光利一』『日本近代文学大系』42, 1972
川端康成·横光利一,『伊豆の旅』, 中公文庫, 1981
川端康成·横光利一,「わが舞姫の記」『川端康成全集26』, 新潮社, 1983
川端康成·横光利一,『新文章読本』, 新潮文庫, 1954
石川則夫,「物語の失速/小説の挫折」『新しい作品論へ、新教材論へ2』(川端康成,『伊豆の踊り子』作品論集, 2001), 株式会社クレス出版, 1999
岡田晋,『日本人のイメージ構造』, 中公新書, 1972
原善,「『伊豆の踊り子』批判される私」『川端康成--- その遠近法』, 1999
小森陽一,「意味としての言葉·イメージとしての言葉」『文体としての物語』, 1988
佐藤勝,『伊豆の踊子』論(『川端康成作品研究』), 八木書店, 1973
沢田繁晴,『眼の人々』, 龍書房, 2013
瀬沼茂樹,「『伊豆の踊り子』ーその成立についてー」『国文学解釈と鑑賞』, 1957
林武志,『川端康成』『鑑賞日本現代文学』15, 角川書店, 1982
林武志,『伊豆の踊子』の世界(『川端文学の世界1』), 勉誠出版, 1982
林武志,『川端康成研究』, 桜楓社, 1976
林武志,『川端康成戦後作品研究史』, 教育出版センター, 1984
林武志,『川端康成作品研究史』, 教育出版センター, 1984
古谷綱武()『近代作家研究叢書22』, (株)日本図書センター, 1987
吉田秀樹,『川端康成』, 竜書房, 2013

제3부 실험소설의 문학성과 정통성

제7장 다자이 오사무(太宰治)의『인간실격(人間失格)』

太宰治,『太宰治 新潮現代文学20』, 新潮社, 1979
라이너 퐁크, 김희상역,『내가 에리히프롬에게 배운 것들』, 갤리온, 2008
롤랑바르트, 김희영 역,『텍스트의 즐거움』, 東文選, 1997
일레인 볼드윈 외 4인, 조애리 외 7인 옮김,『문화코드』, 한울, 2008
엘렌디사나야케, 김한영 옮김,『미학적 인간』, 예담, 2009
饗庭孝男,「太宰治」『鑑賞日本現代文学 21』, 角川書店, 1971
安藤宏,『弱さを演じるということ』, ちくま書房, 2002
礒田光一,「人間失格 解説」太宰治『人間失格·桜桃』, 角川書店, 2000
池上嘉彦,『記号論への招待』, 岩波新書, 1984
遠藤祐,『太宰治の<物語>』, 翰林書房, 2003

奥野健男,「人間失格 解説」太宰治『人間失格』, 新潮社, 1978
小田切進,「太宰治 人間失格 論」『日本の名作』, 中央公論社, 1987
奥野健男,「人の手本」『太宰治研究Ⅰ その文学』, 筑摩書房, 1978
桂英澄,『太宰治研究Ⅱ その回想』, 筑摩書房, 1978
亀井勝一郎,「大庭葉蔵」『近代文学鑑賞講座』, 角川書店, 1959
亀井勝一郎,「大庭葉蔵」『太宰治研究Ⅰ その文学』, 筑摩書房, 1978
河田和子,『戦時下の文学と＜日本的なもの＞』, 花書院, 2009
河盛好蔵,「滅亡の民」太宰治『人間失格·桜桃』, 角川書店, 1964
田中実,「道化·他者」『太宰治キーワード事典』, 学灯社
太宰治,『太宰治 文豪ミステリ傑作選』, 河出書房新社, 1998
新潮文庫,『文豪ナビ太宰治』, 新潮社, 2008
東郷克美,「太宰と芥川」『近代作家研究叢書 38』, 日本図書センター, 1992
中野嘉一,「太宰治　主治医の記録」, 宝文館出版, 1970
羽場徹哉,「侏儒楽」『太宰治』, 筑摩書房, 1986
平岡敏夫,「人間失格」『太宰治事典』, 学灯社, 1991
山口昌男,『文化と両義性』, 岩波書店, 1991

제8장 아쿠타가와 류노스케(芥川龍之介)의 『관목 숲속(藪の中)』

芥川竜之介,『芥川竜之介 全集』, 岩波書店, 1977-1978
芥川竜之介,『芥川竜之介短編集 11』, 新潮社, 2009
芥川竜之介,『鑑賞日本近代文学 11』, 角川書店
奥野政元編,『日本近代文学Ⅱ』, 丸善ブックス, 1997
奥野政元編,「藪の中」『芥川竜之介論』, 翰林書房, 1993
柄谷行人,「藪の中」,『文芸読本』, 河出書房新社, 1975
関口安義,『アプローチ芥川竜之介』, 明治書院, 1992
中村光夫,「藪の中から」,『すばる』, 集英社, 1970
畑中基紀,「藪の中」,『早稲田大学国文学会 104』, 早稲田大学出版部, 1994
福田恒在,「藪の中について」(「公開日誌 4」),『文学界』, 文芸春秋, 1970
三好行雄,『芥川竜之介 必携』, 学灯社, 1979
三好行雄, 特集芥川竜之介＝『国文学 解釈と鑑賞』, 至文堂, 1983
三好行雄, 特集芥川竜之介を読む研究事典『国文学33巻6号』, 学灯社, 1985
吉本隆明,『日本近代文学の名作』, 毎日新聞社, 2001
아리스토 텔레스,『Retoric』, 이종오 역,『수사학(Retoric)』, 리젬 2009.

제9장 미시마 유키오(三島由紀夫)의 『금각사(金閣寺)』

三島由紀夫,『金閣寺』(『新潮現代文学』32), 新潮社, 1979
三島由紀夫,『三島由紀夫文学論集』, 講談社, 1970
김천혜,『소설구조의 이론』, 문학과 지성사, 1995
船橋聖一外11人,『三島由紀夫の人間像』, 読売新聞社, 1971

久保田正文,『作家論』, 永田書房, 1977
渋沢竜彦,『三島由紀夫おぼえがき』, 立風書房, 1984
三島由紀夫,「不道徳教育講座」, 中央公論社, 1962
徳岡孝夫外2人,『三島由紀夫生と死』, 清流出版, 1998
田中美代子,『鑑賞日本現代文学 23』, 角川書店, 1980
三好行雄,『三島由紀夫必携』, 学灯社, 1980
三好行雄,「背徳の論理」『作品の試み』, 筑摩書房, 1993
虫明亜呂無,『三島由紀夫文学論集 I · II』, 講談社, 2006
三島由紀夫,『筑摩文学全集 12』, 筑摩書房, 1991
三好行雄,『三島由紀夫必携』, 学灯社, 1980
三島由紀夫,『金閣寺』, 新潮社, 1985
三島由紀夫,『三島由紀夫全集 29』, 新潮社, 2003
青海健,「三島由紀夫とニーチェ」「群像」, 1988
佐藤秀明,「『金閣寺』作品論集」, くレス出版, 2002
吉田達志,『三島由紀夫の作品世界』, 高文堂出版社, 2003
伊藤勝彦,「三島由紀夫の問題作」『最後のロマンティーク三島由紀夫』, 新曜社, 2006
佐藤秀明,「観念構造の崩壊」『三島由紀夫の文学』, 鼎書房, 2009
上総英郎,「立ち去ったマドンナ」『三島由紀夫論』, パピルスあい, 2005
中村光夫,「金閣寺について」『三島由紀夫「金閣寺」作品論集』, 講談社, 1968

제4부 신소설 추구와 판타지적 고뇌

제10장 요시모토 바나나의『죽음보다 깊은 잠(白河夜船)』

吉本バナナ,『白河夜船』, 福武書店, 1989
吉本バナナ,『白河夜船』, 福武文庫, 1998.
吉本バナナ,『夢について』, 幻冬舎, 1994.
吉本バナナ,『B級BANANA』, 角川書店, 1999.
吉本バナナ,『ばななのばなな』, メタローグ, 1994.
河合隼雄・吉本ばなな,『なるほどの対話』, 新潮社, 2005
谷崎潤一郎,「陰影礼賛」,『経済往来』, 1935
木股知史,『吉本バナナ イエローページ』, 荒地出版社, 1999
青海健,「紋切り型と死と」『群像』, 講談社, 1990
松本孝幸,『吉本ばなな論』, JICC出版社, 1991
三井孝幸,『吉本ばなな神話』, 青弓社, 1989.
吉本隆明・吉本ばなな,『吉本隆明×吉本ばなな』, ロッキング・オン, 1987
与那覇恵子,「身体性と幻想」『国文学』, 学灯社, 1994
김용안,『日本小説 名人名作散策』, 제이앤씨, 2006
마틴 부버, 박문재 옮김,『나와 너』, 도서출판 인간사, 1992

라마 수리야 다스, 진우기 옮김, 『상실 』, 푸른 숲. 2001
칼G.융 외, 이윤기 옮김, 『인간과 상징』, 열린 책들, 1996
폴 마틴, 서민아 옮김, 『달콤한 잠의 유혹』, 대교베스텔만, 1999

제11장 아베 코오보(安部公房)의 『손(手)』

安部公房, 「手」 『安部公房全集 003』, 新潮社, 1951
安部公房, 「偶然の神話から歴史への復帰」, 『安部公房全集 002』, 新潮社 , 1950
安部公房, 「壁あつき部屋について」 『安部公房全004』, 新潮社, 1954
安部公房, 「私の小説観」 『安部公房全004』, 新潮社, 1954
安部公房, 「異変」 『安部公房全009』, 新潮社, 1959
安部公房, 「今日をさぐる執念」 『安部公房全015』, 新潮社, 1962
安部公房, 「SFの流行について」 『安部公房全016』, 新潮社, 1962
安部公房, 「私の小説観」 『安部公房全004』, 新潮社, 1954
安部公房, 「匿名性と自由の原点の発想—青春と暴力と性」 『安部公房全026』, 新潮社, 1978
구모룡 외, 『파시즘 미학의 본질』, 예옥, 2009
이상경, 『일제 말기 파시즘에 맞선 혼의 기록』, 도서출판 역락, 2009
장문석, 『파시즘』, 책 세상, 2010
会田雄次, 『日本人意識構造』, 講談社, 1972
池上嘉彦, 『記号論への招待』, 岩波新書, 2010
片山杜秀, 김석근 역, 『미완의 파시즘』, 가람기획, 2013
鯖江秀樹, 『イタリア·ファシズムの芸術政治』, 水声社, 2011
霜山徳爾, 「手のいとなみ」 『人間の限界』, 岩波新書, 2002
竹沢尚一郎, 『宗教とファシズム』, 精興社, 2010
日本弁護士連合会, 『世界に問われる日本の戦後処理』, 明石書店, 1993
日本弁護士連合会, 『日本の戦後補償』, 明石書店, 1994
野村雅一, 『身ぶりとしぐさの人類学』, 中公新書, 2002
竹山護夫, 『近代日本の文化とファシズム』, 名著刊行会, 2009
茂木健一郎, 『ひらめき脳』, 新潮新書, 2006
山口昌男, 『身体論とパフォーマンス』(別冊国文学25号), 學燈社, 1985

제12장 요코미츠 리이치(横光利一)의 초기소설

栗坪良樹, 「蠅」 『鑑賞日本現代文学 横光利一』, 角川書店, 1981
니체, 최민홍역, 『짜라투스트라는 이렇게 말했다』, 집문당, 1997
정귀영, 『다다이즘』, 나래원, 1983
M.하이데거, 박찬국 옮김, 『니체와 니힐리즘』, 지성의 샘, 1996
石田仁志, 『国文学 解釈と鑑賞』, 至文堂, 2000
泉治典, 『現代哲学事典』, 講談社現代新書, 1970
井上兼, 「純粋小説論」 『国文学 解釈と鑑賞』, 至文堂, 2000

岩上順一,『横光利一』, 日本図書センター, 1987
神谷忠孝,『日本近代文学大系 42』, 角川書店, 1972
河上徹太郎,『横光利一と新感覚派』, 有精堂, 1991
河田和子,『戦時下の文学と<日本的なもの>』, 花書院, 2009
舘下徹志,「頭ならびに腹」『国文学 解釈と鑑賞』, 至文堂, 2000
谷田昌平,「近代芸術派の系譜」『国文学解釈の鑑賞』, 至文堂, 1975
ドナルド·キーン, 徳岡孝夫訳,『日本文学の歴史 13』, 1996
中村明,「横光利一の文体」『国文学 解釈と鑑賞』, 至文堂, 2000
中村光夫,『作家論集』, 講談社, 1968
羽場徹哉,「横光·川端の今日的な意義」『国文学解釈の鑑賞』, 至文堂, 2010
古谷綱武,「横光利一」『近代作家研究叢書』, 日本図書センター, 1947
山崎正一, 泉治典『現代哲学事典』, 講談社現代新書, 1970
有精堂編集部,『昭和文学史』, 1989
横光利一,「初期の作」『全集12』, 河出書房, 1961
横光利一· 伊藤整,『現代日本文学大系 51』, 筑摩書房, 1970
吉本隆明,「現代表出史論」『言語にとって美とはなにか』, 勁草書房, 1965

부록 디아스포라『계간 삼천리(季刊 三千里)』조명

제1장 『계간 삼천리』 시좌(視座) -「일본인과 조선어」

『季刊 三千里』11号, 三千里社, 1975
山内昌之,「言語の歴史的記録」『世紀末のモザイク』, 毎日新聞社, 1994
柄谷行人,「日本植民主義の起原」『ヒュウーモアとしての唯物論』, 筑摩書房, 1993
山折哲雄,「霊肉二元論と心身一元論」『天皇と日本人』, 大和書房, 2014
村田邦夫,「청일 러일 전쟁 중의「일본」과「일본인」」『21世紀「日本」と「日本人」と「普遍主義」』, 晃洋書房, 2014
小林真生編著, 이민・디아스포라 연구 3 岡本雅享「日本におけるヘイトスピーチ拡大の源流とコリアノフォビア」『레이시즘과 외국인 혐오』, 株式会社 明石書店, 2013
최범순,「『계간 삼천리』의 민족 정체성과 이산적 상상력」『일본어문학』41, 2006
박정의,「『계간 삼천리』와 한국의 민주화」『일본문화학보』54, 2012
손동주 외 3인,「재일 한인의 커뮤니티 구축」『동북아 문화연구』35, 2013
박정의,「『계간 삼천리』통일론」『일본문화학보』57, 2013
신종대 외4인,「『季刊三千里』·『季刊青丘』に関する一考察」『일어일문학』58, 2013
편무진,「刊本類『交隣須知』에 의한 韓日近代語의 통시적 연구」『일본문화학보』55, 2012
김환기,「문예잡지『삼천리』와 재일 코리안의 문화정체성」『일본학보』70, 2015

제2장 『계간 삼천리』 기사 – 「우키시마마루호 폭침」

『季刊 三千里』 12号 「浮島丸の爆沈」, 三千里社, 1977

遠藤薫編著, 「ソーシャルメディアは公共性を変えるか」 『間メディア社会の<ジャーナリズム>』, 東京電気大学出版局, 2015

大久保喬樹, 「西欧近代社会モデル対伝統日本の心性」 『日本文化論の系譜』, 中公新書, 2003

太田修, 「植民地支配と戦争を巡るもう一つの暴力について」 『日韓協定50年史の再照明Ⅳ』, 歴史空間, 2015

谷口将紀, 「メディアシステムの国際比較」 『政治とマスメディア』, 東京大学出版会, 2015

松田浩, 「いま、なぜNHKか」 『NHK-問われる公共放送-』, 岩波新書, 2005

吉田傑俊, 「戦後思想としての丸山眞男問題」 『丸山眞男と戦後思想』, 大月書店, 2013

吉田徹, 「恐怖はどこからやってくるのか」 『感情の政治学』, 講談社, 2014

Tony Harcup, 황태식 옮김, 『저널리즘 원리와 실제』, 명인문화사, 2012

안병길, 「공공저널리즘이란 무엇인가」 『공공저널리즘』, 커뮤니케이션 북스, 2015

이원덕 외 9명, 「한일 국교정상화는 무엇이었나?」 『한일국교정상화 연구』, 역사박물관, 2016

조용중, 『저널리즘과 권력』, 나남 출판, 1999

본서 초출 일람

제1부 비교문학의 관점

제1장 하루키와 바나나 소설의 트렌드

「하루키와 바나나의 소설 소고」『일본문화연구』 24, 동아시아일본학회, 2007

제2장 한・일 소설의 피안(彼岸) 이미지

「한・일 소설의 피안(彼岸) 이미지 소고－『소나기』와『이즈의 소녀무희(伊豆の踊り子)』를 중심으로－」『日語日文學硏究』 73-2, 한국일어일문학회, 2010

제3장 사사소설에 나타난 작가 내면의 성(性) 풍경

최재철 외,『문학, 일본의 문학－현대의 테마－』, 제이앤씨, 2012.7

제2부 일본문화적 이슈와 소설의 진수

제4장 시마자키 토오송(島崎藤村)의『동 트기 전(夜明け前)』

「『동 트기 전(夜明け前)』 소고－가도(街道)양상을 중심으로－」『日語日文學硏究』 112, 한국일어일문학회, 2020

제5장 타니자키 쥰이치로(谷崎潤一郎)의『슌킹쇼(春琴抄)』

「타니자키 쥰이치로(谷崎潤一郎)의『春琴抄』론－서사의 역발상을 중심으로－」『일어일문학연구』91-2, 한국일어일문학회, 2014

제6장 카와바타 야스나리(川端康成)의『이즈의 소녀무희』

「『이즈의 소녀무희』고찰－이미지를 중심으로－」『일어일문학연구』 97(2), 한국일어일문학회, 2016

제3부 실험소설의 문학성과 정통성

제7장 다자이 오사무(太宰治)의 『인간실격(人間失格)』

「인간실격(人間失格)」에 내재된 이항대립 연구」『日語日文學硏究』 84-2, 한국일어일문학회, 2013

제8장 아쿠타가와 류노스케(芥川龍之介)의 『관목 숲속(藪の中)』

「아쿠타가와 류우노스케의 『관목숲속藪の中』론－작품 속에 내재된 3각 구조를 중심으로－」『외국문학연구』 40, 한국외국어대학교 외국문학연구소, 2010

제9장 미시마 유키오(三島由紀夫)의 『금각사(金閣寺)』

「『금각사(金閣寺)』 삽화(挿話) 연구－우이코 이야기를 중심으로－」『일본연구』 63, 일본연구소, 2015

제4부 신소설 추구와 판타지적 고뇌

제10장 요시모토 바나나의 『죽음보다 깊은 잠(白河夜船)』

「요시모토 바나나의 『죽음보다 깊은 잠(白河夜船)』론」『외국문학연구』 34, 한국외국어대학교 외국문학연구소, 2009

제11장 아베 코오보(安部公房)의 『손(手)』

「아베 코오보(安部公房)의 『손(手)』 연구－파시즘과 우의성을 중심으로－」『日語日文學硏究』 88-2, 한국일어일문학회, 2014

제12장 요코미츠 리이치(横光利一)의 초기소설

「요코미츠 리이치(横光利一)의 초기소설 연구」『日語日文學硏究』 80-2, 한국일어일문학회, 2012

부록 디아스포라 『계간 삼천리(季刊 三千里)』 조명

제1장 『계간 삼천리』 시좌(視座) －「일본인과 조선어」

「『계간 삼천리』 시좌(視座) 연구－11호 특집 「일본인과 조선어」를 중심으로－」『일본연구』 (70), 일본연구소, 2016

제2장 『계간 삼천리』 기사 －「우키시마마루호 폭침」

「『계간 삼천리』 연구－「우키시마마루호 폭침」 기사를 중심으로－」『일본연구』 72, 일본연구소, 2017